わたしの「みえ昭和文学誌」

Mie Contemporary Literary History

藤田　明

FUJITA Akira

人間社

わたしの「みえ昭和文学誌」

目次

はじめに　7

第一章　戦争と文学――詩歌編

1　昭和戦時の文学表現　16

(1)　日中戦争への拡大
長谷川素逝（俳人）　16／錦米次郎（詩人）　19

(2)　銃後の大家
伊良子清白（詩人）　25／佐佐木信綱（歌人）　27

(3)　南方の島々
高橋沐石（俳人）　33／中野嘉一（詩人・歌人）　35

(4)　伊勢湾と東京・山の手
山口誓子（俳人）　42／岡野弘彦（歌人）　49

(5)　俳句弾圧事件
嶋田青峰（俳人）　52／野呂六三子（俳人）　60

(6)　モダニズムと戦争
北園克衛（詩人）　63

(7) 学徒出陣のころ
中井正義（歌人・評論家） 70 ／ 黛 元男（詩人） 71
(8) 北方への召集
杉野 茂（歌人） 80 ／ 松島 博（歴史学者・俳人） 81
(9) 昭和へのレクイエム
清水太郎（詩人） 84 ／ 岩本修蔵（詩人） 90 ／ 山中智恵子（歌人） 94
2 伊藤桂一と中国大陸 97
3 川口常孝の戦場体験 108
4 小出幸三、無名者の歌 122

第二章 小説をめぐって ——出身の作家・滞在の作家
1 梶井基次郎と三重 128
2 横光利一と丹羽文雄 ——最初期とその後 142
3 中谷孝雄の最初期など 166

4　田村泰次郎ノート――一九四一年以前の三例　177
5　駒田信二・私見　199
6　中山義秀と津時代　208
7　梅川文男の文学的側面　213
8　岸　宏子のテレビドラマ　222
9　森　敦の未完作「尾鷲にて」　227

第三章　竹内浩三と「伊勢文学」――戦中の同人誌活動

1　竹内浩三と中井利亮――よ、利亮　おお、浩三　250
2　竹内浩三・一九三七年日記　263
3　「伊勢文学」と幻の8号　296
4　「作品4番」のことなど　310
5　「筑波日記」における映画　313

第四章　回想いくつか

1　「伊賀百筆」の歩み　318
2　中井正義vs山中智恵子　331
3　清水　信、めぐる走馬灯　334
4　回想・文学九十年——自伝的交友録　336
(1)　幼少、そして津へ　336
(2)　はたち前後の胸中　347
(3)　遅ればせの青春　352
(4)　北勢へ、中勢へ　367
(5)　丘の上の短期大学　384
(6)　卒寿までの二十年　402
あとがき　422
初出一覧　424

はじめに

1

振り返って〈三重の文学〉に意を注ぎ始めたのは一九六〇年代後半だったろう。一九三三年生まれなので三十代の半ば。それ以前は本書の第四章、九十年回顧で記すように映画と文学（加えればクラシック音楽）に教師の仕事の「業余」として親しみ、時に深入りもしたが、執筆という点では映画の方が先んじていた。

一九七〇年、毎日新聞朝刊の東海面で始まった三県が対象の連載「ふるさとの文学」の三重を担当した辺りから本格化したと言っていい。年二回刊の「芸術三重」が六九年十二月に創刊され、横光利一特集の3号（一九七一年三月）へ「欧州紀行」を、梶井基次郎特集の4号（七一年十二月）には梶井と三重に関して寄せている。

それらより創刊の早かった同人誌「二角獣」にやや遅れて参加し、映画についてまず記し、文学では中谷孝雄を連載しつつ、ほかに葉山嘉樹もとりあげたりした。が、長い年月を思い起こせば文学関連で執筆した多くは〈三重の文学〉だった。新聞連載などは掲載日に追われて事が進んだ面もある。

一冊にまとめる気は、と何人かに問われたが、その気になったのは高校勤務も定年に近い八〇年代後半。毎日、中日、朝日などに連載した中から抄出し、雑誌掲載の若干を加えて三百ページ余の『三重・文学を歩く』（八八年刊）にまとめた。再版、増補版へとつながるが、取材なしで、こちらの知らぬ間にいち早く紹介してくれた「サライ」には驚いた。県外で例えば宝塚の杉山平一さん、東京の秋山虔さんなどに、つき合いがあったとはいえ、喜んでもらえたのは何よりだった。

斎藤緑雨から笙野頼子まで、近現代の名作・問題作を地域別に配列し直し、解説には新見もまじえた。ほかに注目すべき地方文人、同人誌作家などはコラムを設け、とにかく収めたのである。

九〇年代、短大へ移った直後、出版社のぎょうせいから県別シリーズ『ふるさと文学館』の第28巻・三重と第36巻・和歌山の担当を依頼された。近現代の小説・エッセイ類と詩が対象。仕事は収録作の選定と巻末の長大な解説。それぞれ上下二段、七百ページ近い大冊で、作品選びには定番の名作など収めたいとする出版社側と、この機会に県外の人たちにも知ってもらいたい地元の力作を、と構えるこちら側。その辺に関し、ケータイやＦＡＸもない時期の電話や郵便によるやりとりをなつかしく思い起こす。三重の場合、筑紫中眞《のぶざね》・金達寿《キムタルス》・色川大吉・足立巻一のノンフィクションや、四日市公害関連の問題作が収まったし、歌人の佐佐木信綱、生方たつゑ・山中智恵子、俳人の山口誓子・橋本鶏二などはエッセイの形で登場願ったのである。

巻末解説では収録作関連のほか、県内の地域性や地方文学史へと近づく論述を試みた。前者では『人国記』を活用しながら三重県は四つの旧国から成り、それぞれの地域性は今日でも異なる点を強調。後者の場合、明治・大正・昭和の文学史的歩みをたどってみる、いい機会となった。

東紀州に勤務したこともあって和歌山の巻も依頼され、何とか仕上がった。半田美永さんの少なからぬ助力なども忘れられない。

2

単著の四冊目は『平野の思想・小津安二郎私論』(二〇一〇年刊)。「二角獣」へ寄せた「代用教員・小津安二郎」(七五年)以降に記した諸論の集成で、上下二段の五百ページ。映画作品に加え、小津日記に文学性を見出したり、小津自身の詩歌、詩人でもある杉山平一の小津評価をめぐる論など、文学と関連した要素も見え隠れする。刊行後、日中戦争に従軍した小津軍曹の戦跡を知友と巡った。化学戦に至った江西省・修水河渡河の現場など、七十余年を経ながら伊勢平野を思わせる菜の花盛りに感慨を抱いた。

そこで今回の五冊目。米寿めざしてとまずは考えていた。高校勤務の終わり近く、科研費が認められ、津西高の「紀要」へ発表した明治前半期における三重県内での文芸活動に関する論考や、津高創立百年記念誌への大正期津中学における文芸活動を扱った「大正の新風」なども収めたかったし、平成・令和の県内での新しい動きを地域別に紹介しなくては、と当初は意気込んでいた。しかし限られたページ内では無理と気づいた。

しかも近年は短歌誌「やどりぎ」「五十鈴」で昭和の戦争関連を続け、麦畑羊一氏主宰の「P.」誌には自伝的回想を寄せた後、ウクライナなどの新たな問題にも触発されて詩歌系文学者の戦時をめぐる連載もあって、主として昭和にしぼる形をとったのである。

3

本書の構成について、前口上を述べておこう。

第一章「戦争と文学」は三重の場合の詩歌編。本来は小説を中心にした散文編も併置すべきものだが、そちらは次の課題としたい。長い「昭和戦時の文学表現」は主張を含む結論よりも、往時の実情をまず確認し、問題提起の糸口になれば、という辺りが今回の本意。生まれた東京から東北や三重への疎開体験、殊にB29の猛爆下、一命をとりとめただけに、世代的なこだわりもあり、譲れない点である。

伊藤桂一、川口常孝、小出幸三に関しては長短はあるものの、別立てとした。

第二章は小説などの散文世界。若いころ、同人誌「青空」に関して連載したいと考え、まず梶井基次郎と中谷孝雄に着目した。中谷の最初期については他の雑誌にも記したが、本書ではそれらの一端を示す「芸術三重」15号の中谷特集に寄せたものにとどめた。同号では年譜も担当している。

中谷に深入りして梶井が後まわしとなり、結局、ここへは若書きの一編。赤面もので、むしろ後に記した「『城のある町にて』の草稿帳」の方を、と考えたが、手を加える余裕もなく、見送った。

横光利一、丹羽文雄、田村泰次郎については中学時代へ焦点を当て、比較した時期がある。横光の場合は衆知に近く、省くのも選択肢だったが、三者それぞれの実際を示しておくのも、と思い直した。

田村の場合はそれとは別に戦前の田村を確かめるべきだと、いくつか書いた中からである。

駒田信二（の後半部）、中山義秀、梅川文男は、いずれも「芸術三重」が初出。義秀は出身者ではなく、長期の滞在者。地方文学史を考える場合、出身者・長期滞在者・旅行者という三分類を私は柱立てしてきた。

プロレタリア文学系では四日市出身の鈴木泰治も浮かぶが、記す機会のあったのは梅川文男だった。女性作家が少ない。会う機を得た森三千代を考え、金子光晴夫妻に近かった堀木正路のことも含め、書き下ろしを図ったが、完成には至らなかった。岸宏子は「伊賀百筆」の追悼特集のための一編。

東紀州関連では、森敦「尾鷲にて」論。熊野古道と連動し、熊野学が盛りあがった時期、みえ熊野学研究会刊のシリーズものへ寄せてほしいと言われ、三回連載した中の一つ。着手した作品がなぜ挫折したかを考えるのも一つなのでは、と思う。好意を示された森富子氏に謝したい。

第三章は竹内浩三と戦中の同人誌「伊勢文学」関連。浩三への評価は定説化した感もあるが、ほかの同人について論じられる機会は少ない。最初の「竹内浩三と中井利亮」は戦後初の浩三作品集として私家版で出た『愚の旗』が復刻された際、巻末解説の「よ、利亮　おお、浩三」の題で記したもの。親友関係にあった浩三と利亮を一度は対等に扱ってみたいとの積年の思いが背景にある。戦後へ生きのびた利亮の実像は妻・中井信子の歌歴を「やどりぎ」に長く連載する中で確かめられた。

浩三の中学時代の日記や「伊勢文学」に関しては「三重県史研究」にいずれも掲載された。前者は本書へ収めたが、後者は第7号まで詳述しており、ページ数の関係で抄述の形に改め、発見された〈幻の

8号〉の部分だけ初出のまま収めることにした。従って初出時に触れた小林察氏による三種の全集本の翻刻、校訂上の問題点についての指摘はわずかにとどまった。

「作品4番」に触れた小文は〈幻の8号〉と関係がある。

「筑波日記」については映画との関係を拾い出した小文。ミニ・シアターの時代に先がけて津では二つの自主上映団体がホール上映を競った時期があり、片方の津シネマ・フレンズは例会ごと四ページの小さな会報を発行し、そこへ一ページ分、制約もなく自由に寄せ続けたが、そこからの一編である。松島こうの弟・浩三関連や、中井信子についての連載も収めたかったが、他日を期すことにした。

第四章は回想の類。「伊賀百筆」に関しては休刊に至ったのを惜しんで本書に収めた。故人での回想では中井正義・山中智恵子・清水信にしぼった。小林察・黛元男・前川知賢などの諸氏や、「やどりぎ」の人たちをしのんだものも収めたかったが。

「回想・文学九十年」を最後に置いた。「P.」での十一回にわたる「回想」を改題。文学を軸にした自分史でもあろうか。卒寿になってみれば、いささか大仰なタイトルも許されるのでは、と自分に言い聞かせた。

書名は当初、《わたしの「みえ現代文学史」》と思い浮かんでいたが、近時にはさほど及んでいないし、整然と叙述する形は到達目標に過ぎず、それへ向かう〈私史的第一歩〉、〈文学史〉というより〈文学誌〉がふさわしいと考え直した。地域の文学や文化についてを考えていかれる際の橋渡しになれば、と願う。

わたしの「みえ昭和文学誌」

第一章　戦争と文学 ——詩歌編

1　昭和戦時の文学表現

気候変動に関心を持つようになったら、また大地震。一方で地球上の戦争も止むことがない。ウクライナに中東。東アジアもどこか危うい。列島内部もあやしい部分を抱えつつあるのではないだろうか。テレビや新聞などメディアがまた信ずるに値しない場合も目につく。

わずかなのか、相当なのか、戦場へ駆り出されることはなかったものの自分にも戦争体験はある、との思いが募っている。関心領域ということもあって三重とかかわる文学者たちの昭和戦時に関する表現について考えていきたい。散文系は後まわしとし、このところ手をつけてきた詩歌系を先に俯瞰していく。

(1)　日中戦争への拡大

長谷川素逝

昭和十年代の早い典型例としては俳人の長谷川素逝（一九〇七―四六）が挙げられる。一九三七（昭和一二）年七月の日中戦争への拡大に伴って例えば俳人、長谷川素逝の生はそこで決定づけられた。津中学（旧制）で国語を教えて三年目、三十歳の素逝にもさっそく八月、召集が及んだ。京都伏見の砲兵聯隊に入隊、翌月には大陸へ。十二月は例の南京戦。翌年早々、北上して黄河の近くにまで至ったが、そこで発病し、青島陸軍病院を経て内地に送還された。

最初の句集は『砲車』（一九三九年刊）。例を示しておこう。

①　夏灼くる砲車とともにわれこそ征け
②　南京を屠りぬ年もあらたまる
③　やけあとに民のいとなみ芽麦伸ぶ
④　みいくさは酷寒の野をおほひ征く
⑤　おほ君のみ楯を月によこたはる
⑥　氾濫の黄河の民の栗しづむ
⑦　夜は暑く看護婦をよぶ声あちこち

①は全百十四句の冒頭、まだ内地にいた。④⑤は聖戦の意識、②の「屠」の表記はそれと関連する。が、③⑥には中国民衆へのまなざしも。③は南京郊外。④は蔣政権の率いる中国軍が敵の進出を阻むべく堤防を切ったための悲劇。素逝らの部隊は濁流の中に長く孤立し、自身も病に襲われた。⑦は内地送還の病院船、句集の末尾をしめくくっている。

『砲車』は帰還後も入院を続ける京都陸軍病院で編まれた。刊行後、〈戦争俳句〉として高浜虚子を含め、世は歓迎したのである。

津へ戻っても病躯を抱えながらの日々だった。句は沈潜的な作が多い。のち津空襲で乙部の自宅を失うが、その前後は県内各地への疎開で転々とした。

敗戦の年の十二月、一家は多気郡下御糸村（現・明和町）根倉へ。翌年五月、斎宮に移るまでの肉筆による句日記「根倉句抄」が残されている。そこから四例を引く。

⑧ 圓光を著て鴛鴦の目をつむり
⑨ 弟を返せ　　を月にのろふ
⑩ ◯◯よなれゆゑ死にし人のあまたのここにも一人なれも亦死ね
⑪ ◯◯は神にあらずと汝は言いぬ思ひあがるなあたりまへのこと

⑧は外宮の勾玉池での一月六日の秀句。そのあと静かな作が並ぶ中に⑨⑩⑪が見られる。⑨には二字分の空白があり、二月二十日、義弟の戦死が二年遅れでもたらされた旨の前書きも付く。⑩⑪は三月十七日、実弟の戦死が届いて短歌となった。⑪には一九四六年の年頭に昭和天皇が発した〈人間宣言〉が尾を引いている。⑨以下は対象を明示しないことによる肉声の噴出。これら三例を遠ざける玄人筋もあるわけだが、昭和への痛憤には違いなく、むしろ作者に寄り添っては、と思う。その年の十月、津西郊の大里療養所で四十年の生涯を閉じた。

錦米次郎

長谷川素逝への召集令状は八月二十四日だったが、同じ日に錦米次郎（一九一四―二〇〇〇）も「動員下令」を受けている。三十歳の素逝に対し、錦は二十三歳。ちなみに映画監督の山中貞雄への赤紙は八月二十五日、遺作となる「人情紙風船」の試写当日だった。翌日に兄事していた小津安二郎宅を訪れ、二十七日に東京から京へ戻って伏見の師団に入営した。続いて小津安二郎には九月九日。翌日、東京竹橋の近衛聯隊へ入隊した。次々に召集は及んだと見ることができよう。

錦米次郎の場合だが、高学歴だった素逝と比べ、軍歴はかなり異なる。年譜事項を記しておこう。一九一四（大正三）年、飯南郡伊勢寺村（現・松阪市）に生まれて地元の小学校高等科を終え、京都で丁稚奉公。十七歳の時、兄が亡くなったため帰郷、農業に従事した。

徴兵検査は三四（昭和九）年、直ちに京都伏見の騎兵聯隊に入営した。満州へ向かい、三六年には満期除隊となった。

二回目の召集が日中戦争とともにやってくる。やはり伏見聯隊へ。九月七日、大阪港から大陸へ。華北に始まり、十二月には南京戦という辺りは、長谷川素逝の場合と共通している。徐州戦から武漢戦の手前の地域での戦闘や警備に従事、三九年七月十一日に復員下令、同二十三日に長江出帆、二十七日に上海を通過し、八月二日に宇品港へ帰着した。但し八月六日、マラリアで京都陸軍病院高野川分院へ入院、九月十六日に退院できたのである。

その後、四二年九月に演習召集で久居聯隊における三週間の訓練。四四年六月に臨時召集となって、九月までは飛行場建設作業ののち、十一月には昭南島（シンガポール）へ、翌年には仏印（ベトナム）という三回目の国外での軍歴が加わったのである。

敗戦を経て帰還後、詩人・錦米次郎の出発は、そんな南方からの復員にちなむ長詩だった。

では日中戦争の場合はどうだったのか。その辺の事情については遺族に残された「軍隊手牒」と「従軍手帖」が重要な資料と言えよう。前者は軍歴を中心に置いた証明書的な面が強い。兵士本人のメモ類は後者に記された。但し錦らに手渡ったのは召集から一年余を経た三八年九月以降。手帖の表紙裏に陸軍恤兵部による昭和十三年九月という記述が示している。「本手帖は国民の熱誠なる恤兵寄付金を以て調整し従軍一同に頒布するものなり」と。

従って「頒布」時以降は日録的に記されていくが、それ以前は記憶をたどりつつ後で記した可能性が高い。日録的でないエッセイ風小品が目につくのは、そのことと関係があろう。小さな字でつめこまれ、くずし字も結構使っており、順不同の面もあって読む側を悩ませる。例えば小津安二郎の場合も二年近い従軍だったが、山中貞雄の戦病死の報が日録へと向かわせた。三八年十二月に始まり、例の端正な字で横書きながら美的感性を感じさせる。『全日記・小津安二郎』（一九九三年刊）の刊行以前に私など接することができたのは小津ハマさんや鎌倉文学館のご好意によるが、下士官なるがゆえの特権的に所持可能な手帖だったということかもしれない。兵士との階級差を実感させもする。

ところで錦米次郎のこの「従軍手帖」の内容的検討にはかなりの労力が必要で、例えば伊勢市の市民グループは『ピースいせ年報２０２１』に翻刻を試みている。読めないくずし字などを□で示したままの場合も目につく。協業を強化していたなら判読可能な例も多いように思えたが、ともかく一冊にまとめた努力には敬意を表さずにいられない。アプローチはいろんな角度から可能だろう。私など作家の名が意外に頻出する点が興味深かった。横光利一・林芙美子・火野葦平・岡本かの子・川端康成・豊島与志雄など当時の現役作家のほか、長谷川如是閑・ルナール・島崎藤村・山本有三らの名も。出征以前に読んだ例はもちろんのこと、戦地へ近親者が送ってきたものも含んでおり、働きながらの文学青年ぶりは大陸でも持続していたことを示す。戦場にあった小津安二郎の日記における火野批判は徹底していたが、錦にとっては「故郷に暖かい文学同好者を友人を見つけ持つてゐる」葦平を羨ましいとし、同人誌活動への希求も表明している。農民文学への賛意もあるが、全体に詩関係や詩人名が殆ど登場しない点にも注目したい。

俳句・短歌・漢詩が若干見られる。うち「尉氏水災」と題された歌は印象深い。尉氏は河南省開封の南に当たる。

　黄河きられたりときき夜もすがら心落ちつかず馬装とゝのふ
　黄河の水早や城外に迫りたるを見つついひ知れぬ不安つのりくも

そうした例もあるが、全体的には散文への関心がまさっていたと見られ、戦後も詩とは別に同人誌「幻野」などに発表した短編にひかれた私など、その源に納得できたと言っていい。

もっぱら戦後は農民詩で知られる錦だが、それ以前の詩との関係は、二回目の従軍から解き放たれ、佐藤一英とつながりを持った時期が重要だろう（中国体験に基づく聯詩も若干、残している）。

「従軍手帖」は軍律の中で存在し得たものだけに「大別山記」のように長さを持った力編もあるが、

日録を除けば全般には習作的エッセイが多い。南京はどうだったのか。その日常性に触れた小品もないではないが、例の南京事件をうかがわせるメモなどあろうはずもない。

しかし全詩業の中で「三重詩人」八五年二月号にはそれを材とする二作が登場した。副題に「わが軍隊手帳」とあるのはどちらも冒頭に「軍隊手牒」から軍歴を引いたことによる。一作目を（軍歴の一部を中略したが）示しておこう。

南京戦記
—わが軍隊手帳—（一）

昭和十二年八月十四日動員下令、同月二十九日第十六師団司令部編入。（師団付衛兵騎兵）（師団長中島今朝吾中将、参謀長野田大佐）九月七日大阪港出発。同月十一日塘沽上陸。自九月十二日至同月二十七日子牙河沿岸地区（河北）ノ戦闘ニ参加。（中略）自十一月二十七日至十二月一日常州附近ノ戦闘ニ参加。十二月二日至十二月十二日南京攻略戦ニ参加。自十二月十三日至十二月十四日南京城内掃蕩戦ニ参加。十二月十五日南京入城。自十二月十六日至十二月十七日南京城外掃蕩戦ニ参加。自十二月十八日至二十二日南京附近ノ警備。

★

南京城前面に
要塞堅固な紫金山があった。

わが中島兵団は、中山門を目指し攻めあぐんでいた。
一夜明けると
脇坂部隊によって光華門が爆破された。
砲撃によって崩れた城門の隙間から
脇坂兵団は南京一番乗りをした。
城内外の掃討戦がはじまった。
紫金山の塹壕によって
頑強に抗戦していた南京防衛中国軍の機銃弾も次第に散発的になっていった。
朝早く、抵抗していた敗残兵が後手に縛られ
私たちの露営地近くの
散兵壕前面に、つぎつぎにならばせられた。
彼らは、十二、三名いた。
彼らは、みな目かくしされ壕の前に坐らされた。
管理軽重の下士官が
内地から腰に吊り下げてきた、日本刀を引きぬいてふりかぶった。
捕虜の中国兵の首めがけて
彼の日本刀はふり下ろされた。
彼の手元は狂って

中国兵の肩に斬りつけた。
目かくしのまま、中国兵はうしろむいて何かをするどく叫んだ。
下士官は、それであわてて
二度目を大上段に、さらに首めがけてたたきつけた。
一瞬！
中国兵の首から、パッと血がふき上げた。
中国兵の首は、付け根から前方にむけてガクンとたれた。
下士官は、急に右足の靴を前に突き出すと
中国兵の腰を散兵壕にむけて強く蹴った。
その日、何十人の中国兵が処刑されたのだったか。
私は、第一回の斬首をみたのち
その場を離れた。

軍歴の中略部分には華北から華中への転戦がいくつも記されている。詩の本体と言える★以下はまるで第二次大戦終結後のイタリア映画ネオリアリズムの直截さである。
このあとに二作目の「南京港・下関にて」がくる。一月以降、四月までの軍歴を六行で示し、★以降は船で河北戦へ向かう前、広場で偶然出会えた同じ村出身のセイジロとの会話が中心。馬をひいて乗船する最後の〈動〉も見事であった。

二編にはセットで接する必要があろう。詩へと造型した戦場体験作は意外なことに錦の場合、限定的だった。出来事から半世紀近く経過し、加害者の問題が言われるようになった中で挑んだという重さについても考えさせられる。

(2)　銃後の大家

伊良子清白

戦争体験は戦地に限ったことではない。銃後の場合はどうだろう。

伊良子清白（一八七七―一九四六）は詩集『孔雀船』（一九〇六年刊）で不朽の名声を獲得している。本業は医師であり、一九二二年以降は鳥羽小浜の診療医として長くつとめ、その間にはむしろ短歌へ注力、県内で発行されていたいくつもの歌誌に寄せている。そんな中からの例。

①　軍の思想がのしかかるといふおほけなきこの民草をいかにせんとする
②　南京陥落の号外飛べり待設けし家々の国旗たちまちにたちぬ
③　歩むべき道を歩むにおそれあらんやヒットラーよ進めドイツよ進め
④　宣長が街医者なりしことをおもひ流行《はや》らぬにてもわれは慰む
⑤　英国の侵略の根城シンガポールに皇軍すでに衢《ちまた》に入りぬ
⑥　轟かす天っ御業と敵のふね己砕けて神沈めます

⑦ 寒風の海の面黒しこぎいでて底の漁礁になまこ突く船

①は「一九三七年二月、尾崎咢堂先生政壇上に獅子吼す、感慨多し」の前書きが付く。反軍演説に対する微妙な反応をうかがわせる。その年七月の日中戦争への拡大により南京戦を経て、②が翌年には発表された。③も三八年の作。ヒトラーユーゲントが伊勢参宮した際の歌にもつながっていくが、一方では『孔雀船』の早い岩波文庫入りもあったりした。⑤は日米開戦に伴っての南方作戦、シンガポール占領で、四二年に入ってからの掲載だが。⑥は四四年の第一次ブーゲンビル沖航空戦にちなむ。そうした時事詠が多い中に、④や⑦も散見されるのは一種の救いで、せめてもの可能性を示唆していなくもない。だが、日清・日露の背景があって詩歌の道へ進んだ明治人のありようは意外なほど時の動きにも敏感だったわけである。

清白関連の私的な回想を添えておきたい。敗戦後、初めて男女共学となった新制高校で、高一の時の担任は深江百合子先生。数学担当の若い洋髪姿。それを思い出させてくれたのは『全集』刊行にちなんで清白特集を組んだ「現代詩手帖」二〇〇四年八月号に掲載の清白一家の集合写真だった。一九三八年とあり、百合子嬢は左端に目立って十代半ばだろうか（同じ写真は鳥羽で復刻された『孔雀船』にも載る。そこには一九三三年とある）。母の清子は清白の長女で深江家へ嫁ぎ、この写真では右の方に映っている。清白の最初の妻、幾美は一九一九年に死産で亡くなった。翌年、寿と再婚。次男の正は二二年に生まれた。やはり計十七人のその写真に中学生の制服制帽姿である。

百合子先生に男子生徒は失礼な渾名を進呈した。校舎は空襲で焼け、久居の聯隊兵舎を使った時代。

そんな日常下の自然発生的な集団創作（？）だったのかもしれない。

正氏とは二回会った。清白終焉の地、墓もある現・大紀町打見に詩碑ができた折（九四年）と、数年を経て鳥取の自宅を訪れた際。後者で強烈だったのは、清白の日記には母に関してひどいことが書かれていて、と言われた件。のちに氏は父の「潔白」を挙げながらも「家庭人としての非合理…身勝手な生活」と記したこともある。

楠井不二の新書風『評伝　伊良子清白』（七一年刊）がなつかしい。高木市之助の序には河崎五十を介して知ったと記されている。氏と最後に会えたのは金達寿氏と一緒の時で、鳥羽市の教育長室だった。

鳥取県倉吉に清白本を出したばかりの頼田恵子さんを訪れたこともある。打見の除幕式の帰途は山路峯男氏から長い研究上の苦労を聞かされた。『全集』の編者、平出隆の場合もだが、清白好きの専門家は、例えば五連から成る「郷軍勇士におくる歌」（三八年）などに触れたりはしない。正氏の言とは別に、戦中の作には個的な感性と国策志向の混在する矛盾が気にかかる。しかしそのような空しい文語詩と同じ年に寄せた「岩波文庫本のはしに」という名文の後半、「ひるの月み空にかかり」に始まる六行へと結実した清白ならではの美的造型には私などやはり魅せられる。

佐佐木信綱

銃後にあった佐佐木信綱（一八七二—一九六三）は歌壇の世界では一方の雄だった。父・弘綱の伊勢国学を受け継ぎ、万葉集の基礎的研究では業績を重ねて東大の万年講師の地位を保ち続けた。歌誌「心の花」は曲折はありながらも、孫の幸綱の時代には俵万智を押し出したことなど含め、結社が長続きしていく礎をになったわけである。

日中戦争へと拡大した一九三七年、信綱はすでに六十五歳に至っていた。第九歌集『瀬の音』(一九四〇年刊)の巻頭は〈日支事変〉開始にちなむ三首を並べ、関連する時事詠が後に続く。日常的な旅の作などはそれらが一段落してから、という配列なのである。いくつか拾い出してみよう。

① 忍び耐へ耐へ来しおもひもえたぎり炎の滝とさくなだり落つ
② 大き亜細亜いま肇国《はつくに》の御代にあひて遠《とお》肇国の御代たたへまつる
③ 大山《だいせん》は裾長く引けり秋の日の夕日、山裾にくれなゐをまく
④ 飛島の七つ小嶋にゆふ日はえ今ひきしほの汐の流駛《と》し
⑤ 鈴鹿川秋の流を父にそひて渡りつるわが幼な影みゆ

①は巻頭歌の一つ。②の「遠肇国」は神武天皇の存在が刷り込まれていたればこそ。当時にあっては自然な発露かもしれない。③は山陰への旅から。④の前書きには「鳥羽より船にて二見にむかふ」。「七つの小嶋」は旧道やJRの車窓から見られるが、ユニークな民俗・歴史の徒だった筑紫申眞《のぶざね》に言わせると、大八島のイメージ。⑤は「伊勢石薬師村先人記念碑建立三十年祭に」とある。例えば石薬師の家から母の実家がある神戸《かんべ》へ行くには、鈴鹿川にまだ橋はなく、徒歩で渡ったという歌を思い出させる。
信綱の歌集づくりの流儀でいくなら、次の一冊には〈大東亜戦争〉時の諸歌も収められていいはずだが、第十歌集『黎明《れいめい》』(四五年刊)の最初は早くも戦後への同調である。

⑥　新日本《にいやまと》国の真柱に築き立つる若人のうへに日はかがやけり

しかし例によって日米開戦前夜へとさかのぼっていく。

⑦　元寇の後六百十年大いなる国難来《きた》る国難来る

「昭和十六年十二月作」と前書きされ、歌の後には「追記」として、十二月六日に読売新聞記者が来て、近く重大発表があるからと「その日に載すべき歌」を所望した。日米開戦翌日の朝刊の見出しに国難云々は使われたと記す。戦後といえどもその辺は含めておきたかったのか。

そのあとは戦争関連の歌などひっ込めて信綱流の日常詠を並べ、終わり近くには洞庭湖二首や南京六首までも。かつての中国への旅である。それにしても敗戦の三か月後という刊行の早さには驚かされる。

戦中から戦後への歩みを知るには歌集よりもドキュメント的な回想『作歌八十二年』（五九年刊）の方がつかみやすいのでは、と思い直し、当たってみた。時を経ての刊行だけに客観性も備わった進め方となっている。

例えば一九四二年十一月に関してはその中の三項目が印象深い。一つは大東亜文学者大会讃歌四首。うち一首を引く。

⑧　皇国《みくに》の花菊さき薫るよき日今日を遠つまれびと海越え来る

アジアの作家も招いた肝入りの国策的な集いだった。

二つ目は情報局後援の「愛国百人一首」の選者委員。三つ目は石薬師を含め、鈴鹿市が誕生したことにちなむ祝歌を伊勢新聞へ寄せた件（どんな歌かは示していないが）。

四三年四月、肺炎にかかった、臥中に百余首とある。

⑨　日に幾たび注射また注射の為に生かまほしき望あり堪へざるべからず

私的な領域だけにこの類の歌は生彩を放つ。

六月、軍歌「アッツ島二千の忠烈」。「放送局の依頼」とあるのはＪＯＡＫ（民放などない時代）のこと。

四四年一月、昨秋の学徒出陣を送る歌が登場する。

⑩　大いなる歴史の中の一人としいゆく若人よ今ぞ此秋ぞ

戦時体制への従順さも極まった例と言えよう。

二月、弟子の村田邦夫が応召の前日に来訪した。やはり『作家八十二年』からだが。

⑪　国つ学国つ意《こころ》を胸にたもち征《ゆ》くにいかでむかふ敵《あた》あらむ
⑫　海ゆかば水づく屍《かばね》と講ぜし君身をもてい征くみ召のままに

石薬師の佐佐木信綱記念館設立時の縁の下の力持ちを自認していた神奈川県の村田氏には何回かお目にかかったが、いつも苦労話をこぼされた。師を慕えばこそのボランティアぶり、行政側にはわかりようもない内なる情熱を思い起こす。

四五年八月十五日から十七日にかけての四首から、

⑬　天を仰ぎ地《つち》にひれふし歎けども歎けどもつきむ涙にあらず
⑭　わが心ともらひ暗し海は山は昨日のまま海山なるを

『黎明』の核に据えるべきだったろうが、そうはさせない世の気流下、自責が働いたとも見られる。村田邦夫に似た尊崇を、三重の側で探せば宣長研究に打ち込んでいた出丸恒雄なども信綱に対し、抱いていた。一方、同じ国文学者ながら十六歳年下の高木市之助からは、信綱への疑問を耳にしたことがある。小田切秀雄らが戦後すぐ文学者の戦争責任を問うた件に加え、伊勢びとの持つプラス面・マイナス面の体現例といった問題。宇治山田から津まで、特急ではない急行電車の中での雑談だったが。

片や軍歌の「水師営の会見」、一方では唱歌「夏は来ぬ」の作詞者であり、学問や作歌以外の面でも活躍したわけである。信綱記念館ができたのは当然で、県内に設立の運動はそれなりにあったものの県文学館の実現など今や困難となっているだけに、早かった設立は特筆に値しよう。

(3) 南方の島々

文学者たちを動員した日中戦争におけるペン部隊に関しては散文編でいずれ触れることになるが、丹羽文雄・中谷孝雄などは軍の意向とは別に、それなりの作を生んでいる。

やがて日米開戦とともに南方への文化人動員が目につく。四二年の例だと大宅壮一・阿部知二・横山隆一らによるジャワの文化戦線。映画の側からも派遣された。ニュース映画・文化映画をになう日映はジャカルタに支局を設け、占領地の島民へ提供する短編も制作。例えば、二十代だった伊勢長之助は構成・編集を担当した一員だが、戦後すぐには「日本ニュース」の特報「東京裁判―世紀の判決」で気を吐いた。ドキュメンタリスト伊勢真一の『いまはむかし―父・ジャワ・幻のフイルム』(二〇一二年)は戦中の父・長之助の足跡と作例をジャカルタや、アーカイブのあるオランダへ赴いて追跡、八十八分の秀作である。現地の高齢者に戦中の日本人についてたずねると、こわかった、娘をつれていかれないよう隠したなどの反応。父・長之助にも戦時責任があるのかどうかは難しい問題で、むしろマラリア撲滅の啓蒙や、演説の中で独立の意思を強調するスカルノを映像的に押し出した辺りに真意はあるのかもしれない。

翌四三年、シンガポールで国策映画を撮るよう求められた小津安二郎(一九〇三―六三)とそのスタッフが現地へ到着した。戦況の悪化で事態は進まない。そのころ、ジャワへ派遣されていた作曲家の山田耕作が逸楽の限りを尽くした話が伝わる。その辺を小津はどう見ていたのか、について記された文章を読んだこともあるが、山田の戦争責任を問う音楽批評家の山根銀二と戦後すぐに論争が起きたのは当然だと思われる。戦時の加害・被害とは別に、トクを図った大物も存在していたわけだ。

話を戻して、南方へ派遣された体験を持つ二例へと進めたい。

高橋沐石

俳人・高橋沐石《もくせき》（一九一六―二〇〇二）は多気郡勢和村古江の出身。本名は務。三四年、津中学から旧制姫路高校を経て東大医学部へ。在学中に東大ホトトギス会に加わって山口青邨に師事。「夏草」に属した。四二年の卒業とともに同大学附属病院内科へ入局したが、すぐに海軍の召集を受け、ニューギニアの西、アル島で軍医をつとめた。

①　宵宮の蝦夷に焚く火の大いさよ

②　南海の大きく真赤な蟹を食へ

③　椰子村や祖国の夢に現濤《うつつなみ》

④　椰子の月土人の踊り歴史あり

①は医学実習で樺太《サハリン》へ赴いた四一年の作。②は四二年春、南方へ向かう友を送った時、とのちにしるす。③④は四四年、アル島での例だが、公刊された著書の範囲ではこの二句以外には見つけにくい。い

ずれも異文化体験の受けとめ方に興を抱く。復員以降の作もいくつか拾っておこう。

⑤　雲ヒバリ故国の水や口漱《そそ》ぐ
⑥　雁さわぐよごれし靴の五六日
⑦　よろこびのきはまるときの牡丹の芽
⑧　春塵のいづこに住居もつべしや
⑨　隠密軍備蟇潜むゆゑ波紋あり
⑩　郷《くに》里の知り人それより多き蛙の眼

⑤⑥は四六年の復員時。⑦は四七年の新婚、⑧は住宅難の東京である。⑨は五二年、再軍備が話題になった時期。⑩は五三年、帰郷しての感慨と言えよう。

五四年、国立静岡病院へ赴任。五六年、「萬緑」同人。六六年に静岡で「小鹿《おじか》」を創刊し、長く主宰もつとめた。晩年は津へ転居。私はその時期に知り合い、三重大へ着任した深萱和男氏宅での連句の集いに何回か参加している。句集は『青山』（一九九六年刊）まで四冊。三重とかかわる句はかなりの数にのぼると言っていい。

没後、散文を集めた『R島』（二〇〇三年刊）が遺族の手でまとめられた。旧制高校時の作を含む十編だが、うち書名にも使われた「R島」は、孤島の軍医長だった体験記で、五二年から翌年にかけ、俳誌「夏草」に連載されたもの。病院長として多忙だったことも理由の一つに違いないが、沐石の場合、南方体験を長くはひきずらなかったのではないか、それだけに貴重な一編だと思われる。

津の西丸之内のお宅を訪れ、夫人から沐石生前の話をうかがったことがある。私の祖母の家のあった筋向いに当たっていたこともなつかしい。東京から疎開して四か月後、B29の猛爆でわが家は焼失した。夫妻が住むはるか以前、敗戦の二週間前だった。防空壕へ駆けつける暇もなく、部屋の押し入れへ飛び込んで一命をとりとめた。全壊に近かったが、そこへ近隣の火が迫ってきたのである。

中野嘉一

詩人、歌人だった中野嘉一（一九〇七―九八）は戦後、三重とは関係が深かった。愛知県出身、慶大医学部を出て東京板橋の武蔵野病院では精神科医として一九三六年、太宰治の主治医をつとめた。戦争末期、四四年三月にまず軍医予備員の教育召集があり、四月の召集で見習士官としてサイパン島へ向かった。六月にはその南の西カロリン諸島ウォレアイ環礁の中で最も小さいメレヨン島の診療所へ分遣となったのである。

四五年一月、少尉となるが、敗戦を迎え、同年十月に復員。三重の宮川病院で勤務の後、松阪で開業、上京する六六年まで医業のかたわら詩誌「三重詩人」「暦象」で県内の若手を育てた。朝日新聞三重版での詩の選者も長かった。

社会派の錦米次郎と「三重詩人」を創刊したが、一年を経ずして分裂し、芸術派としての「暦象」を自ら主宰したのである。

中野嘉一の作品を戦争体験の面から見ていくには、まず短歌から入るのが近づきやすいのかもしれない。作風は新短歌に属し、俳句でたとえるなら定型派ではなく、自由律派に相当する。実作だけでなく、中身の濃い『新短歌の歴史』（一九六七年刊）のような著作も可能なくらい、新短歌運動に関する博識ぶりには驚かされる。但し太平洋戦争下に駐屯したメレヨン島に関連する歌を一括した歌集『メレヨン島の歌』（九三年刊）は詩集の刊行に比べ、かなり遅い。

歌集『メレヨン島の歌』には四つの章立てがなされている。全百五十首から成るが、ここでは歌集の最初を飾る「メレヨン島の歌」（「詩歌」一九六七年七月号から十二月号にかけて連載）から例を引く。

①無人の島 骨片のような珊瑚のかけらに躓き 倒れる
②サイパンから機帆船に乗つて三日三晩いやな島に上陸したものだ
③南瓜を盗んだ奴がしばられているジャングルの入口の椰子の木
④島のどこからともなく読経の声が聞こえる今日も誰かが死んだ
⑤遠浅の珊瑚礁の海にむかひつつ格子なき牢獄と喜びかなしむ
⑥あかあかと海の上ゆく太陽と甘藷の苗さしつつわが仰ぎたり
⑦白旗を揚げていま丸坊主の兵隊が起立する 珊瑚の砂の上
⑧パラノイアこそ人間と イルカの叫び 血みどろの肖像の応え

①の赴任時から⑦の降伏時までは素直に読んでいける。⑤⑥は宮川病院時代の作とのちのエッセイに記す。⑤にある「格子なき牢獄」は戦前フランス映画の題名。⑧へ来て読む側は立ちどまるのではない

か。守備隊の中で起きたパラノイア症状、それと海のつわものを組み合わせるモンタージュ流儀、中野の独壇場と言えよう。ちなみに近代小説にパラノイアが持ちこまれたのは「舞姫」だろうか。作者森鷗外も軍医だったが。

この歌集では随所に独自のシュールな要素も散見される。巻末近くの「離島幻想」など連作短歌風に思えるし、実は詩の各行をなしているとも解せる境地に至った。

詩の場合はどうか。『メレヨン島詩集』へとさかのぼってみる。第一詩集『春の病歴』(五二年刊)に続いて刊行されただけあって戦後文学的な意欲のほどをうかがわせる。全二十六編を収めるが、二編を引いておきたい。

ある環礁にて

茫漠とした海の極に
戦車らしいものが廻転してゐる
のを凝視しながら
環礁の低い木立のなかで
多くの生命が蒼ざめてゐた。

スコールの叩きつける海岸に着いた。

大発の中で人目を盗んで
恐怖の日記を書きつゞける。
たゞ漂流して行けばよい。
大きな蛾が波の上を
褐色の瞳をして飛んで行つた。
はるかな日本列島をめざして
それは鋭い意志を示した。

二連から成る（のち一連化したが）。「大発」は短歌の②にあった「機帆船」。蛾の「鋭い意志」、戦後だから書けたとも言えるが、戦中に三十代後半だった作者の秘めたる「意志」だったのではないか。

メレヨン島に訣別する日の歌

戦争はもう済んでゐた
西カロリン諸島メレヨン島に
生き残りの兵隊が
農耕をやつてゐた。

密林の樹木を伐り倒し
珊瑚礁《リーフ》の小石を節にかけたり
どろどろの腐蝕土をリヤーカーで
海岸線から運搬して来て
小さい島の土を耕してゐた。

凸凹の滑走路は芋畑になつた。
はりめぐらされた有刺鉄線のはるか向ふで
兵隊が二三人立つて
玉蜀黍と南瓜畑の番人をしてゐた。

夜になると
俄かに銃声が響いた。
南瓜泥棒、芋泥棒といふ叫び声。
食糧確保のために
生き伸びるために
人間の暴力の犠牲が繰り返された。

ある日
フララップ、マレヨン、オッタガイ、
タガイラップ、スリアップ、ラウルといふ
いくつもの離島から
生き残つてゐた僅か少数の
兵隊が集められ
大発数隻でひつそりと輸送された。

日の昏れのメレヨン環礁の外海に
引揚船高砂丸の姿が
神々しく浮び上つてゐた。

島の悲劇のあの終末は
いつまでも私の記憶から去らない。
一年半の間に
七千といふ数多くの死者達を
椰子の木の根もとに埋葬したこと……
環礁の外海はるか遠くに水葬したこと……

島の皇帝が遂に白旗をかかげたこと……

ああ今
島は物凄い烈風とスコールに見舞はれ
南瓜畑、芋畑、玉蜀黍畑もみえない

電探の高い櫓は
こはれたまゝ突立つてゐる。
カヌーを漕いで見送りに来た島民は
赤い汚れた手拭ひを振りながら
愚痴の様に笑つてゐた。

甲板の上で私たちは
泡沫のやうに消えてゆく
島々の形態をみつめてゐた。

十連から成る。第三、四連は短歌の③とつながる。第五連の「少数の兵隊」と第七連の「七千」との関係。大戦末期にメレヨンでの餓死者・病死者は突出していた。

シュール系の詩人と言われるが、記録性が作品を支えた点も見逃せない。身についたカルテへの記録がそうさせたのか。ともに傑出した例には違いない。詩集の目次が示すように一冊の冒頭と最後に置かれてはおらず、それぞれ初めの章、終わりの章の中には見出せるわけだが。

中野嘉一のメレヨンへのこだわりは、実は復員時に日記を持ち帰れたことが大きい。手帳三冊分、それらはほかの体験者との共著『メレヨン島　生と死の記録』（六六年刊）の第二部に「食糧船未だ来らず」の表題で収められた。のち『メレヨン島・ある軍医の日記』（九五年刊）として復刊されたが、その際には関連する短歌や詩をもさし挟む形をとった。中では今回、引いた詩二編がやはり目をひく。島での四四年八月から翌年九月までの日記以外に、短い「復員日記」を添えた点も新装にふさわしい。日記の中では、九月十七日に「あゝこの白旗をみる事の如何に恥辱か」。短歌の⑦にはない感慨であるだけに注目した。正直だが、刷り込まれていた戦時の例でもあろう。

(4)　伊勢湾と東京・山の手

山口誓子

山口誓子（一九〇一―九四）の戦中・戦後は伊勢湾時代と重なっている。しかも長い句業の中では最も重要な時期だったことになろう。さかのぼって見ることにしたい。まず戦前の代表句を挙げるとしたら、どうなるか。

①　学問のさびしさに堪え炭をつぐ
②　メーデーは夏祭かと子の待てる
③　夏草に汽罐車の車輪来て止る
④　ピストルがプールの硬き面《も》にひびき
⑤　夏の河赤き鉄鎖のはし浸る

①は一九一四年の作。関東大震災の翌年であり、まだ東大生だった。初出は「ホトトギス」。『凍港』（一九三三年刊）所収で、この第一句集には高浜虚子が序を寄せている。しかし水原秋桜子とともに「ホトトギス」からの離脱に至った。②③④は伝統墨守とは違うモダンぶりが新鮮。②③はともに第二句集『黄旗』（三五年刊）所収。初出は阿波野青畝主宰の「かつらぎ」（三三年六、九月号）。④⑤は第三句集『炎昼』（三八年刊）所収。ともに初出は「馬酔木」（三五年五月号と三七年九月号）。三七年七月に日中戦争へ突入しており、官憲側は⑤の中の「赤き」に神経をとがらせたとされる。いかにも大阪という都市の一情景だが、しかしどこか重みを持つ。
『炎昼』の序は秋桜子。諸作の初出は「馬酔木」で、秋桜子との結びつきのほどを示している。その中の「夏と人間」三句は見逃せない。一例を引く。

⑥　夜行軍汗の軍帽を手に脱げる

実は④を含む「ダイヴィング」五句の次に置かれており、両者の併存それ自体が日中戦争前年の時代状況の一端と解したくなる。

⑤の発表と同じ三七年の「俳句研究」十二月号に誓子はエッセイ「戦争と俳句」を寄せた。長谷川素逝の例を挙げながらも有季定型の伝統俳句よりは新興有季俳句の自由さの方が戦争を有利にとらえられるのではないか、という見解。誓子は新興俳句の一翼を担いつつ有季定型を守る立場。新興俳句運動は次第に無季へ傾いて、戦争批判に近い向きも現れたのだが、とにかく一石を投じたことによって、独自の位置を確認したとも言えよう。

第四句集『七曜』(四三年刊)は三八年八月から四年間の四百六十八句を収めている。誓子の句集は編年意識が強い点も一つの特徴で、例えば「昭和十四年」の部分には、「支那事変三周年記念日を迎えて」と前書きされた二句がある。

⑦ 足摺りて雷《かみ》も怒りし今日その日

⑧ 激雷の戦ふ国土なきまでに

四〇年には「紀元二千六百年奉祝」と題のある一句、

⑨ 峡わたる日は真上より菊に差す

⑦⑧⑨とも積極的に時代へ順応といった姿勢ではない。しかし時流の影響なしとも言えないのではないか。

四一年九月、山口誓子は大阪の住友勤務を休職し、四日市の富田海岸での転地療養に入った。胸の病による。

『七曜』には「海村抄」と題された一群の中に秀句が現れる。

⑩ 露更けし星座ぎつしり死すべからず
⑪ つらぬきて天上の紺曼珠沙華
⑫ 露霜に叱る教師も立ちつくす
⑬ わが島根寒月照りて侵し得ず
⑭ 未還機を待つか寒夜にわれ等も待つ

⑩⑪は三重へ転地してきたからこその秀作。⑩には「病快きときは」が前に付く。晶子の「君に死に給ふことなかれ」の俳句版と誤解されないためだった、とのちに述べているが、俳句弾圧が及ぶことへの警戒感とは、やはりおそろしい時代である。それにしても⑩の姿勢は意志的。⑪のイメージは複数あり得る、と作者の講演で耳にしたことがある。自分が思ってもみなかった鑑賞を読者から学んだ、そこが五七五の面白いところといった内容。ちなみに今は彼岸花の呼称が多くなった。小津映画「彼岸花」がそうさせた面もあり、それは功罪相半ばと言うべきかもしれない。⑩⑪の初出は、ともに「俳句研

究」（四二年一月号）だった。

⑫は佳句でもないが、「県立二中」との前書きに注目。関西線と近鉄線の踏切を越え、旧制富田中学（現・四日市高校）の校庭を眺めやってのことだろうか。病ながら散歩が日課だった。⑬⑭は時事詠。しかし作者主体を手放してはいない感。

第五句集『激浪』（四六年刊）は四二年四月から四四年十月までの五百有余句を棄てて「千二百五十七句」。「昭和十九年」の四月以降は、作句の日付がある点も新たな特徴。「日夜精進」と自ら述べたことも関連していよう。ところで『激浪』には戦中・戦後ならではのエピソードが付随している。四四年十一月に活字を組み、印刷直前に至ったが、時局的に中止となる。敗戦後にはGHQへの配慮から見出し（目次と記す場合もあるが）の変更と句の差し替えが行われた。具体例としては、巻頭にある「昭和十七年」は「明治節」三句に始まるが、三番目の見出しは「松」。しかし元は「軍神につゞけ」だったのを戦後に変えたのである。二句のうち一例。

⑮　高きより雪降り松に沿ひ下《くだ》る

「昭和十八年」の見出しでは「うちてしやまむ」→「妻ゐねば」、「山本元帥に捧ぐ」→「臥床」、「山本元帥国葬の日に」→「夏」、「出陣の義弟」→「『冬木』の出発に」という具合。それぞれから一句ずつ引いておこう。

⑯　妻ゐねば松葉を燃やす春の晝
⑰　碧揚羽静臥の上を去らなくに
⑱　峡中にはや月あらず草まくら
⑲　月光の押しわけて来る冬の木々

元の見出しと句の関係は有機的ではなく、官憲側を意識して装ったと見ていい。誓子流の戦時処世の例だろう。

ＧＨＱ対策ではほかに、問題となりそうな二十一句を削除し、句帖から新たに二十一句を補った点にも注目したい。『全集』には省いた二十一句も巻末に示されている。そのいくつか。

⑦　雪さぞや突撃白兵戦地点
⑧　稲妻や悲しきラジオさまたげて
⑨　鰯網英霊還りいましけり

⑦は北方アリューシャンの戦い。⑧は戦況悪化の報。⑨には散歩の往還で目に入る富田海岸の網と戦死者帰還が組み合わされている。

まわり道をしたが、『激浪』の佳句を添えておきたい。

⑳　冷し馬上りて終にかへりみず
㉑　水練の忘れし紅旗夜も懸る

⑳は四二年の作。㉑は四四年九月九日の日付がつく。夏の水練学校のにぎわいも終わったが、海中に立っていた旗はそのままという景。疎開が盛んになる手前の時期に当たる。

四二年から誓子は芭蕉への関心を深めたとされる。四四年にエッセイ集『伊勢詣』刊。戦中本ながら渋い赤の表紙、私など戦後早くに古書店で目をつけたものである。

第六句集『遠星』（四七年刊）は四四年十一月から「かっきり一箇年」の「壹千參拾九句」。やはり「五百有餘句を棄てた」と後記にしるす。敗戦を挟んでの「日付入り」でもある。

㉒　海に出て木枯帰るところなし
㉓　いくたびか哭きて炎天さめゆけり
㉔　炎天の遠き帆やわがこころの帆

㉒は四四年十一月十九日。鈴鹿おろしが伊勢湾へ。帰らぬ特攻機そっくりと作者は言う。何はともあれ、名句には違いない。㉓はＧＨＱを意識してか、句集には収めなかったため、句帖からの例で、四五年八月十五日の作。敗戦当日の本音を示す。それから一週間後が㉔である。戦後の明るい出発がうれしい。

翌四六年六月、桑名寄りの天《あま》ヶ須賀《すか》海岸へ転居。同十二月には桑原武夫の俳句第二芸術論が発表され、誓子は反発した。四八年二月に俳誌「天狼」創刊。同十月、鈴鹿の鼓ヶ浦に移ったが、五三年九月の十三号台風で被災し、西宮へ。十二年間の伊勢湾時代が終わった。「天狼」では根源俳句を唱えたわけだが、戦中それなりに保ち続けた姿勢の新たな展開とも解せよう。三重における戦時の沈潜が実は一つの〈実存〉を鍛えていたのである。

岡野弘彦

岡野弘彦（一九二四― ）の戦争詠はどう位置づけたらいいのだろうか。年齢からしても戦中の同時代的表現というよりは時を経ての作が多いのではないか。今で言えば津市美杉の川上神社の社家に生まれ、川上小学校を卒業後は神宮皇學館普通科に入学した。全寮制の五年間であり、旧制中学に当たる。一九四二年に国学院大予科へ進んだものの四四年には豊川の海軍工廠で勤労動員。四五年一月、召集されて大阪・布施の橘部隊に属した。幹部候補生となった四月，茨城へ。敗戦後、復学できて以降は折口信夫を師と仰いで同居し、歌の道にもつながったのである。

第一歌集『冬の家族』（一九六七年刊）には社家を継がず、「家を出づ」の見出しで示された歌群や、「師の亡きのち」というタイトルでくくられた諸作とは別に、「たたかひを憶ふ」の十六首も注目される。

① 少年の日の二月二十六日かの日より追憶はいよよ暗くなりゆく
② 目とづれば忽ち見ゆるひたぶるに軍靴踏みしめて行きし足　足

③　焼焦げる道に臥したる屍幾つ踏み越えて来ておどろきもなし
④　敵機すら飛ぶ音もなし敗れたる悔いに耐へむと仰ぐ夜の空
⑤　ことごとに学徒兵を虐げしかの班長も妻子を持てり

①は歌集巻頭の三首目。②とともにはるかな回想である。③は後にも登場する空爆のため山手線大塚・巣鴨間で起きた電車の火災。茨城への移動時に違いない。三月十日に続く四月の東京大空襲。列車から逃れたものの、大塚辺りでの惨状だろう。④⑤は敗戦時の感慨。

折口六十三歳での死（一九五三年）、師の全集編集、国学院大学勤務などを経ての第一歌集だったが、歌会始選者（七四年）となり、木俣修急逝で宮中の和歌御用掛（八三年）も担当。折口学の普及、歌人としての活躍のほか、丸谷才一、大岡信と連句を巻くなど意外に旺盛な日々が続いた。そんな中で第三歌集『海のまほろば』（七八年刊）の巻頭「南島　死者の書」には、折口が養子に迎えていた愛弟子、折口春洋の戦死と関連した歌群など目をひく。

⑥　硫気吹く島のいくさに手も足もうせてなほ子は生きてゐる

最初だが、硫黄島での玉砕である。この一連の作もまさしく戦争歌には違いない。世紀が変わって、それ以前にないような題名の第七歌集が登場する。『バクダッド燃ゆ』（二〇〇六年刊）がそれで、八十二歳の刊行。明らかにイラク戦争を意識した書名だが、中に「炎の桜」「バクダッド燃ゆ」「戦火ふたたび」「悲しき軍歌」などの見出しがある。いくつか拾っておこう。

⑦ほろびゆく炎中《ほなか》の桜　見てしより　われの心の修羅　しづまらず
⑧焼けこげて　桜の下にならび臥す　骸《むくろ》のにほふまでを見とげつ
⑨東京を焼きほろぼしし戦火いま　イスラムの民にふたたび迫る
⑩わが祖《おや》は南朝の臣。太平記の怨みのこころ　説きやまぬ父
⑪軍人《いくさびと》 政治家《つかさびと》みなおろかにて　悲歌うたわせて　国は敗れき

⑦⑧は③と同じく大塚・巣鴨関連の光景。⑨はイラクの悲劇。⑨は家郷や先祖への思い。この歌集の巻末には旋頭歌や長歌も登場するが、第六歌集『異類界消息』（九〇年刊）以来、久々の刊行であり、何より老境を裏切る若さも潜んでいることに驚かされる。
第八歌集『美しく愛《かな》しき日本』（二〇一二年刊）は米寿にちなむ。

⑫北朝のいまの帝《みかど》も　軍人《いくさびと》に装ひて　馬に乗りたまひにき
⑬たたかひの炎中の桜。まざまざと見えてすべなし。巣鴨・大塚
⑭ちちははに　生くる命をつげやらむ　葉書をすらや、出すすべもなし

⑫は生まれ育った美杉を思えばこそ。⑩の対極には違いない。⑬と⑭は空爆された夜もまた、その後

の生の原点だったことを示す。

『岡野弘彦全歌集』（二〇二一年刊）が出た年、作者は九十七歳。その刊行で歌風の全体像に近づきやすくなった。津市が発行している「津市民文化」への寄稿をお願いした際、電話をかけてこられたことがあり、伊勢の国出身者特有の言いまわしなど印象に残った。穏やかな作風の中での戦争体験の表現とともに、私には忘れられない。

(5)　俳句弾圧事件

文学者への弾圧例を三重との関連で挙げるとすれば、昭和十年代、どうであったか。突出したジャンルはやはり俳句だろう。俳句弾圧事件は全国的な問題であった。一九四〇（昭和一五）年は「京大俳句」系、翌年は東京へ移って「土上」系で検挙が行われた。伝統俳句に対する新興俳句に官憲は目を光らせ、前者では二月の平畑静塔、井上天地らに始まり、八月の西東三鬼まで。後者だと二月に嶋田青峰・東京三（のち秋元不死男）・古屋榧子らが連行されたのである。

嶋田青峰

嶋田青峰（一八八二―一九四四）は志摩の的矢生まれ。的矢小学校から宇治山田の度会郡高等小学校高等科を経て鳥羽商船予科へ進んだが、やがて上京し、早稲田中学に編入。東京専門学校（現・早大）予科から本科へ。卒業したのは一九〇三（明治三六）年。広島の女学校、茨城の中学で英語を教えた後、早大の清国留学生部講師。〇七年に国民新聞へ入社し、高浜虚子のもとで文芸欄を担当、虚子の退社後は、いわば学芸部長を長くつとめた。「ホトトギス」との関係も深まったが、一九一二（大正一二）年、篠原温亭と俳誌「土上」を創刊。大正末、温亭の没後はその主宰者となった。

当時の「土上」はホトトギス系だったが、昭和初年の終わり近くから新興俳句運動の影響も強まった。但し青峰の作風は伝統的俳句的としばしば言われる。三三、三四年の帰郷にちなむ佳句をまず挙げよう。

①　ひた〳〵と牡蠣の潮や湛へたり
②　日輪は筏にそゝぎ牡蠣育つ
③　入船や島の廓の夕時雨

日中戦争に入って翌三八年の「土上」一月号には青峰の連作「わが歓送」九句が載っている。

④　街頭に菊の香流れ兵を送る日
⑤　声出でず口《くち》あけて手を挙げて顎を伸ばす
⑥　兵の列涙にくもり見えずなりぬ

三例を選んでみたが、大陸へ赴く兵士たちを材にしたもの。④の「菊」には紋章としてのイメージも読みとれよう。

連作は新興俳句の特徴でもあった。

同じ号のほかの同人たちはどんな風だったか。古家榧子、坂本三鐸にもひかれるが、ここでは青峰の次に置かれた東京三のタイトルのない連作四句、そこからの二例。

・少年工学帽かむりクリスマス
・紅茶くむ少女貧しくクリスマス

青峰の息子、嶋田洋一の連作「陸軍病院付近」六句が置かれている。三例を引く。

・兵隊の声の鋭し園枯れゆき
・肩かけの貧しき女《ひと》をなぜか見る
・出征旗枯園に近く立ちて久し

弟、嶋田襄（的浦）の「工場にて」三句も見られる。

・工場の火熱と地吹く風を感じ
・櫨を遠く来て腕時計あた丶かく
・北風になほ燃ゆ炭殻《アシュ》を捨て行きぬ

同人たちの終わりには芝子丁種「流浪の癩《らい》者」八句。前書きに「友来りて、静岡県A川の岸近き松林中に、世を憚る数家族の人々を語る。癩は遺伝にあらざるに人は呪はれてゐる」と記す。連作だが、五例を抜いておこう。

・蓆垂れ襁褓《むつき》つらねて忍ぶ小屋
・村を町を逐はれて来しかみごもれる
・富士映す川にすたれし手が炊ぐ
・人目鋭し夜を待ち遙か行きて買ふ
・眞晝市の大地に伏して銭を戴く

以上のような新興俳句の息吹にに囲まれて主宰の青峰は存立していたことがこの号だけでも浮き彫りとなる。

嶋田的浦（一八九三―一九五〇）は十一歳年下、「ホトトギス」で早くから認められ、「土上」でも病弱の兄を東京三らと助けた。一方、嶋田洋一（一九一三―七九）は早大国文科に在学中の三四年、「早稲田俳句」を創刊。選句などは青峰、秋桜子、誓子に依頼していたのである。

ところで嶋田青峰の時代状況とかかわった作例をなお追えないものか、志摩・和具出身の山口源三著『嶋田青峰の生涯と俳句』（一九九六年刊）が抄出した例から摘記したい。

⑦「兵に告ぐ」読めり熱涙を雪に落とし
⑧珈琲濃し増税案は通過したり
⑨砲音遠し子女うつくしく花まつり
⑩ダニエルダリューの銀幕に日曜の兵昏れたり
⑪夏銀座千人針の女《ひと》を立たす
⑫灯火管制嬰児を泣かす垣隣り
⑬灯火管制団員らが走りとがむるこえ
⑭灯火管制解けず蚊帳に入るほかなし

⑦は一九三六年、二・二六事件である。⑧以下は三八年の作。⑨は「土上」五月号の「卯月八日」と題された連作五句から。⑩⑪は同九月号掲載の連作「事変二周年」五句からで、官憲にすれば目をつける類かもしれない。うち⑩のフランスの人気女優出演作は何か。「禁男の家」「不良少年」「背信」「暁に祈る」のどれかのはず。外国映画上映も制限へと向かう状況にあった。⑫以下も同じ号の連作「夏三夜」六句から。体制への順応度は低い感。その分、自由な姿勢だったことを示していないか。

山口本には地元出身者礼賛と伝統句尊重の傾きがある。しかし、昭和十年代に入って青峰も「土上」の傾向同様、それなりに新興俳句へ踏み出してもいたと見るべきだろう。

先を行った京三の三八年の「或る日」全五句から。

・戦死者の子と街にあり軍歌湧く
・戦死者の子に軍刀を買ふべしや
・戦死者の子と見るシネマ人斬らる

日中戦争下、当局が目を光らせた連作に違いないし、「土上」の中でも際立つ新興俳句ぶり。京三の第一句集『街』（四〇年刊）からである。二十一世紀に入って刊行された『コレクション戦争×文学』（集英社）のシリーズは殆ど小説など散文例を収録しているが、その巻13には加藤楸邨と並んで秋元不死男のこの連作と、同じ年の三句から成る「英霊還る」も収めている。行き届いた目配りと言っていい。

紀元二千六百年の奉祝ムードにあふれた一九四〇年、〈京大俳句事件〉が起きる。三度にわたる計十五名の検挙（うち起訴は三名）だった。翌年二月二日早朝「土上」などの計十一名の一斉検挙（同月中に加えて二名）も行われた。

この両年、「土上」の誌面は実のところどうであったか。四〇年十月には文化新体制に協力すべく編集や組織の刷新を含む「読者諸君に告ぐ」を掲載。十一月号では奉祝の句集〈菊〉を誌上に発表、各人の代表句を橿原神宮へ奉納する手続きに入った。明治節（十一月三日）の前日には日比谷で奉祝俳句大会を挙行している。

年末年始、青峰は弟子の芝子丁種・小柳昌と千葉県勝浦の新宮で過ごす。創刊二十周年に当たって「土上」一月号へ青峰は略年史を発表した。そして二月号で終刊を余儀なくされたのである。

青峰の検挙当日の様子やその後について山口本は小堺昭三『密告―昭和俳句弾圧事件』（七九年刊）の要約的紹介をおこなっている。その朝の妻や洋一の対応、留置場での実態、シラミを取ってくれた同房の朝鮮人青年、三月初め早朝の喀血、隣房にいた新劇俳優・薄田研二の大声で看守は来たものの午前中は放置されたまま、やっと女医が訪れ、夕方、寝台付きの車で帰宅を許され、保釈となったことなど（事件が起きる以前、俳誌「鶏頭陣」を主宰し、東京日日や日本放送協会の要職を渡り歩きながら当局に通じていたとされる小野撫子の紹介も印象に強い）。

以後、病弱の日々が続く。洋一が雑誌「家の光」の編集部にいた関係で俳句欄の選、新潮社の「日の出」の選など担当したり、若干の句会との関係はあったが、敗戦の前年五月末日に没した。六十二歳だった。

山口本の見どころの一つは、そんな期間の作例を収めた点。そこから四三年一月の二例を挙げておく。

⑮　一億のみ民のひとり初詣

⑯　羽子の音波音の上にまぎれなし

山口本には秋元不死男による青峰句鑑賞からの引用もあるが、秋元を育んだ、いわば未来につながる通路への評価もほしかった。十九歳も年下の東京三、すなわち不死男の検挙から出所までは第二句集『瘤』（五〇年刊）の前半の諸句が示してくれる。後半には亡き師への追想も。

・捕らえられ傘をささずよ眼に入る雪
・獄を出て触れし枯木と聖き妻
・わが胸に虻つきあたる青峰忌

一句目は連行された当日の早朝。二句目は二年を経て東京拘置所を出た日。但し四六年の発表。名句である。三句目には「五月三十一日」と前書きが付く。四七年作とされるが、読む側の胸に突き刺さる作と言えよう。

戦後に大輪を咲かせた不死男の存在は嶋田青峰なしにはありえない。学歴のない秋元は横浜の保険会社で一緒だった的浦の勧めによって「土上」に入会した。一九三〇年のこと。青峰の葬儀への参列者はごくわずかだった。出所した不死男は参列できたことになる（当然、虚子もだが）。個性の強い俳人ではないが、後進を育てるべくリベラルな姿勢を保とうとした青峰の昭和十年代前半のありようが示唆するところは小さくないのだと思う。

スペースが許すなら的浦や洋一にも触れたいところだが、先へと進めたい。ただ的浦の場合、「メイデイの行進」（三三年）や二・二六事件（三六年）、シベリア出兵回想（三七年）などの連作があること。戦中は筆を断ったが、戦後は三重へ戻り、日赤山田病院の事務長を務めながら句誌「みその」を発刊したこと（だが、五〇年には没した）。洋一も「家の光」に関係しながら俳道を生き続け、六十六歳で急逝したことは付記したい。

野呂六三子

嶋田青峰の悲劇は東京でのことだが、三重県内の例もある。野呂六三子《むさし》（一八九七―一九四四）がそれで、本名は野呂信吾。宇治山田に生まれ、小学四年を卒業し（当時は六年制ではない）、丁稚奉公や文選工を経て、父のもとで銅工となって大阪へ。技術を学びながら図書館通いの中で社会主義に関心を持った。病を得て帰省し、山田の新町でブリキ屋を営んだ。

小玉道明編『六三子残影―宇治山田の健康俳句―』（一九九一年刊）は戦後県内考古研究の第一人者による労作で、歴史家の手がけた文学本として貴重なもの。全二百六十九ページの多くは一九三七年から四三年に至る六三子の俳句とエッセイだが、解説の部分も詳しく、関連誌などの総目次や本文の転載、取調状況を示す特高月報、詳細な年譜を「付」として収録。充実した一冊である。

一九三〇年代、宇治山田の神都図書館には俳句各派の集う趣味の会があった。館長・伊藤百年の肝いりである。うち「鶏頭陣」のメンバー二十人は三七年秋、「宇治山田鶏頭陣会」を結成、百年がリーダーとなった。「鶏頭陣」はホトトギス系ながら全国の初心者向けに根を張り、主宰の小野撫子は生活重視、健康な作風を唱えていた。例えば嶋田青峰も「土上」三六年六月号の月評や誌上講座で好感を寄せている（そこに青峰なりの眼力の弱さもあったことになろうが）。

日中戦争によって銅の使用制限が求められ、二十年近く続けてきた銅工やブリキ屋の仕事を信吾は三八年夏に失う。町内の夜警の仕事に就くが、経費節約で翌年夏に廃止され、失業した。

俳句への接近は三六年（四十二歳）の辺りから。小玉氏は現存の諸資料を年代順に再編成し、抄出している。

① 賀の筵につどいてうれし春の雨
② 初午の誰へともない土産哉
③ うららかや薬師寺へゆく径細し

これが三七年初めの三句。特筆できるほどではないものの、春や夏の句が過ぎると次のような例に出会う。

④ 秋深し飢じき今日をまた迎ふ
⑤ 秋深き今日も無聊に遊びゐる
⑥ 秋めくや入質の袷をふと思ふ

連作であり、「『失業の秋』と前書きし」が付いている。

⑦ 十二月飢えたるまゝに迎へゐる

これは神都趣味の会に投句したものである。
「鶏頭陣」へ寄せた例も少なくない。三八年の中から。

⑧ 作業の灯消してきらめく冬の星
⑨ 春宵の霧立ちのぼる眉は長し

⑧に小野撫子の評は好意的だった。⑨の前書きは「映画を見る」。日常詠が多いわけだが。三九年に入ってからはどうだろう。

⑩ マスクして夜番の顔よごれゐる
⑪ 元朝や夜番のかほは常の顔
⑫ 徂く春や夜番は冬の服を着る
⑬ 六月のたつきに我をいとをしむ

⑩⑪に撫子は注目している。だが、のち四三年に六三子が検挙された時点では⑪以下は「特高月報」で危険な例として④〜⑦とともに示された。

グループの句誌「野老《ところ》」、「鶏頭陣」での活躍や個人句集『汗牛抄』などにも小玉は触れているが、戦況も思わしくない四三年一月に小野撫子は病没。四か月後の六月五日、六三子は宇治山田署へ連行されたのである。

実は、六三子は三十三歳の一九二七年の飯南郡森村における山林労働争議支援で検挙されている。三三年の治安維持法違反被疑事件でも県内の検挙者百二十人のうちの一人だった。その間、三〇年五月、山田・大世古町の有楽座で催されたプロレタリア文芸講演会（小林多喜二、江口渙、片岡鉄平、貴司山治、中野重治の来演。しかし官憲による「中止」の連発だったという）を企画したようで、当時の体制下では過去の動静も踏まえ、検挙に踏み切った可能性が高い。小野撫子が健在であったとしても、神国の地元の拠点として権力側は抑制なく、連行できたのではないか。

四三年三月、治安維持法違反で起訴され、岐阜刑務所へ。その秋、伝染病にかかり、治療後に釈放されたらしいが、十二月二日に関市内の養老院で亡くなる（五十一歳）。八か月後の敗戦を知ることもなかった。

中央で編まれる文学史に登場するような文学者ではない。一地方の無名に近い存在とはいえ、三重の近現代文学史にとって見落とせない実例だろう。六三子というペンネーム自体〈無産〉を連想させ、それ自体が昭和の側面を〈表現〉している。

(6)　モダニズムと戦争

北園克衛

銃後にあった詩人の中で北園克衛（一九〇二―七八）の戦時はどうであったのか。度会郡朝熊村（現・伊勢市朝熊）の出身、四郷小学校から三年制だった宇治山田商業（現・宇治山田商高）を経て十七歳で上京、中央大学経済学部に学んだ。昭和モダニズムの前衛詩人として活躍。しかし昭和十年代には郷土詩を展開し、戦後に前衛詩や実験詩は再び開花に至った。戦時に話を戻すなら、その初めには「ＶＯＵ」刊行と併存しており、郷土詩も早くから試みられていたのが実際だろう。

ところで北園への関心は私の場合、藤富保男や渡辺正也によるところが大きかった。前者は作風をとにかく概観してくれたし、後者は「芸術三重」の発刊時点で北園などの特集に関係し、のち伊勢市での北園回顧展を果たしている。逆に竹内浩三顕彰に積極的だった小林察は竹内の詩業の対立的存在と北園を見なし、批判的にとらえていた。興を抱いたが、根拠を詳述していない点は気になった。

新聞連載の拙稿では『鯤』（一九三六年刊）をとりあげたが、関心は『風土』（四三年刊）に及んだ。解説などで収録された詩は二十五編とあったり、二十六編とも。それは八〇年代のことだが、九〇年代に入って三重県立図書館に文学コーナーが設置され、その当初は別枠での資料購入もしやすく、『風土』の初版本が文学コーナー用として収められた。それによると二十六編。戦後に刊行の諸本だと一編が削られた形で流布したことも確認できた。作者が省いたのは「冬」。初版本で引いておこう。

冬

冬の日が
風とともに明け
風とともにくれていつた

霜の庭は

いちにち
ぬかつてゐた
榛木の上の
星が
風のなかに光つてゐた
けれども
熱帯の諸島に
皇軍は奮戦してゐた
あ
東亜千年の運命を擔ふ
忠烈な将士たちよ
その勇猛
比類なき
遠い進撃よ

ぼくは
ちひさな茶器のそばで
終日机にむかつてゐた

暗い部屋のなかに
思ひはながれ
かすかな光りがただよつてゐた

全八連だが、四・五・六連は戦後になってみれば作者ならずとも気にならざるを得ない。北園擁護の人たちはついに『全詩集』（二〇〇一年刊）の場合も全二十五編の形で、注をつけるなど、事情説明も付けないままで済ませたことになる。

昭和文学史の中で前衛詩・実験詩における北園への評価はそれなりに高い。それを認めるとしても銃後にあった立場で戦時をどう生きていったのか、は切実な問題に違いない。国策への全面協力と見るのか、否か。二項対立では片づけられないようにも思える。

アバンギャルドの系列とは別の系列もある、という件は本人も語っており、北園研究の側でも定説化している。郷土への思いが根底にあり、『鯤』の造型性に比べると『風土』の諸作はひたすら静的な方向へと徹した感が強い。この際、『鯤』十七編の冒頭、「鯤」を示しておこう。

この青銅の魚はかつてある天台の高僧から年老いた母に伝はつたものである
夏になると谷間の村は若葉のしたに沈んでいつた
客間のすがすがしい暗さのなかを微風がかよひ
微風のなかに魚は颯爽と北方に向つてゐた
このブルウタスのようないかめしい魚と鏡との間で素馨の花が薫つた

『鯤』に収まった諸詩は一九三三年から翌年にかけて、とされる。そのあとの三五年に彫刻家の兄、橋本平八が亡くなった。朝熊という風土と切り離せないユニークな木彫の数々。『鯤』の諸編には兄・平八の作風との共通項が潜む点など、もっと考えられていいように思える。

金澤一志『北園克衛の詩』（二〇一〇年刊）は主に二〇〇三～〇四年の「現代詩手帖」に連載されたエッセイを収めたものだが、北園研究の上で逸してはならない一冊である。若い時期に北園が記したエッセイ風の「青いろの回想」の紹介にまずひかれる。

僕の生れた家は、朝熊村にある。その、朝熊村の三方は、檜、杉、松、欅、等の繋がつてゐる、小山をもつて、幾重かに囲まれ、南方には、朝熊山が、庇を削って、聳えてゐた。宇治山田の町から、鳥羽の城下町に通ずる、鳥羽街道は、遠く、山の裾を縫つて、夢のやうに、現はれ、鬱蒼とした森林のなかに、また、ふたゝび、失つてゐた。

句読点の多い、これが北園の美学というわけだが、私には木彫の仕事の手つき、進め具合を連想させたのである。「文芸都市」二八年五月号に寄せたもので、「はじめて故郷の伊勢を描写したもの」と記すが、いい文献に出会ったものだと思う。一冊の結びには郷土詩。北園礼讃者が触れない「冬」も登場するが、その引用の末尾に「詩作は一九四二年一月、初出は「新評論」五十九号、一九四二年九月」とある。但し削除の件を強調しなかった辺りは与党的立場の、それなりの配慮と見られなくもない。

金澤本と同じ年、米国の研究者ジョン・ソルト『北園克衛の詩と真実』の邦訳本が刊行された。五百ページをこえる大冊で、殊に第六章「ファシズムの流砂」では戦中の北園に鋭く切り込んだ。郷土詩の中で愛国詩五編に注目、北園の当時の歩みとともに批判の目を向けているが、突き放すわけではない。

『鯤』と同じ三五年、前衛詩人に呼びかけてVOUが結成された。日中戦争へと拡大した三七年を経て三八年秋、VOUのメンバーだった長田恒雄の企画で「傷兵におくる戦争詩の夕」で克衛は自作の「戦線の秋」を朗読した。翌年に刊行された『戦争詩集』の表紙を担当し、その詩も寄せている。次は「世紀の日」で「真珠湾攻撃後の高揚した気分を描き出し」たもの。が、その間の四〇年、特高の調べを受けた辺りも詳述。三番目の愛国詩「冬」に至った経緯を論証している。四二年の四月の「旗」から四五年二月の「紀元節」などがそのあとに続く。記述は冷静、客観的でその分、説得的だと言えよう。

四四年一月から四五年八月までの「卓上日記」の紹介も類書にはないもの。戦後に刊行された郷土詩系三つ目の『家』(五九年刊)は全十六編とも戦中末期の作といわれてきたものだが、空襲前後の日記の記述と結びつければ、諸作が見せる郷土希求も現実と切り離せないことがわかる。

イタリアへ逃れていた米国の詩人、エズラ・パウンドとの交流などを核に据え、海外文化の北園なりの受容と創造をテーマとした一冊だが、殊に第六章は刺激的であった。

　ジョン・ソルトとは二回、会ったことがある。最初は八〇年代半ば、突然の電話で私の勤務していた津西高へ向かうから会ってほしいとのこと。図書館担当だった時で、館蔵本も手にとりながら授業の合い間に歓談できたのを思い起こす。朝熊からなぜ前衛詩人は生まれたのか、といった問題。兄・平八の存在がある一方で、植木等の父、僧侶の植木徹照が移居してきた点にも及んだ。津駅からは遠く、バスで来られた氏の姿は若かった。だれが私に会うように勧めたのか、聞かずじまいだったが、三重の文学の新聞連載はしていたものの、単著はまだ出していないころであった。

　二回目は訳本の刊行時か、県外どこかのホテルのロビーで、今や大家に変わっていた。

　三重県立美術館では平八の彫刻展とは別に、平八・克衛二人展を催したことがある。克衛の戦後では、映像の分野まで手を伸ばした例にも接して、興を覚えたが、旧特高の次なる来訪を意識しながらの日々があった件などそこにはなかった。ともかく北園を考える時、複雑な感慨に駆られる。

(7)　学徒出陣のころ

　太平洋戦争の戦局悪化に伴って一九四三年には学徒出陣の事態に至った。だが、例えば竹内浩三などはその一年前に繰り上げ卒業の後、入隊している。川口常孝は四三年でも神宮外苑の壮行会以前に三島聯隊入りとなった。本書でとりあげる人たちのうち、雨の壮行会を体験したのは中井利亮や小出幸三。中井利亮は第三章で竹内と一緒に見ていくことにし、川口は学徒とは無縁だった伊藤桂一とともに中国体験ゆえにこの章の後半で別立てとした。小出も別の角度から光を、と考えて最後に置いた。

中井正義

中井正義（一九二六―二〇一三）は、戦後の三重文壇では清水信の次に重きをなした時期もある。歌人・文芸評論家であった。津の北、旧白塚村に生まれ、津中学を一九四四年三月に卒業。学徒出陣の人たちと違い、自ら陸軍士官学校へのコースを選んだが、志なかばで敗戦。戦後は中学の教師の傍ら農耕に励み、その立場からの短歌や、戦中派としての作家論など著書の数も県内では目立った。同人誌「文宴」を主宰し、氏の没後も同誌は続いている点、特筆に値しよう。

ここでは中井の短歌で、自らの戦時に関連した例を挙げることにしたい。

① たたかひに敗れし怒り一着の軍衣古りつつ消えさりゆけり
② 士官学校出はわれ一人なる職場にて十年をへたり過ぎておもほゆ
③ 神州護持ねがひてひとり腹切りし森崎湊血に染むさらし
④ 侵略と言ふならば言へ若きらは身をかへりみず戦ひて死にき

これらのうち、①は第一歌集『麦の歴史』（一九六三年刊）の冒頭歌で、「敗れし怒り」。陸軍士官学校を去って名古屋からの近鉄は伊勢若松止の終電車。若松から白塚まで歩き続けて帰宅は午前二時」とも記す。②の「職場」は近くの新制中学。③④は第六歌集『しほさゐ』（九七年刊）所収。海軍航空隊のあった香良洲訪問にちなむ十五首からで、③の森崎湊は敗戦直後に自死した。映画監督・森崎東の兄だが、それなりの共感には違いない。特攻隊で戦死した津中学での同級生追悼の一首も見出せる。

中井には北勢での勤務時期もあるだけに公害への怒りや、三島由紀夫と死を共にした森田必勝関連の歌もある。時を惜しんで家業を継いでの農作業。その関係歌がいちばん多い。前衛短歌の台頭に反発したエッセイもいくつか。歌壇の新たな動きに抵抗した一人である。

大いなる人格者でもあったが、ある種の志向も陸士体験と無関係ではない。戦場へ赴くことはなかったものの、鍛えられたエネルギーを糧にして戦後を生きた一例と言えよう。

黛 元男

黛元男（一九二九―二〇二二）は錦米次郎亡き後、「三重詩人」の中心的存在だった。中日詩人会の会長も一九九五年から四年間つとめたが、東海地方における現代詩の実力者には違いなかった。

松阪の南、旧射和《いざわ》村の出身。生まれた翌年には本根《ほんね》家の養子となり、三重師範付属小学校を経て四二年、津中学に入学する（同じ年、竹内浩三らは「伊勢文学」を創刊。浩三は十月、久居聯隊へ入営した）。その前年には父の転職で久居へ移居していた。

四四年、中学三年時、勤労動員で三菱航空機四日市工場へ。さらに同名古屋大江工場に転じて十二月七日の東南海地震に遭遇している。翌四五年、甲種予科練十六期生を志願し、清水海軍航空隊に入り、藤枝基地へ転隊となるが、そこで敗戦を迎えた。

津中学へ復帰。三重農専（現・三重大生物資源学部）に入学したが、体をこわして久居の陸軍兵舎を使用していた津国立病院へ入院。そこで俳句に親しんだが、五一年に「三重詩人」へ参加した。最初は本名の本根史郎を使い、やがてペンネーム、黛元男を名のり始める。
異例とも言える後年の長詩をいきなり引くことにしよう。

ある騒乱

ぼくらの胸中に憤懣が吹き荒れていた
さっきの大広間の集会が
夕やけの窓に赤く焼きついている
明日の帰省は中止する
理由は　疑似ジフテリアの発生
ジフテリア菌を君たちの家庭に持ち帰らないためだ
S教師の言葉は
ぼくらの願望を打ちくだいた
饐えたにおいのする食堂にぼくらは長い列をつくる
干大根のまじる飯《めし》と
虫のついた塩魚
盛りつけの悪い丼に手をこまねいている者に

はようとらんか
賄いの男がどなりつけた
寡黙に掻きこむと
五分間で食器は空《から》になった
その直後から
ぼくらは胃の焼けるような空腹と闘っていた

　一九四四年　サイパン島失陥。米軍の成層圏爆撃機B29完成。東京空襲はじまる。徴兵制19歳に年齢下げ。東條内閣総辞職。

煉瓦づくりの
元東洋紡績四日市工場の屋内にただよう
うす暗い光
万力《バイス》の上で
「雷電」の尾翼部分を手作業で成形する
ジュラルミンの板を焼きなまし
木づちでたたき曲げ
焼き入れをする

感冒《かぜ》ぎみの背中がけだるく痛み
ぼくは困憊していた

夕闇せまる
第三寮の部屋に戻るなりぐったりと畳にひっくり返った
怒《いか》った瞳がいくつも天井を睨みつけている
ひとりが中庭に立ち
ちくしょう　なんで休暇中止なんや
隣の第四寮に向かって石を投げた
空き寮の窓ガラスが割れ落ちる音がひびいた
またひとり石を投げた
ガラスの砕け散る音
みんなが庭に飛びおりて石をもった
連続する破砕音
もう止めようがなかった
石にあたった桜の葉が飛び散り
空に黒く舞った

防火扉を降して大廊下を閉ざす者がいた
期せずして
教師の部屋を遮断するはたらきをした
電源スイッチが切られ
寮内は暗黒化した
激しい足音が廊下を駆けまわり
誰が何をしているのか
声だけが鋭く飛び交いお互いに顔は見えなかった
食べ物の恨みは恐ろしい
厨房から陶器の皿や丼が持ち出され
地面に叩きつけられた

日記
　九月二十二日　悪夢の朝が明ける。虚しい気持ちが心を占める。昼からジフテリアの予防注射。

昨夜のことで各クラスが揉める。就寝十一時三十分。

広場の全生徒を前に、工場監督官陸軍少尉が軍刀を抜いて威嚇した。

――軍需工場は戦う兵器そのものなり、附属する寮もまた然り、汝等は危急存亡の秋に自ら兵器を破壊せる罪により死んで詫ぶべきである。
生徒の眼前にその刃をぴかつかせた。[*1]

五組級長K
――憲兵隊が来たのは、その翌日かと思う。学年主任は私を呼び、一人で取調べ室に行くよう指示した。憲兵は二人で曹長か何かであった。彼等は無気味な程優しく、事件以来吾々を叱らなかった最初の人であった。（中略）「諸君の日常望んでいることは何か。工場での生活は辛いか」などに始まり、「戦争に対する心構えはどうか。先生達はどうか。今度の事件は何故起ったと思うか」等々の質問があった。私は学業や休養の時間について希望を述べたが、今に思えば中学三年生にしても幼稚な事ばかり言ったような気がする。[*2]

日記
九月二十三日、父が面会に来てくれた。大広間でおはぎにかぶりつく。乾パン、栗、いり豆をもらった。冬着もそろい、休暇で家に帰ったような満足を覚えた。
九月二十八日、今日、父兄召喚があり父母が来てくれた。「わしらももう年齢《とし》やで、親に心配かけないのが一番の親孝行やぞ」と父に言われる。夜、部屋の者五名で始末書を書いた。Hは指先を切って血判を押そうとした。

上級生A
――お前らの気持ちはようわかるが、なんで教師の部屋のガラスを割らんだんや、卑怯やないか。
上級生B
――三年生のおかげで、今年の査閲検査の講評は最悪やったぞ。

日記
　九月三十日、クラスのYが退学になったらしい。騒ぎの首謀者とみられたのだろうか。あの事件は、誰もが煽動者であり、誰もが雷同者だったと思う。しかし、Yの救済や抗議を誰も言いださなかった。

暗い陰を眼底に沈めて
ぼくらがバイス台の前に立つと
生産ラインがまたのろのろと動きだした
プレスの音が重くひびいてくる
天井から
斜めに伸びるベルトが回りだす
騒音にまじり
ぼくらのたたく木づちのひよわな音

木型どおりに
なかなか膨らまないジュラ板の成形に明け暮れる日々
ぼくらの造るものは　はたして
空を飛べるのか
十五歳の青春が裏返る秋の日没
聖戦という幻影と
非常時の牢獄に閉じこめられていたぼくらだが
ときに
人間くさい生理と願望が
抑圧の思わぬ裂け目をとらえて
噴き出そうとしていることもまた確かであった

＊1、2「戦時騒擾事件」私見・井土熊野（津高等学校創立百年記念誌『あ、母校』収録）より

黛の第五詩集『地鳴り』（二〇〇九年刊）からの一編。半世紀以上も前、戦争末期に起きた勤労動員先での「騒乱」を回想したもので、ドキュメント的構成が何よりの特徴だろう。紡績工場を航空機工場に転用し、津の中学生を寄宿舎にとどめて働かせたわけである。たまに「帰省」も許されるはずのものが「中止」の命令。それが原因の大爆発だが、全国的に類例はどうなのだろう。時を経て作者を促した一つは末尾の注記が示す津高創立百年記念誌『あ、母校』に寄せられた体験証言。のち医師となった井土

氏による回想記だが、通史を型通りには踏襲しないユニークな方針に基づく記念誌だからこそ戦中のエピソードを素通りさせずに収録できた点も銘記されていい。

三十代半ばから四日市の暁高校に勤務。第一詩集『ぼくらの地方』（六九年刊）にはそれもあって公害を材にした作もいくつか見られる。社会的視野から地球環境、とりわけ発掘遺跡や地質の領域へと視野を移し、晩期にはつれ合いの介護に関する作に至っていく。「ある騒乱」に接しての一つの印象は錦米次郎「南京戦記」と通ずる点。時間が経過することで成り立つ結実であり、生涯にいくつもは造型できない辺りもある種の真実なのではないか。

黛にはほぼ同時期のもっと短い（つまり引用するには適当な長さの）「壕の中」「ぼくの富士」など名古屋の工場や清水航空隊のころをとりあげた作もあるわけだが、これらも時機を得る必要があったわけだ。

中井正義の勇んだ陸士志願という選択に比べ、どこか異なる練習生志願だったのでは、と思わせるが、戦後の生き方や実作時点での表現意識が作品の質を決定したのだと言えよう。

(8)　北方への召集

北方、千島に派遣された二例も挙げておきたい。敗戦直前のソ連参戦に伴ってシベリア抑留や、西も西のモスクワに近い収容所体験へとつながったのである

杉野 茂

一九二三年生まれの杉野茂はシベリア抑留の体験に関して最晩年を除いて殆ど語ろうとしなかった人である。四日市高では私と同僚。それ以前、それ以後も三重県高校国語科研究会などで親しくつき合えたというのに、である。家は鈴鹿だった。学徒出陣の年には大阪での学校勤めに入っており、少し経て赤紙に接した。

晩年の第二歌集『歳華』（二〇一〇年刊）が事情を伝えてくれる。数章から成るが、「終りに」の章に注目したい。そこに「兵たりき」十首があり、まずその一例。

① 心とはうらはらにして行軍の軍靴の音は一つに踏む足

配列順を変えて次は「根室にて」十首から。

② 兵として守りし志発島《しぼつとう》のなかさしひく波の音《と》に心をかへす
③ 徴兵の果て島守《も》り玉砕を覚悟し掘りし砲壕残るや
④ 平和来し三月《みつき》の後の占領を君知りて見るか国後島《くなしり》の富士

千島列島の国後島に近い志発島の警備に当たったわけである。、玉音放送のすぐ後にソ連側は奪いに来たのではなく、「三月の後」に帰還船と思って乗船したところ、沿海州の方へ運ばれたといった話は早く耳にしていたのを思い起こす。かなりのちに根室を訪れ、遠望した時の歌群と解せる。

核心部と言える「シベリア抑留追憶」十三首から。

⑤　恩讐を越えしむものは月日なり思ふはただに生きのびしこと
⑥　強制の惨《む ご》さに耐へつつ労働に倒せし白樺生き香にほひき
⑦　極限の生は鋭し白樺の樹液を甘しと舌にあそびき
⑧　わが軍歴五行あまりに足るなれど青春ことごとそれに拘《かか》はる

結局、シベリアの収容所へ移送されたわけだ。⑥⑦の自然のきびしさと「樹液」の甘さ。対して⑤⑧が示す国家の起こした戦争とその影響の大きさ。今日の世界に通ずる問題を考えたくなる。

九十歳をこえ、杉野氏は請われてシベリア体験を五十席ほどの会場で二回は語ったように記憶している。静かな人柄にふさわしい語りだった。

松島　博

松島博（一九一三―九四）は再召集となって一九四三年七月に国後島へ派遣された。敗戦直後にソ連側が進駐し、沿海州で労役に従事。四六年から二年間、マルシャンスクでの収容所生活を余儀なくされたのである。実は竹内浩三の姉、松島こうの夫に当たる。松阪の八雲神社に生まれ、津中・八高・東大

（国史科）というエリート・コースを歩んだ。三六年、伊勢の神宮司庁につとめ、翌年には士官候補生として盛岡の陸軍士官学校へ。、その後、四〇年に中支派遣第一三三師団聯隊に配属され、四三年まで華中・安慶《あんけい》の参謀部付き将校だった。

召集解除後、当時の皇学館大講師をつとめる中で南千島への再召集となり、国後島へ。敗戦後すぐ沿海州、そして例のシベリア送りではなく、モスクワに近いマルシャンスクでの抑留となった。

旧ソ連から生還して松阪で公民館長や高校勤務を経て県立図書館長。在任中に句と日記から成る『中国の記』（一九五八年刊）を刊行した。中支時代の貴重なドキュメントで、戦闘などは少なく、警備が主だった状況下、「ホトトギス」に掲載された句や、紀行的要素を含む日録など、ある意味では異色の一冊と言えよう。「陣中句抄」と題して巻頭に置かれたホトトギス入選句の五例を引いておく。

①　早春や山ふところの古き廟
②　夏笛や兵がならせば支那の児も
③　老兵の蜜蜂飼へりひたすらに
④　陣佗し鴨の音もきゝなれて
⑤　征き勇む人馬に霏々と松の花

いかにもホトトギス調。素逝と通ずる面はありながら時も自然も異なるためか、平時と錯覚させる点に興は赴く。俳句という表現が持つ一面の真実かもしれない。

その後の松島博は三重県立大や三重大で日本史の教授をつとめた。著書は本草学関係、句集、随筆など多岐にわたる。しかし千島、沿海州、マルシャンスクについてどうだったのかは、それらの中には登場しない。公になった文献に往時とつながる句や文があるなら接したいところである。

妻と金婚記念に編まれた合同の句歌集『八重垣』（八六年刊）はめでたい限りだが、博は四百二十八句を寄せている。七四年以降の分である。一冊の後半は妻の短歌。こう子の作で夫の帰還時に詠んだ例を添えておこう。

① 堅き掌にわが手包みて言もなし六とせを待ちし君還り来ぬ

② シベリヤでよく食ったよと路の辺の大きめかざを夫は手折りし

松島こうの歌歴では弟・浩三関連の歌群に注目してきたが、銃後を耐え続けた女性のその時点の表現、一種の普遍性に気づかされる。②の「シベリヤ」は沿海州と解しておきたい。

(9)　昭和へのレクイエム

三重とかかわり深い文学者が戦時にどう対処していたのか、当時や戦後にどう表現したのか、などをめぐって進めてきたが、例えば川柳への目配りなども必要だろう。鳥羽出身、大阪で活躍した岸本水府の場合、若干の作例を阪本きりり氏に提供してもらったものの、さらに調べる必要を感じた。

とりあげた殆どは男性の場合。森三千代などの例はどうなのか、また銃後にあった無名者の詩歌に当たるなら、女性ならでは意外な面をつかめるようにも想像される。可能な範囲で戦時に関する表現を追ってきたが、ここでは戦後もずっと後、昭和へのレクイエムを吐露した山中智恵子でしめくくりたい。その前になお、県内ではさほど認識されないままにきた二人の例を挙げておこう。

清水太郎

南牟婁出身の清水太郎（一九一四―九一）の詩集を忘れてはならない、と清水信や中田重顕は強調してきた。敗戦後、中国戦線から戻って体験に基づく作を詩集『破片』（一九四九年刊）にいち早くまとめた点で、また作品の質の高さからも再認識が求められる。

屍

藍衣の兵が斃れていた
みひらかれた硝子のような瞳孔は
コバルトの空を籔のように映して
硬直した手に冷却した銃を握って
恐らく彼の手から銃をはなそうとすれば
関節を枯枝のように
ぽきぽきと伸ばさねばはなさないであろう

砲車を曳いた馬が
泥濘をあえぎあえぎ透過した
私はふと、「幻の馬車」のはなしを想起した
死の瞬前に聴える暗い車輪の軋りを
大鎌を持つ死神の使者の黒衣の嘲いを

まわりには、白つゝじが咲き乱れていた
彼の屍はその中で
祖国の土に帰ろうとして
強い腐臭を発していた

第二連三行目の「幻の馬車」は北欧文学の名作で、戦前のフランス映画巨匠の一人、デュヴィヴィエの映画化でも知られていた。映画は日本未公開に終わったはず、原作本の訳本はどうだったのか。「はなし」を知っていた召集前における作者の知的関心をうかがわせる。

娼婦
砲撃に瓦解した街

ラビリンスのような路地のつき当りに
〝軍慰安所〟の看板をかけてある
場内は獣的な兵隊の人いきれ
番号札を持って順番を待っているのだ
喧々囂《ごう》々たるこちらから板壁をへだてて
向こうはひっそりと静まりまえって時々女の嬌笑が聴える

事終わって帯革をしめながら出てくる兵隊のうしろから
廃墟のような女の顔が現れる
乱れた衣裳
乱れた髪
白粉は剥げ
口紅は剥げ
肉体の沙漠がのぞいている

建物の廃墟
肉体の廃墟
精神の廃墟

すべては銃火に撃ち滅ぼされている

二編を引いたが、戦後イタリア映画のネオ・リアリズムに通ずる直截さである。時をかなり隔てて造型した錦米次郎「南京戦記」とは違う印象。詩集の後半は復員後となり、敗戦直後の大阪を材とした作なども強烈。どの詩の場合もずっと後になっては再現不可能なドキュメントでもあろう。
長男の清水秋彦さんから話を聞く機会があった。それによると誕生の地に近い紀州鉱山で若いころには働き、三八年九月に召集。東京の西郊、田無《たなし》で兵器関連の部署に属して大陸へ。翌年一月に九江から南昌戦に参加（小津安二郎の場合に近い）。五年近く経て四三年二月に帰還できた。戦後は地元の若者を集めて詩のグループも。詩誌「歴程」に関係したという。次の詩集『次郎』（五九年刊）は、『破片』とは異質の散文詩十編である。一編を含め、熊野の歴史への関心を抱き続けての短いエッセイにも接したが、ここでは詩集の諸作よりは後につくられた一編を引いておこう。

八鬼山の道

熊野街道、八鬼峠の古道を
尾鷲口から　石畳を踏みしめながら登ってゆく
昭和四十年臘月十一日
野ずらを溢れ　道へしだれる芒の枯穂に
朝露がまつわり　冷々と体に触れる

町石《チャウイシ》の石仏を一軀二軀と数えながら
桧林のほのくらい木下闇の上坂にかゝると
行路死亡者の墓碑が　しらじらと
幽鬼のように浮かび出てきた
近づいて碑文を読む
大暁慧泉信士　西上州群馬郡白川村、北原紋之丞、
明和五年正月八日
と、薬研彫《ヤゲンボリ》の鋭角なタガネで切付けてある

南国紀州とは云え
冷たく凍てた山中の冬の
木下闇の黒土の上に
傷ついた獣のように身を横たえて息絶えた

この熊野道者は
遠く関東の郷里を発ち　東海道、伊勢街道から
一歩　一歩
熊野路の死へ重い足どりを運んできた

使者の素性は
彼地の老いた地侍でもあったろうか
またあの頃のならわしで
親しい系類を故地へ残して死の旅に出た
癩者の悲しい姿でもあったろうか
ともあれこの人の死から二百余年
幾変転の歴史があって現代の熊野の道は開発され
観光熊野は車と人の流れで騒々しい

遠い昔の
一人の熊野道者の死への足跡を
二百余年の歳月をへだてた今日
私は知らずして此処まで踏んできた
今、その死の位置に立っている
そして私は
自らの死の位置をめざして
再び歩行を始め

人生の胸つき坂を登らねばならぬ
歩き始めた私の肩に
梢から陽の輪が淡々と落ちてくる
日は斜め左の空らしい

熊野古道に世間が注目するはるか以前の「昭和四十年の臘月（十二月）」、郷土史家として尾鷲の側から八鬼山越えを果たした際の一編。私も二度挑んだが、峠越えのきつさを思い出す。

切実な戦争体験者が郷土史ないし地方史へ向かった例として竹内浩三と親しかった二見の中井利亮が挙げられる。『二見町史』をリードし、白洲正子との交流もあった。遺族がまとめた遺稿集『ヤマトヒメ・ラインを走る』（二〇〇三年刊）には若き日や後年の詩も収められたが、そのほか書名と同題の歴史エッセイが興趣尽きない。二人の間にはどこか共通項があるように思える。

岩本修蔵

モダニズム系詩人で北園克衛に近い存在として挙げられることが多い例は、宇治山田出身の岩本修蔵（一九〇八―七九）だろう。宇治山田中学から東洋大へ進み、北園との交友もあって例えばＶＯＵの命名者は岩本だった。東京の淀橋区役所に勤務したが、一九三九年に渡満し、四二年からはハルピン芸文協会事務局長。四四年に召集され、敗戦でソ連抑留となるが、モスクワまであと四百キロというマルシャンスク収容所だった。四七年秋に舞鶴港へ帰還し、以後は神奈川で主に福祉関係の仕事に就きながら詩作を続けた。

没後十年して『岩本修蔵詩・集成』が刊行され、晩年から過去へとさかのぼる倒叙的構成によったが、詩業の全体像もようやく明らかになった。特に在満期や抑留時代の未刊詩集・エッセイやコント集などは認識を新たにさせる類。ここではその辺りの一端に触れたい。

①最初期の詩集『喪くした真珠』（一九三三年刊）は短い四編を収めるのみだが、その中の「少年」。

平原の上で絹糸をかきみだすのは愉快だつた
彼女はガラスのやうな声をたてた
僕等は畑の蜜柑が昇天するかと想つた

②在満期の未刊詩集『若き平野の夜々』（四四年）は、長短いくつもの作から成っている。ここでは短い「喇嘛《ラマ》廟」。

平原の夕陽白堊《あ》にてり映え
鍵の形のなつかしい文字
そなたの広野
そしてまた名も知らぬとりどりの花

③未刊詩集『ソ連風物詩集』（四九年）は十編を収める。うち五連から成る「マルシャンスク」の第一、第二、第五連を抄出しておく。

貴族の街の石だたみ
廃屋のある広場には
レーニンとスターリンとが向かい合っている
秋のゆうべ

並木の楊樹が散ってくる
雨模様
乞食が通る
想い出の中のひとすみ
〔中略〕
バザール帰りの一群と兵隊と
うたもうたわず
ものさびた敷石の上
秋の日の不思議な雨のでこぼこ踏んで行く

④未刊詩集『俘虜記』（四九年）は六連から成る同じ題の一編だけを収める。後半の第四、五、六連を引いておこう。

敗れてのちのぼくらに敵のあろう筈はない
それなのにぼくらは身ぢかに敵がいるのを感じた
かつての敵でも味方でもない
その双方の中に新しい敵をみとめていた

ぼくらは人間をきらった
この出来そこないの社会が不満だった
しかも無性に自分がかわいくて
やたらに「こん畜生」とどなり、からからと笑ったりした

いく人かの仲間ははげしい雨の中に斃れた
かなしい地球の断面に小さな斑点のように
動かなくなった仲間をみても誰も泣くものはなかった
そして、そらごとのように何ごとか自分にむかって吐きつづけていた

⑤『拾遺・ソ連コント集』は十八編から成るが、そこから「マホルカ」の冒頭である。

ロシヤ人はよくタバコを喫う。マホルカというタバコである。辞書には、「南ロシヤでとれる下等なタバコ」とあるが、北の方でもよく育って五尺位になる。葉は辛いが幹は甘ったるい香がする。あかざの杖のような太い幹をきざんだオガクズを、新聞紙で巻いてくわえるのである。

古新聞紙で鼻汁をかむような、ぜいたく者はロシヤの百姓の中にはいない。きちんとたたんで、要るだけ小さく引き裂いてマホルカを巻くのである。……〔後略〕……

⑤は散文詩風のエッセイともとれるが、最後は「それから間もなく、私はひどい栄誉失調症で動けないほどになった。マホルカを巻く腕前はロシヤ人と同じになっていた。」としめくくっている。まさにコントには違いなく、詩人ならではの表現、と思わせる。

多くのシベリア抑留に基づく諸家の例とは異なる面を岩本は結実させたのではないか。例えば北園が郷土詩にこもったのと比べても、大自然や異文化への目は時代の制約をある意味、こえていた。モダニストでありながら〈表現〉はそこから逸脱する境へ向かっていたと解したい。伊藤桂一の場合もそうだが、逆境にめげないプラスへの転化の可能性は示唆的だと思う。

山中智恵子

長谷川素逝でこの概観を始めたが、女性歌人・山中智恵子（一九二五—二〇〇六）でひと区切りとしよう。鈴鹿、伊勢型紙の里に育ち、敗戦時は京都女専（現・京都女子大）で勤労動員中だった（九月に繰り上げ卒業となる）。のち独自の歌風で高名を獲得した作者ながら戦争関連歌も若干、底流に潜んでいる。殊に歌集『夢之記』（一九九二年刊）の昭和天皇への挽歌群を想起したい。連作十六首からの四例。

①　氷雨ふるきさらぎのはてのつくづくと嫗になりぬ　昭和終んぬ
②　深き夜を深沓《ふかぐつ》の音歩みゆく世紀果てなむ夜までのこと
③　そのよはひ冷泉を越え賢王と過ぎたまふ、そよ草生《ひと》を殺しき
④　草と草の間に死を書き葬といふこのうつせみの終身に泌む

十六首以外にも挽歌は散見される。古語をたぐり寄せ、想像力を駆使した山中短歌中でも屈指の絶唱。レクイエムでありつつ長かった昭和への訣別を意味している。素逝の〈八月に呪う〉とは違う形で昭和と対峙した例。

両者とも矢を含んだ希有な表現となった。どちらも地方文学史にとっては、ジャンル枠をこえ、豊かな次元へと導くのではないだろうか。

戦時をどう生きたのか。同時代的な上限、戦後に振り返った場合の表現など、ひと通りめぐってみたが、付記を添え、そのあと別立てとした三例へと、なお歩を進めていきたい。

〔付記〕

以上のほか、『清水信文学選・101』（二〇〇三年）に収録された「北京詩集」も扱うべきだった。戦中の清水は大使館の若手として北京で勤務。「故郷への書簡の中に挿入した習作」六十四編を晩年、書庫の隅で発見したという。意外にリベラルな作風、半ば恵まれた日常など、時を経た今日の目で論じ合ってみる必要を感じた。たとえ「習作」にすぎない、としてもである。

2　伊藤桂一と中国大陸

1　伊藤桂一（一九一七―二〇一六）は作家、詩人として名を成したが、短歌とも無関係ではない。講演で耳にしたことがあり、自編年譜からもそれはうかがえよう。「芸術三重」19号（一九七九年）へ寄せた年譜は詳細をきわめる貴重なもので、日中戦争に従軍していた一九四〇年に「短歌二百首」、四一年に「作歌二百首」と示されている。

長らく作例はつかみにくかったが、「短歌研究」九五年四月号から二年半余に及ぶ連載で公になった。毎回、まず短歌七、八首を示し、そのあとに回想記という形。のち『私の戦旅歌とその周辺』（一九九八年刊）という一冊にまとめられた。二十九章から成っている。

私の家は母子家庭で、住職の父は私の四歳の時に死に、母は私と妹を連れて寺を出た。天台の寺なので、寺領はすべて寺のものであり、寺を出る時は、遺族は無一物で出る。

最初の章からだが、四日市・高角《たかつの》の大日寺に生まれ、大阪へ「出る」のは七歳。東京や山口に移ったりして、八回も小学校を転校したと年譜にはある。

進学はうまく行かず、働く中で投書雑誌への投稿が「喜び」だったと本文の中でも語っている。二十歳の徴兵検査で甲種合格、日中戦争へと拡大した年だった。

＊

翌三八年、千葉県習志野《ならしの》騎兵聯隊へ入営。訓練を受け、次の年には朝鮮経由で中国北部の山西省へ赴いた。一帯は黄土高原。人びとは断崖の穴居《ヤホトン》に暮らし、太行《たいこう》山脈などがつらなる。

初めの三章から例を選んでみた。

①山の果てになお山のみのつづきいて雲を誕《う》むなり昨日も今日も
②アカシアの樹蔭に据えし山砲の撃つたび花の散りかかりおり
③山と山は火と火を結ぶいくさなり淡紺の青の空の下にして
④兵いくた崩れし廟のかたわらにしずかにいます息絶えしまま
⑤ひとことを何といいしか聞き分かずひとのいのちのかくて終れり

①の「山」は太行山脈など。②③は戦闘の実際、自然へのまなざし。④は村びとにとっての聖空間と兵士たち。⑤は後述の戦友につながるのかもしれない。
南下して黄河に合流する汾河《ふんが》。それに沿う省の南部（晋南《しんなん》）の臨汾《りんぷん》に日本陸軍は司令部を置いた。そこは河の東側だが、西側の劉《りゅう》村に伊藤らの属する騎兵聯隊は三年間、駐屯したのである。戸数二百の村

民と共存。兵六百、軍馬七百と記す。作戦に出発する時は汾河を渡って山脈の中へ。民家には宿営しない〈山中行旅〉であった。

戦後五十年を経て、「連翹《れんぎょう》の帯」と題する詩ができたと挟んでいる。

「山裾にはいつも連翹が咲いていましたね」とやさしく語っていく三十数行。山麓一帯の黄色い花にひかれつつ作戦へ赴いた記憶の結晶だが、次の章は舟井分隊長が迫撃砲弾で戦死した件になる。「内地にいる恋人」の写真を見せてくれた戦友。自然賛仰と死との隣接。読む側も緊張せずにはいられない。

2 馬と関係深い作家、例えば木下順二の馬好きは馬術と関係していようが、軍馬で挙げるなら伊藤桂一などは、その筆頭かもしれない。

映画の例で「馬」（一九四一年）は、東北のメンコイ子馬が成長し、お国のために高峰秀子の手元から出征へつながっていく。山本嘉次郎監督の名作、助監督だった黒澤明の力も語り草になっていた。

『私の戦旅歌とその周辺』を読むと、その辺りまで思い起こさせる。全二十九章の前半には「軍馬のこと」と題された章が五回も続く。その直前に千葉県習志野での「騎兵聯隊の教育」の章。時系列に従って進むという具合ではない面もあり、ここでは順になるよう再構成していきたい。

初年兵として入営し、馬を一頭ずつ当てがわれた。伊藤二等兵には「東聯《とうれん》」、おとなしい馬だった。営内での人間関係がうまくいかなくても、馬との親密な関係に救われたのである

二年兵となり、意固地で評判のよくない「沼好《ぬまよし》」にかわった。演習時に他の馬に蹴られ、右前脚の手

術で病馬厩へ。腹帯に乗せられ、天井からぶらさがった形。介護を「誠心、誠意」続け、ひと月余りで回復した。目つきもよくなったとたん、伊藤は大陸へ向かう部隊に加えられる。

六つの章、それぞれの冒頭に置かれた短歌群は計四十八首。うち馬関連が二十一首。そこから四例を引く。

① 一本の羊羹を馬とわけたれどききわけずしてなおもせがみ来
② 耳持てば耳持たせつつ頸《くび》を寄すこの馬といて征旅を倦《う》まず
③ さめてふと馬に涙すゆるみたるたづなのままに馬は歩みいて
④ 泥濘《でいねい》に砲車動かず人の声馬の息雨ひたすらに降る

①は内地・大陸どちらにもあったことだろう。②③は主に山中行旅。④の「砲車」は大砲を乗せた重い車体。

一九三九年春に朝鮮の竜山へ渡る。そこで「郁種《いくたね》」をもらい、山西省に赴いたのだが、山中で迷った時のエピソードは印象深い。対岸からの狙撃が始まり、疾走のおかげで林の中へ。しかし部隊の方向はわからなくなる。郁種は歩き出し、馬群に近づく。味方の山砲隊だった。そこで騎兵聯隊の位置を教えてもらい、戻れたのである。

「時花《ときはな》」という牝馬は懐妊していた。駐屯した劉村で出産、しかし二か月で子馬は死んだ。死期迫る辺りの母馬の描写が胸をつく。時花は内地へ送還となる。

村びとは穴居生活。ノミなどを避けて中庭の宿営だと敵の包囲のおそれもあるため、夜は山中行旅、露営が多かった。

加持という兵士は「精島《ぜいじま》」。後脚の損傷で歩けなくなり、分隊長は射殺を命じた。できないまま隊は出発。しかし裸馬となっても必死に追いつこうとする。

山本の「豊武《とよたけ》」は仮橋の橋板が開いて川へ転落した。射殺の命に従った例。

田城《たしろ》の「旭磯《あさひいそ》」は背が弱く、鞍傷も多い。慰安所の女性が女の髪の毛を埋めては、と勧める。戦後の戦友会で加持、山本はいつも涙し、田城はからかわれた、と記す。

北に八路共産軍、南に重慶軍。それ以外に山西軍の存在も興をひいた。駐屯地に軍馬の碑を設けた寺沢少尉、戦後の旅でそこに寄ろうと図った。それを抑える辺りは日中関係を考えての勇断。人馬同体の感銘とは別の記述も貴重と言っていい。

3　一九四〇年、二十三歳の伊藤桂一は山西省の晋南作戦、翌年は中原会戦に臨んで短歌を二百首ずつ、というわけだが、『私の戦旅歌とその周辺』も半ば近くに「黄河へ」の章、その中に中原会戦とかかわる数首がある。

①　お玉杓子游《およ》がんとしつつ流さるる迅き瀬にいて飯合洗う
②　谿ありて夜更け半月架かりいて仏法僧のしきりに鳴くも
③　馬らみな勇み勇みて谿底を急げり黄河間近なりければ

④ 痩せ果てて脛はみ出しのけぞれる死体こゝにあり脳割られいつ

⑤ 砲列を河原に敷きてひねもすを弾丸は黄河をさわやかに越ゆ

黄土高原には「清流を抱いた谿谷」もある。流れは南下し、黄河と合する。①②はそんな自然の営み、③④⑤は異国の徒が踏み込んでの状況と言えよう。

中原会戦は大行山脈の南部、その西の中條山脈を根拠地とする大作戦。敵軍の捕虜三万五千、死体四万に対し、味方は戦死者六百、負傷者二千と記されている。

伊藤らの部隊は、谿谷を抜けて河南省へ渡河する重慶軍を阻む任務を課せられた。黄河に至ったものの、敵側は山間部へ散っていた。

当時、ひそかに抱いていた思いを力こめて記している。漢の武帝「秋風辞」とかかわる地は、駐屯地に近い汾河が黄河に合流する辺りの渡し場。黄河を望む台地に立って、ここから少し上流に当たるのだろうと感慨に誘われる。

と、その時。「山ぎわの凹地に倒れ込んでいる…十数名の中国兵を見つけた」が、仲間の発砲で一人は死に、ほかは手を挙げ降伏してきた。傍らの野の花を死者に供えたと添えている。

もう一つは李白「太原早秋」。会戦の後、詩の中にある汾水、すなわち汾河のほとりへ戻る途中、多くの捕虜に出くわした。「何人かは、綿服を濡らさぬための、番傘を所持していた」のが目にとまったのである。

独学に近かったとはいえ、中国古典詩に通じていた伊藤上等兵。思い出した詩句と同時に、その時の被害者側の実相も記憶から去ることはない。

同じ時期、山西省にいた宮柊二のことも気になってくる。一九一二年生まれだから伊藤より五つ上。新潟県の高田中学を出て上京し、新聞配達をしながら北原白秋に入門、のち秘書役をつとめたが、三九年に召集。年末には山西省でも北の寧武へ。そちら方面の作戦に従っていたが、やがて南の中原会戦へ参加した。

三百七十五首を収める『山西省』（四九年刊）から引いておこう。

Ⓐ しばし程汾河のほとりに下《お》りいゆく緬羊の群を目追《ま》ひ優しむ
Ⓑ 油吸ふランプの明《あか》り目に沁みてうらがなしかも母の日誌読む
Ⓒ 咽喉《のみど》より血をば喀きつつ戦ひて指しし黄河ぞ光りつつ下《くだ》る
Ⓓ 古《いにしえ》よ今に黄河が耕しし大き民族をわれは憶はむ
Ⓔ 胸元に銃剣うけし捕虜二人青深峪《あをふかだに》に姿を呑まる

ⒶⒷは伊藤桂一の抒情とも共通。Ⓓは伊藤にはありえない類。Ⓔは中原会戦を回想して入院中に作ったことが内地宛ての書簡で確かめられる。Ⓒが示す病状もあって四一年末には入院した。瞬時をつかみとった秀歌。伊藤の④ともども加害・被害に関して読む側の心をとらえて離さない。

4 「日本の女に、七年間の貸しがある」と作家、田村泰次郎は言い放った。日中戦争で山西省へ従軍、戦後には戦場における女たちを描いた秀作群がある。

同じ四日市出身の伊藤桂一も大陸での戦場体験は長い。やはり山西省だったが、『私の戦旅歌とその周辺』に女性の登場は限られている。一冊の中ほど「母親の顔」という章に母や妹を思い出す三首がまず見出せる。「壕中の女たち」の章、「駐屯生活(三)」の章が重要。田村の鋭い筆致とは違い、淡々と抒情味を含んだ二例である。

晋南作戦の際、戦友の白田一等兵の見た光景。日本軍は戦果をあげたが、「あとで壕の中をみたら、娘子軍《じょうし》の姑娘《クーニャン》が三人並んで死んでいてね…死体の傍らに、コンパクトが散乱していたんだ…」。語る白田、耳にした伊藤。痛切な思いに駆られたエピソードには違いない。このあと狼の遠吠えや、サソリのおそろしさへと筆は転じていくが。

「部隊には、現地中国人と朝鮮人を合わせて五、六人の慰安婦がいて兵隊の相手をしてくれたが、ひまな夜も多かったはずである」。夫婦者の経営者が引率していたこと、女たちは借金を返すため国もとへ送金していた件にも触れている。

「ひまな夜」とは戦線への出動があれば当然と想像できよう。伊藤の「韓国《からくに》のをみな」という十六行詩の前半を引いておきたい。

韓国のをみな美しからず
北支山西省にきたり
兵とともに駐屯地に住まへり

韓国のをみな美しからざれども
わづかに艶めきたる片言を話せり
兵ら討匪の旅に出でゆけば
閑散なる紅楼の屋根にのぼり
哀々たる韓国の鄙歌《ひなうた》うたへり
……〔後略〕……

一冊の後半になると各章の最初に短歌ではなく、詩を置く例もいくつか。文語調の場合や、散文詩風の長詩も見られる。現地で五七五七七に収まりきらない詩想がわいてきたとも解せよう。

映画「将軍と参謀と兵」の山西省ロケの記述なども興をひく。立ちどまりたい箇所はあるが、聯隊の解隊時に注目したい。解隊は四一年十月。兵員の多くは各隊各地へと転じた。愛馬の郁種とも別れることになるが、軍務四年の古参兵は劉村に残った。伊藤もその一人。次の部隊がやってくる。軍務を解かれ、百人一首などに興ずる日々となった。

十月、列車で天津へ。帰還船である。

①　塘沽《タークー》の港も遠く去れどふなばたにありてなお身動かず
②　韓国に沿いて走れり輸送船はかつてかくあると思わざりしかな
③　若き日のまたなく熱き血を賭けて幾山河いまも征くひとあらん

①は天津を離れてなお、の感慨。②は往路や戦地の女たちも思い出してか。③は替わって前線に赴く他者へのまなざし。

日米開戦を経て四二年。「野戦帰り」という耳ざわりな言辞を耳にする。出版社の編集見習として働いたが、翌四三年に再召集。千葉県佐倉の聯隊から朝鮮経由で揚子江岸の蕪湖《ぶこ》へ。ここでは食糧調達に従事した。江南の風光に酔いしれて短歌も詩もできなかったと記している。

終章は「郁種とのめぐり逢い」。四四年の秋、劉村で同年兵だった川島兵長が顔を出した。通信隊の厩舎《うまや》に郁種が来ている、と案内してくれ、三年ぶりに「郁よ」と呼びかける辺りは頂点。やがて師団はラバウルへ。軍馬の旅は続いたのである。

戦後、李白の史跡を訪れる旅で作者は蕪湖を再訪している。一冊の簡潔な幕切れがまたいい。

5 伊藤桂一の大陸での軍歴は同じ四日市出身の田村泰次郎とともに長かった。伊藤の作品はその体験に基づく短歌・詩だけでなく、小説・戦記を含む幅広いジャンルにわたって展開された。それらから浮上するのは不思議なことに大陸の自然や歴史、それとつながるヒトの営みが残像として伝わる点。その一件は他の文学者とは断然、異なっている。次の機会には詩をさらに追い、散文にも分け入りたい。戦地にあって詩的感性の問題が核心をなすようにも思える。

短歌を中心にたどってみたが、俳句を添えておきたい。晩年の句集『日照り雨』(二〇一二年刊)からの四例。

①湖澄んで画眉《がび》の玲瓏増すばかり
②李白ゐるらしき酒亭や煙雨中
③胸深く黄砂の牡丹いまも咲き
④大草原軍旗焼く日のきりぎりす

①は江南。②は馬鞍山にある墓陵。③は兵士で山西省にいた三年間を暮らしたとの前書きが付く。④には「上海郊外にて終戦」とある。

どこまでも抒情的、伊藤桂一文学の特徴を示している。

［1〜4／二〇一八年、5／二〇二三年］

3　川口常孝の戦場体験

1　歌人で万葉学者だった川口常孝（一九一九—二〇〇二）は度会郡四郷村北中村（現・伊勢市中村町）の出身。神職だった父は全国の社への転任も多く、小学生の間には奈良・福島・岡山と転校を重ねた。岡山一中から早稲田高等学院英文科へ。作歌を始めて窪田空穂《うつぼ》の「槻の木」に入会。二年で中退し、日大予科を経て学部の国文科へ。師は高木市之助、卒論が万葉集巻十三。日米開戦のあおりで一九四三年九月、半年の繰り上げ卒業に直面したのである。

すぐに学徒出陣。中国戦線へ従軍し、病となって四五年四月に送還された。

敗戦後の四六年、結核で三重県立医専の分院へ入院した。翌年、教職に就き、旧制の県立農林（現・久居農林高）や新制の津高で国語を担当。結婚もし、結社は「まひる野」に移った。当時の作から。

①　汝等の父や兄がいかに無様な屈辱に堪へしか子等よ忘るな

②　ずばずばと急所をつきて物を言ふ乙女の文にしばし眼を閉づ

③　まがなしき光流れてわだなかに一つ渦潮は生れつつあり

④秋深き鳴門海峡一途なる思ひに堪へて船べりにゐる
⑤大学に行くと行かぬと二別れわが教へ子は去りゆきにけり

①はガリ版刷りの第一歌集『地平の果』（一九四八年刊）からで、旧制農林のころ。②〜④は男女共学となった津高時代。③④は五〇年秋の修学旅行時。⑤は卒業式当日、就職希望も多い時代の一証言でもある。②以下は第三歌集『裸像』（五六年刊）所収。③は殊に高く評価された（初出は同校生徒会誌「青桐」だが）。総じて①②の背後にある戦場体験や、内に秘めた④の「一途なる思ひ」など、三十代前半の孤独感が基調をなしている。

実は高三の時、私も古典を川口先生に学んだ。「雨月物語」の「夢応の鯉魚」の読みは印象深かった。住宅難で、先生の住居はすなわち国学の士清《ことすが》をまつる谷川神社の社殿だった。津高応援歌の作詞者でもあるが、五三年春には東京へ移った。私立高校で教え、病の再発にも遭う。一方で万葉研究を進め、四十七歳の六六年以降は帝京大学に職を得た。退職したのは一九九一年。それまでに研究書四冊、歌集七冊を刊行。病との葛藤を経ての成果だったろう。

⑥市之助・空穂といえる二学人わがまさびしき世にいましたり
⑦学究に余生はなしと言い給うしろがねの髪さらに白くて
⑧根底に〝詩〟のあるものを文学の学となす遠く師に従いて
⑨そのように歩みてよしと言わしたり学・芸はこれ一本の道

五十代後半から六十代へかけての作だが、⑥は二人の師、⑦⑧は高木、⑨は空穂に結びつく。⑥⑨の前書きには「墓前」が付く。師との出会いが生を支えていたわけだ。

逆に負の例は、学生だった四二年夏の母との別れ。生涯に影を落としたのである。

⑩ 対岸の白き灯台死に際のまなこにありて母海に入る
⑪ 入水せる母のからだに人間のぬくもりはなしわれは抱けるに
⑫ 逢うこともあるやと思い遠長く秘め来し母の坐像をつぶす
⑬ 足首をしばりて海に入る母を思えり三十余年がたちて

入水は津の阿漕浦だった。⑩⑪は五四年の「母像追求」三十九首、⑫は七四年の「母像抹殺」十三首、⑬は七九年の「母そして子」十首の中から。死の理由は不明だが、切実な連作群と言えよう。もう一つの、数多い戦場詠と並んで読む側は粛然たる思いに誘われる。

2 川口常孝の戦争体験歌を歌集の順にたどっていきたい。まず第一歌集『地平の果』に見出せる。

① 振り返りわが目の探せ人波に見えずなりたり父の御顔

前書きは「名古屋駅頭」。学徒出陣で入隊の際、父の見送りを示す貴重な例である。

次は歌集中の「山西省」と題された五首から。

②　大空の広きが下にわが寝ねて戦ひの野にあるを思へり

つかの間のひと時かもしれない。

黄河域を西進して洛陽攻略戦に参加。病を得て内地へ戻された、九州・広島・島根の陸軍病院を転々とする間に敗戦となった。この間の諸作は、召集以前の平時における歌群のあと歌集の後半に一応、登場している。

第二歌集『落日』は、実は第五歌集に続き七二年の刊行。四九年から五二年まで歌誌に発表した諸歌を上京に踏み切った五三年、仮綴じにして十九年後、公刊したことになる。

何より戦争詠の多さに驚く。その第一部から。

③　出動の命の至りて霜月の三島の町を出で行くわれら

④　学徒兵二千を乗せていづこまで行かむとはする夜の列車か

入隊先は静岡県三島。朝鮮を経て満州へ赴いたことが作からも確認できる。

⑤　二時間の停車の時を出でて見る京城の町青きいらか並ぶ

⑥牡丹江駅のホームを吹き過ぐる風中にして流民少女。

ソ満国境近くの歌もあり、そのあとに「山西省」、続いて洛陽戦なのである。

⑦既にして意識のあらぬ唇に妻の名前を三たび言ひたる
⑧眼の前に妻を犯され黙々と立ちてゐるよりなす術あらず
⑨みづからの墓穴を掘りてその前に殺されむため立てる学生
⑩夕陽の黄河に沈みゆくときにともづなを引く苦力らの声
⑪洛陽の近きにあれば砲車隊一途に進むしかばねを踏みて

⑦は日本の友兵、⑧⑨が現地の人たち。⑩はこの歌集の序にある「傷病兵を乗せた三艘の伝馬船」が激流で対岸へ渡りきれず、河中で夜営に至ったことを記す当時の「メモ帳」と直結している。

⑪の「砲車隊」で思い起こすのは俳人の長谷川素逝。日中戦争でもいち早い時期だった。召集で作戦に参加したが、病のため内地へ還される。句集『砲車』は反響を呼んだ。

第二部は川口の内地送還後。広島での歌が多い。ここでは島根へ転院となっての作から。

⑫一面の反射となりて宍道湖の水ゆれてゐる夕日のときを
⑬全山の蝉鳴き出でて降伏の今日にあひたる兵まどはしむ

⑫は⑩と同じく、歌集名につながっていく。

第三部は長歌四編で、まず「松阪」の最初を引こう。

⑭　松阪の牛肉店に、和田金といふ店のあり。征でゆくに近き日なりき、父とわれ別れを惜しみ、真向ひて肉食ひ居れば、隣室にさわげる二人、不意にもふすまをあけて、君もまた学徒の兵か、山田にてこれ買ひ来しと、参宮のみやげを出して、その一つくれむとぞいふ。……〔以下略〕……

「みやげ」は「かへる子」。「帰り来るなり」を含意している根付をもらったわけで、長歌の終わり近くでは「松阪の六年《むとせ》昔の、その友のいかがなりしや」と、それ以降の消息を気にかけている。反歌六首を添えて一作の結語に至った。そこからの二首。

⑮　相思ふことは一つぞ同世代のわれらの外の何びとか知らむ

⑯　戦ひをうべなはざりし幾万の若き学徒のありしを思へ

長歌はこのあと「少年」「魂呼び」「脱出」と続く。いずれも戦地の苛酷な出来事を核に据えた点が特徴。万葉学者を秘かに志していた津時代の試みには違いない。

3　晩年の川口常孝はパーキンソン病などで車椅子の十年余となる。一九九一年、帝京大定年退職。

『人麿・憶良と家持の論』を刊行し、翌年は第八歌集『兵たりき』。七十三歳になっていた。四百六十四首と長歌から成り、全体は六つに区分されてその最初は「一　学徒出陣」。

①父とわれと二人のみなる家族にてわれは出で征く兵とはなりて

「二　戦場」には以前の歌集だと、さほど登場しなかった類が頻出する。

②嘔吐する大便洩らす兵もいて突撃の命待つなり壕に
③慰安婦の一団を常に伴いて第一線の部隊は動く
④制限の時間来たりて慰安婦を購う小屋の幕垂れにけり
⑤強姦をせざりし者は並ばされビンタを受けぬわが眼鏡飛ぶ
⑤犯されし果てに遺体となりてあるこの女をせめて土に埋めん

「三　黄河」も、直叙が多い。

⑦刀身を洗う将校いま斬りし捕虜を黄河の水に蹴落とす

「四　洛陽」は本来、憧れの古都だが、現実は許さない。

⑧ わが憶良歩みし街を歩みおり鋲《びょう》打ち込みし軍靴《ぐんか》に踏みて
⑨ 近づけば身構うものを子の頭撫でやれば笑まうこの村の民
⑩ キイと鳴く猿の怒声が洛陽の野戦病院の夜の窓を打つ
⑪ 発狂の兵を処理する銃の音野戦病院の闇に聞こゆる

⑧は万葉学徒にとって複雑な感慨。⑩⑪は火災放射で倒れ、入院に至った時。四五年春、内地へ送還された。八月六日は広島陸軍病院の分院にいて直撃を免れたものの「五　広島」の諸作は生々しい。

⑬ 炎熱の日差しに喘ぐ救援隊われらが上に放射能二次災害起こる
⑭ 川の面に浮かぶ死体を押し退けて水を汲むなり汲みて皆飲む

「六　鎮魂」は白衣で津へ帰った作に始まる。母の入水から三年を経ていた。

⑮ 父とわれの住みいし家の既に無く焼け野が原に門柱残る
⑯ 津の町のわが家のありしこのところ記憶の中に母が立ちます
⑰ 贖罪派というわれのみが持つこの呼称捨てず中国の民に向かいて

4　『兵たりき』の「六　鎮魂」はこのあと長歌を置いている。

渇を癒すと

還り来て長き年月　既にして流れ去りたり。そのわれの胸処《むなど》にありて　今になお消ゆることなき　一つこと昨日の如く　ふつふつと湧き返りつつ　訴えを求めて止まぬ。それならば事の真相　詳細に語り告ぐべし　然る後老いの一人の　胸深く宿る悲しみ　相共に携え行かん　という声の聞こゆる。よしさらば　鶫《つぐみ》の鳥の　餌をあさる黄河の岸に　今一度立ち返りつつ　冬の日をまともに浴びて　閊《つか》えたる胸の思いを　晴らすべく筆を執るべし。さてさてわれらの部隊　聞喜《ぶんき》より洛陽に移る　突然の命出でたれば　野戦重砲輓馬部隊の　馬の命守るを第一とする　身につきし原則に立ち　運搬途上多少とも　馬の負担になる各自の　所持品の全てを捨てて　兵たちは事に従う。かくしつつ進み行く時　情報受理の早きを誇る八路軍の伏兵ありて　待ち伏せの準備万端　整いし力をもちて　攻撃を加え来たれば　小銃の応戦をする余儀なき事態となりぬ。われら身を地平に伏せて　包囲せる敵に対して　十全の態勢をとれば　暫くの時流れつつ　敵の動揺あらわとなり来《く》。よし撃てとみずからに課し　小銃弾の飛び交う中を　腹這いの姿勢崩さず　正面の敵に近づき　放つ弾正確なれば　忽ちに敵崩れ去り　ほとほとに戦い終わる。さあれども予期せる如く　夜に入りて再び敵の　忍び寄る気配ひしひしと　受身の緊張に疲れしわれらに迫る。かくの如き日夜の攻防　寒空のもと週余に及び　完全に敵の撤退し終わりし時は　飲食物の全てが尽きて　よろめきて歩む兵たち　草の葉の青きを毟《むし》り　遮二無二口に頬張る。ある者は遺棄死体の　味方にあ

らぬこと確かめて 太股の肉を抉《えぐ》りて 唾液絶えし咽喉《のみど》に落とす。それよりも水の欲しきに われと他のもう一人の兵 村落の方を目指して 銃を杖にふらつき進む。ようやくに辿り着きたる 一軒の家の門戸を 叩きつつ案内《あない》を乞えど 人の気配全くあらず。止むなしと隣の家の 裏口の垣根を越えて 心して来意告ぐれば 子を抱ける若き女の 廊の端に立ちしままにて そばにある水桶示す。覗き見るまでもなく一滴の水さえあらず。へたへたと座り込みたる 日本の兵に注げる 眼差しの柔和にあれば 暫くの休息を乞い そのままにそこに打ち臥す。折も折部屋の中から 泣きじゃくる赤子の声が 先ほどの笑顔崩して はっきりとここに聞こゆる。するとどうしたことか 同行の兵立ら上がり 銃を置き帯剣も外し 靴さえも脱ぎて擲《なげう》ち 部屋の中に入りて行ける。何事と眼《まなこ》凝らせば その兵の赤子を抱きて

頭撫でわれに托して その母の胸乳《むなち》を探り 懸命に吸い始めたり。その女人静がに応じ 拒む気配全く見せず 吸わるるに任せて暫し 時の流れに己を委ぬ。ようやくに出ずなりにたる 乳房に深き礼《いや》して

その兵のそこを離れぬ。その刹那思いも寄らぬ 極まりし慟哭の声 兵の身を根こそぎ揺すり 朝寒の空気震わす。さてさてと事の成りゆき ようやくに理解なし得て わが咽喉の乾きも失せぬ。涙浮かべ見送る女人 振り向かず去り行く兵と その像の二つ重なり わが胸の奥処《おくど》に今も 鮮明に生き続けおり。国籍を異にすれども 憎み合う要なき世界 必ずや存することを 兵われに教えし二人 今何処でいかにか生くる。彼我の戦争の時代終わりて 五十年近き歳月 われをしも老いとなさしむ。さあれども後の世に 言い残すべきこと の一つと 懸命の思いを込めて かく綴るわれに顕《た》ち来る 汚れなき輝き秘めて おおどかに天に向かえる うら若き二人の面 永久《どわ》にあれ永久に

反歌

幼童《わらおべ》の母の乳房に縋りつき渇を癒すと兵吸い続く
水飲むが如くに無心なる一途さに躊躇《ためら》わず乳房与えし女人
恐らくは再度逢うことなく過ぎん二人にて永久の命を保つ

さらに反歌

愛憎を越えて存在する世界確かにありと後の世よ知れ
人間の本性が保ち持つものに絶対の信を置きて悔いなし
計算を越えし世界にみずからを託す生きざまここに始まる
黄河畔洛陽に近き部落にて兵たりきかくてわれの一生《ひとよ》定まる

洛陽近くでの「事の真相」。八路軍との戦いで、砲兵部隊と馬の関係も最初の方にある。人肉食や水分の不足。伍長の「われ」と「もう一人の兵」は水を求めて母子の家へ。そこでの希有な出来事。「慟哭」と「涙浮かべ見送る女人」。半世紀前の「渇」を思い起こしての長歌だが、反歌計七首の最後、「われの一生定まる」はこのあとに置かれた六十余首を読むと具体的な形で納得がいく。帰らぬ学徒兵への思いはむろんのこと、加害者の一人として贖罪の意識。何より長歌が提起した人間存在への「信」など。

作者の歌ではこれらとは別に病苦や母追慕に関する作も重要だが、やはり一番は戦争詠。『落日』は早く私家版の形でまとめられていた。が、決定打は『兵たりき』だろう。文学史的にも戦争の詩歌では一方の極に至ったと見ていい。

二〇〇一年一月に川口は没した。その半年前に第九歌集『命の風』を刊行。平成に入って起きた難病下の五百三十五首である。

⑱ 字の書けぬわれとなりたりメモ帖の自らの歌遂に読み得ず
⑲ 存在の証をなさん唯一の手だてぞ病みてパソコンを学ぶ
⑳ 心漸く静めて立てり母入水の阿漕浦に落つる夕陽
㉑ 素っ裸のわれを支えて素っ裸の教え子三人《みたり》湯に入れくるる

⑳は九四年、最後の伊勢路への旅の折。㉑は津高文芸部OBとの交流から。没後九年を経て『川口常孝全歌集』が公刊された。畏敬すべき三重県出身の学・芸に生きた文人、再認識の要もありはしないか。

5　川口評伝の中根誠『兵たりき—川口常孝の生涯』（二〇一五年刊）に接したが、書名も歌集名と同じというのはわかる気がする。しかし戦争以外の事項にも興を抱いた。

全八章の最初で神道の家系を扱っている。遺族の助力もあってか、系図が付いた形。父は橿原神宮に勤める中で没した。

㉒　わが心徐々にさめゆき今はたゞ憎しと思ふ生ひ来し家を
㉓　結城神社・本居神社・吉野宮創建の業曽祖父

㉒は戦後すぐ津高教師の三十代。㉓は六十代、一九八五年の作。血脈の重みは父の死（一九五七年）で「終焉」はしなかったことになる。

二、三章は戦前の学生時代。早稲田高等学院を中退し、一年半後に日大予科へ転じた。『全歌集』に収録された「追想記」（九三年）でも自ら事情説明などは避けている。中根本で追ってほしかった一つと言えよう。

四章が学徒出陣。繰り上げ卒業（四三年九月）となるが、例の十月二十一日の大壮行会以前に三島の砲兵聯隊へ入営した。それ一つをとってもこの本はありがたい（実は同じころ私の父の弟も入営し、東京から父と三島を訪れている。その面会が最後となった）。

五章「中国転戦」は、私の場合と同じように『全歌集』の諸作から追う方法をとっている。

六章は敗戦後の津時代。戦災で焼失した家が津市岩田だったとは。父のいる谷川神社社殿に住んだ。結核での入院など経て、四八年五月末、新制の津高へ。が、八月まで自宅療養し、二学期から国語を担当、校舎は久居兵舎だった。但し、この本の年譜で四八年の項に津高は東校舎と西校舎云々とあるのは、四九年の小学区制実施で両校舎に分かれた、と正したい。川口は西校舎だった（例えば津市だと国道23号線が境で、私などは東校舎へ。西校舎は五〇年、仮校舎が旧制津中学の元の場所に再建され、五一年に東・西はそこへ統合。病で休学に至った私は復帰後、高三の選択古典を先生に教わった）。

文芸部誌の紹介が本書では詳しい。病弱ながらも結婚。関連する恋文風の手紙には驚嘆した。

③　この町のせまき銭湯ひびかせて泣く吾子の声道まで聞ゆ
④　未だしも痰のかかりて折折はもの言ひがたくするなり誓子

③は谷川神社に近い八町の銭湯だろう（私も戦災後、よく通った）。④は山口誓子に校歌を津高が依頼。実地を見たいと五二年十月に来校した。誓子も同病だった。

七、八章は上京後となる。高等学院以来の歌友、森川平八との関係を著者は重視していく。シベリア抑留から帰国後の森川の活躍に川口も刺激され、上京へと焦った面も感じさせる。窪田空穂らの「槻の木」「まひる野」に属しながら「人民短歌」「新日本歌人」へ参加した森川だが、五六年には川口との論争など誌上でくり返し、六一年に「まひる野」を退会した。

万葉学徒でもある川口には芸術的表現という一線は譲れなかったわけだ。川口における万葉研究の進展、研究史上の位置づけなどは今後なお、掘り進める要があろう。

晩年、津高西校舎・文芸部ＯＢ「群獣の会」の集いなどもあるが、それとは別に中京大学が催した川口常孝の講演へ私は赴いた。九一年ごろか、演題は大伴家持。すでに車椅子の師。終了後、控室で二十分ほど歓談できたが、四十数年ぶり、ただ一度の再会だった。

［1～4／二〇一八年、5／二〇二〇年］

4　小出幸三、無名者の歌

二〇〇五年十二月に亡くなった小出幸三の短歌を振り返ってみたい。結社には属さず、「朝日歌壇」ひとすじであり、四十代後半の一九七〇年以来、計七十二首が入選した。三重では最多例だったのかもしれない。

津に生まれ育ち、戦中に学徒出陣している。死線をこえて戦後に中央大学へ復学。その後、高校教師として津市内各校で活躍した。定年退職の八五年には教え子たちによる記念の集いのために自伝風『兵われ命ながらえて』をまとめている。

「朝日歌壇」は戦後、各本社版ごとに分かれていたが、七〇年に全国統一紙面となり、四選者共選という形に改まった。氏の作歌はそれに刺激された面もあったに違いない。その歩みをたどっておこう。

最初の七〇年、小出の入選歌は三首で、いずれも定時制生徒の姿をうたったものである。七一年は四首で。五島美代子が次の歌を一位に選んだ。

① 戦友のしかばね焼けば火の力強まるときは生るがに立つ

七二年の入選は十一首と増えた。

②　読みあぐるひととき水平社の宣言に夜の教室静まりてゆく

近藤芳美、宮柊二の共選となって、☆が付いた。社会科教師の面目躍如と言えよう。

③　図書室にともしびいまだのこれるは終バス待ちて生徒いるらし

④　教室のともしびめぐり飛べる蛾の鱗粉ひかる生徒の肩に

③は宮一位。④は近藤一位で、宮も二位。ともに夜の校内、何よりそのまざなしがやさしい。
七三年は四首入っている。

⑤　終戦を兵われききしサイゴンにいま停戦の鐘鳴りひびく

近藤一位となった。ベトナム戦争の終結。そこは学徒兵として赴いた地である。①以来、何首もある戦争体験歌だが、⑤で過去と現在は結びついた。喜びを含む複雑な感慨なのである。

⑥　夜ひらく運動会に来賓も父兄もなきを生徒ら走る

前川佐美雄・宮・近藤と、☆が三つ付いた。

七四年は十二首も選ばれた。最も多かった年だが、その中から近藤が二位に選んだ例。

⑦　春闘に加わるわれを手をうちてはげましくれぬ夜の生徒ら

七五年は三首。七六年は一首だが、宮・前川・近藤の共選となる。

⑧　給食の夜の教室生徒らは乳のむ子猫囲みて座しぬ

七七年は五首。うち近藤が一位に選んだ例。

⑨　敗残の兵におくれて歩みくる病める慰安婦いかになりしや

七八年三首。七九年から三年間はない。しかし八〇年には『昭和万葉集』が刊行され、①が巻16、②は巻17、⑤が巻18、⑦は巻19に収められた。

八二年は一首。だが、そのあと七年間は空白期となる。八五年、職を離れたことはすでに述べた。

九〇年、久しぶりに二首。次は九四年二首のうちの一つ。

⑩ 兵われの歩みし道を語るとき若き教師ら静まりてゆく

近藤・佐佐木幸綱共選となる。学校や地域での語りべとして引っぱりだこのころで、名調子だった講演を思い起こす。

九五年四首、九六年一首。九七年は四首、いずれも馬場あき子選による。

⑪ 兵たりしわれにいまなお会いにくる亡き戦友は雨の降る夜に

⑫ がん告知聞きたる妻よ涙ふけ闘うわれの支えはなれぞ

⑪は久々の一位。⑫はこれまでにない類、病魔に侵されたのである。

九八年一首。九九年二首。二〇〇〇年一首、次は〇二年四首の中から。

⑬ 復員の汚れしわれを盥出し父母は湯を運び背洗いたまいき

島田修二が一位に選び、「戦後へと生まれ出る産湯のおもむきである」と評した。

〇三年なし、〇四年は三首。

⑭ 兵われの生命ながらえ読みかえす第九条に胸あつくなり

島田選が多くなった中の一つ。この年は夏以降、近藤芳美選が休みとなり、九月には島田修二も没した。

⑬ 拙詠を選びたまいし先生の選評の重き言葉忘れず

島田への挽歌であり、全七十二首の最後、佐佐木選だった。前年の秀歌を収めた『朝日歌壇05』によると、これは十月第二週の紙面掲載だったことがわかる。

それから一年後、⑫以来の病が悪化し、不帰となる。八十二歳だった。

近藤芳美などが強く勧めた〈無名者の歌〉の見事な典型例と言えよう。歌集など編まなかった点、それにふさわしいとも言えようが、戦争詠を含む草の根からの昭和史の証言として、何らかの形でまとめられないものか、と思う。直叙の声調が埋もれるのはあまりに惜しい。

［二〇〇六年］

第二章　小説をめぐって

——出身の作家・滞在の作家

1 梶井基次郎と三重

この一編は一九七一年執筆のものに若干、加筆している。略系図を添えたが、中の［ ］内はその時点での居住地。これも意味ありと考え、残すことにした。

〈梶井基次郎と三重〉をあとづけたものには当時、宮沢威博氏のもの（「学芸評論」第6号・一九五三年）、鳥山敬夫氏のもの（「伊勢新聞」一九五七年三月二十一日）があった。それらのあとを受け、資料の羅列に終わるかもしれないことをおそれながら以下たどっていきたい。

1

梶井基次郎（一九〇一―二七）は大阪に生まれたが、父の転勤で小学校を三回かわった。大阪、東京に次いで一九一一（明治四四）年、鳥羽尋常高等小学校の五年生に転入している。

一九一三（大正二）年、三重県立四中（のちの宇治山田中学）に進んだ。中学一年の秋、校友会誌の「懸賞短文」に応募して入賞。四百字づめに換算して七枚余の「秋の曙」は同校「校友」第14号に掲載された。[注1]だが、翌年四月には父転勤のため大阪府立北野中学へ移っている。

少年期の基次郎にとっては三年間の鳥羽生活が三重県と最初のかかわりであり、当時の志摩郡鳥羽町錦町に父の勤めた鳥羽造船所の社宅があった。錦町には鳥羽城の堀も見られ、年譜によると「海を見下ろす高台」に社宅があった。錦町は現在、鳥羽市三丁目となっている。

転々とした一家も大阪では腰を据えた。京都の三高に入ったのが一九一九年。当時は九月から学年が始まる制度であった。翌年五月はまだ一年生だが、肋膜炎にかかる。休学し、八月、転地療養で三重県へやって来た。北牟婁郡船津村上里。実姉・富士とつれ合いの宮田汎の家だった。約一か月、牟婁での様子は計九通の書簡によって知ることができる。

宮田汎は一志郡八ツ山村の生まれ、三重師範に学び、体育を得意とした。隣村の三浦尋常高等小学校に勤務のころ、基次郎が来た（その後、松阪・津へ移り、亀山の三重女子師範で体育を教え、戦後は三重大学の事務官をつとめた。一九七一年七月、宇都宮で亡くなった）。

富士は三重女子師範を出て、小学校教師の道を歩んだ。汎と結婚、上里尋常高等小学校に勤めていた折、弟が来たことになる（彼女は六〇年に津で没した）。時に汎・富士ともに二十五歳。基次郎二十歳であった。

『全集』に所収の上里からの書簡のうち六通は北野中学以来の友人・畠田敏夫に宛てたもの、次に示す①②③④⑦は葉書、⑨は封書である。

① 八月十日

「丹波笹山以上の山奥にて人情純朴だが、仲々の貧村らしい」と記している。養蚕のこと、釣りができること、勉強は手につかないことなどに続いて「散歩をするとじろじろと視線があつまるのでやりきれない。」とも。たばこをよく吸う現地の風習への好奇の目は興をひく。

② 八月十二日

「此地へ来てから十日になるのに」で、やって来た日もわかる。この手紙では、哲学など理論の本が小説のようにはすらすら読めない歯がゆさが語られる。「要する所は俺はあまりに町人の子だ、町人の子は駄目だ。」で終わる。自己嫌悪の強く出た一文。

③ 八月二十五日

「私も熱が出た後の経過甚だよく例の町人気分の悶えも去つてRomantic ironyの日を暮しつゝある。」療養とはいえ、もう泳いでいる。沼の木蔭での花輪作り。星への興味。自己肯定的な手紙と言えよう。

以上の差出地は「上里」だが、以下は「紀州熊野」になる。中学で同級生の宇賀康宛葉書(⑤⑥⑨)が目立つ。

④ 九月一日

「二七、二八、二九は盆踊りで賑ひました。二九日の晩見ましたが、すこぶる原始的な踊りです…」とある。月送り盆ではなく、旧暦による盆行事だろう。「若い衆が傘で拍子をとりながら…低音で歌ふ時には実に山の気分が漲ります」とも。星座の形を図示して畠田に尋ねている。いかにも「理科甲類」らしい。

⑤　九月六日

新学年の始まったことを気にしている。「私と同じ級に北野の者がゐたら宜敷く云つて置いて下さい」。「家の横の小川」で鮎とり。「ひっかけるのです、兄はうまいものです」と記す。「兄」とは義兄にあたる宮田汎。

⑥　九月八日（宇賀宛）

「今日三里程離れた医学士に健康診断をして貰つたら少くとも尚三ケ月望むらくは一ケ年の休学を養《ママ》すると云つてゐた」とある。尾鷲へ赴いて肺尖カタルと宣告されたわけだ。三日で二匹の鮎。とり方の図示も。「身体がやけて痛い」とあるが、当時の転地療養の実態かもしれない。

⑦　九月八日（畠田宛）

こちらでも医学士の診断が書かれている。「一年休学して海岸で小学校の教師でもやらうかとも思ふ」とあり、「然し空想に過ぎない」とすぐ続け、「小説に関しては近頃カイモク知らず　二日前から読売新聞をとり…」とも。

⑧　九月九日

これのみ封書で長い。梶井全書簡中でも相当なものだ。空の星のことがくわしい。梶井における例の〈闇と光〉の遠源かもしれない。

次は歌作りの件。〈梶井における音楽〉という問題を考える際、欠かせない部分。木炭素描で「家の兒を書き始めたが」とあるところは、汎・富士夫妻の長女、三歳の寿《とし》子だろう。「この次は写真を送つて貰つて写真技師をやらうと思ふ。」二十歳の好奇心の強さ。

山のこと。山に行く若い衆の会話を方言で書いている。自然について。鮎をかけ（またしても図示）。

メーテルリンクの「貧者の宝」。読書百遍と針の法則との類似性なども。

「昨日医者へ行く時馬車の窓から山を見てゐたら大きな材木が山のてつぺんから飛んで来た…気持ちがよかつた。」

帰阪後の計画も記している。実に雑然としているところが梶井書簡の特徴で、例えば堀辰雄・立原道造らの場合とは違ってエネルギッシュなものである。

⑨ 九月九日

ヴントの死。中沢臨川の死。

青い柿をちぎる田舎の人。「家の柿も五百程なつてゐたが家主の甚吉がみんな千切つて行つた。」

鮎とりがまた出る。

ヴントはドイツの哲学者。臨川は批評家。九日は二人に宛て書いたわけだ。

かくて九月十五日に帰阪。畠田・宇賀にはすぐ「五時着」と葉書を送っている。

牟婁路での一か月半、筑摩版全集の年譜では「宮田汎方に寄寓、文学書に親しむ」とあるが、「文学書」よりは鮎とりであり、自然とそこに住む人間への好奇のまなざしが印象深い。メーテルリンク以外、書簡にはケーベル小品集が出てくる程度であった。

〈田舎〉に吸い寄せられた点がとにかく重要で、当時の芸術派文学青年とは異なる特徴ではないか。

なお「城のある町にて」の病気の章に北牟婁のエピソードがある。作中では特異な部分で、鮮明なイメージとして残る。作者の牟婁体験が小説の中で見事に息づいた例と言えよう。

2

「城のある町にて」の発表されたのは一九二五年二月の「青空」だが、梶井が松阪へ来たのは、その前年八月である。四月に東大英文科へ入って初めての夏休み、やはり姉夫婦のところだった。

この作品のためにスケッチがいくつか残されているが、松阪滞在時やその後で書かれたと考えられる。

上里滞在から四年を経ており、その間に姉夫婦は松阪へ移り、当時はまだ市制になる前で、「飯南郡松坂町殿町一三六〇番地」に住んでいた。

宮田汎は松阪商業学校で体育を教え、富士は松阪第二小学校に勤めていた時期である。

梶井が滞在した長屋の二階家は今日も残っている。宮田が津へ住居を移してからは須賀という洋服仕立屋の家だったが、愛知へ移ったあとはM家が入って改装されている。

梶井の松阪行きは何であったか。淀野隆三編年譜によると「宮田汎方に遊び」と簡単だが、その「遊び」の中身は、やはり同じ年譜中の「四月、…『時候は追々肋膜季節』となるのに、京都時代とさして変わらぬ不摂生な生活」とある部分とかかわっており、療養的滞在の要素があったと見ていい。

前作の「檸檬」とはうってかわった文体は、寡黙であるがゆえに田舎びととの触れ合いからくる喜びに支えられている。

「一つには、可愛い盛りで死なせた妹のことを落ちついて考へて見たいといふ若者めいた感慨から」と作中に言う。この妹はつい七月、三歳で死んだ八重子、異母妹だった。

基次郎には二人の実姉兄と、三人の実弟以外に二人の異母弟妹がいた。実兄弟の中では富士を除くとかかわりは、かえって異母の二人との方が深い。

異母弟は、大阪の中学時代の退学エピソードに出てくる順三である。年譜によると、一九一五（大正四）年のころに「鳥羽町時代より一緒に暮らしてきた異母弟（但し同年）が中学を中途退学して商家へ奉公することになったのに同情して自らも退学した」とあるが、順三は八重の場合と違い、梶井姓に入籍していた（順三には放浪癖があった。その子の一人は高松塚で知られる考古学者の網干善教氏）。

梶井一家の人物については、宮沢氏の論がくわしい。それに増補の形で略系図を示しておきたい。

「城のある町にて」に出てくる信子は、ふさ（当時、亀山の女子師範在学中。十九歳、房子ともいう）。勝子は寿子（七歳）である。

宮沢氏の論は「私注」と副題にあるような内容で、作品と事実や、現地との関係を調べたものとしては先駆的である。それらのうち「芝居小屋」＝松坂座、「松仙閣」＝料理屋兼旅館は今やない。後者は市民病院になって明治大正風の面影を帯びていた。

「城のある町にて」の作品論には立ち入らないでおきたいが、スケッチと作品との関係は興味深い研究課題たりうる。

スケッチの中にこんな部分がある。

「…右後にあつた入道雲のかつきりした奴には〔荘〕ワグネルの様なところがあつた、巨大なアンダンテだ。」

津へ行っている。

「また、津の公園から見た、全じくワグネル雲はどうだつた、一寸外見《よそみ》をしてゐると直ぐ〈訴〔へ〕

て〉来る強度を変化させたではないか、」

雲とワグナーが結びついている。「城のある町にて」の中に〈ワグネル〉はさすがあらわに登場させなかったわけだが、篠田一士の言う〈音楽的なもの〉が作品至るところに見られることになった。

そのような要素をも含めて松阪の風土の喚起したものが、「城のある町にて」には濃厚である。

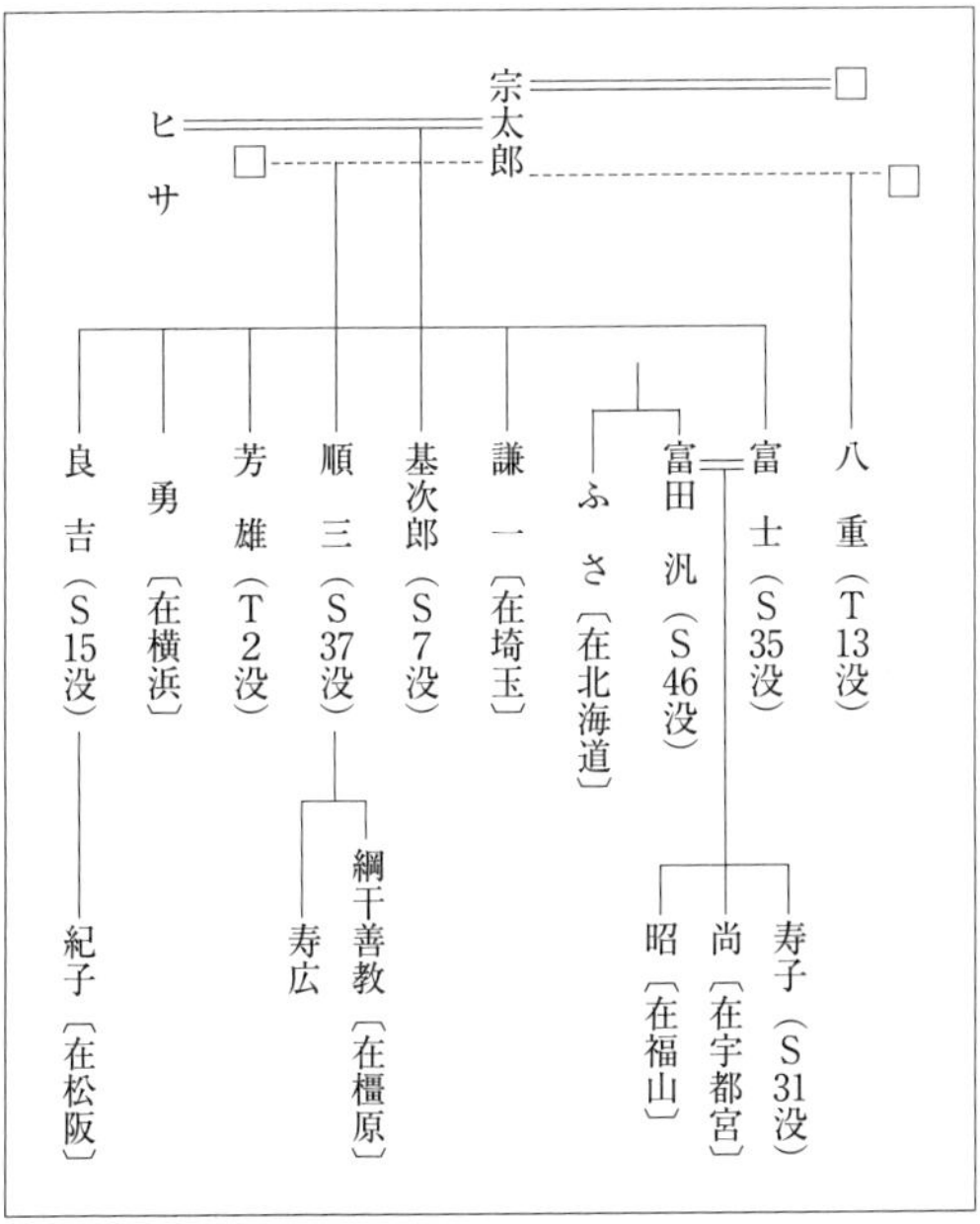

略系図（かっこ内は元号で示しました）

やや土くさいところはあっても、その音楽青年ぶりが証明するように梶井は都会型人間だが、そんな彼にとっての田舎は三重であり、〈故郷帰り〉に近い働きもこの場合、あるのではないか。他の作品系列と違うものがあって、彼の人生に「不摂生」からの回復をもたらしたのでは。音楽ディレッタントとはいえ、文学ひとすじの道へと進ませる契機を伴ったとも言えよう。松阪は北牟婁体験に続いて重要な意味を持つ。

3

一九一四年の松阪滞在以後、年譜による限り梶井は三重へは来ていないことになるが、どうなのか。三重とのかかわりを書簡で見ていきたい。

一九二五（大正一四）年に帰省中の大阪から姉宛の二通がある。（注2）

①八月（日付不明）

「兄上東京へゆかれた由　六月中にお知らせ下さる筈の手紙がなかつたのでなにもしらずに歸つて来ました…」

姉の夫と入れ違いになってしまったのだが、問題は「お知らせ下さる筈」なのに、「手紙がなかつた」ことへの抵抗感がある点で、次の八月九日付書簡で姉に雄々しく立ち向かっていく前哨になっている。

ダルマをとし子へ送ったこと、房子（「城のある町にて」の信子だが）にもよろしく、などと記すが、母が出産のお手伝いには行けないので宮田のほうの「お母さんお一人でお手がまわらぬやうなれば病院から看護婦をお雇いになる様とのこと」が中心である。

「看護婦のことは私からもおすすめします　是非と云ひ度い位です　もう一つは心を平安にして楽しいことばかり想像して平和な産褥の主人になつてゐて下さい」

大変な心の使いようである。

②八月九日

「姉さん、どうも永い手紙になり相です、洋紙とペンになつてから基次郎は姉さんに日頃から少し云ひ度く思つてゐたことを云はせていたゞきます、」という書きだし、ただごとでないことを予想させる。

教師をしていた富士が産前あまり休んでいないこと、姑に洗濯をしてもらっていないことを得々と基次郎宛に書いた点への反発が返事のモチーフになっている。

「女の由つて立つところは婦徳です」と記して、もっと体を大事に、姑を大切に、と。ことばは長く、激している。全書簡の中で出色のものには違いない。

「私は姉さんを共同の敵に當る戦友と思ひ　敢てこの手紙を書きました」

「私が以前いゝ産婆とその上に看護婦をお雇ひになる様にと御参考のために申し上げたのにも　何の御返事もまだいただかない…」

「肋膜のとき兄様にお詣りをしていたゞいたかわりに、私はこの度の産は誰よりもいゝ赤ん坊の生れることを心に祈つてゐます」

切々と訴え、祈る。倫理のきびしさ。異母弟妹への姿勢も想起される。芸術派文学者の多くの場合とかなり違った実生活意識が梶井にはある。作品に結晶したポエジイはこうした裾野の上に咲いたものと見る必要もあるだろう（「作品」だけに焦点を当てる文学研究はそれはそれとして一定の意味を持つわけだが、梶井を論じつくせないという問題を同時に抱えることになりはしないか）。

姉は八月二十二日、無事に出産（その子は宇都宮に住む宮田尚氏である）。九月十一日に宮田汎宛の「赤ん坊ちゃん」を気づかう封書がある。

次は一九二九（昭和四）年の分となる。梶井の病を気づかう友らの勧めで二八年九月、伊豆・湯ケ島から大阪の両親のもとへ帰った。翌春には河上肇への関心を抱くに至る。

二九年六月十九日付は松阪宛の葉書で「先日は兄上様来阪の折は御見舞を頂き…」を含む礼状である。
「お話の津の海濱生活は一度京大で診て貰つてその上で決めますが 行つても差支えないとのことなれば何卆お世話下さい、非常に海へ此夏は行き度く思つてゐます。」

八月七日の川端康成宛の長い書簡には
「…正月に父が死にました 春頃からだんだん身體が恢復して来たやうでした この夏は冬に弱かつたことに意を決して秋までに出来るだけ皮膚を強くして置かうと思つて朝早く海へ行つて潮と日光で晒してゐます。この間浮《ママ》つかり泳いで溺れかけました…」とある。大阪から出されており、このあと津行きが実現したかどうか、は気になる[注3]。

一九三〇年には母が肺炎にかかり入院している。看護に付き添い、松阪宛の書簡が残されている。①四月四日（姉宛封書）②八日（同）、③十一日（姉夫婦宛・葉書、以下同様）、④十六日、⑤二十二日、⑥二十四日、⑦二十五日。

しだいに病状が良くなり、⑥は退院の折のもの。六月十八日、伊丹の兄・謙一宅から姉宛の葉書もある。(注4)

翌三一年は五月二十八日、淀野隆三宛の中に「母は今日から伊勢の姉の家へ行った」が垣間見られる程度で、三重関連は見出せない。〈田舎〉は遠くなっていったか。次の三二年三月二十四日には不帰となったのである。

4

一九三〇年の「海」という習作ないし小説草稿を最後に見ておきたい。まさに断片であって、強いていくつかの部分に分けるとすれば、

Ⓐ海の静けさ（〈光〉に注目）。

Ⓑ雲。三好達治の海。ヴィジョンの海（ここは三好と梶井の違いが語られて圧巻。梶井の発想のオリジンがある。そこで話は平易な世界へと移行する）。

Ⓒ島の児童が港の小学校へ通ってくる。島の女もやってくる。独特の島の雰囲気。井戸が一つしかないことなども。

Ⓓある年の秋。暴風雨。暗礁のため駆逐艦沈没。島の海女が救助に従事。死体。焚火であたためる。一方、死体の爪の剝げた残酷さ。

ところが、別稿があってそこではⒸⒹがやや異なる。Ⓓについては、やはり爪が強調されており、干

潮時に駆逐艦の残骸が、山へあがると沖合に見られた、で終わる。

事実として遭難事件は鳥羽港でなく、相差《おうさつ》の菅崎沖で起きている。一九一一年十一月の駆逐艦春雨号事件。司令以下四十四名が殉職した。陸の孤島の相差までは当時、行きにくい。鳥羽時代、耳にした記憶をフィクションとして再生したわけだ。母の病の入院に付き添ったりで往時の〈田舎〉への想像力が喚起されていたのかもしれない。

後年のものほど作中の風土的なものは抽象化した形をとっている。「海」が断片以上のものになっていたなら、かつての松阪との次元の違いなど表現を軸にとらえたいところである。

（注1）文語体の「秋の曙」の全文紹介や、それなりの考察を試みた最初は四日市・楠町の故・坂口光司だろう（共著『三重の文学』一九七二年、桜楓社刊）。次は後述の濱川勝彦の単著に見られる。

（注2）一九二四年四月四日、一志郡七栗村の中谷孝雄宛がこの前にあるが、実家へ中谷は帰っていたわけだ。

（注3）富田富士「弟基次郎の想い出」（伊勢新聞一九五七、三・一一）中に「津の古河の家にも一度来てます」との一節がある。富田夫妻は松阪から津へ転居していただけに可能性は考えられよう。

（注4）一九三〇年五月末に基次郎は兄の住む伊丹へ移っていた。痔の痛みが止んだこと、阿倍野の母はまず「達者」などと記している。

〔付記〕

七一年に以上のような稿を寄せてから同年刊の須藤松雄著『梶井基次郎研究』に接した。上里時代の書簡を重視している。もう一つ。「紀北の民話」七一年発行号に、地元の中野朝生氏の「城のある町にて」の上里部分を考究したものが載った。これには書簡は扱われていないが。

梶井の研究では、角川の『鑑賞　日本現代文学』第17巻（一九七二年刊）、伊賀在住だった濱川勝彦担当の論述がなつかしい。のち氏は『梶井基次郎論』（二〇〇〇年）を刊行した。その時期は筑摩書房の新版梶井全集の仕事にもかかわった鈴木貞美による梶井本の盛期であった。「秋の曙」も新全集に収まった（但し坂口光司への言及は見出せない）。

なお、私事めく話題を付け加えるなら、「城のある町にて」の奥田（旧姓宮田）ふさは、私の母と津の県立高女、亀山の女子師範で同級生だった。後年、しばしば開かれた同級会に北海道から参加され、そのたびに私はお目にかかることができた。筑摩版の新しい全集の別巻に短いながら奥田さんの回想二編が入ったのは何よりであった。

2　横光利一と丹羽文雄
――最初期とその後

三重の近現代文学

三重の文学という場合もそうだが、一般に地域とかかわって文学を考えていく際、三つの柱を立てることができよう。①出身者の文学、②長期滞在（居住）者の文学、③旅行者の文学である。

これを三重県と関係のある近現代文学にあてはめると、①では、作家の斎藤緑雨、江戸川乱歩・尾崎一雄・森三千代・中谷孝雄・丹羽文雄・田村泰次郎・駒田信二、詩人の北園克衛、歌人の佐佐木信綱・生方《うぶかた》たつゑ、俳人の嶋田青峰・長谷川素逝らがすぐ浮かぶ。伊良子清白・横光利一などは他県生まれだが、幼少時に移住し三重で育っているから準じて加えてもいいだろう。逆に、緑雨・乱歩・一雄それに伊藤桂一・近藤啓太郎などは生まれてすぐ、ないし幼少期に転出しているので出身者としての実質は検証を要しよう。詩人の錦米次郎・浜口長生のような純粋土着派を除くと中央へ出て活躍するケースが多い。

②では、江口渙・梶井基次郎・中山義秀・山口誓子らがあり、③では、泉鏡花の『歌行燈』から三島由紀夫の「潮騒」、武田泰淳の『新・東海道五十三次』等々、いくつもの例が挙げられる。

これらの中では、①の県出身者の研究など重要だが、とりわけ地域性とのかかわりという視点は忘れてはならないだろう。

昭和文学の時期に入って三重の近代文学もようやく群像を輩出するようになったが、ここではその中から特に大きい存在である横光利一と丹羽文雄の二人にスポットを当て、それぞれ残されている中学時代の作品について主に考え、あわせて彼らを育てた風土との関係に触れておきたい。

横光利一

横光利一（一八九八―一九四七）は、福島県の東山温泉に生まれたが、幼少時に各地を転々とした。父が鉄道工事技師をしていたためである。父は大分県四日市、母は伊賀の柘植《つげ》の出身。小学校時代に柘植や伊賀上野へ転校してきたこともあるが、すぐ移っており、やっと彼の腰が落ち着くのは、三重県立第三中学（現・上野高校）の五年間であった。

三中時代の横光の文章は二つ残っている。ともに三中校友会「会報」第11号（一九一六年三月）に載った。五年生の時のものである。

一つは、その文苑欄に載った「夜の翅《つばさ》」。

地へも、屋根へも、凝然と昼の深みを見守つてゐた。空へも、荘厳な夜の翅が拡つてゐる。
黒い屋根の下からは、老いた顔をも、若い顔をも、刻々に死に近づく恐怖を強ひて微笑するいぢらしい心をも、美妙な音響に憧るゝ、望ましい霊をも、暖く照して洩れるランプの光りが、何物かの暗示の眼の様に、キラリと闇の間に光つてゐる。

夜鳥の悲調な歌が黒い梢から脱け出して闇の漲つたみそらに顫ふ。

全体の五分の二程度の引用に過ぎないが、こういう調子で夜から朝への推移がうたわれいく。一種の散文詩とも言えるが、作者が中学を出て上京後に作ったいくつかの詩よりも充実したものを持っており、見逃せない。

もう一つは、紀行欄のほうに載った「第五学年修学旅行記」である。

五月十九日　第五学年生徒大阪神戸商工業見学ヲ兼ネ四国方面へ向ケ修学旅行ノ途ニ就ク（伊藤青樹両教諭引率）

この「会報」には校報欄があり、一年間の行事が抄出されていて、その中に右のような記事も見つかる。

四日間の旅。それを一人ずつ四人で分担執筆した。その第一日目を横光が担当している。

△鉛の酸化した様な空に木枯の枯葉にあたつたそれの様な不安を与へた。

しかし、汽車が私を駅から駅へと運び初めると、全時に私の不安は、だん〳〵と消されてゐつた。

これが冒頭だが、最初のセンテンスに含まれる二つの比喩といい、「不安」から書き始めていることといい、個性的である。第二日目以下の他の三人の冒頭と比べてみよう。

△荒波の音に夢を破られて起き出づれば、かしらの重きはやゝうすらぎたり。いざとて甲板上に立てば、我等が船はすべるが如く走れり。(二十日、井上三郎)

△誰かの声に驚かされて目が覚めた。我等は今まで上野を離れた遠い四国の宿で旅の夢を結んで居たのであつた。(二十一日、藤森新之助)

△ほの〴〵と明けゆく明石の浦に、島がかくれゆく船を思ひつゝ起き出でゝ、朝霧の間に海浜を散策すれば、南明石海峡を隔てゝ近く淡路島と相対し、青松碧波一色をなす所、白帆点々其間を縫ふ。(二十二日、岡田庸三)

当時、まだ文語体がいかに幅を利かせていたかは、「会報」のこの号全体の中ではほぼ半分ということでわかる。口語体が半分を占めるに至ったとはいえ、右の藤森の例が示すように「我等」という発想による口語体であり、これと「私」がしかとある（ないしは「私」しかそこにない）横光の場合とはかなり距離がある。横光の独白の発想は当時の口語体の中にあってもきわめて近代的な形をとっている。

△大阪 ― 知らぬ間にもう。

間断もなく白日を呪ふ地獄の様に渦巻を漲らした煤煙の中に立体、そして又立体。工場の機械の激しい叫喚、鋼鉄を叩き延ばす様な強烈な、乱雑な反響、大きく起伏する力に満ちた都会の空気は、うん〳〵と、呻きながら、はねかへりながら、のたうちながら、その最初の大旋廻をなしてゐる。機械油で汚れた文明の使徒の群は、其の油のゆらいでゐる淀川の水の傍で走り廻つてゐる。其川の畔に造幣局がひかえてゐる。

笠置・奈良・生駒を経て大阪に出た時の驚きが感覚的に見事につかまれている。このあとも神戸港を出てから「波！海！海！うみ！」では物足りず、「オーシャン！オーシャン！」と言ってみてようやく実感にたどりついた辺りなども独特である。

『夜の翅』も『修学旅行記』も感覚表現にすぐれているという点では一つのものであり、のちに本格化する横光文体はもう間近い。そこにいちばんの意義が認められよう。

横光の無二の親友だった今鷹瓊太郎《いまだかけいたろう》氏（上野市在住）から中学時代の横光について思い出話を聞いたことがある。三年まではスポーツに夢中だったが、四年から急に文学へ関心は移った。近いところに住んでいたのに毎日のようにハガキにいろいろ書いてきた。当時、二軒しか本屋はなかったが、翻訳物を十銭の赤本でいつも買ってきており、栄養はそこから取っていたはずだ。風呂屋の煙突の煙を見ても独特の感じ方をしていた等々。両作品に見える独自の表現はもっと厳密にはどこから獲得したものなのか、なお謎に包まれているだけに興味をそそる問題である。

横光の二作については、保昌正夫氏や玉村周氏が触れており、拙稿でも以下に記す故郷とのかかわりの問題とともに以前扱っているので簡単にとどめたい。

＊

横光文学はかつて多く読まれたのに、現在では違う。一部の研究的愛好者が復権を唱えてはいる。しかし昭和文学史を考える際、その存在はひときわ重要な位置にある。

「蝿」「日輪」（ともに一九二三年）は文壇出世作だが、早稲田時代、学校には出ずにこれらの原稿を何度も推敲して書いていたと今鷹氏の語るところからすると（中山義秀も『台上の月』などに記すが）、その努力は並々ならぬものがあったようだ。そのあと、新感覚派の先頭に立っての活躍があり、「機械」（三〇年）の辺りでモダニズム文学の一頂点に立つが、一九三六年の欧州旅行が転機となって、横光は日本的なものへと回帰した。「旅愁」はその翌年から敗戦直後まで書き継がれていったが、この回帰とも結びついた未完の大作である。敗戦、そして死。横光文学の軌跡はまさに戦前・戦中の昭和文学がたどった象徴的表現にほかならなかった。

横光の作品の中で直接、三重とかかわるものは多くはない。小説では、「雪解《ゆきげ》」（三三年、四五年補筆）が中学時代の若い恋心を描いている。「洋燈」（四七年）は幼時を回想したものだが、未完の絶筆である。意匠を次々にとりかえたのが横光文学の主流だったが、この二作にはナイーブで抒情的な共通性がある。伊賀に対する時、そうなるのか。エッセイにもその傾向がある。それらの中で「芭蕉と灰野《はいの》」（三五年）は、地縁のほか、芭蕉との血縁まで語ろうとしている。幼少時の転居そのままに漂泊的な生き方をした横光だが、それだけにかえって故郷を求めようとした面もあったことになる。

「秘色」（四〇年）は、伊勢参宮を素材にしているが、「旅愁」の場合も伊勢へ関心が向く。それはそのまま祖国日本を故郷と見なすことにつながっていき、今日から見ると問題の部分には違いない。

戦争末期、横光は山形へ疎開した。そこでの日々は「夜の靴」（四七年）に綴られ、素朴さを回復する。「雪解」が書き足され、「洋燈」へ、と思いは伊賀に立ちかえったところで絶筆となった。まさに遍歴であり、その底には故郷離れと故郷希求の二面があったことになろう。その漂泊の生涯に〈故郷〉という視点から照明を当てる時、土地や地域などに根ざして生きるという問題について考えさせずにはおかないのである。

丹羽文雄

丹羽文雄（一九〇四年—二〇〇五）は、四日市市北浜田町の真宗高田派・崇顕寺《そうけんじ》に生まれた。四歳の折、生母の家出ということが起こる。七歳で義母を迎えたが、第二尋常小学校（現・浜田小学校）から県立二中（現・四日市高校）へ。但し、一度は失敗し、翌年、合格したのである。一九一八（大正七）年のこと、ちょうどシベリア出兵や米騒動のあった年に当たる。

三重県内の県立中学は、一九二〇（大正九）年から一斉にナンバー呼びをやめ、所在地名を付けるようになった。二中も富田中学と改称したのである。

丹羽の二中（富中）時代の文章は今、二つ見ることができる。どちらも五年生の時のもの。

一つは、富田中学校友会「会報」第30号（一九二二年）に載った『心の歩み』である。

私は何も考へて居たくない。何事も考へて見たりして居たくない。たゞ何のこだはりもなくやすらかに眠つて居たい。緑蔭に、慈悲深い母独りに守られた、クレードルの中に無心に眠つて居る赤子を見て涙ぐましい羨望に襲はれる。そして其儘何時迄も何時迄も眠りから醒めないで居て呉れと祈らないでは居られない。なまじひに学問をし、ものを考へるよう《ママ》になつた此の自分が悲しい。煩悶もなく、不満もなく、遣瀬なさも感じなかつた自分の赤子の時が恋しくなる。

　感傷的な緑の春に美しい心をわなゝかせ、若草萌ゆる野辺に澄徹した雲雀の歌に心の舞踏を感じながら、ねそべつて居た自分は、涙ぐましいと言つて歓喜の涙を輝かして居た。然しその涙も今は悲しい遣瀬ない涙と変つて了つた。憂鬱になり發溂な晴やかな気分は追ひやられ、ひたすら沈思黙想する様になつて了つた。

　これがその冒頭だが、こういう調子で人間の悲哀・人生の寂寥を四百字詰ほぼ十枚に展開していく。
「黄昏に消え行く人を眺めつゝ、言葉知らずも淋しさを見つ」という歌や、

月は昇る、
陰険な宵月は
蒼海の疑惑を抱く天空に……。
廃墟を飾る
まだらな力無い星。
私は

冷たい岩上に佗み
悄然と
不可解の宇宙を凝視する時
無量の幽邃
哀愁の我が胸に強く沈む。

といった詩が挟み込まれたりもする。感傷的な気分の中に、自然の大きさと自己の卑小さが対比され、思いは死へと向かう。

人と自然とは没却的に、冷却された距りが両者の間に存在して居るのだ。人は死んでも、すべての人が死の国へ、死の海へと旅立つても、自然の運行は止まらず、何時迄も永遠に蒼海とは対立的に存在して居るのだ。

この辺を読むと吉田紘二郎を思わせるものがあり、殊に「芭蕉」に見られる自然観と似ている。吉田の「芭蕉」は、同じ年の十二月号の「改造」に発表された。それ以前に似たものを読んでいたのかもしれない。それとも偶然の相似だろうか。どちらにせよ興味深い。歌や詩の差し挟み方も紘二郎に近い。丹羽自身、中学時代の読書歴としては「坊っちゃん」「性に眼覚める頃」「受難者」「地上」など挙げることはしばしばだが、吉田紘二郎はない。しかし「その頃売出しの作家たち」のものを読んだ中に入る可能性はある。いずれにしても大正感傷主義の影響下にはあった。

前途の開かれそうにもない、少しの燭光さへ恵まれない自分は広漠無限の未開、砂漠や大森林にさまよひ悩む旅人の如く、突破する事は勿論、引き帰る道さへ見出す事が出来なくなつた。

私はわずか十九歳の生涯で、なんと言ふ深い苦悩に沈んで来たのであらう。十九年の短生涯に数多い煩悶、哀愁を痛感して来たのだらう。

「自分は何日も悲哀を中心に一つの円を描いてぐる〳〵廻つて居る」とオスカア・ワイルドの言つた其一言がグッと自分の心境を摑んで居るを知るのだ。

私は自分の力弱いを見る事が出来るのだ。けれども此の錯乱した心には絶えず、永遠なる、真なる、不滅なる或物を要求して居る不可思議な心の実在を意識しないでは居られない。

終わりに近づいたこの部分には、一般論というには、より個人的な感慨がこめられているように思われる。「十九年の短生涯に数多い煩悶、哀愁」という表現の背後に当時の読者が、生母の家出事件以来の作者の心の傷を読みとることは困難だったろう。直接的な表現ではないだけに全体として「ぐる〳〵廻つて居る」文章になったとも言えるようだ。

私の前途は哀愁の闇となつて居る。
たどり行く道さへ発見されない。

結びの二行である。感傷に煙ってはいるが、ここにある〈闇〉は後の丹羽文学の世界を暗示していなくもない。

「心の歩み」はかなり評論的な文章だが、その核は心情吐露的なところにあって、それが緊張感を成り立たせている。五十年後の作者は、津の同窓生からこの号を送られ、「観念的で深刻がって、そのくせ浅薄で、歯の浮くような事が書かれていた。何がいいたいのか、私にもよく判らないものであった」(「散文精神について」七五年)と感想をもらしている。しかし、「よく判らない」明快さがないだけ小説への道は通じていたのである。

もう一つは、「うたがひ」と題された小説である。活字化されておらず、なま原稿十六枚のもの。故人となった同窓生の伊藤吉兵衛氏宅に長らくあったが、今は四日市高校に蔵されている。「岩田金港堂製」と緑色で印刷された原稿用紙が使われており、当時、四日市にあった本屋の製品。末尾に「一九二二・十一・三十(終り)」と記す。

「で貴方はどうしたの」

「…………」

青白い瀬戸焼の火鉢が赤い電燈の光の下に丁度半月が水に反映して居る様に力弱い輝《ママ》を反射させて居た。外はしきりと雪が降つて居る。戸の洩れ間からそつと音なしに雪の為に極度に冷寒の洗礼を受けた風が燃えたぎる火に寄りそうて居る二人の肉体へ時々揶揄《からかふ》うように怯びやかせて居た。二人の息づかいが明瞭に分かる程近寄つて居る。漆黒な髪の娘々した香りは彼の鼻神経に或る刺撃《ママ》を与へずにはおかなかつた。満足に成熟し切つた彼女の肉体は楽しい春を美しく意識して居るもののやうに微《ママ》に慄いて居た。
「お話しなさい。そのあとを……。」

「うたがひ」はこのような書き出しで始まる。語法的に未熟で妙なところもあるが、感覚的表現は野心的で積極的である。青々とした一種の肉感性に注目したい。

主人公は文夫。仲のいいF子の家へ来ているのだが、F子には他の男との交際があって、その実情を問う場面。まず村田という男、嫌いだとF子は言う。二番目は竹本だが、なかなか語ろうとしない。

「え丶」と開かれた彼女の唇はそのま丶、結ばれる事もなく、あど気なく純白な栗鼠のやうな歯並をのぞかせて居た。未だ男のあつい触を知らないのだと彼の胸の中へ急にその意識が通過したやうに思れて鋭い針で撫でるように彼女の唇に触れしめたなら必度《きっと》真紅な澄徹した処女の血潮が止めどなく迸り出るやうに、何度となく神聖化された純潔な処女の誇りを飾つて居るのだと思《ママ》れた。

F子に語らせる前のこの饒舌。後の丹羽文体にはない息の長いセンテンスである。

F子は竹本に結婚を申し込まれるまでのことをぽつりぽつりと話すが、同情的に話すだけに文夫の嫉妬も強くなる。その辺の心理はかなりねちっこく書かれている。

怒った文夫は、F子の家を飛び出し、雪道を帰る。わが家で文夫は発熱する。その床の中で——

眼が廻りそうにカッーと瞬間血液が逆流し上つて来そうな気がした。堪らなく無理に肉体を神経のにぶい身体を動かして強い睡魔を呼ぼうとした。静かに閉じた彼の瞳には真黒な悶えが明瞭に現出された。そして其処にはボーとした母の顔が愛慕深い笑をたゝえて現れた。その瞬間その母の白い弱々しい顔が自然と神々しい何処やらで見た印象のある白髪の老いの顔と変わつた。

弟の顔 ―F子の顔―

判然と意識されない範囲に自由に定まらない顔が走馬燈のやうに回転した。

この部分など一作の山場である。母の登場する辺り、「心の歩み」にはない意識下の鉱脈だ。数時間後、F子から誤解を解いてほしいと手紙がくる。文夫は感激に涙を流す。

お丶自分は幸福だ、彼はかく喜悦を与へた神に心から厚い感謝の意を捧げずには居られなかつた。雪どけの響が彼の幸福を祝福するやうに。偉大な太陽は柔い小春の光を与へて居る。

これが結末である。あっけないとも言えるが、むしろそれ以前の、多感な中学生の「烈しい憤怒と恋慕」の交錯の表現にこの作の生命はあったと見るべきだろう。

いくつかの問題を考えていきたい。

まず、登場人物に関して。「文夫」は作者名とそっくりである。だとすると「F子」はどうなのか。

F子の手紙に注目したい。

ふさは今飛んで行つて貴方の病床に縋り付いてお詫が申し度いのです。どうか御ゆるし下さい。

「F子」とは「ふさ」なのである。「文夫」が作者と重なるとすれば、「F子＝ふさ」と重なるモデルはあったのかどうか。詮索したくなるわけだが、文雄少年を知る井口寿郎氏、杉村信造氏らの話を聞くと心当たりはある、のみならず「村田」にも思い当たる人物があるとのこと。まず、かなり根はあって作られた小説だと見ていいようである。

次は、この作での肉感的表現、それにしばしば出てくる「肉体」ということばへの執着について。これも謂れがあるのかどうか考えたくなる。

十四歳の夏だった。僕は年上の女から男にされた。中学の一、二年生だったが、以来中学を出、早稲田の高等学院にはいるようになるまで年上の女との恋は続いた。（「わが初恋」三六年）

ここに出る相手は、「仏にひかれて」（七一年）の中では「四つ年上」とあり、銭湯帰りに「三尺の高さ」を超えて勉強部屋へ来る様子が小説風叙述で回想されている。そのようなアバンチュールはほかにもあったとのことで当時の中学生としてはかなり、根はあったと見ていいようである。

以上二つは本質的な問題ではない。むしろ以下二つのほうが重要である。

人物の構図の問題。のちの丹羽作品では一般に女の波風に翻弄される男の登場することが多い。男＝作者は受身であって、事態を積極的に切り開かない。そんな構図は「うたがひ」にすでに見られるわけだ。「幼稚なコントに過ぎない」（「散文精神について」）とのちに作者は語るが、やはりまぎれもなく丹羽文学の血は流れていた。

文体の問題。短いセンテンスをたたみかけていくのがのちの丹羽文学の特徴である。その要素は薄くて、むしろ逆なのが「うたがひ」である。丹羽文体の成立は、第一作「秋」（二六年）から出世作「鮎」（三二年）にかけてであり、志賀直哉の文章を必死に写して摂取した結果だったが、そのような努力精進なしに作家・丹羽文雄の出発はあり得なかったことを「うたがひ」の文体は逆に示している。中学時代の表現がのちの作品に接続していった横光利一の場合とは対照的と言っていい。

ここで少し休止符を入れ、中学時代の丹羽文雄の日常生活に触れておこう。

横光利一の評伝については、井上謙氏の調査を筆頭に進展した。丹羽に関しては小泉譲氏が『丹羽文雄文学全集』の「月報」に連載したもの（のち単行本化された）がある。

ここでは富中校友会「会誌」に的を絞り、そこから作家のありし日に迫りたい。当時の校友会雑誌で意外に貴重なのは、どの中学のでもそうだが、諸活動の記録・報告の詳しいことだ。

第29号（二一年四月）は、「会誌」が前年度発行されていないため、「大正八年度」の記事も含まれている。二年生丹羽文雄の名が二か所に出ており、一つは「野球部部報」に二塁手として活躍し、対桑陽戦に「貴重な一点を揚げた」こと。もう一つは「講演部部報」に「所感」という題で講演練習会に弁士九名の一人として出場したことが載っている。

第30号は、「心の歩み」の載る号だが、ここでもまた記録類は二年分を収める。丹羽の名は「柔道部部報」に出るが、「大正十年五月十八日」に「二級」を取ったこと、二月三日の試合に（久居）農林生徒に勝ったことがわかる。四年生であった。翌年は丹羽が今日の部長に当たる「委員」をつとめ、その立場で一月の寒稽古から八月の全国大会までを文語体で報告している。横光利一の場合に比べると丹羽のころの校友会雑誌の文体は口語体が有力になっても、さすが剣・柔道部関係は文語体なのである。

この号で特筆すべきは、表紙絵を丹羽文雄が担当していること。雲（藍色）、海（空色）、砂浜（灰色）を上中下に配置した簡素ながら見事なものである（それ以前の表紙絵は目次に作者名を明記しておらず、段違いと言えよう）。

第31号（二三年十二月）の出た時は早稲田へ進んで後だが、やはり「柔道部部報」の中に前年の続きとして、九月の秋季稽古の皆勤者、三月五日「二段格」にただ一人進級、と記されている。

このように追っていくと、文雄《ぶんゆう》（友人から当時そう呼ばれていた）少年は何よりスポーツマンであった。横光も、富中での後輩・田村泰次郎もそうであり、いずれも早稲田へ進み、作風もどこか共通点がなくもない辺りは興味深い。丹羽の場合、それ以外では、絵、読書、加えて異性……と活動的であり、表面に孤独な様子は見られなかったという同級生の証言はうなずけるのである。

が、それは表層に関してだろう。「心の歩み」や「うたがひ」があるということは、表層下の層に複雑な内面世界があったことを示す。そういう彼を「書く」ところへ導いたのは誰であったのか。

文を書くことが好きになったのは、中学四年の時で、作文の先生に近藤杢《もく》という、のちに『支那学芸大辞彙《じい》』を著した偉い先生がいて、この人の指導で、好きになった。近藤先生が、褒めてくれるものだから、自然書くことに夢中になり、いつも作文の時間が足らず、休みの時間まで書いていたものだ

（中野好夫編『現代の作家』〔一九五五年、岩波新書〕）。

似たことを丹羽はあちこちで書いている。読書は外国ものは殆ど読まず、本格的ではなかったということであり、要するに近藤杢との出会いが「書く」ことに目を開かせたのである。現に丹羽の作文の成績は四年、特に五年は急上昇している。

横光の場合、四年以後、文学熱への移行が見られたのだが、丹羽の場合の作文熱も似ている。近藤杢が文章開眼させたわけだが、近藤との出会いは丹羽の側に内的理由がなければ成り立たなかったはずである。その点、小泉譲説と見解は同じだが、改めて内的理由に迫るべく生母と別れた四歳以後の文雄の足跡を確かめておきたい。

小学校入学の年、一身田（現・津市）の高田派本山で得度する。この年、祖母は寺を追放された。継母が来たためと少年は思っていたというが、真相を当時知ろうはずもない。小学校の帰りに祖母のいる隠居所へ立ち寄ると、生母が会いに来ていたこともある。そんな小学校時代を経て、次は中学時代。例えば「豹と薔薇」（三七年）にはインチ（インティメイト・フレンド）と呼ばれる同性愛的交友が描かれている。中学時代を描いても横光の「雪解」とは全く違った作風で、二人の作家の資質の違いを見る上には両作は欠かせない。そのインチ的世界も丹羽にとっては表層の次元にすぎず、当面のドラマの核心からは遠い。核心はむしろ「仏に惹かれて」の中の次のような部分に手がかりがある。

中学四年のとき、岐阜へ来いと母に招かれた。〔中略〕口かずのすくない男のひとがいる。母の態度から、結婚しているのだなとわかった。母は何も説明しなかった。私も訊かなかった。

原文はこのあと受験勉強中、死（一九二三年二月一日）の近づいた祖母のうめき声で迷惑するくだりになる。後年、丹羽は小説の中で、この声に、祖母と養子に来た父との密通をからませ、生母家出の真相を描いていくが、事実としてそれを知ったのは、大学時代、岐阜の生母のところに立ち寄った時であった、と作者はしばしば語る。しかし「中学生の頃、或る壇徒の老母から聞かされた」と、「わが母の記」（四八年）にはある。これを信ずれば、岐阜の一件も重なって人生に対する〈闇〉の思いの募るのは当然だろう。「十九年の短生涯に数多い煩悶、哀愁」と記すだけの内面の傷が自覚されていく。そうしたところへ近藤杢が登場したのである。一方では、エネルギーが柔道部へ向かい、また恋のアバンチュールへと進むのもまさにどうしようもない内面の「ぐる〳〵廻り」からの反作用と解せる。

「心の歩み」『うたがひ』の背後にはこのような内面劇があったわけだ。「うたがひ」で指摘した受動的姿勢は「心の歩み」にも共通しており、その理由は作者の足かせとなってきた運命的なものを考慮してかからねばなるまい。

丹羽文雄の中学時代の二作は、作品の大きさでは横光を上まわる。表現の面で比べると、横光よりはかなり未熟。が、それを生み出すに至る内的経過を考え合わせると〈処女作以前〉だからと一蹴できないそれなりの価値が見出せるのではないか。

＊

丹羽文雄の作品量は膨大である。「文壇歴四十年の著者の創作枚数万枚から精選した十三万枚を収録した」というのが『丹羽文雄文学全集』全28巻の触れ込みであった。もし「十三万枚」を収録すると百巻は超えるだろう。丹羽文学と三重とのかかわりをくまなく見るのも大仕事である。

横光と違い、丹羽にはれっきとした故郷、それも動かそうにも動かしようのない崇顕寺という足場があり、丹羽文学にとって故郷とは崇顕寺の運命的ドラマと同義になる。

ところで、上京して早稲田時代の丹羽は小説修業一途だったとも言えようが、卒業後にはいったん四日市へ戻った。一九二九年秋から二年半、寺の仕事を手伝いながら志賀直哉を奈良へ訪ねたりもしており、文学とは切れていない。「鮎」はこの間に書かれたものだが、これが「文藝春秋」一九三二年四月号に掲載されたのが縁となって家出、上京した。

「菜の花時まで」(三六年)は、そうした四日市時代を描いた作品。但し、「鮎」のことや文学との接触については捨象されている。そういう操作が他の作同様、単なる私小説にさせないのである。結末の花は美しい。他の小説にも菜の花はしばしば登場するが、これはそうしたライトモチーフの原点だろう。

初期丹羽文学は生母もの、マダムものと言われたりして、題材を身の上から取った短編が多い。いかにも昭和十年代作家らしい出発の仕方であった。そこから題材を広げていくのだが、戦中戦後における丹羽の成功作はさほど多くない。低迷を脱し、「青麦」(五三年)、「菩提樹」(五五〜五六年)、「一路」(六九年)などの力作が生まれるには、多作という大きなエネルギーが必要だったのである。これらの力作は、だが、初期以来の自画像的なものを変奏していった中で崇顕寺のドラマに挑戦し直し、人間の業・罪の問題と深くわたり合って、その〈闇〉の彼方で親鸞と出会うのである。

丹羽作品の舞台は故郷にあるはずだが、不思議なことに故郷感というものは薄い。故郷がなつかしさや恨めしさの対象としてある場合、作者と故郷との間に一定の距離があり、自然はそこに入り込むことになるが、丹羽文雄の場合は、赤裸々のドラマが展開されるため故郷と作者の距離がなく、自然が大きく入り込む余地はない。それだけに菜の花はきわ立つ。

しかし、この故郷感の薄さという問題は、丹羽に特有のものかどうか。伊勢出身の作家、中谷孝雄や田村泰次郎などの作品にも共通的に言える特徴ではないか。だとするとこれは伊勢という土地柄の持つ性格、かなり伝統的な地域性と切り離しては考えられないことになってくる。

横光利一の中に、故郷離れと故郷希求の二面がある、と前に述べたが、これは実は芭蕉にも見られる点であった。伊賀は郷土を意識させ、伊勢はさせないのではないか、とも思われる。

丹羽文雄は、一九六〇年代にはとくに親鸞とのかかわりを深めていく。その親鸞観は、例えば野間宏の『親鸞』（七三年、岩波書店刊）などとは微妙に趣を異にしている。真宗高田派はいかにも伊勢の地にふさわしい入り方をしたと思われるが、丹羽の親鸞観は、伊勢的土壌にいわれを持つそれ、と言っていい。求道的であるよりは現状肯定的なのである。

丹羽文学が、殊にその主人公の傍観性という点から批判の対象になることがあった。中村光夫や奥野健男らによるが、実は作者が多分に伊勢人である点と切り離せない。

このように見てくると、丹羽文学の中には伊勢的な特徴がかなり入り込んでいることに気づく。近代作家の多くは故郷を捨て、中央に出ることで自己を確立した。丹羽の場合も例外ではない。しかし、作者の意識を離れたところでふるさとの土壌は彼を拘束する。現にこの作家が見事な伊勢方言の肉声を持ち続けていることは何よりの証拠で、そうした拘束は作品に及ぶのである。

伊勢の国の土地柄は近世のおかげ参りや伊勢商人の、受け入れ、出て行くという二つの極をはらみながら形成されたものだろう。その中から伊勢俳諧や宣長は現れた。旺盛なエネルギーを持っていたことになるが、近代になってそのエネルギーは失われ、土壌は痩せていったのかもしれない。

三重県出身の近現代の文学者を考える際、この「土壌」の問題につき当たる。だが、その中で丹羽文雄の文学は、かつてこの地の持ち得た旺盛なエネルギーをともかく保有していたように思われる。


一九七八年十一月十五日、四日市市立図書館に作られた丹羽文雄記念室の開設式典が丹羽文雄を招いて行われた。ちょうど一年前の文化勲章受賞が引き金となって翌年春、四日市市は名誉市民に推した。そこまでは中央追随の気もあったが、それから半年間、市の関係者はかなりがんばって図書館に一室を設けるに至った。初めは閲覧室の一隅に丹羽コーナーを設ける程度に考えられたが、事柄はしだいに膨れあがり、全国に向かって誇れる一室が完成した。名誉市民伝達式だけで終わらせなかったことは、三重の文化史に残る出来事であった（現在、丹羽関係は市博物館へ殆ど移ったことになるが）。

ちょうどその展示室が作られていくのと並行して私は丹羽文学を意識的に読んでいった。とはいっても、中心は郷土とかかわった作品に関してであり、「丹羽文学を歩く」と題して月刊のタウン誌に一年近く連載した。いつかはそうしたことをしてみようとは思っていたが、これもまた文化勲章・名誉市民が刺激して早まった。

「秋」や「鮎」で母を材料にしたことはあるわけだが、郷土を登場させた本格的な作品は「煩悩具足」（三五年）からだろう。龍穏という僧侶兼女学校教師を中心に登場人物すべてが煩悩のとりこになって我欲のせめぎ合いを演ずるという丹羽文学の本流を地でいくような作品で、初期のものでは見逃せない。菜の花はむろん登場するし、不具（と当時は言った）の子どもが煩悩の父を指差し、その背後に「御内仏がしんと扉を閉じていた」と仏を配する構図は、のちの「青麦」へとつながっていく。但し、冒頭は長島や多度山がくっきりと出てくるのに、そのあと四日市が本舞台とはいえ、市の名も地域性も浮かびあがってこない。環境描写よりはドラマの本体の方にいつも傾いていく特徴が丹羽文学にはあると見ていい。この作品は自伝的ではなく、他者をモデルにしているのだが、煩悩のドラマと四日市との結びつきの方に読者は心を動かされるのである。

「菜の花時まで」は、自伝的だった。しかし仔細に見ると、主人公の博丸は文学青年に設定されていない。つまり結果的には、それだけ作者とへその緒は薄れて、かえって抽象化され、日常世界からの脱出を願う普遍的青春像たり得ている。だから菜の花が冴えるわけで、一般の私小説との異質性がことのほかきわ立つ作品と見たい。

「豹と薔薇」は、中学時代をかなりスケール大きく描いている。但し、中学の折の作文「心の歩み」の孤独な影がここにはない。前二作よりは土地の描写はきちんとなされていて、外部世界への配慮のほうに重点があるとも言えよう。

横光利一にとって欧州への旅はその後の彼に大きくのしかかったのだが、丹羽文雄にとってそのようなものはなかった。しかし、三八年のペン部隊一員としての大陸行きは決して小さく位置づけられないものだろう。

「九年目の土」（四一年）は、大阪から電車で四日市へ向かい、故郷の崇顕寺を九年ぶりに訪れる内容である。その中に投影している戦中作家の視線とでも言える要素は、意外に濃いと見ることができる。つまり、小説としての造型性よりは、戦時下の作家の目といったものが幅を利かせている。大陸へ行ったその目によってだが。

敗戦少し前、丹羽文雄は栃木に疎開していたため、父の死に目はおろか、葬式にも戻ることができなかった。戦後すぐ、父に関する小品がいくつかある。「父の記憶」(四七年)はその一つだが、東南海大地震を経て空襲による焼失、さらに路地に夾竹桃の咲く結末を置いており、推移の認識は見事である。菜の花によって空間が認識されたのに対し、ここでは時間が発見されたと言える。父の死が丹羽文雄を密かに前進させていたのだ。当時、日常の多くは風俗小説の量産だったわけだが、その底に伏流水が実はあったと見ることもできよう。

「故郷の山河」(五一年)は、大学生のころの四日市。「豹と薔薇」のあとを受けた感が深い。過去と現在をぶつける技法の試みも面白いが、そのめまぐるしさの果てにくる結末の哀愁は、故郷に立ち帰る時、作者は純粋にならざるを得ないことを示す。

「菜の花」(五三年)は、四十二年ぶりの高田本山再訪を扱ったもの。「九年目の土」のように紀行的である。しかし「爬虫類」「遮断機」などのあと、「青麦」の直前という目で見るといろいろな問題が浮かんでくる。特に庶民との接触による凡愚の発見には注目すべきだろう。

この専修寺再訪が「青麦」を豊かにしたきっかけになっている。寺の描写のきめ細かさ、環境の重さに対する配慮はもちろんだが、父を手がかりにして如哉という人物にふくらませていく手続きは、認識の問題を含むからである。主人公をぎりぎりのところへ追いこんで、仏に見られているといった問題に突き当たる。はるか昔の「煩悩具足」にあった構図がここで意識化されたのである。丹羽文雄の歩みは試行錯誤の円環をひと回りして原点に戻ったともとれる。「青麦」以後、丹羽文学は本流を見出せることになった。

郷土をとりあげる作品は偶然に書かれたものかもしれないが、結果から見るとそれを書くことで本流を形作ることに寄与したのである。故郷に直面する時、彼は風俗作家ではあり得なかった。

［一九八〇年］

〔付記〕

横光利一関係で県内刊行の文献例は濱川勝彦・福田和幸・香條克治による『青春の横光利一』（一九八〇年刊、のち増補版も）だろう。新発見の日記・書簡など貴重である。濱川はのち『論攷　横光利一』（二〇〇一年刊）も世に問うている。

今世紀に入って県内を中心にしたメンバーによる丹羽関連の研究書が登場した。濱川勝彦・半田美永・秦昌弘・尾西康充編著『丹羽文雄と田村泰次郎』（二〇〇六年刊）、秦・半田編著『丹羽文雄文藝事典』（二〇一三年刊）岡本和宜『丹羽文雄書誌』（同）など。ある時期の成果として記憶したい。

かつて中村光夫などは丹羽文学の全面否定論を展開した。当時と比べ、文学における批評の現状をどう見たらいいのだろうか。そんな中で京都のドイツ文学者、池田浩士の「丹羽文雄の前線と銃後」は力編で忘れがたい（『文学史をよみかえる・4　戦時下の文学』［二〇〇〇年、インパクト出版会刊］に所収）。

3　中谷孝雄の最初期など

中谷孝雄（一九〇一―九五）の『梶井基次郎』といえば、一九五九年から「文芸日本」に連載され、六一年に筑摩から単行本になって出されたそれを思い浮かべるのが一般的だろう。一九四〇年に実はずっと短い「梶井基次郎」が書かれている。

「梶井が死んでからざっと十六年になる。指を折って数へてみると、今年の八月でちやうど八年と五ヶ月である。」で始まるこの一作、「八年と五ヶ月」とあるのに「死んでから十六年」という何とも妙な書き出しでいささかあきれさせるのだが、中身はなかなかどうして愛すべき回想である。

その中で、梶井がはじめて童貞を捨てに行った「その夜のことがあるまで梶井は、私と英子との間をたゞの友人だと思つてゐたのださうである。」の箇所はとりわけ興をひく。

「信じられないやうな馬鹿々々しいことであるが、……それ程当時の梶井は純真だったとも云へるであらうが、何といってもそれは梶井のうかつさである。」と中谷は記している。私はここを読むたびに梶井基次郎という人が好きになり、だからこそ「城のある町にて」は書けるのだと思うのだが、逆に見れば、「馬鹿々々しい」と感じる中谷孝雄はなんとしたたかな青春をすごした人だろうと考え込んでしまう。

しかし、彼の文学は素朴であり、頑固一徹。そこに独特のしたたかさもありはしないか、と思ってもみる。ここではまず最初期の中谷孝雄を追ってみたい。

＊

四巻の第一次『中谷孝雄全集』（一九七五〜七六年、講談社刊）は、自選集というべきものだが、その中でいちばん古い作品は、一九三二年の「雑草」「背徳者」。続いて三三年の「春」、三四年の「三十歳」「春の絵巻」「朝の鯛」となる。この辺りから読み始めると中谷文学のトータルなものを見逃してしまうのではないか。もっと最初期の中谷から見ていく必要はないかというのが私の立場である。

一九二三（大正一二）年の「お朔の殉情」を見ることはできないが、同人誌「青空」の中の作品は読むことが可能である。

それらのうち、発表は二五年だが、前年までに書かれたと思われるのは三編。

「初歩」は三高生が落第し、祇園へ向かったり、暗い日を迎えたり、求職も気が向かず、天王寺五重塔にのぼって一つの衝動にかられる場面がヤマになっている。ここには梶井の「檸檬」と共通した何かがあり、またのちの中谷文学に色濃い不安・焦燥の要素を早くも暗示する。

「春着」は年末を迎えた若夫婦が苦しい中、安い春着を求めて歩く話。こちらはのちに多く書かれる夫婦ものの元祖かもしれず、軽い。

「乞食伝」は、「一九二四・六・一五」と執筆年月日が終わりに記されている。「中部伊勢の平野に在る私の故郷」の乞食三話。私小説ではないドキュメント的な説話的面白さにひかれる。

二五年は二編。「五月」は、三高生の謙作が松本城に吟子を訪ね、さらに彼女の実家へも、といった話で、「春着」と人物名は同じ。いわば彼らの前史をロマンティックに描いており。梶井の「城のある町にて」とまさに対照的な作品となった。

「昨日の姿」は、「初歩」にあった鬱屈の一展開だが、主義・趣味の問題を会話でやりとりさせ、のちに「荒唐無稽なもの」（一九三五年）などを書いたり、日本浪曼派に加わっていく素地を早くも感じきせる。

一九二六（昭和元）年から翌年にかけては五編ある。

「川船」は「春着」の夫婦が分裂した形に変わって暗い。

「FIND THE INDIAN GROUP」は、あるカフェに通いつめて、そこの女に興味を持つが、あとでその女の正体がわかるというコント風な味のある小品。題からして曰くありげの異色作。

次の「待つ」は、帰郷していた妻の帰京を待つ話。「夏住ひ」はその一つ前の素材で、妻が帰郷していく話。どちらも「川船」とは変わって安定した家庭ものとなった。続いて「推移」「秋」の順で書かれる（発表は逆になった）が、こちらは力が入っている。しかし、この四つに比べると、「青空」最後の作「土民」が郷里に取材したと思える農民小説で、目を見張らせる。夫婦もの・家庭ものへの傾斜が「青空」には見られるわけだが、それでも多様な要素がこの最初期にはあった。

以上の十編は、長さも短く、習作的ではあるものの、どれも中谷文学の原型ここにあり、の感は否めない。（注1）

次は「創作月刊」にようやく載った「妻」（二八年）で、「青空」時代からは一段と飛躍した力作。夫婦ものには違いないが、甘さなど殆ど見られない緊張した中身である。プロレタリア文学を成り立たせているものとの共通性さえ感じられ、一方では新感覚派的文体も試みられている。

「お豊」（二九年）は、「文芸レビュー」創刊号に載ったが、伊藤整らの新傾向誌の中ではただ一つ、田舎っぽい短編であり、そこにむしろ中谷なりのしたたかさが感じられる。子守や女中をして働く田舎娘の話。「乞食伝」の延長ともとれる説話的作風で、中谷の田舎もの・故郷ものの系譜の三作目と言えよう。（注2）

「文芸レビュー」には、「姉になって」「コレクション」「遺産」なども発表されたが、いずれも習作の域を出ない。しかし、やや実験的かところがどれにもある。

二九年に東大を中退、福知山の聯隊で九か月の入営、翌年に次男を失い、といった調子で、数年間はスランプ期で、私小説的なもの、身辺雑記的なものしか書けないことへの焦りが匂ってくる。それを乗り越えようとするのが三二年の二作、「雑草」「背徳者」である。発想・文体ともに実験的で、中身を詰めた感が深い。あいかわらず短いものだが、ここにある文体は、これからしばらく中谷を規制していく。

この年には「父」がある。わが子に素直になれない自分を見つめるうちに父と自分とをそこに見出してしまう内容。こちらは私小説だが、作者の意図を越えて重みのある作品となった。中谷文学では、母より父が重要であり、その最高作は、父の死を凝視した「死とその周囲」（四〇年）に違いない。それとつなげてみても「父」は軽視できないのである。結局、中谷文学は女を書くことより、男を書くことにすべてはかかっているのではないか。

同じ年の「生活」は、苦しい経済生活の夫婦ものの延長であり、また弟の病気の一件もからむ（のち

「けふ一日」と三九年に改題された）。

三二年三月、梶井基次郎が亡くなっている。翌三三年、「春」となるのだが、この年にはもう一つ「くろ土」という力作もある（第一次全集は採っていない）。すでに「乞食伝」「土民」「お豊」、そして「雑草」も田舎もの、故郷ものと位置づけられるが、「くろ土」もその系譜に入る。東京での濁った生活を切りあげて帰郷した幾子という女主人公の田舎での生活第一歩、そこには希望があるわけでもない。当時の現実の一端を切りとった素材であり、それを見つめる作者の当時の意識のフィルターは「春」と共通する。

「春」は、京都もの・青春もののように見えながら田舎・故郷の要素、加えて父の存在も見逃せない。翌三四年の「春の絵巻」でもそうだが、その時点での作者の不安・焦燥感のフィルターを通して眺めた大正末青春像なのである。戦後の青春回想ものとは明らかに違っているし、片方だけで大正末の実像と見てはならないと思う。

三三、三四年の辺りに中谷文学の一つのピークがあることは確かで、結局、私小説にわが道を確立したのだった。これは「初期」の結実であるのか、それとも次の時期が始まったと見ていいのか。作者自身は「春」を自分の処女作と見たいらしく、それ以前を認めないようだが、客観的にはそれなりに最初期や初期は存在していたのである。

考えてみれば、早い時期は、少くとも梶井基次郎とともにあったということ。中谷の文学的自立は梶井の死を代償としていたとも言えよう。

＊

ところで、中谷文学の時期区分をどう考えるべきか。戦前・戦中と戦後。そんな区切り方も可能だが、細分すると前者は、どうも一九三五年に境がありそうだし、（注3）後者は、二回目の『梶井基次郎』の辺りで二つに分かれそうである。

それらの細かい検討は、今後の課題だが、ここでは「初期」ということとかかわって第一次、第二次の両全集（注4）とも未収録で、初出年月不明の作があるのでそれらに触れておきたい。というのは、年月のわかっている作品はいずれ順に足跡を追う機会も持てるわけだが、不明の作はその機を逸する場合も生じかねないからである。

単行本第三冊目の『くろ土』（三九年刊）に所収八編のうち五編が第一次全集に未収であり、四編が初出年月不明なのである。所収の八編とは「田舎ことば*」（三六年）、「秋の一夜」、「黄昏」、「朝の蜩*」（三四年推定）、「素朴な好意」、「くろ土」（三三年）、「美しき日*」、「父」（三一年）。うち＊印は第一次全集所収作である。ここでは全集未収で、年月不明の四編に焦点を据え、それぞれ本文の冒頭も示していきたい。

「秋の一夜」

「まあ綺麗だこと――」

街の灯の展望に大仰な感嘆を現はしておいて、それから莖子は隆を呼ぶ。

「早くあがっていらつしゃいよ」

石段を馳上った息切れが、彼女の聲を不自然に弾ませる。

冒頭だが、三高生とおぼしき隆と、快活で行動的な莖子のデイト。二人の間に友人・藤井のことが持ちあがって陰影が生じる。ある音楽会へ三人が行った時、藤井は演奏家と握手する。そこは、梶井基次郎がエルマンと握手したエピソードを想起させるが、そういう藤井に莖子はひかれたこともあって隆は嫉くわけだ。が、結局それはそれだけのこと、二人はこだわりなく現在いるという話。青春の微妙な明暗が揺れるようにあって凡俗の青春短編とは違っている。「春」「春の絵巻」の翳りがここには薄い。

「**黄昏**」

何気なく封を切つて読みだした峯子の手紙は、最初の一行からすつかり佐喜子を混乱させてしまった。

——いろいろ心配をかけたが、死ぬより他に分別もなくなつてしまつた……。

冒頭からして緊張感で始まる。佐喜子は驚いて峯子のところへかけつける。峯子には実は春枝という同性愛の相手があり、そのころ佐喜子は峯子に「黄昏に羽博く蛾の美しき」を感じていた。三か月後、春枝が去り、峯子の遺書となったわけだが、結局、危機は回避される。その最後も「たそがれかけた部屋」である。中谷は時折、意外に激しい女を登場させるが、この峯子もその一つ。分裂的なところに注目したのが興味深い。私小説的でない人物が登場すると何しろ読むほうは興を持ってしまうのが中谷文学というものである。

「素朴な好意」

その日志田が勤先から帰つてくると、迎へに出た邦子が、何時になく奇妙な見馴れない型の髪をしてゐた。

「どうしたといふんだい、気まぐれにも程がある」

志田はのちの作品にもその名が登場するだけにこれは作者が、と思いたくなる。妻の語る今日のできごと。教え子の石川とりが訪れてきて故郷を飛び出してきた話などをし、美容師ぶりも発揮していったというのである。十日後、とりは再び現れ、邦子を日本髪に結っていく話。例によって例の如き私小説風色彩が濃く、読むほうもほんのりと照れてしまう。

「美しき日」

みゆきの婚約がきまったことを知ると、晃は言ひやうのない苛立たしさを感じた。それは誰にもあらはにには語れない気持であり、またひどく身勝手な願ひではあつたが、晃にはその婚約を成立させたくない心が強かつた。晃は最後までみゆきがそれに承諾を与へないで呉れることをひそかに望んでゐたのだつた。

そのみゆきがとうとう折れ、晃は「自分の心のなかの美しい日が過ぎてゆくのを惜しむ思ひだけで、みゆきの婚約に苛立つてゐる」のである。晃には秘した同棲者もいるというのに焦燥へ駆られている。

こうした「焦燥」こそある時期の作者の得意とした感情である。晃とみゆきの筒井筒ぶりが回想され、最後は、上京時にみゆきを連れて行ってくれと叔母に頼まれ、当惑する場面で切れる。これは一筋縄ではいかない面白さを持った小佳作。初期の中では比較的あとのものだろうか。発想・文体とも「春の絵巻」の辺りに近い。

もう一つスポットを当てたいのは、単行本六冊目の『死とその周囲』（四〇年刊）である。所収は九編で、「死とその周囲*」（四〇年）、「思ひ出」（四〇年）、「子夜呉歌*」、「梶井基次郎」（四〇年）、「記念品」「新秋」、「背徳者*」（三二年）、「田舎ことば*」（三八年）、「けふ一日*」（三九年）。＊印は第二次全集に収められた。初出年月不明が中に三編ある。

うち「子夜呉歌」は、明らかに一九三八年の大陸従軍に取材したもので、おそらく三九、四〇年の作と推定される。これは名作の名に恥じないものだし、初期に入らぬことが確実なため省くことにした。

「**記念品**」

季節の移り目になつて押入れのなかの整理をするやうな時がくると、たづ子はきまつて昔の恋文の処置に悩まされるのであつた。

夫は俊吉。結婚して五年。二人とも恋文を保存していたが、とうとう今日は全部焼くという話。例によって会話をたっぷり入れ込んだ夫婦ものである。(注5)

「新秋」

百日紅の花が秋風に揺いで、広い農家の庭はひつそりと静かであつた。庭に面した離れに身を寄せてゐる菊枝は、先刻から虔ましく部屋の片隅に坐つて、しきりに湯呑みのなかへ乳を搾りすてゝゐた。

男に去られ、赤ん坊を亡くした菊枝に、近くの妻をなくした男からわが子のため乳を、と頼まれたことがきっかけで二人はむつまじくなる話。これはなかなかの作。身辺雑記的であるが、夫婦ものの凡調よりは品格を感じさせる。

＊

「田舎者の眼でみた田舎を書いてみろよ」と梶井は中谷に語ったという。私はこのことばを軸に一九七五年、はじめて中谷孝雄を、こともあろうに俯瞰的にとりあげた(注6)のだが、改めて若い時期の中谷を通観し、この作家が伊勢的であると思った。もう少し言えば中勢的である。若干のしたたかさとそれは関係しているか。故郷もの・田舎ものがあるという理由からだけではない。

〔一九七七年〕

（注1）拙稿「『青空』の中谷孝雄」（「二角獣」13号・一九七八年）は一九二五年を扱った。以後は「二角獣」14号、15号。
（注2）「妻」「お豊」の辺りの諸問題は拙稿「中谷孝雄・評伝ノート(1)―「青空」終刊後―」（「三重県高校国語科研究会々報」24号・一九七六年）

（注3）一九三五年に「日本浪曼派」が創刊された。
（注4）第二次中谷全集は大冊の三巻（一九九七年、新学社刊）、没後二年して刊行された。
（注5）「記念品」はのち、「若草」一九三五年十二月号に載った「厄介な記念品」が初出であることがわかった。
（注6）拙稿「中谷孝雄」（「中日新聞」三重版・一九七五年九月五日）

〔付記〕
初期より後の中谷文学の代表例を挙げるとすれば、戦中だと「滬杭日記」「子夜呉歌」「死とその周囲」。戦後では『梶井基次郎』の系列で「招魂の賦」「抱影」など「青空」同人とかかわる鎮魂ものが独壇場。「のどかな戦場」「梅の花」など戦地や復員関連の類もあるし、ほかでは「業平系図」以下の歴史ものを挙げたい。時を経ての回想の一つは「日本浪曼派」。当事者の筆致は当然として、戦後の「浪曼」を含め、その系列や傾向を解き明かす研究ないし批評はこれからの課題と見ていい。

4　田村泰次郎ノート
――一九四一年以前の三例

1　中学時代の文章

田村泰次郎（一九一一―八三）の中学時代の文章に接することができた。三重県立富田中学校校友会「会誌」に載ったもので、一つは一九二六（大正一五）年十二月発行の同誌34号の「都の友に」。三年生の折の小品である。


Y兄、随分寒くなりましたが御達者ですか？

校庭では運動が旺んでカーンといふ快いバットの響きが澄み切つた十月の碧空を劈きます。

つい此間まで静かな緑蔭を僕等に与へた白楊の葉は何時しか黄ばんで寂しく秋風と囁いて居ます。

Iと云ふ友の故里では痩せ衰へて細くなつた鮎がもう清い流れを秋のやうに落ちて行つたさうです。

物に感じ易い彼が淋しく言つたのによると冴えた月の夜なんど、どうかすると前の流れの落葉を分けて落鮎の群が下つて行くのを聞くことがあるさうです。

そんな時、窓を開けたならば恐らく月に粋《ママ》水珠と銀の鱗とを見別《ママ》るに困つて了ふでせう。

こういう書き出しによる書簡体の一編。末尾に「一九二六・九・三〇」とあり、西暦年号を使っていること自体、大正期の校友会誌の中では注目点と言えよう（もっとも丹羽文雄も中学時代の小説「うたがひ」で「一九二二・十一・三〇」を使っていた）。文章中に「十月の碧空」とあるが、これは「九・三〇」からすれば先取りであり、そこにかえって虚構への芽をかぎとることもできる。

「Iと云ふ友の里」での様子がかなり具体的である。こういう具体性は、このあと秋風の件になっていき、その中の「幼い頃母の里嵯峨（京都）の水辺でよく聴いた錆びた河鹿の声が懐はれます。」といった辺りや、そのあと「当地の地曳網がさかんで野分の吹き荒ぶ夜など漁夫等の原始的な、素朴な、それでゐて何処かに哀愁をそゝるあの網曳く唄が風に乗つて聞えて来るのもある淋しさを味はされます。」というところに表れている。

田村泰次郎は、富田に生まれた。富田は今でこそ四日市市に入っているが、当時はむしろ漁村である。漁夫の「網曳く唄」の中に「原始的な、素朴な、それでゐて何処かに哀愁をそゝる」という二重性を見ているのは面白い。文学的感受の第一歩と見てもいい。

Y兄への心づかいを語った後、

此方は直きに網曳きもすんで漁夫らは皆潮煙つた暗い沖の彼方に冬猟《ママ》に出掛けて火の消えたやうになつた漁村には長い〳〵冬が暗い夜と物凄い吹雪とを伴れてやつて来ます。

そして男の去つた漁村には漁夫の子らと彼等の慈しみ深い老いた人々とが暖かい囲炉裏を囲んで磯辺に流れついた胡桃の実をくべながら帆桁に唸る物凄い吹雪をきいて陰欝な長い冬を過ごします。

寂しい漁村の秋は風と波との中に暮れて逝き、み空の月のみ益々冴えて行きます……。とりとめのない感傷的なことばかり書いてすみません。終りに兄の健在と奮闘とを祈つて筆を擱きます。左様奈良

このようにして終わるのだが、前半が秋風を中心に「感傷的なことばかり」へ傾いていたのに対し、後半は感傷的ではあっても漁村生活のスケッチになっているのは興味深い。つまり書簡の形をとりながら自己表現的な方向が見出せるわけだ。「物凄い吹雪」をオーバーととるか、想像力の産物と見るべきか。とにかく書簡の枠をはみ出した感もあり、創作にどこかつながっていくような調子の見られるのがこの小作文の意義と言えるだろう。

田村は文壇へ出て以後、故郷を描くことは多くない。漁村風景の出るものとしては、「鴉」（一九三八年）くらいで、そうなると「都の友に」にも一つの存在価値が見出せよう。

「会誌」に見る限り、次に登場するのは36号の二編。一九二九年はじめの発行らしい（私の見た分は裏表紙がなくなっているため、記録的な部分から推定するほかない）。田村五年生の時のものである。

のちに文壇へ出てからもそうだが、田村の作品には末尾に執筆年月日を付することがしばしばある。これは大変ありがたい。例えば丹羽の中学時代の二作、「心の歩み」と「うたがひ」の場合、後者は日付つきなのに前者には何もないため、同時期のものには違いなくても、どちらが先行作であるのかわかりにくいのだが、田村の場合には明記されている。

「Marcus Aurelius との対談」と「第二回諸兵聯合演習に参加して」である。前者は「文苑」欄、後

者は「紀行」欄に登場する。目次ではその順だが（ついでに目次から「会誌」の各項目を紹介しておくと、口絵、説苑、文苑、詩歌、紀行、通信、校報、部報、卒業生欄という柱立てになっている）、末尾の日付は前者だと「一一、一三」、後者は「一〇、二七」となっており、執筆順序は逆になる。もちろん二八年の秋の二編には違いない。

ここでは「第二回諸兵聯合演習に参加して」を見ていきたい。「紀行」欄に収める全八作のうち、五年生が四編。「湯の山行軍記」（水谷総太郎）、「軍艦木曾に便乗して」（戸谷総一郎）、「第一回諸兵聯合演習参加記事」（水谷良三）に続いて田村泰次郎となる。


「えらかつた」

これも本当のことには違ひないが。

愉快だつた！

これこそ私達の最も切実な心の叫びではなからうか。

今度の演習は私達の中学時代に於ての軍隊演習参加の恐らく最後のものだと思ふ。それだけに又、文字通り懸命になれた。必死になれた。皆が皆実戦に出掛ける気持だつたに違ひない。それは一寸、何とも形容の出来ない緊張した厳粛な心持であつて、迚つてもこの演習に参加しない人たちには想像し得られない心持だつたと思ふ。


これが冒頭である。はじめの三行は、なんとも傑作で、こういう書き出しのできる中学生は、全国的

にも少ないのではないか。例えば、田村の前に載る水谷良三文の冒頭は、「一、時は維れ炎暑の七月三日」という小見出しのあと、

地は維れ鈴鹿川の辺り。僚校桑中・泗商・神中と共に我等第五学年生一同が歩兵第三十三聯隊騎兵一小隊半、野砲兵一大隊の諸兵連合演習参加は実に吾人が永久に忘るゝ能はざるものにして勇壮困難なる実践的諸訓練を体得し精神の修養上偉大なる教訓を受け、付近山河の秀麗は吾人が活然の気を養ふ好資料たりき。

という典型的文語調である。これと田村の冒頭とはかなりの差と見ていいだろう。一九二八年といえば、中学校の校友会誌の文体もそれなりに口語体が多くなっているはずだが、それでも軍隊的なものに関しては文語調が幅を利かせていたに違いなく、その意味では右の水谷文がスタンダードなのではないか。

ところで、水谷文にはこのあと、大仰な部分を含みながらも、しかし、何月何日どこへどの学校の順に集合したか、といった細かい記録が載っている。例えば、「六、演習経過の概要」という小見出しの次には、

1、四校生徒ヲ以テ編成セル学生軍ハ情況ニ示ス増加大隊トシテ神中配属将校林大尉ノ指揮下ニ行動ヲ開始ス時ニ午前九時三十分ナリ。

といった漢字片仮名交り文まで登場させての綿密さである。田村文のほうには、何月何日に行われた演習であるのか書かれていない。没個性のキャメラ・アイと化した水谷文と対照的である。しかし、場所は示されている。さっきの部分に続いて、

戦場即ち大長村北方地区に於て、私達が展開を開始した前後のあの極度に張り切つた、貴いと迄、言ひ度い気分。それは丁度満月に引絞つた弓だつた。

とある。また、月日は示されていないが、

約二里余の行軍を容易にやつてのけ、大長村長深にて昼食後我軍が戦闘を開始したのは午後〇時五十分であつた。

といった例もある。
このあとの「黄金色の稲の波打つてゐる中を…」の辺りから第二回演習は秋に行われたことがわかるのだが、平均的な記録とは違っていよう。

最初大隊の予備隊として大沢東南方の松林中に位置せる富中軍にも漸く第一線加入の命令は降された。

かくて火線構成から最後の突撃に至る迄の間、私達は全く自分といふものを忘れて居た。

田の畦を走つた。

私達の分隊はひた走りに走つた。杭につまづき、足踏み辷らして田の中に転んだものが幾人あつたらう。

畑も走つた。

ひた走りに走つた
果樹園の中をも私達は突風のやうに走つた。そして走つては撃つた。

そんな描写があるかと思うと、しかし、

私達の五体に滝津瀬の如く奔騰した熱と力とは或は私等の行動を不良ならしめたかも知れない。燃《も》し私等は所謂必勝の信念を以て志気旺盛に而もよく戮力協心全軍一体の実を挙げて勇往邁進したのである。

といった叙述にもすぐ出会う。

中学五年の田村泰次郎にとって文章とは、そんな二極を行きかうものであったらしい。天才的な横光利一、次いで丹羽文雄のそれぞれ中学時代の文章と比べると、まだ文学の磁場にすっぽりはまってはいなかったと言えそうである。

2「選手」

田村泰次郎は、早稲田大学卒業直後の「新潮」一九三四年四月号に「選手」を発表した。十ページ分の短編である。

時間は、もうかれこれ十時。何しろ外は真ツ暗だ。――

稽古はいよいよ白熱、といふところである。まるで熱風のやうな、白金のやうな或る狂気めいた気魄といつたものが道場中に漲つて、「えいツ」、「やツ」と宙に雪崩れ、噛み合ふ十本近い竹刀は、どれもこれも火の棒か、長い牙のやうに輝き、床板は、狂犬のやうな彼等の影を這ひ廻らせ、唸り、鳴動し、ドッと一面に焔を噴いた。

明日の県下剣道大会に出場する五名の選手と二名の補欠選手たちとは、誰も殆ど休息をとらうとせず、撃破し、咆哮し、怒号して、恰もガラスのやうにバリバリ張り詰めた緊張感の中にも、何処か一抹、長途の遠足に出かける前夜のやうなあの何となく遣る瀬ないやうな、甘酸ツぱいやうな期待をボツと滲ませた気分が、一同の面上に輝いて、誰の顔も元気一杯な、凛々しい顔に見える。

「選手」の冒頭である。旧制中学剣道部の対外試合前夜の練習風景を描いているが、叙述の方法は単純ではない。

「まるで熱風のやうな、白金のやうな…」とか、「長途の遠足に出かける前夜のやうなあの何となく遣る瀬ないやうな、甘酸ツぱいやうな…」といった比喩を含んだ長く、ものものしいセンテンス。昭和初期に文学的出発をした人らしい感覚的表現への傾斜が見られるわけだ。

島と八田が稽古をし合っていた。二人の閒で、河童とあだ名された津田のことが話される。半月前、津田が「町の本屋文港堂に於いて英語の詩集を一冊失敬しようとしたところを本屋の小僧に発見され、文港堂から学校へ通告して来た」という一件。あすの試合を前に今夜、津田の処分問題に関する職員会議が開かれたのだ。津田は剣道部の花形。一同は合宿に使っていた寄宿舎へ戻って対策を協議していくことになる。

田村泰次郎は富中時代、剣道部で活躍した。「北勢の白袴」と呼ばれたほど近隣の剣士たちにおそれられていた。そうした中学時代の体験をもとにして、この作品は書かれたと考えたくなる。剣道部が登場する作例は、近くは高橋三千綱の「九月の空」だが、田村泰次郎の「選手」の場合、いちばん強い花形の津田を、河童というあだ名の通り、ぬらりくらりとした人間として描いているのが独特である。

河童こと津田が本を失敬しようとた文港堂。この名は戦前の四日市にあった金港堂という本屋を連想させる（丹羽文雄が中学時代に書いた小説「うたがひ」は金港堂製の原稿用紙を使用していた）。読み進めるうちにこの小説が作者の富中時代とかかわりがあるのではないかと感じさせる一例だが、やがて次のような部分にも出会う。


事実上の寄宿舎といふのは、新しい中等学校が方々に建てられて、地方から来る生徒が少なくなり、流石伝統を誇つた寄宿舎も、昔の寄宿生たちの幾多の懐しい逸話と滑稽な思ひ出とを残して、既にもう数年前に閉鎖してゐた。

いまでは、階上の部屋部屋や廊下は不用になつた机や足の不具《かたわ》になつた腰掛けや、運動会に使ふいろんな障害物や仮装行列の道具や、それから紙魚《しみ》の食ひ散らした古い書籍などの置場であり、階下の部屋部屋は、体操の時間にひつぱり出す平均台や平行棒、さては飛越台、スプリング・ボオルド、また銃床の砕けた村田式銃や日露戦争に分捕つたといひ伝へる教練用の廃銑《ママ》などが、立てかけられて、物置同様に扱はれてゐるのである。

津田についての対策を練るべく部員の集まった寄宿舎に関し、このように細かく叙述されていく。そこで思い当たるのは、三重県の場合、一九二〇年にそれまで四校あった中学のほかに神戸《かんべ》と木本に新しい県立中学が誕生したこととか、二四年に富中の寄宿舎が閉鎖になったことなど。一九二四年に富中へ入り、二九年に卒業した作者の見聞が下敷きにあることはいよいよ確かのように思える。

教頭が寄宿舎へやって来、明日の試合を励ますのだが、例えば島は心配してたずねる。

津田はどうなるです？　津田がいま罰受けるともうすぐ卒業試験ですし、可哀さうや思ふんです。僕たち、津田が試合済んだらすぐと罰受けるのやつたら明日の試合出んとこ思ふんです……

教頭は、軽挙盲動しないように、となだめるわけだが、会話の調子は、北勢の方言そのままであり、地名などが織り込まれていなくても地域色が顔を出している。

明日の試合を前にして剣道部の津田に対する処分。無期停学は試合終了後から発効ということらしい。作者はそうだとは書いていないが、いかにも旧制中学らしいオツなはからいである。

寄宿舎に来ていた教頭が廊下の廃物に衝突する。生徒たちはその真似をするのだが、その辺りは「坊つちゃん」的だ。

だが、そのあと剣道部員は一様に眠りの渦に巻き込まれる。

「どうもこのお茶が怪しいぞッ」
「何ぞ眠り薬でも交ぜてあるんやないか?」
「これがほんまなら大問題やぜツ、眠り薬飲ますなんて、毒飲ますのと変らへんぜ」
「そや、そや、こら、証拠にこのお茶、大事に残しとこやないかツ」

眠くなったのはなぜか。軽挙盲動しないように学校側が仕組んだのか、練習の疲れが一様に襲ったのか。どちらとも「分明ではない」とするあたりもユーモラスだし、何よりここはまたしても北勢方言である。

それに加え作者は、これまでにスポットの当たった人物に関しては眠らせないでいる。

八田は、運動会の仮装行列に使う「胴廻りが二抱へもある張子の達磨」の中へ潜ってたばこをふかす。

島は、津田になぜ英語の詩集を盗む気になったのかを聞く。津田は転校してきた「ガス燈」とか「ガス」とあだ名されている三年生の菊屋という美少年が入院したので、贈りたかったのだ、と告白する。

旧制中学によくあったインチの関係であり、二人の隠微な様子を作者は、当時ならではの長いセンテンスを使って細かに叙述していく。

「……クライング……サイング……ホワイニング……バイニング……イズ、ザ、ラヴアス、パート……」などと、その詩集にあった句を津田は口ずさむのだが、その辺りはなかなかいい。

「叫び、溜息つき、啜り泣き、思ひ悩むは恋する者の分なり……」と島にも、のみ込めたというのである。

やがて、三人とも深夜の眠りに陥るところで結末を迎える。電光によるしめくくりが印象深い。

大正末、昭和はじめごろの中学生活の断片を切りとった短編だが、その暗部に迫ろうとしており、しかも知的であった。ちなみにこの作を収めた「新潮」四月号は「創作特輯十四篇」とうたい、短編オンパレードの感を呈するが、中條百合子「鏡餅」、芹澤光治良「老父二人」に続き三番目に置かれている。当時の新鋭・中堅に伍して遜色のない作だと言えよう。

「富中時代を頭に置いて書いたが、部員には別に盗みを企てた男がいたわけではない。一般の生徒にはいたが」

かつて作者宅を訪れた折、そう語られたのを思い起こす。経験を足かがりにしていようと、二十三歳の作者は夜の虚構世界を新しい文体で懸命に作ろうとしたのである。

3『銃について』

単行本『銃について』は、一九四一年一月に発行された。田村泰次郎は当時、二度目の召集を受け、中国大陸に渡っていた。召集されたのは、前年十月。出発までの五日間のうちに、田村は今まで書いたものをまとめたことが石川達三の序に記されている。

十三編から成るが、ここでは目次の順にではなく、なるべく執筆の順に瞥見しておこう。

「恋愛」（三四年十一月）がこの中ではいちばん早い時期のもの。作者二十四歳、早稲田を出て半年を経たころである。「新潮」一九三五年一月号に載った。主人公は広田のぶ子。商店勤めである。彼女には矢野多市というサラリーマンの愛人もいたが、だんだん嫌いになりつつあった。のぶ子は勤めの仲間のケン子に誘われ、銀座へ行き、そこでケン子の恋人、須藤に出会う。そして踊るのだが、二日経って、のぶ子は須藤に買ってもらったバックをケン子に見せ、一種の優越を味わう。その夜、久しぶりに彼女は矢野のところを訪ねる。――わずか十四ページほどの短編だが、矢野の下宿の貧しい有様、冬の銀座で「東北の冷害地への義捐金を募集する大学生の一団が、メガフォンで散歩者たちへ怒鳴つてゐる」姿、夜遅く帰る娘に対する母の驚き、「八十銭の日給で毎日午前八時から午後七時まで」立ち通しの仕事等々、随所に挿入される世相風俗の叙述は今日から見ても結構、興をひく。女がバックの件で自ら悦に入るところはのちの「感情」にもあるが、結末で男が女を待っているように描いたのは、女性優位であって、戦後の田村作品の女を早くも連想させるのである。

「自活する姉妹」（三五年二月）は三十六ページ、この単行本の中では最も長い。これも女のほうに中心はある。恒美は横田とつき合っている。姉がダンサーだからと叔父の認めてくれないことを理由に結婚には踏み切ってくれない。恒美の姉・銀子は見かねて横田にかけ合う。ところが横田はその夜、姉を誘惑しかけ、それからというものダンスホールへ銀子を訪ねる。二人が自動車に乗っているところを恒美に見られた夜、二人は小田原へ向かう。湯河原での五日間。その後、銀子が帰宅すると、妹は家出していた。冬が来て、姉妹は偶然に再会し、妹は姉を許す。「恋愛」でも女主人公は最後に男のところへ身を崩さんばかりに転がり込んだが、そうした面を拡大したのが銀子ということになろう。ありきたりの話でありながらこの銀子は生き生きしている。型通りの面を読者は忘れ、その生命力に思わず引き込まれてしまう。

風俗的要素としては、映画「今宵も楽しく」を姉妹が観に行く件があり、これは最後にも出てきてうまく使われている。田村泰次郎は当時、かなり映画に惚れていたのだろう。

次の「深夜興行」(三七年四月)には「モロッコ」のラストシーンが冒頭で使われる。青木弘子と小沢清美がいわばナイトショウに出かける場面で、弘子はかつて佐々を愛していたが、佐々は田舎の女と結婚したということもあって、弘子にとっては未練を誘う映画なのである。ところが劇場出口の鏡に佐々が妻と行く姿が映った!　しばらくしてドレスメーカーをしている弘子のところへ佐々の妻が新調を依頼に来る。意外にも憎しみは消え、清美と慰め合う、といった結末。十五ページ分の短編だが、核は鏡。これが一作を魅力あるものにする。

「モロッコ」のアミイ・ジョリイの言ひ草ぢやないけれど、男たちとちがつて、女には傷ついても繃帯も野戦病院もないんですものねえ。あたしたち女同士で、戦友同志で助けあふよりほかに手はないわ」

「都会の女は、みんな無理矢理にいつかは外人部隊へ入隊させられてしまふのね、……」

こういう会話は、映画を素材にしないことには成り立たなかったことを示す。会話といえば、「自活する姉妹」の中に「生活戦線に闘ふ女性にとつては……」という一節があったが、こちらにも「戦友同志で…」とあり、それなりの時局色も見出せるわけだ。

「鴉」（三八年一月）は、以上三作とはまったく違い、私小説的である。十ページの短いもの。但し、主人公は「彼」となっている。帰郷し、病の父に対面するが、母は見合写真を見せる。彼は、その娘を見るべく軽便電車の停留所に向かうが、気が変わって漁師町の居酒屋のほうへ歩き出す。そして東京の酒場で働く愛人の方をやはり選ぶのだ。素直な小品で好感が持てる。雪の中で餌を求めている鴉。そこに自分の影を見るというところから題名はきている。

これを書いた三八年一月、属していた「人民文庫」は廃刊となった。夏、大陸へ旅行し、十月、父・左衛士が亡くなる。「鴉」とは、田村のこの年の姿を象徴していたと言えよう。

「昔から戦争がある時は大漁やといふが、成程、今年は鰯のせりが、ええなあ―」

居酒屋での漁師のことばだが、その辺にも当時の空気はうかがえるわけだ。

「激情」（三八年五月）の冒頭を引いておこう

生田が熱河の旅へたつまでには、まだひと月ばかり間があつた。その間に、彼は彼女とのことをはつきりと片をつけて置きたいと考へてゐた。

生田は大学を出て新宿の酒場の女と知り合うが、男が今いることをこの目で見、その男と格闘することで、彼女ときっぱり縁を切るという十三ページの作。これも「鴉」同様、風俗小説とは異なるものである。生田に何しろ知的な面が付与されている。酒場に集まる学生たちへの悲しい感慨。「戦争の長びくにつれて、次第に厳粛なものを心に感じて来てゐた生田は、その酒場へ現れるごとに、一番はつきりと身に感じるのは孤独であつた」とある。ヴァレリーの「テスト氏」や、スティルネルの「唯一者とその所有」についての反応も生田には備わっている。

生田はふと熱河へ行かうと思ひ立つた。灼熱の陽に照らされた蒙地の焼け爛れた山骨のあらはな風物の中へ、彼は自分の裸身を曝したいと思つた。それはランボオの通つていつた道のやうにも思はれた。

モロッコの外人部隊である。突如そうなっていく。そうさせる時代なのである。。

生田が相手の男をさんざん暴力的に苦しめるところは、この作者の独壇場だろう。知的なものなど、どこかへ飛んでそこには肉体を持つ男だけがいる。伊勢的であるより土佐的な作者なのである。

熱河まで「ひと月」というのは、前年夏の大陸行を踏まえてのことか。「鴉」の酒場に働く女性が、もし「激情」の別れる女だということであれば、一つの痛切な体験がもとになっていることになろう。『わが文壇青春記』(六二年刊)の中に「十三年の夏、私は別の女といざこざで自暴自棄になり、大陸放浪の旅に出た」とあるし、暴力の一件については生々しく二度にわたって記している。

「馬車」(三九年十二月)も、大陸と関係がある。土田は新宿で昔の女、あけみに会う。喫茶店でその後の様子を聞くと、半島の青年と結婚し、子どももいるとのこと。が、夫はアメリカへ遊学したがっているので、自分たちは京城の親もとへ十年ほど行かねばならなくなりそうだとも。そのまま別れ、しばらくして土田は満州へ。夏の終りに帰ると銀座でまたあけみに会う。夫とは別れ、子どもを男の親もとに預けた。自分は大連か上海のダンスホールへ行きたいと語る。大連行をすすめ、彼女は出発する。その直前、あけみは若い男を土田に紹介する。半月後、大連からの手紙に「大連は寒くて、馬車《マアチョウ》の汚さにまづ驚きました」と。十六ページの短い作だが、あけみもまた旺盛な女性であり、若い男の紹介までするわけだ。この女には夢がある。大連を美しい町だと思いこみ、「ねえ、馬車つて綺麗」と土田に聞く。これとあとの手紙とが呼応して題名は生まれた。朝鮮の男と結婚するというのもこの女性のいいところだろう。『銃について』の各編には種々の女が登場する、その中でも作者の気持が一番やさしく通じているのではないか。

そこで思い起こすのは『わが文壇青春記』の友人河田誠一に関する部分である。河田は若くして亡くなった。四国へ葬式に出かけた時、河田の弟は高松まで送ってくれ、その上、娼家へと誘った。あとになって田村に召集がかかると、その弟は久居の聯隊へ駆けつけてくれたものの、話すゆとりもなかった。そのくだりは感動的なのだが、その河田の葬式のあと、京都で下りてダンスホールに遊んだ時、知り合い、田村が大学を卒業するや否や、東京へ飛んで来たのがこの「馬車」のあけみである。土田とあけみとのいわば過去が『わが文壇青春記』には見出せるわけだ。のみならず、三八年夏の大陸放浪の折に大連で出会い、翌年夏、伊藤整らとの旅行でも再会。戦後も上京した彼女に会った、と回想している。この一冊では「激情」と「馬車」がとりわけ印象的だが、それは『わが文壇青春記』によっても裏づけられる。

「風呂屋の小鳥」(三九年十一月)は、「馬車」より早く書かれたのに単行本では配列が後になっている。内容上、「馬車」はどうしても「鴉」のあとでなくてはならなかった。男の名が生田から土田に変わろうとも、である。十三ページの小品。新宿三丁目裏の銭湯風景。いろいろな客種を「私」は紹介していくのだが、「私」という形は珍しい。ボクサーだった大庭実に焦点が定まる。この男はごろごろしている。妻はまたしても喫茶店から今はダンサーなのである。湯舟での会話。女房は奉天のホールに行く。子は親元へ、自分は北支の建設現場に赴くのでカナリヤをこの風呂屋へ預けて行くというのだ。それだけの話だが、これまでの諸作以上に時局色は濃くなった感。はじめの群像紹介の部分に、防空演習のことや、事変の始まった頃、浪曲、琵琶歌のような長いものは人気を失っていたのに、また回復して長期戦への余裕も出てきたという感想がはめこまれる。

これでたうとう、大庭の家のものは、みんなちりぢりになつてしまつたのだ。湯船につかつてゐる私の胸の中に、次第に、私たちの民族がいま戦争をしてゐるのだといふ実感が湧きあがつて来た。そしてやがて、それははつきりとした形をとつた。私は何か厳粛な気持になつて、窓のそとを見た。

結末だが、これは当時の正直な、かけ値なしの一つの表現と見ることもできよう。「人民文庫」のグループに田村泰次郎は加わっていたが、そこでの位置は軽かったのであり、その辺はこういうところからも逆算していけるわけだ。なお、これは「文学者」一九四〇年一月号に発表された。

「感情」（四〇年一月）は、食堂の給仕、よし子が主人公である。瀬木の方は熱心だが、よし子は積極的にはなれない。マダムの弟、祐次郎は与太者ながら女たちに好かれている。ところが検挙されたことを知り、面会に行く。警官たちに情婦と間違えられたのがうれしくてたまらない。瀬木に近づく時もそのことで胸を張って赴く。「恋愛」にもあった、女の悦に入る心理。そこを狙った十八ページものだが、野生の男は、逆に、この作者にはいつも嫌われる。それにしても面会所の警官は甘い。

「女の建設」（四〇年四月）は「文学者」同年七月号に発表された。新宿の美容院づとめの江坂多美が主人公。もとはダンサーだったが、今は八木まさと店の三階に寝泊まりしている。以前は矢島、現在は花柳栄二郎とつき合っている。ある日、矢島を蹴落とした大原に出会って誘われるが、懸命にふり切ろうとする。全二十一ページの中で矢島も弱いし、大原の唐突な登場も変である。しかし、まさが男のところへ出かけるたびに、じりじりする多美の心理・生理への目は心憎いし、結末も濃く書かれている。題名は時局的だが、時流に沿うことで多美は立ち直れるという側面も確かにあったのかもしれない。

「声」（四〇年四月）の主人公は浅野円治。喉頭結核と診断される場面が冒頭にある。首藤伊津子と同棲していたが、今は精神病院にいる。拳闘部にいた浅野は思想的なものを毛嫌いしていた。プロになったが、今はマネキンをしている昔の女、安斎まきに助けを乞うようなニヒルな日常。伊津子と一緒だったのに、まきに手を出したりしたため伊津子は入院する。そんな彼女に対面したが、失望。帰りの銀座で模擬爆弾に遭遇して円治は自分の現状に涙する。二十八ページ分だけあって当時の野生的側面を持った男が〈建設〉へはなかなか向かえない状況を掘り下げている。軽い作が多い中にあって、これは重い風俗小説だとも言えよう。正法眼蔵の出る辺りは唐突だが。「新潮」六月号に発表された。

以上十編は、私小説的なものもあるにせよ、まず風俗小説的だが、以下三編は、軍隊ものである。田村泰次郎は、一九四〇年五月、久居三十三聯隊に召集された。三か月の訓練を経ていったん帰り、十一月にいよいよ華北行となるのだが、三編は、「三箇月の軍隊生活は私を、心身共に、別人のように叩き直した気がした」そのあとで書かれたのである。

「銃について」(四〇年九月)。作者は曾根という名で登場する。射撃のうまい古兵の西田を尊敬し、西田が入院した時も、彼の銃を洗滌するのである。十一ページの短いもの。

「応召前後」(四〇年九月)。作者は瀬木の名で登場。涼子とつき合っているが、自分は応召者であることを自覚し、淡々と距離を保つ点が興味深い。友人たちによる歓送会を経て、離京し入隊。そこで隣家の主婦から涼子が訪ねてきた旨の手紙を受け取り、腹立たしくなる。十七ページだが、正直な気持ちがよく出ている。母と汽車に乗る件は、作者が下北沢の下宿に母と二人暮らしをしていた以上、当然だが、やはり面白い。瀬木の過去を調べようとした涼子への怒りなど田村の独壇場である。

「集団生活の一面」(四〇年十一月)。再び曾根である。「心身共に、別人のやうに叩き直」される日常が描かれている。これも長さは十七ページ。


いまはみんなと一緒なのだ。さう思ふと、曾根はなんともいへないやうな力強い幸福感が胸にうごいて、一層はげしく自分の肉体をとりあつかひたい衝動に駆り立てられるのである。

これが結びのことばで、「銃について」とともに、一気に「持つて行かれた」作者の正直さに驚くほかないが、この部分にある「肉体」という語彙へのこだわりは注目しておきたい。戦後の「肉体」観は、早くから一貫していた問題意識だったのである。

この「集団生活の一面」について新庄嘉章は「涙が出て仕様がなかつた」と丹羽文雄あてに記したことが、丹羽の序文に出ている。丹羽自らも「今までの田村泰次郎の小説におぼえなかつた新鮮な力のある感動であつた」と記す。石川達三の「無事に凱旋して来たならば」という文言も忘れがたい。

その辺にこだわってみたいのは、戦後も時を経て見た田坂具隆の映画「五人の斥候兵」と「土と兵隊」に抵抗感を抱いたからである。対極に亀井文夫の「上海」や「戦ふ兵隊」の冷静な目が戦時下日本にもあったことを考えると、それを土台に当時を見る必要を痛感させられる。

一九三〇年代半ば以降の青春像が凝縮されたこの一冊は、石川、丹羽たちの手で世に出された。〈遺書〉として出したいという友人たちは、「銃について」「応召前後」を巻頭に、「集団生活の一面」を巻末に置いて、その間に「恋愛」から「声」までを封じ込めた。しかしその封じ込めの中にかえって彼らの友情を感じとることもできる。時流に呑まれた作家の青春をありありと見なければならないが、同時に周囲の人たちの動きをも肌身に感じとれるわけだ。多くの「序」の中でここにおける石川達三、丹羽文雄ほど緊張した文章の例は少ないのではないか。

［二〇〇三年］

〔付記〕

六年ぶりに復員できた田村泰次郎の戦後の旺盛な活躍は風俗小説が量的に目立った。しかし、昭和文学史に残るのは「肉体の悪魔」「春婦伝」「裸女のいる隊列」「蝗」などの戦場小説だろう。文学的故郷が大陸とは感慨を抱かされるが、「大学」なども含む召集以前の作例への関心も、と読者には言ってみたくなる。

県内における田村研究では前に示した共著の『丹羽文雄と田村泰次郎』以外に、尾西康充『田村泰次郎の戦争文学』(二〇〇八年刊)を挙げたい。関西からの問題提起では池田浩士の「春婦伝」を中心にした論など説得的である。著書にも収められていたが、近刊だと『文学史を読みかえる・論集2』(二〇一四年、インパクト出版会刊)の「『研究ノート』より」が端的と言えよう。

5　駒田信二・私見

その戦前・戦後

田村泰次郎、伊藤桂一、近藤啓太郎らを丹羽山脈の作家と呼ぶことも可能だが、一方では中谷山脈を考えることもできる。但し、この場合はそう何人も挙がってはこない。『中谷孝雄全集』の解説を書き通した駒田信二、それに伊藤桂一はこちらにもまたがると言えよう。鈴木助次郎など県外出身の人を含めれば中谷山脈も結構、格好をなすのだろうが。

駒田信二（一九一四—二〇〇四）は、三重県出身の作家で通っているが、厳密には大阪で生まれている。父が大阪の汽船会社を経営していたためである。父は、もともと安濃郡安西村（現・津市芸濃町）多門《たもん》出身で東大法科を出ており、兄は美術史家の谷信一である。幼時、広島や金沢、東京で暮らしたこともあるが、結局、祖父母のいた安西に落ち着き、十歳の時には父母らも来て、こちらでの一家の生活が始まる。

津市の養成小学校から津中学校へ。村のエリートだった駒田家は、津市玉置町（現・西丸之内）にも家を持っていた。津中へは、主にそこから通ったが、安西から通学したこともあるという。当時、安濃郡と中学に近い八町との間は安濃鉄道という軽便が走っていた。

津中の校友会誌に作文を出したり、二年の折には五年生が中心の同人誌「行人」にも寄稿した。駒田信二の中学時代は、大正末から昭和はじめにかけてだが、その間の校友会誌や同人誌は残っているのだろうか。例えば富田中学・上野中学の場合は、それらが可能な限り四日市高校・上野高校に保存されている。津中の後進である津高校は、その辺はどうなのか。校史が作られるならこうした資料からの引用や、聞き書きなど洩らしてはなるまい。富中や上中に比べ、津中関係のかつての資料は入手し難いために駒田信二の〈文学への通路〉も具体的にはつかみにくい。これは中谷孝雄、寺崎浩、長谷川素逝の津中時代も同様である。

信二は、中学二年で母に死別した。父は、信二に対しては殊にきびしく、生傷の絶えぬ日が続いたという。小・中学を通じてそれなりに人生について感じる日々が用意されていたわけで、中学時代には小説を書き始めていたことも肯けるのである。

津中卒業後の三年間、千葉で浪人生活を送った。そして旧制山形高校に入る。この高校時代に信二の文学への道は確定した。「改造」の懸賞小説の選外佳作に「犬の仲間」が選ばれたのである。平家落人村の夏祭りを描いたものという。山形時代の彼は、同人誌「爐」や「校友会雑誌」に関係していた。

一九三七（昭和一二）年、東大の支那哲学支那文学科に入る。日中戦争の年だった。在学中、津中の先輩作家である中谷孝雄に師事した。中谷は当時、「日本浪曼派」の中心にいて、駒田もその同人に加えてもらったが、作品の発表までは許されなかったという。その意味では、のちの中谷全集の解説担当は当然のことであり、しかもその解説の独特の姿勢にも納得がいく。

一九四一年、松江高校の漢文教師となった。日米開戦だけに一年後には応召、中国大陸へ渡った。

以上は、駒田信二が津へ来た折に直接たずねた時のメモや記憶を元にまとめたものである。駒田信二の年譜は長く見ることができずにきた。それだけに何とか概略だけでもたずねてみたいと思い、機会を得たのだが、やがて「芸術三重」第19号に駒田信二・伊藤桂一が特集されることになり、そこへ駒田は自作年譜をかなり詳しく載せた。それに先がけ、それのいわばダイジェスト版を当時、最新刊の講談社文庫『中国妖姫伝』の巻末に載せてもいる（そうなってくると以上のようなたどり方は意義を減ずるわけだが）。

一九四六年に復員。五年前の婚約者と結婚。松江高校に復職し、昇格した島根大学になってからも五五年まで教鞭をとった。高橋和巳はそこでの教え子という。

この間、「脱出」（一九四八年）が書かれる。戦争末期、捕虜となるが、それに至るまでの敗走記で、第二回「人間」賞を獲得した。暗い情熱を秘めた力作である。また「狐の子」（五四年）は、山陰の狐持ちに取材している。

五五年に上京、時に四十一歳。以後、多彩な活動期に入るわけだが、その中で長編「石の夜」（五七年）は、戦中から戦後にかけての松江高校時代の総決算的内容を持つもの。これなくして松江を去った駒田の東京での次の仕事は始まらないといった趣きの作である。

しかし、その後の駒田信二は、純文学作家としてよりも中国文学者として、同人雑誌の親切な批評家として、艶笑随筆家としての活躍のほうが量的には目立つ。片方に「対の思想」（六九年）のような学問的であることと評論的であることを両立させえた傑作があるかと思えば、一方には近藤啓太郎の「裸の女神」の向こうを張った一条さゆりものもある。硬軟両様、知と俗を兼ね備えたその幅をどう見るかで評価は分かれるのかもしれない。しかし少なくとも「対の思想」中の魯迅に対する過不足ない地についた見方や、毛体制下の新中国的尺度とは違った価値観などは、平衡感覚、対の感覚の表れであり、貴重なものだと思う。これが同人誌評への目にもつながるのだろうし、俗なものへの好奇もまたこの平衡性から発していることに改めて気づかされる。

ところで本格的小説の方ではその後、「慈悲」（五八年）や「島」（七〇年）などが力作。前者は狐持ちを描いており、後者は竹島の歴史を扱い、完成までに十余年かかった。

こう見てくると、駒田信二にとって山陰という土地が彼の小説を動かす梃子になったことがわかる。小説ばかりでなく、紀行的なもの、随筆などでも山陰は多い。

逆に三重はどうか。紀行・随筆を含めても量的には少ないように思える。しかし、「石の夜」の主人公の、よかれあしかれ傍観者的姿勢や、「対の思想」を頂点にする対の平衡感覚などを貫くものは、まぎれもなく伊勢的なものと深くつながっている。

〔一九八〇年〕

「脱出」から「島」へ

駒田信二の小説は入手しにくい。その辺の図書館へ出かけても中国文学の気軽そうなもの（実はそう気軽ではないはずだが）のほうがまだ収蔵されている。「脱出」「石の夜」「島」など揃っているところは、この辺では愛知県図書館ぐらい（三重県立図書館が郷土資料室を作ったのは津駅に近い旧館の終わりごろで、ここととしては画期的なことだったが、郷土出身作家のものなら何でも揃っているという状態ではない。各地の市立図書館などを含め、郷土史には関心があっても、文学へのそれはかなり遅かった。古書で補うなどの努力をしなければ空白は埋められない)。但し、これには作家の側にも原因があった。三重県出身作家の場合、作品とかかわっての地域意識は薄いのが一般だから、郷土に固有の読者を持つことは少なく、駒田信二の場合も例外ではなかった。おまけに小説のほうは寡作だから、なお拍車がかかったのかもしれない。

ところで、駒田信二は七六年八月十四日、中谷孝雄に付き随っての講演で伊勢人気質について語った。作品でこそ伊勢をとりあげることは少ないのになかなかだと感心させられた。殊にその好色性と文化爛熟との関係などは記憶に残っている。近世まではさもあらばあれ、ということだろうが、近代以降はそれが裏目に出ているのではないか、地域の文化性が弱いと考える私の見方とはつながってくる。とはいっても彼の講演をお国讃めと受けとった聴衆も少なくなかろうから、つまりそんな傾きも話自体にあったわけで、一概に駒田説に全面賛成とはいかなくなる〈これは一九七四年刊の『ワイドカラー旅』〈研秀出版〉に出た「伊勢人気質」をもとにしているらしい。書店に出なかった頒布会本だけになかなか入手できないが〉。

ここでは改めて彼の小説に触れていきたい。三重県出身の作家の中で知的な作品が書ける出色の例ではないだろうか。

同じ年に「脱出」よりも早く書かれた「鬼哭」を読むことのできないのは残念だが、「脱出」はその黒々とした印象が何より魅力的である。『戦争の文学　3』〈六〇年、東都書房刊〉に収録された際、「作者のことば」には、発表当時寄せられた批判をいくつか載せている。そういう批判を含めていく辺りがいかにもこの人らしいところだが、「作者の追求しようとした真実は、半面の真実でしかない」がゆえにこれはユニークなのである。「観念的である」がゆえに価値がある。「客観的形象化が弱い」ところがいかにも若くていい。「自意識がうるさい」ところが魅力なのだ。「遠近法がない」ことが迫力を生んでいる。つまり批判は、いずれも事柄の半面しか見ていないわけで、他の誰もが書かなかった戦争文学なのであり、その秘密はまだ解き明かされないままなのではないか。その鍵はこれらの批判のことばの背後にこそ潜む。知的であるがために混沌としているということがありそうである。大岡昇平のように整然とはなっていかない。そこにかえって生のエネルギーは脈打ち、鬱勃として容易に燃えあがらず、内攻していく。

「石の夜」も黒の世界である。これは戦中・戦後の松江時代の総決算的な趣きのあるもので、感銘深い。駒田信二でいちばんの長編であり、その意気込みのほどをうかがわせる。主人公・真一の召集の場面から始まるのだが、戦中に「旗列車」という小説を同人誌に発表した一件は作者自身とどうかかわるのか。「旗列車」の中身は、木下恵介の映画「陸軍」を思わせる。私は「陸軍」を見て、戦中映画の中でも人間性に溢れた力作だと感嘆させられたが、よく似た「旗列車」が妙な目で見られたというのは納得できる。真一と妻・明子とが必ずしも一体化していない設定であるところもいかにもこの作者らしい。「求心力が明子を愛し、遠心力が明子を憎む」といった辺りは、すでに〈対の思想〉を予告している。妻の隠毛をたずさえて大陸へ向かう男と、女遊びに行けない真一を対比し、敗戦を「大きな空虚の中にやわらかに身をつつまれているような思いで、それはかなしみというよりも、やはり安堵に似た思いだった。一切が空しいことに思えた。」と迎えさせるのである。

真一の復員後は、松江で教師生活の再開となるのだが、作の多くのスペースは、学園における学生の動き、自由主義者のだらしないあり方、左翼勢力の中の怪奇な実情などのからみ合いに割かれる。結局、真一はそのどれにも加担できない傍観者の失意を体験していく。「非行動者の行動」という点を真一に作者は与えているが、これこそ作者の戦後の生き方を端的に示す姿勢と言えよう。しかしその結果は陰々滅々であり、もはやこの世界と決別するしか道は残されていない。これが作者の戦後体験であって、つまり戦後民主主義ということばのひとかけらもそこからはかぎとれない三十代だったことになる。やはり知的であり、知的であるために混沌としている。「非行動者の行動」が状況を突破することもないために黒い塊りが読後に残るのだろうか。力作ではあるが、「脱出」以上に問題点のあることも否定できない。男女の部分はメロドラマ的で、この作者は女が描きにくいのではないか、といった点などはむしろ小さな事柄に属する。問題点はもっと根本的なところにあるはずで、少なからぬ人によって論じられる必要があろう。戦後文学のネガの部分がここに、と言えなくもない。

「石の夜」は、駒田が東京へ移って早々のものだったが、それ以後の駒田は、小説の創作からやや遠ざかったかに見える。つまり「石の夜」が追求した〈根っこ〉掘りをやめてしまい、主力は中国文学の方へと向かう。

単行本『島』（七一年刊）は、その意味では久しぶりの小説集である。「脱出」「石の夜」に比べると明快な三作を収めている。十年越しの別系列の三作なのだが。

「慈悲」（五八年）は、書面による訴えという独特の語り調で押し通していく。そのため、下手をすると読者は中へ入りにくい。狐持ちを扱っており、このあとの「狐の子」（五九年）のほうが実は先行作である。こちらは現代の松江の話であって、合理主義的な側面も用意してあるため、わかりやすいが、底は浅くなった。これでは作者も満足できなかったと思わせる。そこで「慈悲」の独自の時代と場の設定、文体の選択になったのだろう。これは調べなければ書けない小説であり、作者は自分を抑制してかかる必要も伴った。私事にわたるが、私は山陰に縁があって時々、訪れる。狐持ちについては石塚尊俊の本などあることからも関心はあったが、この駒田の作品でそれこそ形象的によく理解できた。そのあとで出雲の東隣、伯耆の人に狐持ちはあるか、と聞いたら「ある、ある」と答えが返ってきた。被差別の問題とどこか似ていながら違うものらしい。駒田は小説中で彼らの受難を搾取の報いとして割り切っているが、それだけでは納得できないプラスアルファがつきまとっているように聞こえた。それ以来、駒田の二作は俄然、私には近いものになったのである。

「島」（七〇年）の完成までには十年の経過があった。テレビのない時代、ラジオの気象通報の時間でいつも鬱陵島《ウルルン》という名を耳にしていた。例の竹島とつながろうとは考えもしなかったが、作者が「島の記録」（五六年）という形で発表した時のモチーフは何であったか。参考文献の田村清三郎『島根県竹島の研究』（五四年刊）に接して作者の第一の衝撃は何だったのか。ここから見ていかねば「島」論にはならないわけだ。十年のうちに竹島の政治的価値は大きく浮上してきたのだが、「島の記録」「リアンクール・ロックス」（一九六二～六五年）と、書き改められた「島」とはどう違っているのか、といった点も検討課題に思える。「島」の印象は、とにかく鷗外とも関連する歴史を見る一つの立場を持ち得ているという一語に尽きる。調べなければ書けないのだし、自分を殺さねば書けないことの徹底であった。しかしそこから人間の営為の空しさが浮上するだけでなく、いったい領土などという代物は何なのか、との疑いまで読者に突きつけずにはおかない。これは一つの挑戦であって、作者の知的な面が最も有効に働いた例である。「石の夜」の壁以後、目は外を向くことで駒田は歩けたことになろう。中国文学がそれであり、同人誌評も、一条さゆりものも、その円環上にある。

単行本『島』の「あとがき」は「石の夜」の「あとがき」があくまでも作家のそれであるのに比べると批評家としての彼が顔を出している。つまり自作の完璧な解析となっていて、読者の想像の楽園を保証しないこと甚だしいとも一方では言えよう。三作がなぜ一冊となったのかは読者が静かに考えていくべき事柄だろう。私はこの単行本『島』に駒田信二のいいところと、知的であるがゆえに足を踏みはずしかねない面も見ないわけにはいかない。

それがそのまま『対の思想』の高い見識と、日常的なわい雑なものへのあくなき好奇とが同居する構図につながるように思える。

対の要素の同居性で言うなら、氏の中における山陰、と同じ重さで伊勢的なものが作品に表れてくるのかどうか、は気になることである。作品以前の認識の姿勢には〈伊勢人気質〉が作家的肉体の根っこにあることは明らかだが。

〔一九七九年〕

〔付記〕

右の文章を「芸術三重」19号へ寄せたわけだが、それ以前に駒田信二は「りんの玉と絵本」（七五年）「土蔵破り」（七七年）をそれぞれ「別冊文藝春秋」に掲載していたことが後でわかった。主人公は作者の分身のような庄吉少年、舞台は故郷の多門を思わせる多茂。中間小説のようにも見えるが、奥の深い短編の秀作で、まさに伊勢的である。のち両作とも私の関係した『ふるさと文学館・三重』に収録している。

6　中山義秀と津時代

「台上の月」まで

汽車が伊勢の津駅を通過する時、私は列車のデッキにたって、十八、九年前とほとんど変らぬ街の姿や大河の流をながめ、思い出のなつかしさのあまり身体がふるえた。…」（「台上の月」三十三章）

私はこの部分を重視している。

一九四一（昭和一六）年の春。菊池寛、久米正雄に同行して横光利一はじめ多くの文壇人が西下した時のことである。松阪から神宮、二見が浦、そして奈良、京都方面へ赴いたようだ。義秀は、横光とこの折はじめて旅をともにしたという。

中山義秀（一九〇〇―六九）は福島県出身だが、早大を経て津中学の教師をしていたのは、一九二三（大正一二）年から二年近くだから、まさに「十八、九年」ぶりの津であった。

義秀の津時代とは、トシとの新婚時代でもある。思い出は、小さな川も「大河の流」に見せてしまう

（そのように書くところに、いやそのようにしか書けないところに義秀らしさはあると言えよう）。

義秀の作品で、津時代を扱った最初のものは「春風を嘆く」である。やもめ暮らしの主人公・竹内が春の到来とともに亡妻・歌子のこと、特に彼女と若い日に下った「関西の暖い或る海岸市」での生活を思い起こしていく短編だが、明らかにこれはトシとの津時代である。但し中心は、さらにその前、歌子が学生の竹内に、上京して結婚を決意させる、そちらの方だが。

「春風を嘆く」は、小説集『お花畑』に収められた。それ以前、雑誌には発表されていない。『お花畑』の刊行は四三年三月。四一年春の西下の旅はこの作品の成立を解く鍵と考えたくなる。

義秀が妻を失ったのは、一九三五年だった。この年、二人のいなづまの出会いを記す「電光」が「時事新報」に短期連載された。書かれたのは妻が衰弱の病床にあった時と聞けばロマンティックな作柄とは逆の日々だったろうし、発表された時には妻はもういなかった。

この「電光」以来、義秀には亡妻ものと言える系譜が登場する、「春風を嘆く」もその一つだが、津時代の登場はこの作を待たねばならなかった点に注目しておきたい。

「電光」のころはまだ苦難時代であった。津時代など甦ろうはずもない。三八年、「厚物咲」の芥川賞受賞でようやく苦節十五年は報いられた。時に四十一歳。津時代の作品化には「十八、九年」の歳月が必要だったのである。

次は「沈黙の塔」（四九年）。横光利一の死がモチーフとなっており、題名の脇には「献　横光利一霊」とある。

しかしこれだけではすまされないものがあるとかねがね私は考えている。それは四七年四月の長女・玲子の結婚、五月の小説集『春風を嘆く』の刊行である。さかのぼれば四六年、真杉静枝との協議離婚が挙げられるし、また長女結婚の直後、江川スミと再婚している事実までもかかわってくる。ここでは小説集『春風を嘆く』の後記に注目したい。義秀の他の後記類と違い、「春愁（後記にかへて）」という標題まで付いた念入りなもので、娘の結婚についての感慨を述べている。その中で、長女の花嫁姿の写真と、亡妻トシのそれを比べるくだりなど胸をうつ。この小説集に収められた作品が、標題のもの以外に、成田時代を書いた「乾氏の秤」（三七年）「破れ傘」（四二年）など含む必然性があるわけで、こうしたいきさつに加え、年の暮れに横光は没した。

脈絡としては、以上のような経過を見なければならないだろう。横光の死だけでこの小説を考えるのは単純すぎる。横光を追っていくという点では十三年後の「台上の月」のほうがすっきりしている。「沈黙の塔」は何よりも自伝的であった。

ミューズは嫉妬深い。奉仕する者一切を要求する。こういう題辞もその辺を物語っていよう。一切を要求された義秀だが、未完成で終わった。一、二は早稲田のころ、三、四は津時代、五は帰京後、というところで中絶している。一、二で面白いのは横光に筆を割くというより、「塔」の同人たちを横光と同じ量で扱った点である。これが「台上の月」になると的をしぼった形になる。横光利一は伊丹行光、中山義秀は松代周三の名で登場する。しかしそれ以外の人物はほぼ実名で出てくる。その辺は、中途半端との酷評を許すのではないか。仮構の意図がありつつ、叙述が詳しくいけばいくほど事実に即しすぎるきらいも見受けられる。個々のエピソードがそれ自身独立しがちにもなっていく。三、四は克明な津時代ではある。おかげで津中学ストライキ事件などドラマティックにつかめるわけだが、横光と義秀の緊張関係など忘れられた感も否めない。それだけ作者はのめり込んでいる。

五の終わり近くには「寓話三篇」がようやく「早稲田文学」に載って、鶯と三色菫に春の（人生の春も含め）到来を暗示させる場面もある。ここで終えれば、未完は未完なりに区切りも付くのだが、そのあと成田中学から招かれたこと、その世話を友人・片倉がしてくれたことにも及んでいき、六以下もほしくなる。しかしこの調子だと横光の死までは容易ではない長征も予想でき、中絶は必然的であったとも言えよう。

だが、私はこの「沈黙の塔」に殊のほか愛着がある。この作品まで義秀には雑誌連載作は少ない。その中でこれは妙な力みかたを見せ、掲載も「改造文芸」という戦後的な雑誌であった。この雑誌の第一次第1号は、横光追悼号だったが、第3号に「沈黙の塔」第一回は載った（ついでに記すと新潮社版義秀全集の年譜はこの一九四九年一月のこの号を無視している）。第二回は七月、第三回は八月。第四回は十月だが、このころには第二次「改造文芸」となって月刊化している。この雑誌の持つ独特の雰囲気と「沈黙の塔」という題や中身はよく合っていた。これがのちに「青春の塔」などと明るく改題されてはたまらない。

この「沈黙の塔」についてはその津の部分を中心にいずれ詳しく考えてみたい。ただ一つだけ「わが胸の底のここには」をはじめとする高見順の一連の自伝ものがどうも気になる。二人の作風は異なるけれども昭和戦前をそれなりに生きぬいてきたという点で共通した地盤があるようにも思える。自伝風小説を書かないことには彼らの戦後は始まらないと言わんばかりの力みようであった。

「台上の月」（六二年）は、「沈黙の塔」の出発点へもう一度引き返したところから始めている。小説的であるよりエッセイ的、と言いたくなる軽さで進める。横光との関係を見失うまいと心がけているからだろう。今度は伊丹でなく、実名の登場。それだけ軽くなるわけだ。「沈黙の塔」の挫折をのりこえる作となったが、小説的本格性は犠牲になっていないだろうか。年の功で書いたうまさがある。津の部分はあっけない。これは「沈黙の塔」の独立的傾向をセーヴしたことになるが、もう一つは「私の履歴書」（六〇年）に「沈黙の塔」よりは軽く、しかし軽すぎることはない津時代の回想をかなり含めたこともその理由だろう。これぐらいで先へ行かぬことにはとても横光の死まではたどりつけないと見たのかもしれない。ストライキ事件などは捨象されている。

物語は必ずしも事実ではない——題辞にこうあるが、これは随筆的に読んでほしくないことへの照れ隠しに思える。逆にいうなら、虚になり切らない問題点が義秀作品にはあることを示す。津時代の描きかた一つをとってもその辺がある意味ではありがたくもあり、別の意味では物足りない。分類するなら、滞在者だった義秀における津はどうも一つの像しかないようである。

［一九七四年］

7　梅川文男の文学的側面

梅川文男の没後一年半して、「梅川文男遺作集」とサブタイトルのついた『やっぱり風は吹くほうがいい』が刊行された。小説・詩・随筆・日記・雑文などから成り、戦前・戦後の彼の文筆活動が一望できる。当時、この一冊に対する評はどうだったのか気になるが、ここでは私なりに記していきたい。

最初に作品の発表に至るまでの彼の歩みを簡単にたどっておく。梅川文男（一九〇六—一九六八）は、松阪町新町に生まれた。第二小学校から宇治山田中学へ進み、卒業した一九二四年から第二小学校の代用教員となる。二六年、第一小学校へ移るが、その六月には検挙され、免職となった。同年一月から三重県内初の労組の組織化に動き、唯物弁証法のサークルに属していたための弾圧で、治安維持法は前年に成立していた。罰金二十円。以後、日農淡路連合会書記として農民運動にたずさわることになるが、二八年には三・一五事件で拘引。五年間の獄中生活を送った。三三年、堺の大阪刑務所出獄、三重へ帰り、全国農民組合三重県連合会のために活動していく。少年のころからこの辺りまで文学とはどうかかわりがあったのか、知りたいところではあるが。

翌年、彼は堀坂山行の名で東京発行の詩誌に登場する。時に二十八歳。「遺作集」では「詩精神」という出典名を明記し、それを探し当てた苦労話も後記に載せているのは何よりだが、私はかねがねその実物を見たいと思っていた。偶然、上京の機会が訪れ、わずかの時間、日本近代文学館へ寄ることができた。以下、しばらく『詩精神』に立ち戻って当時の堀坂山行の活動を見ていきたい。

「詩精神」は一九三四年二月の創刊。創刊号を見てなかなかの顔ぶれであるのにまず驚く。巻頭に北村透谷の「夢中の詩人」を置き（未発表もの）、新井透の聞き書き「藤村氏に透谷をきく」、中野重治の「透谷に就て」が続く。ホイットマンの「ヨーロッパ」、阿部秀夫の「ホヰツトマンの詩に於けるレアリズム」、森三千代の「マルスリンとグー」もある。詩は、千家元麿、中西悟堂、松田解子、神保光太郎、小熊秀雄ら十五名と、無名者十六名から成り、北川冬彦、草野心平、尾崎喜八らがエッセイを寄せている。「小説家はどんな詩を読み、詩をどんなに考へてゐるか」というアンケートには、宇野浩二、葉山嘉樹、藤森成吉、徳永直、本庄陸男、平林たい子ら十一名が回答。短歌にも若干のページが割かれており、全体としての印象はプロ文学壊滅後の人民戦線的感覚と、その辺からくる一種の柔軟性が感じられる。少なくとも党派的な硬さはここにはない。

堀坂山行の登場は五月号。この号には岡本潤・千家元麿ら既成詩人が十編、堀坂ら新人が十編、それに投稿十篇の詩が載る。堀坂らと投稿者の区別は何か。終刊号を見ると、堀坂らは同人だったことがわかる。投稿者と同人ないし、それに準ずる者との区別がそこで納得できるわけだ。

堀坂の「春になつたゾ！」は、「獄中の一同志に」という副題がつく。

同志よ！
春になつたゾ！
鉄窓ちかく
まがりくねつた枝をのばした桐の木に
ポックリポックリ嫩葉が
くつゝき出したにちがいない。
——もう
凍傷はなほつたか？

これが第一連だが、第二連は主に自分の獄中生活の回想、前の連の四倍の長さがある。「鉄窓の外はまだうす暗くこゞえてゐた朝／あの熱い味噌汁をすこしもはやく吸ひたくて」の辺りは切実だが、それと表裏をなす解放感が短い第三連には溢れる。これは「詩精神」に載った彼の詩の中ではいちばんいいものではないか。前年の出獄までの体験の結晶。それだけにこの年以前の詩への関心、詩作経験などについて生前に聞いておくべきであった。

六月号には「メッセーヂを託す」。「水平社の同志におくる」と副題がつく。「京都まで／三十里」の第一連に始まり、自転車で全国水平社第十二回全国大会に集う躍動的イメージを差し挟んで、最後の第六連は「——では／握手だ！」で終わる。メッセージ詩には違いないが、無味乾燥ではない。

七月号は巻頭に児玉花外の還暦特集を置くが、堀坂山行の詩は「奈良漬」。メーデーの日、一本十七銭の奈良漬を二銭値切り、同志諸君にこれこそは食欲を奮い立たせるものだと呼びかける。

八月号は「白いままとラヂオ」。遺作集では短編小説に分類しているが、短いもので散文詩ととれなくもない。「僕」と「婆さん」の対話。津の刑務所にいたことのある僕。婆さんとこの儀作もそうで、孫にも食わす白いママをたき、昼の演芸放送が鳴り出す。その光景に微笑する僕。軽くはない農村の一風景、スケッチである。

九月号は「ハムレット」。「俺は招待券／金壱円の壱等席へ御案内」とおどけて始まるが、末尾には「◇この一篇新築地の地方公演観劇を共にした農民組合の同志に贈る——一九三四、七——」とある（遺作集は「新築地の」の四字を落としている）。久米正雄演出劇のユーモラスな観劇ぶり。「低級な労働者、土百姓共に／劇芸術は解ってたまるかい。／妥協はせんぞ！／芸術は政治の小僧でない／傲然と悲劇は進行する」といった辺りは特に面白い。短絡的な左翼的芸術観を彼はよしとはしない立場らしい。その複眼ぶり、型にはまらない感性に注目したい。

十月号は小説「酒」。この号は巻頭に小説二編を置いており、九島広の「密造地帯」十一ページ分のあとが「酒」十ページ分。これ以前と違って、目次における堀坂山行の扱いは大きい（詩の小熊秀雄、詩論の小野十三郎よりも活字は大きいのだ）。水平社の県連合会（？）常任委員会が始まるまでに聞いた雑談。ケチの長吉は飲み屋で珍しく来客におごるが、そのあとで部落の連中にいいがかりをつけるという一件に至る。伏字だらけ。しかし方言をふんだんにくみ入れ、ドロドロとした農村の現実の一端が切りとられている。詩でも小説でも書きたいことを書くというのが当時の梅川なのだろう。

十一月号は詩「無題」。三連から成り、農民運動の一室を見据える。「同志は」といった硬いことばも目につくものの、この年の十一月に作者は結婚するわけで、一種の充実を感じさせる。

　十二月号はエッセイ「部落民文学に就て」。「破戒」をはじめて読んだが、それに迫るような作品が現在なぜないのか。一、政治運動が部落民運動を軽視している。二、水平運動自体の問題。三、部落民の特殊性が貧農一般の中に解消された。四、部落内の矛盾を描く困難さ。とくに四について島田和夫の「草履」を例に挙げ、力説する。「真にすぐれた被圧迫部落民文学は、同時に真にすぐれたプロレタリア文学であらう」という結びこそ一編を貫く主題であり、十月号の「酒」はその実践だったことがわかる。なお、この号の巻頭広告に『年刊・一九三四年詩集』がある。伊東静雄、岡本潤、小熊秀雄、小野十三郎、北川冬彦、草野心平、高橋新吉、中原中也、高村光太郎、丸山薫、宮沢賢治ら六十六名の作品の中に堀坂山行も名を連ねる。但し、日本近代文学館にこの本はない。最近出た『社会派アンソロジー集成・下』には入っているのだが、これも同館には寄贈されていないとのことだった。堀坂のはどんな詩だろうか。

　翌一九三五年一月号には「一九三四年詩集出版記念会」記事も載るが、参加者の中に堀坂の名はない。二月号には「詩精神作品評」。一ページ分の短評集を寄せている。これは遺作集には採録されていない。農民の土地への執着をうたった詩はあるが、地主への怒りの詩がない。職場、部落の詩に闘争の芽もないことへの嘆き。まさにその時期の現実なのだろう。逆にそこに堀坂詩の独自性もうかがえるわけだ。一編の冒頭に「かつて畏友島木健作に『癩』は三四年度に於けるプロレタリア小説として傑作である。が労農大衆に親しまれないところの傑作である、と率直に述べておいた」とあるのに注目したい。この号には島田和夫「堀坂氏の感想文に対する感想」がある。十二月号の一文に同感を示したものだが、

「この種の文章は、おそらく堀坂氏のこれが最初であらう」の一節は殊に重要（なおこの号の表紙・カットは棟方志功の担当）。

四月号に半谷三郎の「一九三四年詩集を読む（上）」があるものの、堀坂詩への言はない。（下）が以後の号に載らなかったのも惜しい。同時代評をわずかでも読んでみたいわけだが。

十二月号が「詩精神」の終刊号となる。久しぶりに堀坂の詩「選挙」。六連から成る諷刺詩。当時の国会議員選挙に対し、ムキ出しのものが出ていて生々しい。目次のページに「一九三五年詩集　愈々出づ！」とあるが、こちらにも収録されたのかどうか。また前述したようにこの号で初めて同人三十四名の名が明記された。創刊号に、ではないところに時代状況がうかがえる。

以上が「詩精神」における堀坂山行のすべてである。三重県の戦前にプロレタリア詩人がいたということを証すわけだが、その感性は意外に柔軟であることに驚く。少くともカッコ付きプロ詩人という枠をはずしたくなる。部落解放と文学とのかかわりを見据えていた点も見逃せない。プロ文学退潮期を受けた「詩精神」の一種の沈潜傾向の中で全国的にも異彩を放つ点ではなかったか。

付け加えるなら、「文学」一九八五年一月号はプロレタリア詩を特集した。その中の久保昭男の「詩史周辺の調査と体験」は「詩精神」に触れている。遠地輝武よりも新井徹・後藤郁子夫妻の努力で発行されていた云々の件は印象的だか、それにしても堀坂作品をも含めてこの詩誌について今後、検討の必要を痛感した次第である。

さて、遺作集『やっぱり風は吹くほうがいい』に立ち帰ろう。戦前の作品がなお見られる。小説「老人」は「三重文学」一九三六年二月号・四月号に載ったもの。末尾に——一九三五・一一・二二——とあるが、懲役五年の息子を待つ老人を描いている。面会の場面もいいが、新聞を見て日本側の中国進出に対し、市会議員と笑い合うその苦い晴れやかな結末には感服する。あの時点でまだ批判的な明るさが可能だったのかとも思えるし、いやこの作者のガンバリだともとれる。

結婚と同時に古本屋を営んだのだが、その後、梅川は三七年、社会大衆党三重県連を組織。四一年十二月九日（日米開戦の翌日だが）一斉検挙に遭い、四四年まで三重、名古屋刑務所の生活が続いた。敗戦。革新の立場に立つ活動を再開するが、文筆の面ではどうか。詩は公にされなかったものばかりで、四七年二月の母の死にちなむ九編が目につく。一方には四七年から五〇年まで、政治活動とかかわる三編があり、そのうち、会議の連続を自嘲的に諷刺した「地獄よりの便り」はものすごい。そのころの二編、そして六七、八年の数編も収録されているが、『やっぱり風は吹くほうがいい』という題名はその中の「無題」にある一行からとられている。

二つのエッセイが重要だ。「島木健作」は堺の刑務所や、それ以前の彼を描いたもの。「癩」の発表は三四年四月だが、その時の興奮が「詩精神」同人としての活動のパネになったのではないかと思わせる。「昭和殉教使徒列伝」は「伊勢公論」五二年四月の創刊号に発表された。戦中に体験した名古屋刑務所回想録である。読んで例えば、安吾よ、キミは入ったことはないね、と唸りたくなった。その文体のはずみは安吾も顔負け、詩の成果ここにありといわんばかりの局部が少なくない。「友人、同志よりも」キリスト者の隣人のほうが胸にきたという最後も感動的である。近代日本における獄中回想ものの、これは一傑作と見ていいのではないか。

革新団体のリーダーの段階から県議へと進んだ梅川は、次には惜敗。共産党の中では波を立たせる存在だったらしい。一九五三年九月、新光映画社へ参加すべく上京。五四年十二月に松阪へ帰るまでの間、約一年の「東京日記」。その抄出が載っている。検挙・押収が書くのをおっくうにさせた（九月二十三日）、獄中吟「隣房の尿する音に夜凍る」（十月二日）、刑務所で読んだのは短歌・俳句ばかり、定型的な獄中生活（十月五日）、「東京物語」この映画のどこがいいんだろう（二月十八日）――ちょっと見ただけでも気になることが拾い出せる。詩のメモと思えるものが意外に多いのも特筆できよう。獄中吟や短歌俳句との接触は戦前の投獄時なのか、戦中のそれなのか、不明だが、とにかく獄中でも文学的なものとのかかわりはあったと見ていい。

小津映画への目などは戦後の進歩派の一例だろう。映画関係についてはいつか別に論じたい。「まつざかべん」は市長になる前、地元の「夕刊三重」に匿名で書いたもの。どれも面白い、一流のコラムだと思う。

一九五五年三月、共産党除名。四月、また県議に。五七年、松阪市長。五十歳のここからの十七年間が彼の人生の、いわば第三期に相当する。この間、朝日文化賞を得た『都市部落』『農村部落』、写真集『松阪』とかかわっていく（いずれも六三年刊）。戦没兵士の手紙集『ふるさとの風や』（六六年刊）を市として出版し、また自らは中国旅行記『途方もない国』（六六年刊）をまとめた。

『やっぱり風は吹くほうがいい』に載る「病床日記」は、一九六八年一月一日から四月一日まで。そのすべてであるのか、抄出かは不明だが、克明なものである。四月四日には亡くなるのだから、感慨なしに読むことができない。「東京日記」の奔放さはもはやなく、質実な調子であるだけに――。

ほかにも戦後に書かれたいくつもの雑文などが載っている。

一見、雑然と集められているかに見える一冊だが、その人生の歩みに沿って読み進めるなら、そこには貫かれた一本の糸が見出せる。感性の柔軟、洞察力の鋭利。どこからそれは来ているか。苦しい闘争体験、困難な状況下での文学的出発がそうさせた面も多分にあるだろう。戦後、地方政治家に飛躍して以降もその文章の質は高い。詩や短編を発表しなくなったからといって軽視はできない。雑文にも文学の目は生きていた。革新自治体が一種の流行になる以前の、はるかな先駆。その柔軟な姿勢は、私なども聞いた松阪でのいくつかの文化講演会の冒頭挨拶にうかがえたが、その政治には文学とかかわり合う者の持つ特性が活かされていたに違いない。松阪ならではの周囲の支えも想起させる。現在が失っているものを梅川文男の場合を通して見出すことができるのではないか。

［一九八六年］

〔付記〕

右の拙稿から十五年を経た二〇〇六年は梅川文男生誕百年、松阪では展示なども催された。刊行物も二例。津坂治男の新書風『風の吹く中』、尾西康充の重厚な『近代解放運動史研究』。副題にはともに梅川の名を伴った形をとっている。

8　岸　宏子のテレビドラマ

「岸宏子さん死去　92歳」という見出しの伊勢新聞二〇一四年十二月二十三日付の記事（四段見出しで他紙に比べ、写真も大きな扱い）を枕に、福田和幸さんとお宅を訪ねた時の、いつもの歯に衣着せぬ物言いとは違う印象など書こうか、とまず考えた。が、何より作に向かうべきではないか、と思い直す。

岸宏子の作品について活字にしたのは私の場合、過去に二回だろうか。

「ある開花」（一九六五年）に関しては「中日」夕刊一九八〇年十月二十二日から二十四日まで（「文学と三重」三五五回シリーズの三回分）なのだが、のちに単行本『三重・文学を歩く』へ収める際には手を加え、短くしている。

次は、『忍び歌』（八六年刊）で、二十七編の中から「天正伊賀の乱」、「伊賀上野忍町」二編を『ふるさと文学館　第28巻・三重』へ収録し、若干の解説を巻末に添えた。

岸宏子の数多い作の中から代表例を選ぶとしたら、この二作は欠かせない。例えば、『本居家の女たち』（七八年刊）など目のつけどころは見事なのに会話部分が気になる。往時の再現には距離もあり、どこか俗っぽさへと傾く。国学的雰囲気を壊そうとする意気は壮としても、放送作家らしい職人わざが墓穴へと向かわせてはいないだろうか。

「ある開花」は映画化、舞台化の方で人気をさらった感もあるが、伊賀の地域的個性が随所に息づいていて今も新鮮さを失わない。横光利一をさりげなく叙述に含める辺りは、その一例。以前に接した単行本は寺崎浩の解説付きだったが、今回はそれのない版で、ほかにも違いなどがあるなら、伊賀上野の北出楯夫さんや福田さんなどにたずねてみたいところである。

『忍び歌』には「くの一聞き書き」の副題が付く。当時の広告文には、芭蕉・荒木又右衛門・石川五右衛門ら忍びたちの謎に迫る秘話・哀話とあるが、伊賀の古今を対象としたエッセイ集には違いなく、文章の自在さもきわ立っている。「伊賀者と甲賀者の違い」一つとっても地元ならではの強みというほかはない。

それらを改めて検討しようかとも考えたが、本業の放送作家という地点をこそ、と思い直す。残された台本類は上野高校蔵となったもの、東京の放送作家協会へ移ったものもあるとか。しかし一般の図書館などで接することのできる例はどうやら少ない様子。ここでは公刊された脚本集からの代表例をとりあげることにしたい。

＊

「ブルム・ハウス」は、大冊の『現代日本ラジオドラマ集成』（八九年刊）に収められている。日本放送作家協会三十年記念の刊行で、一九四八年の真船豊「佛法僧」以下三十五編のうち岸宏子作品は二十五番目に置かれた。内村直也、飯沢匡、木下順二、藤本義一、水木洋子、秋元松代らと肩を並べており、岸作品の前後は寺山修司、宮本研である。

制作・CBC、放送は七〇年十一月十二日。同年の文化庁芸術祭大賞を得た。

「私」（村瀬幸子）のナレーションに始まる。「明治の建物ばかりを集めたという明治村はなつかしさよりも血の濃すぎるという感じだ。／わたくしも、いとこ同士夫婦になった亭主に対するように重い血の中から時々明治村を気にしていた一人だった。（中略）幾ら気どっても、この建物につづく長い板塀や板塀の裏の棟割り長屋、長屋の格子窓から出る秋刀魚をやく煙、おかみさんたちのおしゃべり、水あめ売りの声などわたくしにはちゃんとそれらをとりまいていた顔ぶれが浮かんでくるのである」と。観光客とバスに関するト書があってナレーションは開港地にできた海の見下ろせる居留地に住んだフランス人貿易商フェルナン・ブルムの建物に焦点を当てる。

男女の会話。最初は女（市原悦子）「日傘？　馬鹿だねえ。このよるの夜なかに日傘なんか持ってきて、どうするのさ」。男（井川比佐志）「いつまでも夜かい。いつまでも夜で昼が来なかったら、夜まわりのオッサンが困るじゃないか。」といった調子なのだが、登場人物は「私」を含め以上の三人だけ。女はブルムに仕え、男は以前から女に恋してきたという設定で、男女の会話ばかりの前半。そこへ「私」が割り込んで後半となる。例えば「オランダさんと庄さん、どちらが好きなの？　庄さんでしょう」と自らの体験をあれこれ思い起こす中で女にたずねたりする。どうやら「私」は、作者の心情とつながる人物と見ていい。

犬山の明治村を訪れた作者が異人館ブルム・ハウスにひかれ、この一編を思いついたものに違いない。「ドラマはこのブルム・ハウスを舞台に、ここを訪れたひとりの老婦人の現実と幻想を交錯させながら、いつの世にも変わることのない、女の愛と悲しさを描いてみた」と制作意図を放送台本に添えてもいる。

「私」の設定に野心的なものはあるものの、今日から見れば一つの試みと見るべきではないか。むしろ当時の民放ラジオの意気に驚かされる。

「不熟につき―藤堂家城代家老の日誌より―」は、『テレビドラマ代表作選集1991年版』に収められている。芸術作品賞入賞作としてテレビドラマの部三編、ラジオドラマの部二編、それに向田邦子賞一編が掲載されており、「不熟につき」は芸術選奨文部大臣賞を得たこともあって巻頭を飾った。

制作・NHKでドラマスペシャル。放映は九〇年九月十五日。

脚本は上野市立図書館（現・伊賀市上野図書館）蔵『永保記事略』についての短いテロップから始まる。ナレーション（南風洋子）がまず「藤堂家伊賀上野城代家老「藤堂采女高禰《たかしげ》」と采女家に仕える祐筆「八川佐次右衛門」を紹介し、『永保記事略』はその佐次が書き続けたと続ける。「藤堂家の藩祖高虎は、おべっか使いとか、裏切り上手やなんて言われてきましたんやけど、なかなか大したおひと。津は平城《ひらじろ》なり、たのむにたらず、いざの時は、伊賀上野こそ、と言うて、軍事的に非常に伊賀上野を重視しておりました」とも。津対上野のくだりは伊賀人としてのプライドがそう言わせたとも解せよう。

次は高齢の高禰（中村梅之助）、若い佐次（小林薫）はすでに顔を見せ、中年の藤堂玄蕃（井川比佐志）らが加わる上野城大広間。殿の藤堂高敏は津城で逝去したと高禰が告げれば、佐次はそれを記録していく。そんな発端からして快調と言っていい。

中心は五千五百石の上野城代に支配されてきた二万石の名張藤堂宮内家の大名独立問題。藤堂藩にとってのアキレス腱に等しく、しかし作者は周辺の人物の側から首尾に迫っていく。佐次も実は名張の出身、微妙な立場であり、最後には関係者として切腹に追い込まれる正浮（三浦浩一）の友人でもあった。

そんな主軸に加え、日常性を担った女性陣が見事。高禰の妻（いまむらいずみ）、玄蕃の妻（浅利香津代）もさることながら、佐次の妻（樫山文枝）は現代に通ずるタイプとして興味津々。その母（丹阿弥谷津子）も色を添える。どこまでが原典にあって、どこからは作者の創意によるのか、調べたくなるような誘惑にかられたほど。近世史の深谷克己『津藩』（二〇〇二年刊）によると、名張問題は「すでに高虎の時代から始まっていた」と叙述され、出雲藤堂家、久居藤堂家を含む構図の中で相対化された形だが、翻って現代でも同じ伊賀ながら上野圏と名張圏にはしばしば違いの見られる点を思う時、このテレビドラマの意義は深い。地元からも強く再放映を促してはどうだろう。

それにしてもラストに「寛保二年六月、采女家来八川佐次右衛門、不熟につきいとまをつかはさる」と記帳する息子でしめくくったのは圧巻。〈不熟〉は伏線も用意されていたが、文学の目あればこそ、その二文字は引き出されたのだと言えよう。代表作の三例目に挙げたくなる。

［二〇一五年］

〔付記〕

四つの旧国を統合して三重県は成り立った。中で伊賀は東紀州とともに伊勢国とは地域性が異なっている。伊賀の川はすべて大阪湾へ注ぐ、と伊賀びとは時に言う。関西色が強い点は岸作品にも色濃い。岸宏子の作品数は県内の例では格別なのではないか。後世に残る作はどれなのか。〈不熟〉にとどまらない論議も必要だろう。岸宏子の次の世代では「忍ぶ糸」で知られる北泉優子の存在も忘れたくない。

9　森　敦の未完作「尾鷲にて」

森敦（一九一二—八九）は一九五七年六月から六〇年九月まで電源開発の雑務とかかわり、尾鷲で働いた。その間の五九年四月、工事の取材を終えた読売新聞記者の三好徹が立ち寄っている。

尾鷲から新潟県弥彦へ移り住んで森敦は約一年半をそこに過ごした。その間に小説「尾鷲にて」が構想され、ある段階まで進んだが、未完となる。『森敦全集』（一九九四年刊）で公にされるまで、原稿は眠ったままだったのである。『全集』解題によると、この小説は八百三十二字づめ原稿用紙四十二枚。別に、表紙には「尾鷲にて／弥彦／森敦」と書かれたA5判ノート二冊があって、それぞれ八十ページ（四百字づめ用紙約九十枚分）にわたり、削除・訂正することなく記されていた。ノート①、ノート②のそれぞれに小見出しなどあることや、ノート①を書きかえたものが②、②を推敲しながら清書したものが自筆原稿だろう、ともある。

ここでは「尾鷲にて」の九つの部分から成る内容や表現を紹介しながら私見を挟んで解き進めたい。読まれる機会が少なく、論じる向きも耳にしないこの未完作に少しでも光を、というわけである。

＊

第一の部分は次のように始まる。

「まだあの道が見えますね。どこへ行くのかと思ってたが、こんなところまで来てたんだ。あれで何百年も堪えて来た人たちが、思いやられるな。」

と、A君はフロント硝子の下のパイプを握って、瞰下しています。東ノ川の深い渓谷は、昨夜の台風で濁流になり、僅かに川沿いを縫うその道には、木小屋のようなものが残っている。ジープはアーチ・ダムがつくられるという、坂本工区を出離れたばかりで、もう峰々の中腹に点々と立っている標識――やがてはそこまで湛水されるのですが――すら、まだ眼の高さより低いのです。どんなにわたしたちの資材輸送道路が、高く走っているかが分るのですが、光永君が後席から、

「何百年も堪えられたのは、道がなかったからですよ。みんな筏師ですからね。川を頼っていたんでしょうが、ほんの桟道づたいだったのをあれだけにして、この道をつくる足掛かりにしたんです。まだあのへんに、飯場が残っているでしょう。」

「飯場だったんですか。まるで捨てられたみたいだから、なにかと思っていたんです。」

「あの道だって、捨てられたようなもんですよ。それだから気がつかないんだが、あなたも池原からしばらくは、あの道を来られたんです。木橋が掛かっていませんでしたか。」

「濁流が越しそうだと騒いでましたがね。そうですか、それにしても道が出来るまで、筏でやってたというには、愕きましたよ。道ってものはやっぱり大したものなんだな。」

「大したものにしとけばよかったんです。一夜の台風でこれじゃ、それこそ先が思いやられます

よ。」

と、笑って光永君は、わたしに訊くのです。「トラックはまだ一台も来ませんね。崩壊はやっぱり八幡ですか。」

昨夜、突然池原からマイクロ（電話）が掛って、Y新聞社からカメラマンが来ている。A君というのだが、台風でも強行したいから、八時に坂本で案内を引継げという。こちらも四時起きして、尾鷲を出たが、思ったより崩壊がひどく、坂本に着いたときは、もう九時を廻っていたのです。会ってみるとA君は健康そうで、いかにも感じがいいのです。被害調査で不動谷の取水口までと便乗した光永君が、わたしに代って案内役を買って出てくれるのも、その人柄に好意を持ったのかも知れません。

「ええ、その八幡ですよ。この調子じゃどんなにひどいかと心配したが、奥に入るとそうでもない。これなら、坂本は無事だと思ったんですがね。」

「無事などころか、かりしめきり（仮堰堤）も危なかったんです。なんとか早く、本着工に漕ぎつけたいですね。も一度、あんなのにやられたら、もろに流されてしまいますよ。」

こんな調子だが、「池原」からの連絡で「尾鷲」にいる「わたし」が「坂本」まで出かけて、取材に来た「A君」の案内を引き継ぐところである。作中でも中心的なダムは池原であり、尾鷲・池原間の途中に坂本は位置する。地理的な面は実際の通りだが、三好徹との出会いに話を戻せば、森敦がわざわざ出迎えに行ったようなことはなく、帰途に三好が尾鷲の電源事務所を訪れ、そこで会ったにすぎない。三好の取材ではカメラマンも同行する二人旅だったが、小説ではA君一人が登場するだけである。もう一つ、三好が訪れたのは四月なのに、「昨夜の台風」とあり、少しあとには「八月」と出てくる。小説では季節もずらしたことがわかる。

「出合の橋」が流されたとか、台風は大台ケ原山めがけて来るなどと会話は続いていき、やがて大台を見たいとA君は言う。

「真紅の釣鉄橋」にこだわりを見せるが、そんな辺りは弥彦へ移ってもなお、作者の脳裏に甦るイメージだったに違いない。読む側は「虹の掛橋だ」とA君が感嘆するほどにはひき込まれるわけでもない。

例によって文体は「です・ます」調で一貫している。語りの地の文はもちろんのこと、初対面ということもあって会話もほぼ丁寧体。この重複は文体的には変化に乏しく、一本調子にならざるを得ない。そんな問題点も浮上するわけだ。

光永君は「出合の派出所の部長が、自殺したのを知ってますか」という話を挟む。「みんなが去って行く。部落もなくなろうというところに取残されたら、たまらんだろうな。きっといい人だったんでしょう」とA君は反応する。「釣などしているのを見掛けたんで、この人なら大丈夫と思ったんだが……」と光永君が言って、釣りのエピソードに移る。食えないギンタのことが話題になり、「いままで黙って運転していた文ちゃん」がここではじめて口を開く。運転手の紹介のしかたは、やや遅かりきの感。しかしこれで当面の登場人物がはっきりしたことになる。

新車を買ったのに「まくれかした」、つまり「渓底」へ落ちた件を光永君と文ちゃんが話しているうちに不動谷に至った。「いかれたのは、乗せてもらって、出合を観に来た尾鷲の連中ですよ」、「そうか、尾鷲の連中か。ヤマザル(山猿)が人間になったんだ。人間は天国にでも行きたくなったんだろう……」

と言いかわすのだが、後者のユーモアなどはいかにも森敦流と言えよう。

小説の上では、光永君は被害調査が目的で同乗し、しかも案内役も買って出た設定。この辺で降りる旨を告げるが、文ちゃんは目的地の近くまで「送りますよ」と言う。まだ尾鷲まで二時間もあるのに、と光永君は返すわけだが、距離感で第一の部分をしめくくる辺りは見事。運転手は空腹をこぼし、胃が痛くなるともらす。その辺もあとで生きることになる。

なお、ノート①にはこの部分に当たる小見出しはないらしい。②には「尾鷲にて　第一章」とあるので、以上、第一の部分は②の段階で追加されたのだろうか。それにしてもこの冒頭より前があるように思われる。構想時には準備していたのかもしれない。出だしには唐突な感を抱く。(注1)

第二の部分は「取水口を観せてもらい、不動滝の壮観を眺めながら、資材輸送道路に戻ると、蟬は鳴きしきって、日がもう灼けつくようです」で始まる。「取水口」はいささか唐突。「不動滝」で安心できるが、その一つ前にそれなりの叙述はあってしかるべきとも思える。

トラックも来ない、「いつまでたってもわたしたちのジープだけなのです」と記し、「わたしにはジープがすこしも進まぬというばかりではない。尾鷲は却って遠ざかり、ただ果てもなく山深く入って行くような気がするのです。その上、道は僅かながらも登りに掛かっている。登りに掛かっているのに、あたりはいつか渓底になり、無数の石が転がっています」と続く辺りになると、思わずひき込まれる。本調子に乗った感があり、しかも現地の実感はこのように語っていくほかないとも言えよう。

近くの古川が赤い。赤いでなく、崩壊で「赭い」と記す。A君は道づくりをきく。「ブルやダンプは、この渓川を上って来たですよ」と文ちゃん。岩や石をどうしたか。「大きいのはハッパで毀して、プルで均して来たんです」と告げるが、作者にとっては驚きの体験に基づいたものに違いない。

祠が多い。十津川なんか、行っても行っても白木の墓標があって、と文ちゃんはまくれたことによる犠牲者について語る。「まくれる」という現場のことばをうまく使っている。

A君は滝を見て、その名をたずねる。「滝つうですな」。滝という名の滝。A君もわたしもそれには笑いがこぼれる。「ほんとの滝まで来たんですね」。このやりとりも面白い。

わたしもつい笑ったが、ここは水の出が速く、岩も滝になって、逃げるのも危なかったということは、わたしも聞いたのです。岩伝いに来たひとは、恐らく彼の堪えた恐怖のすべてがそれであるように、おれは滝を見たと云っただろう。人も聞いてそういう滝を見ることの恐怖を想像したに相違ない。わたしたちの辿りつこうとするものの本質もまたそれで、こうして道がつくられるのも、所詮は新しい恐怖へと立ち向うのだと思うのだが、すでにこうして道が出来、これがそれかと笑われれば、わたしもつい笑いだしたくなるのはなぜだろうか。

こうした一節は森敦の感受性と独自の論理性が合体した形で進められる表現と見ていい。

滝が遠ざかり、車床には弾ける石の音。岸壁は次第に「腐れガン（岩）」に変って、愕くばかりの崩壊」が続く。ジープを止め、前輪駆動に切りかえ、乗り切ろうとするが、地崩れらしい音。「しまったァ。も一寸早く、来とればよかったですね。こりゃ、尾鷲に出られんか知れんですよ」と文ちゃんは言う。ここで第二の部分は終わるが、早く来ていたら大変な目にあったかもしれないことがあとに出てくる。実は伏線なのである。

以上はノート①の最初に「ほんとの滝　第二章」と小見出しの付くところと対応していよう。②では単に「第二章」とある。

第三の部分は、ジープと崩壊とのたたかいから始まる。工事の犠牲者や、補償の件などに関し、文ちゃんとA君の会話が続く。仮借はしない、やり通す人物の存在についてわたしが挟んでいく。「みなそのひとを彼と云ってるんですよ」。ここは重要で、人に避けられ、憎まれるのを喜んでいるのかもしれない「彼」。この段階ではそれ以上には進めないのだが、あとにこのモチーフはさらに展開されていく。ジープが動かないので、わたしもA君も押しにかかる。

渓流のざわめき、蟬の声。一方では「ガンも腐れたガンだというのに、むしろ無残にさばかれたいきものいのようで、いつまたどこか崩れて来るかという気がするのです」と崩壊について地の文は詳しい。A君は撮っている。文ちゃんは「もう一時ですよ」と不機嫌。わたしは正午尾鷲着を予定していたのに、坂本へ引き返せなくなる、光永君を便乗させたばかりに、と思う。

崩壊を抜け、八幡トンネルへ。峠から大台ケ原山を見たいと言っていたA君のためにジープがとまる。

文ちゃんは、わたしたちの話を忘れずにいたことが得意らしい。そう云われては、後にも退けません。

こういう語りは森敦調。楽しくなってくる。

やがて「つまらんことを覚えてくれたもんだ」と腹立てながら頂にたどりつく。山また山。「大洋を望むにも似た雄大な眺めです」と語りながら「さてかんじんの大台ケ原山はどの山だか分らない」と転ずる呼吸も快い。

ぐったり疲れて峠を下ると、意外にも文ちゃんは、もう又口川の深い渓谷を瞰下す、高い道路の端に立ってひとり峠を見上げています。そこも杉の吹き折られているあたりに、死んだ木が一本、白骨のように立っている。なんだか胸を打たれる風景ですが、

「どうした　文ちゃん。」

そう訊くと、つくづく感じ入ったのでしょう。見返りもせず、

「山は大きくなるつうですが、ほんとに大きくなっていますね」

これが末尾で、調子は絶妙。但し尾鷲方言を文ちゃんに言わせないのはどうしてか。会話の語調も森流話しことばに枠づけられた形と見ていい。

ノート①では、二つ目にある「崩壊×」がこの部分に当たるか。②だと三つ目に「第三章　崩壊八幡峠」と小見出しが付く。

第四の部分の最初はこうである。

しかし、又口川の渓谷も濁流で、飯場が捨ててある。蟬は鳴きしきって、古川のそれと変らない。峠を越せばと思っていたが、まだ半分も来ていないのです。暑さは暑し、炎天に登った疲れが出るんでしょう。文ちゃんがA君に話すのを聞きながら、ついうとうとするのですが、変らぬと思えたものも、いつかは変って来るのですね。渓流も大きくなり、不意にひんやりしたと思うとトンネルを抜けて、眼前に真紅の橋が現われる。それがふと逆戻りしていて、東ノ川に出たのかとそんな錯覚を起させるが、あの出合橋ではありません。もう矢所《やこころ》工区の清良《きよら》橋で、それこそ虹の掛橋のように、見事なアーチを描いているのです。

出だしの「しかし、又口川の……」は、何に対して「しかし」なのか。そんな疑問も起きるわけだが、先へ進み、「逆戻りしていて東ノ川に出たのかとそんな錯覚を起こさせるが、あの出合橋ではありません」の辺りは有無を言わせず、すばらしい。のちの秀作「天上の眺め」に通じるような要素とも見たくなる。錯覚を含みながらもとにかく「矢所」まで来たわけだ。

ジープを降り、「向いの峰の頂から」落ちている「水圧鉄管路の掘鑿」を見て「遙かな坂本の水があの不動谷の取水口からここに来る」と思うと、「わたしもその大きさを、感ぜずにはいられなくなるのです」。こうした語りは感慨の吐露である。「この下流には更にダムをつくって、水をまた尾鷲に落そうという、そんな大きな構想も、北山川水系計画のほんの一部に過ぎない。いや、それすらもまだほんの一部に過ぎないという熊野川水系計画は、果てもなく大きく思われるのです」という箇所など、意外にも事実に即しており、ドキュメンタリー的な要素をかなり踏まえ、書き進めようとした面が浮上する。

「この果てもない大きさからみれば、ほんの末端から末端へと、僅かに動いただけではないかと可笑しくさえなるのですが」と述べておいて、「掘鑿の下では下で、鉄筋や鉄骨が組み立てられています。これが矢所第一発電所で……」と事実に即していく。「果てもなく大きい計画の末端に近づいたというよりも、むしろ中心へ近づいた気がするのです」と、めぐりめぐって森敦流の位置づけに至っていく。工区事務所も近い。トラックやダンプが「数え切れぬほど止まっている。坂本行きを足留めされているのでしょうか」。「黄色い安全帽はますます多くなり……」とあり、ミキサーの塔や、ケーブル・クレーンを持ってきて、「もう口窄《くちすぼ》ダムが巨大な姿で横たわって、濁流を受留めています」。文ちゃんは派出所で待つと言い、A君とわたしは降りて、矢所橋の「真紅」の橋脚や、鷗の群れに見とれる。

「さァ。僕も初めてですが、あの山の向こうは、尾鷲の海ですからね。ジープを飛ばせば、もう二十分ですよ。」

わたしは笑って言うが、到着地へ近づいてきた喜びでもあろう。三時少し前。空腹についての叙述などはほしいところだが。

笹田君に出会う。渡り鳥問答をかわしていくが、この段階でこの人物の説明はない。あとの伏線と好意的に解しておこうか。それでも「矢所工区の人たちは、坂本工区はまだ本着工に掛っていないと云いたいのです」と本音のもれる辺りは興味深い。中途半端に少しだけ取りかかるから台風の打撃も大きくなる。矢所側の不満、つまり当事者としての見方を挟んだわけで、こうした面を作者が軽視せず、ドキュメント的にとり込んだと言えよう。

A君を紹介する。A君は峠にも登らせてもらったと言う。「今日はよく見えたでしょう」と笹田。「よく見えたのかもしれないが、どれが大台ケ原山だか、分からなかったんですよ」。そうA君が答えるや、「分かりませんでしたか。それがきっと、大台ケ原山だったんですよ。じゃここで空中旅行を試みて、大台ケ原山を見直すとしますかね。鷗も飛んでいるし、いい眺めですよ」とケーブル・クレーンのバケットにA君を乗せることになった。

空高く上るA君たち。その辺の描写は快調。「天上の眺め」につながるのかもしれない。下にいるわたしと笹田君は、口窄ダムの高さについて語り合う。現場ことば、業界ことばが飛び出す。高さ二十八円は二十八メートルというような調子で、興味深い。

戻ったA君の感想は、ダムと濁流の関係。笹田君は、赤いゲート（門扉）を上げて吐かす、と言う。償却期間は五十年。A君は短いと驚くが、作者は笹田君にしめくくりのようなことばを言わせる。「と言っても、人生より永ければ、僕らにとってはもはや永遠ですよ」。こうした人生談義も、この作における一つのモチーフなのである。

ノート①には最後の九番目に「笹田君登場×」とあり、それはこの部分なのだろう。②では四番目の「笹田君登場（ダム）」。

第五の部分は矢所橋の袂の派出所。「不動谷では御馳走やったそやな」と「下卑ていて下手物臭い」

が、「人がいい」部長の登場である。A君を迎え、やがてパイプハウス住まいの愚痴をこぼす。わたしの言い方がふるっている。

「署長に仰言って下さいよ。あの署長から云われれば、会社はなんでもするんです。」

さもありなんと読む側は笑えてくる。事実だろうし、そういう言い方がそもそも森流だからである。

また台風が来ると部長は言う。A君は「これじゃまるで、僕が持って来たみたいだ」。先に来ている文ちゃんは奥でもう食べている。空腹がここで一つ解決。部長は熊の出現を語り、部下からの電話で、尾根伝いに八幡峠へ逃げたと知らされる。「もう一寸早いと、えらいことになりよったわ」と部長。遅かったので幸したというわけで、その辺は作者の細かい計算と見ていい。

部長はここで導水トンネルを見るように勧める。「オヤジにいかれたつもりで、行きなはれ。この又口川はな、下流を銚子川いうて、台風いうと銚子倒しみたいに、どッと鉄砲水が出るんや。これがもろに尾鷲に落ちよったらことやさかい、ここの取水口には、もうゲートを取付けさせてあるんやで。そんなもんが、まだ貫通もしよらん不動谷で観られるかいな」。部長にはたっぷり方言を与えている。「ふたこと目には松坂の盛り場で、睨みを利かしたもんやなどと云うのです」とあって伊勢弁なのだが。

A君に一枚撮ってほしいと部長は頼む。「家にも、余ッ程、帰らんで、松阪の坊主に見せてやりたい」と部長の造型はいささか俗世間的類型にはまっている。「松坂」「松阪」といった表記の不統一なども、いかにも未完作である。

わたしはA君と取水口に入っていく。その描写は見事。奥で山さんに会う。現場指揮者であるらしく、これ以前にもわたしにとって謎めき、同時に畏敬の的でもあった現場の「彼」。その辺りは、この小説における一つの焦点と見ることができよう。現場人からはいつも誹謗される人物を「彼」と呼び、しかしわたしには重視される存在。資本（経営側）対労働という図式が支配的だった一九六〇年ごろにあって、森敦の「彼」観は、世間ないし社会において職人的でありつつ、有能な現場指揮者という位置の重要性を認識していたからこそ、なのである。

もう一歩も歩けないわたしがゴム長を脱ごうとする。意外に近く声がして、山さんがA君といることに気づく。

「水が入りましたか。風が来るでしょう。これはもう尾鷲の風ですよ。」

第五の部分の末尾は「山そのものの中」、つまり山の核心部に入っていくという空間感覚がすばらしく、さらに主人公を試練の目にあわせ、その果てに光明を用意したことになる。山さんという名も打ってつけであった。

ノート①では六番目の「部長の所22—×書き直し」、七番目の「隧道。×書き直し」がここに相当しよう。②は五番目に「部長の場」、六番目に「導水トンネル。書直した分。」とある。

第六の部分は最も短い。いよいよ尾鷲に差しかかるわけだが、最初を引こう。

サージ・タンク（調圧水槽）の掘鑿から尾根に出ると、天狗倉山と八鬼《やき》山の峰々に擁かれた尾鷲湾が見える。中川《なかこ》、矢ノ川の河口のあたりはさすがに濁っているが、海は碧く幾条かの航跡が描かれてい、街の中の中村山や瀬木山もすでに島のよう。軍艦島や佐波留《さばる》島、桃頭《とがしら》島が点々と散って、湾は太平洋へと開けて行く。日はまだ強いが、風が心地よく、もうヒグラシ（蜩）が鳴いています。

尾根からの尾鷲一望。弥彦に移ってなお、このように記してみたかったに違いない。名文である。

大台ケ原山は見なかったことになるA君も、河口は濁っているものの尾鷲湾の大きさには感嘆した。大台をめぐるA君やわたしのエピソードを山さんが知らないのは当然だが、地の文に、山さんは「まだ、わたしたちの大台ケ原山のことは知らないのです」と挟んでいくと、不思議なユーモアをたたえることになって何とも心憎い。

外洋船が海岸に突ッ込んでいる。台風、高波でそうなったと山さんは説明する。作者は一九五九年九月の伊勢湾台風を尾鷲で体験したはずであり、それを投影したと見ることができよう。

A君は矢所で聞いた台風の話を持ち出す。山さんは「発生したというだけですよ」といなす。鷗も来ていたんで、とA君は言うが、「測候所が知らせてくれるものを、鷗に聞くことはないでしょう」と返す。ここもユーモラスな箇所である。

尾鷲第二発電所の工事を簡潔に説明していく。「十五円の落差を生かすために、数千万円かけて、あそこまで放水トンネルを掘っているんですよ。なんなら御案内しましょうか」と山さん。「十五円」すなわち十五メートルなのである。

導水トンネルの半分、一キロあるかなし、と山さんは続ける。矢所工区、坂本工区に比べたら小さなもの、と言いたげではある。対してA君は「しかし、その水はみな尾鷲で生かされる訳でしょう」と、いかにもジャーナリスト風。同時に森敦の自信でもあったか。埋立てして火力発電所の計画まであると言えば「尾鷲の前途は洋々ですね」。電源開発の仕事の一環を担当していた森敦の、これは本音ともとれる。認識のその面に関しては読む側の評価が分かれよう。その後の尾鷲、はたして「洋々」だったのだろうか。

ノート①では、八番目「トンネルを出て尾鷲をみる所　見直す」がここに当たる。②は七番目の「トンネルを出たところ」。

第七の部分は、半地下式の発電所工事の現場。囚人が働いている。A君は人物を撮りたいのだが、ためらいもある。「仕事もですが、からだを鍛えさせているんです」と看守は言う。高齢の囚人から若い囚人まで描写は具体性を帯びる。逃げる者もいるが、逃げる先は山しかない。「派出所もあって、部長がひかえていますから」と看守。思わず笑わせる。しかしそのあと「人夫がまた死にましたよ。組のジープが、放水口に行ったらしい」と文ちゃんのひと言。第七の部分はここで終わる。切断の効と見ていい。

ノート①には五番目に「囚人の場」がある。②は八番目「トンネルを出て、囚人まで」と九番目「囚人のところ」だろう。

第八の部分は次のように始まる。

夜になっても夕凪で蒸されるように暑いのです。山さんの入ったのは街角の小さなみせだが、行きつけらしくて気がおけません。ビールが配られると、山さんはジョッキーを挙げ、

「お誘いはしたが、こんなとこですよ、尾鷲でこれじゃなんだけど、会社のもてなしよりいいでしょう。」

「いや、えらい時に来ちゃって、御迷惑をかけました。」

こんな調子で進んでいくが、「この感じのいい青年たち」に対し、わたしは「おろそかに過ごしてはいなかっただろうか」という気になる。「わたしは自分に、ここを去るために、ここに来たのだと云いきかせ、いまあるなにものも失ってはならぬと見て来たつもりだが、去ればこうして見たものも、ただかりそめの感動として、失われてしまうのではないだろうか」。この辺には森敦の当時の心境も現れているのではないか。

文ちゃんが笹田君を通りに見かける。山さんが「笹田を御存知ですか」と言う。矢所で世話になったとA君は答えるのだが、ここへ笹田君を持ってきたのは去ろうとしている「わたし」と対比させたいからだろう。尾鷲に残る、わざわざ奥さんや子供を呼んだ人物として設定されている。

「山にいる人たちには、なにかがあるんだ」とA君は言う。これも作者の尾鷲体験に基づく思いに違いない。

眺めるともなく通りを眺めていると、さまざまな安全帽——業者はこうして安全帽のまま出て来るのですが——が通るのです。あの渓々で見たものは云うまでもない。どこかの渓にいるには違いないが、わたしなどは見たことのないものであって、いつかもう果てのない工事の中心にいるという気がしていたのです。料亭からは客たちの唄い騒ぐ声が聞える。それが却てこの小さなみせを、寂かに感じさせるほどですが、この人たちもやがては過ぎて行った台風のように去って行くのだ。そう思うと、尾鷲は忽ち果てにある終着駅に過ぎないのです。

ここも当時の作者の感慨であり、万物は逝くという認識にもつながっている。

山さんは、光永も、沢鳴りがどうだこうだとこぼしながら、ギンタみたいに東ノ川をウロチョロしてる、と言う。右に引用した地の文に呼応させた物言いではある。

文ちゃんは特大のカレー。大台ケ原へでも登るつもりで、うんと食ってくれよ、と言うのも面白い。

A君が言い出した。

「やめて行かれるそうですね。池原の人たちも、信じられないと云ってましたよ。わたしも一度行ったことがあるんですが、あなたの行かれようというそこが、どんなところか知っていられるんですか。」

「知っていますよ。しかし、僕はもう出直しのきかぬ人生ですからね。」

この辺へくると「尾鷲にて」という小説が作者にとっては起死回生の構えだったのではないか、と思えてくる。

もしわたしがそこに行き、道をつくろうとするのだとしても、彼がただ一本のピッケルのようなものをつき、登攀に堪えて来たように、わたしに自然の誹謗に堪えて、おのれを貫くことが出来るだろうか。

わたしの内心はそうなのだが、山さんは「僕も遠くへ行ってみたい！」と言い、「沖の鷗に……」と口にする。

そのように唄ったのか、空耳だったのか、という辺りも見事。明日、もういちど撮りますか、港を見に行きますかね、と山さんが言うところで第八の部分は終わる。

ノート①には四番目に「酒場」があり、②は最後に「酒場」を置いている。①から想像すると、割に早くこの部分は構想されていたのではないか。

第九の部分が未完稿の最後である

台風はやはり来るようです。蟬の声にもただならぬ暑さが感じられるが、空は雲もなく晴れ上っています。朝の間に海を観ようという予定の通り、文ちゃんに運転させて、向井の部落に掛ると、海の向うに埠頭が見えて来ます。みなで歩いたときは、足の蹈み場もなく、夜目にも港の汚れが分るほどだったが、これがあの埠頭とも思えない。矢ノ川、中川の濁りもなく、使石山《びんし》、天狗倉山の峰々を背に、尾鷲は浮かんだ街のように美しい。ふと気がつくと、いまも確かに埠頭の右外れに、乗り上げている筈のれいの船がみえません。

これがその最初で、「突っ込んだ船腹」を小さなサルベージ船で引き出した件に移っていく。文ちゃんが運転するジープ。軍艦島を「雀島つうですよ」と文ちゃん。近くからは「小さな島の集り」なのである。鷗がいない。ダムへ行ったか、という辺りも計算されている。

須賀利湾が現れたかと思うと、引本の湾が現れる。さらに相賀《あいが》湾も、といった尾鷲湾全体の叙述も独特である。A君がたずねるので、又口川は銚子川へ、ダムに運ばれていた砂利はその河口から、とわたしは説明する。

また尾鷲湾の描写。「去りがてな街ですね」とA君は文ちゃんも被写体に、と言う。「今日一日延ばしたことを気に掛ける様子もない」A君。「そうしたA君であることが、台風を押して迎えに行ったわたしにも気持がいいのです」と続く。事実としては、翌日の三好徹は自らの処女作を本屋で求めて森敦のところへ届け、帰りの汽車に乗ったにすぎないのだが、このカメラマンのA君はフィクションの人物として実に好意的に造型されている。あり得たかもしれない三好の像なのである。

第九の部分、その末尾を引いておこう。

ジープを降りると、蟬はここにも鳴きしきり、微かな轟きが聞こえます。その轟さはむろん岸壁の遙かな下から聞えるのですが、聞えるとまた岩根のほうに凄まじいシブキが上るのです。もう眼を遮るなにものもなく、海は膨れ上った水平線をみせながら、果てもなく拡がっている。風もなくまったく穏かだが、もう台風のうねりが孕まれているのですね。暑くなるのでしょう、桧の枝蔭に日を避けても、じっとりと汗ばむのですが、その蟬の声や微かな轟きが、わたしにまたあの渓々のことを想いださすのです。それとも気づかず、今日はこの道をここまで来、いまこそわたしはあの山々を逃れ切った瞬間にあるとは云えないだろうか。そう思うのですが、わたしにはここにも非情の静寂が感じられるばかりです。

「台風を警戒してるのか、船が一隻も見えませんね。しかし、なんて大きな眺めだろう。僕はこれでもう満足ですよ。」

A君はそう云ってじっと視つめていましたが、突然、

「そりゃ、あの人たちを撮れなかったのは残念だが、撮れなかっ（以下原稿なし、未完）

このあとがえんえんと続くとは思えない。作も最後に近いのではないかと考えたくなる。

ノート①で、三番目に「最終」とあるのがここに相当するか。②には該当する小見出しはない。自筆原稿は②に酷似していると『全集』解題にあるが、この第九の部分はノート②に続く段階なのではないか。

＊

以上、未完の「尾鷲にて」を追ってみた。三好徹の訪問が引き金だったことは確かであり、仕事柄、自らもしばしば往復したはずの尾鷲・池原間について書いておきたかったに違いない。さらにいつかはこの地、この仕事を去ろうとしていた自らに関しても、といった件が根に横たわっている。

その中で、自ら、つまり「わたし」の造型がいちばん不十分なのではないか。主人公と呼びにくいような存在で、殊に去ろう、離れる可能性が高い、という面が前半でもっと記されていかないことには終わり近い酒場での吐露も生きてこない。森敦という作家を知る者には出てきました！　と声の一つもかけたくなろうものだが、作者に関心のうすい一般読者には切実な吐露は唐突ではないか。

ドキュメント的要素が予想以上に多いというのも特徴だろう。ほかの作品でも意外にこの要素は軽視できないが、「尾鷲にて」の場合はきわ立つ。弥彦にいた間だからこそ鮮明だったわけで、それ以降になると、こうは書けなかったに違いない。

森敦は不思議な作家で、最初期の小説のあと、文学とかかわりはいろいろありながら、小説を公にはしなかった。しかしこの作の場合、弥彦へ移ることで現実に歩を進め始める。ノート①から②へ、②から推敲・清書へ。とにかく「尾鷲にて」はそれなりに書き進められていた。最初と最後を欠き、清書できた分についても十分に自信は持てず、そうこうするうちに、次の模索の方へ興は移った。それが真実のところではないか。欠点を挙げればいくらも列挙できる「尾鷲にて」だが、未完ながら力業と私は見たい。この経過なしには森敦は次のステップへ進むことはできなかったのである。

六十二歳で芥川賞受賞という「月山」まではまだ十年余を待たねばならないが、弥彦から鶴岡へ移って二年近くの後、東京時代となって例えばエッセイ「グリ石の世界」（一九六五年）の中で尾鷲時代を石という一点にしぼり、挟み込んだ。(注2)六八年の「弥彦にて」でも形をかえ、自然認識の角度で回想される。四年後の七二年、ようやく「天上の眺め」を生んだ。短編の方向をとることで成功したわけだが、長編的「尾鷲にて」の挫折は、森文学を考える際、いろんな要素や可能性も含まれているだけに、もっと論じられていいものだと思う。

尾鷲を離れても、なお滞在者としての体験は作家の中に生き続けた。紀州の自然・人びとはいつまでもまとわりついて離れない。角度を変えて考えるなら、「尾鷲にて」はそうした不思議の一つの例証となった。

［二〇〇七年］

（注1）森敦はのち「月山」で芥川賞受賞の後、「群像」への連載小説「尾鷲」の準備に入って第一回分は書けたものの挫折したとされる。『全集』第1巻の解題ではその冒頭を引いている。

（注2）「天上の眺め」ではグリ石と朝鮮凧が見事に組み合わされている。なお尾鷲時代とその前後の森敦の動静については、みえ熊野学研究会編「みえ熊野の歴史と文化シリーズ」⑥⑧の拙稿参照のこと。

第三章　竹内浩三と「伊勢文学」

——戦中の同人誌活動

1 竹内浩三と中井利亮
——よ、利亮 おお、浩三

私家版『愚の旗』は、竹内浩三の姉・松島こうと編者・中井利亮《としすけ》の手で一九五六年一月に刊行された。後に浩三が世に知られる礎となった限定二百冊である。

浩三本は三度にわたる全集を含め、それなりの数に達している。短い生涯の中で見せた独自の多彩な作風に驚嘆させられるが、基盤だった同人誌「伊勢文学」そのものや、そこでともに活動した仲間たちについて語られ、論じられる機会は少ない。ここでは殊に親しかった友、中井利亮との関係に留意しつつ筆を進めたい。

浩三と中井の出会いは宇治山田中学時代だった。エピソードだらけの浩三だが、突出した例は漫画の手作り回覧誌だろう。中でも中井利亮原作の「チョコチンの自叙伝」では、浩三が主人公の犬を中心に挿絵をいくつも添え、二人の協業の成果を披露している(注1)。

しかし、この漫画誌は筆禍問題から発行禁止となった。中学四年の五月、関東への修学旅行の後、浩三が担任へ提出した旅行記には「東京はタイクツな町だ」に始まる詩が見出せる(注2)。その秋、漫画誌を復刊。五年になると身柄預かりで柔道の佐藤先生宅からの通学に至るが、そこには留年していた浜地小十郎[注3]も預けられており、浜地らによる同人誌「北方の蜂」との関係が生じた。浩三は詩を寄せている。[注4]一方の中井は当時、初の創作「孫」を小十郎にほめられたとのちに記す。[注5]進学後の「伊勢文学」の前史は、その辺りにあったとも言えよう。なお当時、同校の校長は高畑浅次郎（アニメーション映画の巨匠、高畑勲の父）だった。

一九三九年、中学を卒業して中井は早稲田高等学院へ入学（フランス語のクラス）。浩三は浪人し、日大系の予備校へ通って翌春、日大専門部映画科に入学した。日米開戦を経て四二年、在京の同級生四人による「伊勢文学」の創刊に至った（四人のうち野村一雄は中央大、土屋陽一は法政大）が、同年九月に浩三のような専門郎学生は半年の繰り上げ卒業を余儀なくされ、直ちに召集となったのである。

同人誌「伊勢文学」、竹内の入営

ここで戦中に7号まで続いた「伊勢文学」について立ち入っておこう。要点をまず四つほど挙げたい。

(1)創刊号は一九四二年六月、第7号は四三年夏以前（推定）に発行された。中心は竹内浩三と中井利亮の二人。
(2)同人は次第に増えたが、編集は第2号まで浩三、以降は主に中井。ともに詩と散文を寄せている。
(3)浩三の久居聯隊入営が四二年十月一日。その直後に出された第4号以降、誌面にはそれなりの変化も見られる。
(4)第7号の後、大学生だった中井らにも学徒出陣の日が近づく。次号の準備を中井は進めていた。

以上のうち(1)(2)に付け加えるなら、第6号を除いてガリ版刷りであり、表紙も手書きが多い。第6号は後で同人に加わった岡保生が編集担当、活版刷りだった。頁数は三十〜六十ページ程度。ページの余白を小さな広告で埋めた点など興味深く、例えば創刊号には「中井利亮詩集」の近刊予告があり、浩三による中井紹介の六項目が付いている（詩集が完成したかどうかは不明。なお引用は原文表記のまま。以下同様）。

☆利亮の下まぶたのふくれてゐるのは、なみだの重みが、しよつちうかかつてゐるからだ。

☆利亮のせの高いのは、青空を好きなからだ。

☆利亮は、蟻のけんくわをよろこんでみるので、めがねはかけてゐない。

☆利亮の部屋には、安もののパイプがいくつもかざつてある。利亮は、きざみを、パイプですふ。

☆利亮は、海をみながら大きくなつた。伊勢は二見の産である。利亮の心は、海のやうにうつくしい。

☆海の虹のやうなすばらしい詩をうたつた。

第3号には「竹内浩三個展」の広告。宇治山田市の「フルーツパーラア階上、昭和十七年八月中旬」とある。(注6)

(3)の典型例は第4号の竹内特集。巻頭は入営に当たっての「竹内のことば」。続いて中井、野村、土屋それぞれの「竹内浩三論(注7)」。戦後に諸家の記した浩三論にはない魅力を放つ。浩三の「愚の旗」もこの号が初出だった。

第5号の、浩三が宇治山田駅から久居へ向かう姿を思いやった中井の詩も印象深い、浩三とは作風を異にする例(注8)として第2号に載る「櫟《くぬぎ》林への誘ひ」とともに引いておきたい。

鉄砲を擔がうとする友だちよ

竹内浩三に

友だちよ
友だちよ
驛に
立つきみは
　あかるく
あかく
埴輪の
　兵隊だ
林檎の
　清冽だ
　あをい
あさの
秋空のまちを
　きみは
きよく

送られ
誇らか
勇みつ
ああ　友だちよ
友だち
　きみは
きつと
離れたらう
征つたらう

櫟林への誘ひ

梅雨はもう近いのです
私の目はもうなにもかもお話しました
あなたはその目で打ちあけてくれました
さあこれからは唇で語りませう

長雨はもう迫つてゐます
あそこの　櫟林の若芽をごらん
柔らかな芝生が　俟ちあぐんでゐます

手をとりあつて神秘を歓びませう
霖雨《りんう》はそこに来てゐます

⑷に関して、中井は次の号の目次も完成させていた。浩三のメルヘンの傑作「作品4番」を含む諸原稿とともに長らく中井は保存していたのである。[注9] 改めて編集者として抜群だったと思う（殊に第7号各ページのカットなどは抵抗の産物。本書299ページの左に例を示した）。

戦死、私家版『愚の旗』へ

四三年九月、浩三は久居から筑波の滑空部隊へ転属となった。同年十月以降は大学生だった中井らにも追いうちがかかる。出陣となる前夜、浩三、中井、野村は語り明かした。[注10] 四四年に入って浩三は「筑波日記」を手帳に記し続けた。希有な二冊である。その十二月、比島の前線へ門司から出港した。

竹内上等兵の戦死公報が届いたのは敗戦後二年近くを経た四七年六月である。無事に帰還できた仲間による「伊勢文学」第8号が曲折を経て発行された。竹内追悼号であり、土屋の詩「友へ」、野村の回想「追憶」、浩三の「私の景色」、中井の解説付きで「筑波日記」抄出分が掲載された。[注11] 後記に中井は「竹内遺稿集も編輯を終へて、単行本百五十頁見当の原稿を用意してゐる」と添えた。計三十八ページのガリ版刷りだった。

没後十年、戦後十年という節目に遺品を保存してきた松島こうと中井利亮の尽力で遺稿集に着手、『愚の旗』は翌年早々に実現した。ここで私家版『愚の旗』に立ち入り、要点を列挙したい。

Ⓐ中井利亮の手元にあった浩三の諸作と、松島こうが保存してきた資料を合わせることで各ジャンルは揃った。

Ⓑ私家版「百五十頁」の枠内で、掲載作品の選択やとりあげ方については、編者・中井の美意識が働いている。

Ⓒ「伊勢文学」第8号初出の「骨のうたふ」と私家版『愚の族』掲載分との違いはのちに尾をひく問題となった。

Ⓓ書名を『愚の旗』としたのには、編者なりの理由があるはず。『骨のうたう』の書名ではなかった。

Ⓔ「筑波日記」や手紙などは記録文学にも通ずる意義を持ち、そのジャンルの推進につながっていった。

以上のうちⒶについて言えば、『愚の旗』の構成Ⅰ〜Ⅳが可能になったのは、編者が浩三の軌跡を熟知していたからこそである。Ⅲの「筑波日記」、Ⅳの手紙類が大切に保存されてきた件は言うをまたない。

Ⓑに関して、まずⅠの詩だが、十六編を選び出し、その前半は青春の日常、後半は戦争への対峙と区分した形。後者では「ぼくも」「骨のうたう」が召集以前、「行軍」から「望郷」までは久居聯隊入営中、「白い雲」(注12)が筑波転属後の所産で、当時にあっては公にはできない鋭い目や想像力の発現だった。但し、

八編中の六編に編者の手が及んでいる。[注13]「作品」としての完成度を気にかけた友情のしるしとも解せるが。

Ⅱに散文を置いたのは、中井自ら「伊勢文学」にいくつも短編を寄せたこととも関係していよう。[注14] 失恋に根がある「天気のいい日に」と「わたしの景色」、地元の伝承を小説化した「伝説の伝説」。「勲章」「愚の旗」に見られる各連ごとの番号の重視は映画やシナリオに触発され、生を相対化する一つの試み。浩三の多彩な作風を編者の中井は伝えずにはいられなかったわけである。

Ⓒの問題。「骨のうたう」は中井が手を入れた形が一般に流布していった。初出の形を上段、流布した形を下段に示しておきたい。

戦死やあはれ
兵隊の死ぬるやあはれ
とほい他国で　ひよんと死ぬるや
だまつて　だれもゐないところで
ひよんと死ぬるや
ふるさとの風や
こひびとの眼や
ひよんと消ゆるや
国のため

戦死やあわれ
兵隊の死ぬるや　あわれ
遠い他国で　ひょんと死ぬるや
だまつて　だれもいないところで
ひょんと死ぬるや
ふるさとの風や
こいびとの眼や
ひょんと消ゆるや
国のため

大君のため
死んでしまふや
その心や

苔いぢらしや　あはれや兵隊の死ぬるや
こらへきれないさびしさや
なかず　咆えず　ひたすら　銃を持つ
白い箱にて　故国をながめる
音もなく　なにもない　骨
帰つては　きましたけれど
故国の人のよそよそしさや
自分の事務や　女のみだしなみが大切で
骨を愛する人もなし
骨は骨として　勲章をもらい
高く崇められ　ほまれは高し
なれど　骨は骨　骨は聞きたかつた
絶大な愛情のひびきを　聞きたかつた
それはなかつた

大君のため
死んでしまうや
その心や

白い箱にて　故国をながめる
音もなく　なんにもなく
帰つては　きましたけれど
故国の人のよそよそしさや
自分の事務や　女のみだしなみが大切で
骨は骨　骨を愛する人もなし
骨は骨として　勲章をもらい
高く崇められ　ほまれは高し
なれど　骨は骨　骨はききたかつた
絶大な愛情のひびきをききたかつた
がらがらどんどんと事務と常識が流れ
故国は発展にいそがしかつた
女は　化粧にいそがしかつた

がらがらどんどんと事務と常識が流れてゐた
骨は骨として崇められた
骨は　チンチン音を立てて粉になつた

ああ　戦死やあはれ
故国の風は　骨を吹きとばした
故国は発展にいそがしかつた
女は　化粧にいそがしかつた
なんにもないところで
骨は　なんにもなしになつた

（一九四二・八・三）

ああ　戦死やあわれ
兵隊の死ぬるや　あわれ
こらえきれないさびしさや
国のため
大君のため
死んでしまうや
その心や

初出の場合、末尾の年月日も重要であり、ゴツゴツした表現こそ浩三のもの、という見解が時を経て登場したのである。下段の方はモダニズムやフランス文学に親しんだ中井の教養からくる均整美、読者への配慮も感じさせる。

Ⓓに関して。長い「愚の旗」は短編扱いされたり、長詩に分類という場合もある。生の過去や未来を見据えた伊丹万作流、既成の枠にとらわれぬ番号付きの新ジャンルとも言え、(注15)これこそ浩三の真骨頂と中井は見たのではないか。「骨のうたう」がのちにひとり歩きしていくとは想定外だったのかもしれな

い。

Ⓔのうち、姉宛の手紙類は日米開戦前と以後の違いに注目。「筑波日記」で見落とせない例は、映画関連の部分、伊丹万作監管や宮沢賢治への関心、中でも四四年三月十六日の左の箇所は痛切きわまる。

便所ノ中デ、コッソリトコノ手紙ヲ開イテ、ベツニ読デモナク、友ダチニ会ッタヤウニ、ナグサメテヰル。ソンナコトヲヨクスル。コノ日記ニ書イテヰルコトガ、実ニ、情ケナイヤウナ気ガスル。コンナモノシカ書ケナイ。ソレデ精一パイ。ソレガナサケナイ。モット心ノヨユウガホシイ。中井ヤ土屋ノコトヲ思フ。……

学徒出陣で海軍入りし、国外へは赴かなかった中井にとって浩三の記録は他人事ではあり得なかったわけである。

Ⓐ～Ⓔと並んで、本作りに当たっての見事なセンスも銘記すべきだろう。『愚の旗』一冊の「あとがき」に凝った工夫の例が示されている。

界を異にして

私家版『愚の旗』は二百部だったこともあって世に広まることもないままだったが、十年後に松阪市が戦没兵士の手紙集を企画した際、市内に姉・松島こうが在住していたことから「骨のうたう」を巻頭に置く形で新書判『ふるさとの風や』が公刊された。浩三の名は次第に知られ、七〇年代半ば、私家版『愚の旗』に接した関西の足立巻一、桑島玄二が注目した。朝熊山に詩碑も建立され、八四年には小林察編による全集二巻の刊行に至ったのである。

一方、中井利亮の戦後は十年間の教員生活の後、二見で父のタクシー会社を継いだが、傍ら高名な郷土史家として活躍。二〇〇二年、八十一歳で没した。一周忌には遺族の手で遺稿集『ヤマトヒメ・ラインを走る』が刊行された[注16]。その巻末に置かれた最晩年の小品「死について」は、浩三の「愚の旗」の内実とも通じ合っている。

夫人・中井信子の歌集『時の彩』（二〇〇五年刊）から三首紹介しておこう。

三人の子に竹内浩三の「愚の旗」残す生還を得たる父編みし本
内宮と外宮の御師《おんし》の争ひを夫呼びかけて読むは六度目
骨壺に入らず骨ごと土に入り名も記さずに無とならむとふ

松島こうも歌人だった。しめくくりに三首引いておきたい[注17]。

遺骨さえ還らぬ汝れの生き死にを心にもちて経たる十年
霞ヶ浦航空隊の士官となりし利亮を恋ひき兵士浩三
「よ、利亮」「おお　浩三」と彼岸にてまみゆるや汝は二十三歳私家版『愚の旗』の刊行が浩三ワールドの扉を開き、仲間や関係者、志を抱く読者のその後の歩みを決定づけたのである。

［二〇一八年］

（注1）小林察編の第二次全集的な『日本が見えない』（二〇〇一年、藤原書店）に収録されている。
（注2）拙稿「竹内浩三の青春」（「三重県史研究」13号、一九九七年）で一九三七年日記とともに考察を試みた。本書に収録。
（注3）浜地小十郎については竹内浩三研究会「会報」創刊号に載る奥村薫の一文に詳しい。インパール作戦で戦死した。
（注4）「北方の蜂」に関しては千枝大志の論が貴重（「三重の古文化」94号）、なお「北方の蜂」創刊号に掲載の浩三詩は、よしだみどり編『竹内浩三集』（二〇〇六年、藤原書店）の「出典一覧」を見ると把握しやすい。
（注5）「伊勢文学」第4号の中井利亮「竹内浩三（素描）」。
（注6）「応援出品」が三人。その中には中井の名も。「八月中旬」と言えば夏休み中、「骨のうたふ」制作の後に当たる。
（注7）「竹内のことば」、三人の竹内浩三論の原文は拙稿「同人誌『伊勢文学』について—一九四二年の青春」（「三重県史研究」23号、二〇〇八年）に所収。
（注8）中井利亮の詩では「伊勢文学」第6号初出の「落下傘部隊」も見事。好戦的ではなく、視覚性に徹した長詩である。第3号の後記には北園克衛から励まされた一件を添えており、中井の作風にはモダニズムの影響が見られる。

（注9）第7号に続く幻の号に関しては「三重県史研究」27号の拙稿「続・同人誌『伊勢文学』について」の末尾が初出、本書にも収めた。「作品4番」は朝日新聞名古屋本社版・一九九九年八月十四日朝刊文化欄の拙稿「竹内浩三に思う」で紹介した。
（注10）一泊二日の最後の休暇で帰省していた浩三と二人は会えたわけだ（「伊勢文学」第9号の野村一雄「追憶」）。
（注11）第8号や、私家版『愚の旗』刊行の時点では「筑波日記」の二冊目（四四年四月二十九日以降）は未発表だった。『愚の旗』に掲載分は一冊目（四月二十八日まで）からの抄出。
（注12）同人の風宮泰生の戦病死を野村一雄からの葉書で知ったことによる浩三最後の作。原題は「山田ことば」。
（注13）『愚の旗』所収の詩で「大正文化概論」は「伊勢文学」第5号の初出だと「結語」と題し、このあと九行分が続く。「ぼくも」は原稿には「ぼくもいくさに征くのだけれど」とあった。「行軍」は第6号の初出では一、二から成るが、『愚の旗』には二のみ。「演習」も同号初出は一、二の形で、『愚の旗』は一を採っている。
（注14）中井の短編を挙げると、第3号「I君の死について」、第5号「瘤」、第6号「財布」、第7号「ある雪の日」。
（注15）番号のうち7の次の行に初出では（二行削除）とある。時局を考慮してのことに違いない（第2号所収の「鈍走記」も番号付きだが、×や××を含んでいた）。せっかくの番号を削った浩三本が多い。初出を尊重すべきだろう。
（注16）海外旅行の詩や歴史随筆とともに「伊勢文学」掲載の詩二十二編のうち十二編を収めている。なお竹内浩三研究会の「会報」第3号には中井万知子氏の解説付きで利亮若き日の詩全作品が掲載された。
（注17）一首目は句歌集『八重垣』（一九八六年刊）に所収。二、三首目は『ヤマトヒメ・ラインを走る』に寄せた中井利亮追悼歌全七首から。

2　竹内浩三・一九三七年日記

最初の『竹内浩三全集』全二巻（一九八三年刊）とほぼ同時に全集の編者・小林察による評伝的な『恋人の眼や　ひょんと消ゆるや』も出版された。どちらの場合も戦中・戦後にわたり奇蹟的に残されてきた資料群の賜物なのだが、それらの中で最も早い時期のものはその全集に収められていない。逆に『恋人の眼や　ひょんと消ゆるや』には、特に中学時代を扱った部分でそれなりに活用されている。

竹内研究をさらに進めていくには、今いちど原資料そのものに立ち戻って光を当てる必要を痛感するが、ここではまず中学時代を扱うことにしたい。

『恋人の眼や　ひょんと消ゆるや』では、竹内自身が合本した分厚い『竹内浩三作品集一』と、ノート的な『旅』が活かされた。前者は一九三六年夏から三八年冬まで、つまり宇治山田中学三年・四年の間の漫画を中心にした個人誌・回覧誌の集成であり、後者は三六年夏から翌年夏までの、つまり中学二年から三年にかけ、各地への旅のスケッチを集めたものである。

もう一つ、一九三七年の日記が現存している。小林氏の評伝本には登場しておらず、三回目の全集（二〇一二年刊）でやっと抄出された。しかし浩三の歩みを仔細にたどるには、注目すべき資料だと考えられる。

中学三年の三学期から四年の二学期までの時期にそれは相当する。使用したのは、博文館の「昭和十二年半圓・當用日記」。抄出にとどめざるを得ないが、可能な限り原資料に忠実な再現を試みたい（表記は原型のままを旨とする。但し、漢字旧字体は新字体に直した場合もある。なお、原文に吃音関係の記述も含まれるが、本人の表現を尊重していく）。

＊

中学三年・三学期

まず一月からである。

一月一日（金）曇
オヤオヤ昭和十二年だ。

オヤ、ドモ学校にゐるのだ。

『ハヘホ初』をした。

早川君・小木曽君・安達君・宮田君兄弟のドモリ六人で十時頃から桃谷駅から城東線で大阪へ行き、そこから地下テツで心斉《ママ》橋へ、千日前のニウス館へ入り、又チヤンバラを見。デンシヤで新世界へそこで外国映画を　《ママ》た。安達君（先入

生）が安案《ママ》してくれた。カツドーを見てから
めしを食つて院へ帰つた。
晝めしはランチ。
テナ具合で正月は終つた。

竹内浩三と吃音は切り離せない。中学三年の冬休みは矯正のため大阪吃音学院に入ったのである。「桃谷駅」の近くにあったわけだ。「城東線」は、今日のJR大阪環状線が全通する以前の名称。ところで「ハヘホ初」とは何だろう。書き初めに対し、矯正学院では発語の元日演練があったわけで、浩三の造語だとすれば、この上もなく傑作である。それを終えて千日前や新世界へと、映画のはしごに出かけたのである。「カツドー」と記すが、トーキー時代に入っても活動写真の通称は残っていたことを示す例として興味深い。それにしても「オヤ」で始まり、「テナ具合」でしめくくる辺り、おどけた面は早くも日記冒頭に現れている。

一月二日（土）
ドモリ学校も正月だけは朝のウスイオミオツケに
餅を二つ入れてくれた。

短い二行だが、その左には「餅の大キサ／実物大」とあって餅の絵を添える。

一月三日（日）晴
新世界へ路傍エンゼツに行つた。
ドモリ学校のセイトは全部しやべるのである
聴衆が二百人位集つた。

繁華街で発語の実地演習をしたのである。「と《ママ》もりを全滅せよ」と書かれた幟、壇上の話者などを含むさし絵がまた圧巻である。

一月四日（月）晴
普通。
一月五日（火）曇
晝から又新世界へ路傍エンゼツに行つた。
ラン《ママ》オン歯磨塔の下でした。
帰《ママ》に安達君とこつそりぬけてうどんとテンドンを食ひカツドー（火星征服・最後の戦ショウ旗・親分はお人好）外国物バカリ――を見た。
一月六日（水）曇
今日も放課後早川君と安達君とで百貨店

ヘミヤゲを買いに行くと称してカツドーを見に
千日前へ行つたそれは丹下左膳であつた。
夕飯は百貨店で支那ランチを食た。

四日は素っ気ない。五日は再び街頭実習。「ライオン歯磨塔」とは、通天閣だろうか。「こつそりぬけて」がいかにも竹内らしく、また映画、しかも三本立である。五日の五行の左にはさし絵で三つの映画シーンが描かれている。三本から一つずつ、印象的な場面らしいが、絵やマンガも得意だった面がこんなところにも見られるわけだ。六日は日本映画、むさぼるような日々なのである。

一月七日（木）雨
いよ〱今日は家へ帰る日である、
卒業式を書ごろすまして、小木曽君と、早川
君と高木さんと山本さんて《ママ》桃谷駅へ行き
そこで分《ママ》れた。二週間のつきあいとは云ひながら
別れるのは悲しい。高木さんとそこから千日前ま
て《ママ》雨の中を歩きカツドーを見た。夕方高木さん
とも分れて電車で上六へ行き六時ので帰つた。

矯正学院は「二週間」だったことがわかる。別れの悲しみ、しかしそのあとはまた映画である。のちに日大専門部映画科へ入学したが、そういうコースはこの日記からは、しごく当然と理解できる。「六時ので」という話しことば調にも注目。のちの竹内詩の特徴ともつながる問題である。

なお『恋人の眼や　ひょんと消ゆるや』に吃音矯正が中学四年冬休みとあるのは、本日記によって三年冬休みにさかのぼらせることが必要となろう。

一月八日（金）
学校へ行つた。
ドモリ学校へ行つてゐたことがヒョーバンだ。

三学期開始の日。吃音矯正がコンプレックスにはならず、「ヒョーバン」と記す天真爛漫さ。

さて以下はかなり急ぎ足で進めたい。一月十一日（月）は「今日から寒ゲーコである。行つた。」と一行のみ。「行つた」とつけ加えたのはユーモラスだし、二行目以下を埋めつくす絵が、夜も明けぬうちに出発した様子を示して、そちらの面の才能も感じさせずにおかない。

一月二十一日まで連日、寒稽古関連の簡単な記述が続く。どの日も絵入りである。

一月二十二日「当番デアッタ」。二十三日は、単に「普通」と素っ気なく、二十四日（日）は「朝カラ家ニヰタ。／書カラ二階デ吉田絃二郎全集ヲ読ンダリシタ。」とある。二十五日（月）は学校を欠席、「はらがイタクナッテ来タ」とあり、翌日に日赤山田病院へ入院。が、盲腸でないことがわかり、二十七日には退院。「自動車デウチへ帰ツタ」のだった。二月三日まで「学校ヲ休ム」。その間は「ざつし」とのつき合いなのである。

二月四日「今日は行ツタ。」とだけ、五日「普通／体操ヲ見学した。」と短い。

二月六日（土）

行軍が磯ノ渡ヘアツタ。

磯ノ渡ノ下ノ方ニヨイトコガアツタ。凸凹アリ、丘アリ、川アリ、谷アリ、池アリ、ヒバリはさへヅリ、飛行機ハ舞ヒ、実に戦争ゴツコにはよい所であつた。

ワケモナクソコガ「スキ」ニナツタ。

物ヲ「スキ」ニナルとドウ云フ体度《ママ》ヲトルカ
一、ムシヤブリツキタクナル、（人間の場合。殊に異性―成人）
二、ムシヤ〱と食ツテシマウ（食物・其他　人間の場合ハ怪奇小説）
三、ソノ地へ住ム（土地、《ママ》風景・空気・人情）
四、モツテ帰ル、（草花―物品―手クセノ悪イ人）
五、ドースルコトモデキズ……字ニハ書ケナイ感ヲ持ツ。
トニ角「自分の物」ニシヤウトスルラシイ。

試験発表、

教練と関連した「行軍」、そして演習となる。「磯の渡」は、学校から約三十分、御薗村の宮川べりにある。演習そのものよりは「スキ」をめぐる考察への傾斜が興味深い。五か条で記すが、このスタイルは竹内的思考と言えるもので、当時のほかの資料にも見られる。

このあとでは、二月九日（火）「教練の時に鉄砲を持たしてもらう。」に注目したい。

二月十一日「拝賀式に学校へ行き、七草神社参拝」。紀元節である。十三日（土）から中間試験。十八日まで続き、各科目ごとに感想を添えてもいる。少し引いておこう。

二月十六日（火）

英語作＝イツモヨリヨカツタ。ヘンイツモヨリ悪カツタラまいなすにナラ！

家カラ持ツテ行ツタめざましヲ時間中ニナラシテ百サンニトラレタ

動物＝エーヤロナ

生理＝エヘン

漢文＝サンシヨノキダ。

河合達視カラれたーが来てゐた。

英作文の時間に「めざまし」時計とは驚かされる。いかにも竹内流。「百サン」は中村百松先生、まだ二十代の図画教師である。「れたー」差出人の河合達視は不明。

二月十七日（水）
外宮前へ集合シテ外宮参拝後田所ト古川書店
へ行ツテ「化学克服￥一・五」と「魯迅撰《ママ》集￥〇・四
を買ツタ。

試験期間中でも外宮参拝が入ったわけである。化学の参考書はともかく、「魯迅選集」とは、なかなかだと思われる。この年七月、日中戦争に突入した。そんな時期にあってこの一中学生はとにもかくにも魯迅に関心を示している。

十八日に試験は終了、「夜川瀬と、高橋と、広田と中川とで公会堂へ／カツドーを見に行つた」とあるが、公会堂での映画はご法度ではなかったのかもしれない。

二月二十日（土）「余《ママ》残会ガアツタ。／私は剣舞ヲシマシタ。」とは、予餞会だろう。二十一日（日）は「図書カン」行き。二十二日は友人と「古川」や、その「前ノ古本屋」へ。本とのかかわりが見られるわけだ。

二月二十三日（火）雨
普通。

二階で俳句会をした。
松島博（宗シヤウ）　松島こう。竹内敏ノスケ　浩三であつて。
　ワタクシは、
我部屋の窓べでネコのランデブー。　0テン
水温む、泥田に蛙の第二世。　0テン
草萌る川原で土筆の丈くらべ　0テン
紀元節□々々だ日の丸だ　0テン
月の夜に赤子の声で猫の恋　0テン
日溜の障子に木の芽の影うつり　8テン
春寒や枯木に凧のゆれるあり、　9テン
田楽を木の芽でる頃までまちり《ママ》けり　0テン
水温む小川に書きものの見ゆ　7テン

一家による句会である。「こう」は浩三の姉、その夫が「松島博」。「竹内敏之助」は、浩三の父・善兵衛とその先妻・好子との間にできた正蔵が、つねと結婚しての子どもである。つねは病気がちだったので、好子がなくなったあとに善兵衛の後妻としてきた芳子（つまり浩三の母）に育てられた。浩三より三歳年上。兄弟同然だったとも言われる。自作九句を並べ、得点まで記す記録魔的な面が興味深い。同時に優雅な家庭環境をうかがわせる。

二十四日「学校図書カンの入札があつた。／ワタクシはタクサン入札しました」は、処分対象本の競売らしい。だが、翌日には「あまり落ちなかつた。」とある。

二月二十七日（土）曇
　仁丹のセツキオ。
己はラクダイスルかもわからん。
教員室で、仁丹、オ前三学期になつて何か悪いコトしたことあるか？　例のトケイの事を云つてゐるのだが思いだせないので「あつたかわからんけど忘れました」と云つたら、わからんことがあるか、わかるまでそこに立つとれ！」へエー。……「お前ラクダイしてもエーカ」「エーコトありません」（どうもするらしい、したらドーシヨ）「操行でラクダイさすことはいくらでもあるぞ」（そんならさすつもりかアーして）
中西と鈴木が家へよつた。中西を駅まで送つてゐ《ママ》つた。

試験結果もあって、説教されたのだろう。「仁丹」とは、担任の駒田喜平治先生。当時、三十歳ぐらいの国漢担当。ひげであだ名がついた人気者とされる。やりとりをいちいち記す辺りは、まるでシナリオ風。記録の姿勢が根底にある。

三月一日、二日は帰りに「吉川古本屋へ」。二日「山岳征服の驚ゐ￥60を買つた」。六日は「性典」を三人で買いに行こうとしたが、「みつとむ《ママ》ないのでやめた」。本屋立ち寄りが続く。五日は卒業式（拾つた「ガマ口」の保管期聞が過ぎたので警察に甲谷らともらいにいく件が面白い）。十日は「イソの渡へ行軍があつた」。帰りに古本屋へ。十一日から十六日まで期末試験（十六日は終了後、「ジキル博士とハイド氏」を買いに行く）。十九日「秋山先生に説教！／ラクダイスルカワカラン」。二十日（土）「終業式があつた、／図書館へ行つた、」。

春休みに入る。二十一日は「中西と古本を売りに行つた、」。二十三日、二十四日、二十七日、二十八日には友人とどこへ行ったかを中心に一日の行動経路の図示を添える。当時、注目された考現学的方法の影響と見ていい。二十四日も古本屋へ、二十七日は「本屋へ行つたが満員」とある。

三月二十九日（月）晴

鈴木と中西とで古本屋へ行つて裸女のシヤシンのエロ本を見た。

三月三十日（火）晴

鈴木と自転車で中西をさそつて松坂へ活動を見に行かうと思ったが中西がゐなかつたので、二人で松坂でウドンを喰い、アサヒ館で、「三人の愛」「文武太平記」等を見た。

三月三十一日（水）晴
広田トコへ行つた。

こんな調子で連日、友人との日々である。旧制中学生にはご法度の映画も「松坂」なら安全だった。

中学四年・一学期

活動写真づいたか、また松阪である。のちの日大での専攻の源と見られる。

四月一日（木）晴
昨日で活動をコッソリ見る味を覚えて、今日も鈴木と（家へなんとも云はずに）中西をさそつたらゐた。三人で松坂へ。先ずアサヒ館で、『新しき土』『振袖…』『暴風』を見た。
……夜の分も見てかへりに中西とこへ泊ると相談して、松島からデンワしてもらつて――ハジメて松島へ行つた。カグラ座へ行き、「イレズミ奇偶《ママ》」「隊長ブーリバ」「女の階級」を見た。ウドンを喰て、中西とこ―土羽―へ向ふ途中、オレのペタルのネジを下したので夜の途を一里ばかり。…。自転車屋が起きてゐたので…。サケのカンヅメを相可口で買つて…。中西トコへ着いたら。（明日へつづく）

四月二日（金）晴

十二時すぎてゐた

サケのカソヅメを喰て、二時間位話笑《ママ》してゐてネタ。七時ごろ起きた。晝ごろまで家にゐて、

二人で丘の上へのぼつて、エロティックな話をした。

中西と別れて帰田。

夕方トコヤへ行つた。

一日のは、またしても「コッソリ見る」映画である。同じ宇治山田中学の先輩・小津安二郎の場合も松阪の映画館・神楽座がおなじみだった。その「カグラ座」及び「アサヒ館」、一日に計六本とは驚かされる。それらの中では「新しき土」は伊丹万作による日独合作の話題作。「隊長ブーリバ」は人気高いフランス映画。ところで「松島」とあるのは、姉・こうの嫁いだ先、八雲神社である。「ハジメて」とは意外だが、当時は博・こう夫妻は山田の竹内家に暮らしていたのである。「相可口」は、多気駅の旧名。「帰田」の「田」は、山田。

一日夜から二日への移り具合は、独特である。「エロティックな話」は、このあとに同類がしばしば登場。とにかく正直であり、記録に忠実な姿勢は、映画的とも言えよう。

五日までが春休み、六日（火）から四年生の新学期となる。六日「今日はユカイな日だ。」と書き始め、同じ三組になった八人の名を示す。「タンニンがまたすごい、井上義夫氏た《ママ》、／大いにガンバりませう。」で結ぶ。数学の若い井上先生、二年・四年・五年と三度も浩三の担任だった。中学時代の彼をいちばん理解してくれた教師である（小林本では学籍簿の記載を駒田先生のと対比的に紹介している）。

日記の記述はこのあと十六日まで弓道部の練習が目につくものの、短く、素っ気ない。十七日は山本という友人の退部の件、長い。十八日は「日曜やのに学校記念日と／称して両宮参拝や。クサル〳〵」。三年の時よりも批判の目が表へ出てきた。この後も記述の短い日々が続く。

　四月二十七日（火）晴
　ネていると中西が来て、メシヲ喰てゐる
　と鈴木が来たので旅行の宿題をし
　らべるべく図書カンへ行つたら、靖国神社
　リン時大祭で休。学校も休だから。
　家へ三人でかへつて二人はヒルまでゐた

関東への修学旅行。事前調べの宿題があったことは合本ノート『旅』に収められた「修学旅行地の研究」でわかる。目次を設け、海・箱根に始まり、関東各地・信州、最後の熱田・名古屋まで、行程順に長大な形でまとめられている。旧制中学における修学旅行・事前調べの資料として第一級かもしれない。二十八日、二十九日、三十日は、右からの大きな横書きで「修学旅行が近づいたので。うれしくて。」と三ページにわたって記すのみ。準備多忙のためか。
五月一日から三日までは、「日記を忘れてゐました。」「へのへの」「もへの」とあるだけである。

五月四日（火）晴
いよ〳〵旅行だ。
　晝までに学校をすまして。
五時頃駅前に集合、先生《キョーシ》等が送り
に来る、汽車は動いた。
ネズにさわいでゐた。
……
十二時が

夕方には山田を出る夜行で東へ向いて行ったわけだ。五行記し、そのあと……で示した部分は空白。ページの最後の行に「十二時が」とだけあるのは、例の浩三スタイル。次の日で氷解する。

五月五日（水）
0時になつたので。今日になつた。
それで《ママ》はまだねなかつた。
熱海駅へ三時頃つゐて、ナナメにかかつた
弦月を見ながら《ママ》、万人風呂へ歩いた。
そこで浴り《ィ》、飯を喰つて。バスで十国
峠へ、蜿々と〰〰した道を、あへぎ〱
バスをのぼりきると、オウ。（体中にジーンとし
てサムツボが出来た＝ホントウダ）真白な
×××な富士がボアッと。……。どうせ出る
とは思つてゐたが…。芦の湖畔を歩いて。
大湧谷を上り。蔦屋へとまつた。

四日からの続き具合は映画的転換なのかもしれない。「それでは」は、「それまで」の一字脱落だろう。熱海で入浴と朝食、そして箱根である。

五月六日（木）晴
電車と気《ママ》車で江の島へ行キ、鎌倉

へ行き東京へ行つて宇仁カンへ泊つたが
あまりオモシロイ日ではなかつた。

江の島や鎌倉を経て東京。「オモシロイ日」でないことを裏づける証拠は後に示す別の文章で明らかとなる。

五月七日（金）晴雨
バスで東京の主なトコへ廻つた。

泉岳寺で。外□《フランス》人の若い女がヱを描いてゐたので。「ヂス　イヅ　ビウティフル　ピクチュアー」と話しかけて。色んな事を話し、サインまでしてもらつて、こちらの名も、カイてやつた。

トクイトクイ。

夜、彼女（フランスのヱカキ）の泊つてゐる帝国ホテルへ行くべく、中西とハイヤーで行つたが途中で気が変つて、新宿のムサシノカンで楽聖ヹートーヹンを見た。

フランス女性画家の件は、「帝国ホテル」での再会が実現していたら、どんな展開になったのだろう。おのぼり中学生は結局、武蔵野館でフランス映画「楽聖ベートーヴェン」、アリー・ボール主演の評判作へ。封切だったに違いない。

五月八日（土）雨晴
今日の夜はすごかつた。
上野の科学博物館を見て、日光へ行き中禅寺湖へ泊つた。
夜。——。自由カイサンの時中井と中西とでブラ〳〵と女学生の後を追つてると、栈橋のハシで歌を歌つてゐるので、そこへどつかとスハつてやつても平気で（ネコロンデ）やつてゐる。色々話をしたが足と心臓がふるへる。向《ママ》はこちらをバカにしてゐたが。「…さしてやつてもイイダガ」と云ふ。中□が「何を？」ときくと、「皮切りのことよ」とヘイキでぬかす。皮切りとは××《ママ》×のことらしい。かつたがケツケヨクなにもしなかつた。したら

ことだが。ザンネン〳〵。女学生ツてこんなこ
の《ママ》かな。ア。あの時やればできてゐたのにエーイザンネン。

上野・日光・中禅寺湖というコース。それらについては後述の「修学旅行日記」に詳しいわけだが、ここでは夜のエピソードに集中している。前にあった「エロティックな話」が現前したのであり、また記録の姿勢が発揮された例と言えよう。

五月九日（日）時《ママ》
汽車で長野へ七時ゴロツキ。
九時ごろ名古屋へ向ふ。
　グウグウ。
五月十日（月）時《ママ》
グウグウ
名古屋へついた。
ムニヤムニヤ
熱田神宮参拝
グニヤグニヤ
ハクランカイ見物。

ニヤニヤ
帰田
バンザーイ。

両日ともあっけない。前年、竹内らは四日市博覧会へ行ったのだったが、今回は名古屋のそれを見たわけだ。『帰田』は既出。

十一日「学校へ十時に行つて／晝帰つた。」と二行。十二日（水）は天気「晴」のみで本文は空白。十三日「考査を発表した。」と二行あって、その左に大きく爆弾の絵。旅行の後に中間試験、というパターンは今日の高校などにも見られるが、この絵は生徒の実感を見事に示している。

＊

修学旅行日記

ところでこの修学旅行に関しては、記録的文章がもう一つ残っている。すでに挙げた『旅』は、まず前年の「びわ湖行」、次に「修学旅行地の研究」「修学旅行日記」、最後にこの年夏の「山陰の旅」を収めたものだが、その中の「修学旅行日記」を問題にしたい。これは本文十四ページから成り、表紙や奥付、また若干のスケッチやスタンプのページが付く。せっかくなのでここに全文を引用しておこう。日記と比較するといろんな興味もわいてくる。

第一日　火曜日

大勢の見送の人人の顔と声が後へひざ《ママ》つて行つた。

日記と比べれば、簡単そのもの。序はこの程度で始め、翌日から詳述という流儀なのである。

第二日　水曜日

コウフンした眼・上気した頬。アイスクリイムとキヤラメルでねばつた口。そんな物を乗せた我々の汽車はひたすらに走りつづけ、丹那の大トンネルをくぐり。眠りきつた。

熱海の街の燈を見下しながら熱海駅に轟とついた。

駅を出ると温泉や・旅館やパスのカンバンのネオンがねむさうにまたたいてゐた。

東の方が少し白みかかつた海を見ながら海岸を歩いて万人風呂についた。途中紅葉山人の貫一・お宮の碑を案内人のチヨウチンで見た。

万人風呂の二階でパンを噛つてから下の五十人も入れないだらうと思はれる万人風呂で泳いだりした。

少し熱海銀座をブラついたり、シヤツタアを切つたりしてからバスで十国峠を上りだした。四十五度もあらう

と思はれる坂をバスがガーガー
ガーアとヒサウな音を出して登
るのは気の毒になつて後を押して
やりたいやうた《ママ》。気にもなつた。

自動車はガーガアを止めづ《ママ》危い所をグン〳〵登つて行く、
十国峠へ来た。ここの富士のよいことはかね〴〵聞いたり読んだり
してゐて、富士が眼前にパツと現はれてすごい景色だ
ぐらいのことは知つてゐたが。
自動車がグウッと峠を登
りつめると、円錐型の富士が
ボアツと。ウム…。体中に鳥
ハダが出来てブルツとフルへ
た、これはコチヨウでもなん
でもない。タアキイフアンか、
舞台のタアキイの歌を聞い
ふるへるそうだが。どう云ふ生理的原象《ママ》か知らない
がとにかくズーンと体中寒気がした。

少し行つた所で下車した。スケッチブックを出したりレンズを富士に向けたりする人もあつたが、そんた《ママ》ことは富士をボウトクするやうな気がした。

また乗つて自動車専用のドライヴウエイを飛ばした。この旅行の中でこの辺が一番景色がよかつたやうな気がする、

関所跡で下車してそれを見たが非常につまらなかつた。朱塗りブリキ葺きの箱根神社にも参つて芦の湖判《ママ》を歩いた。その間富士山も外輪山の間から顔を度々出してくれたが、あまり見ていたので鼻について、なんとも思はなくなつてもま《ママ》つた。単調な路を上つたり下つたりして湖尻駅と云ふ汽船の駅へついて一服した。又登つて、途中で中食をして、大湧谷へ登つた。ここは硫黄くさい煙ばかりて《ママ》つまらない所であつたが畑だけはつまりもせず湧いてゐた。

強羅公園へ下りて写真を撮つた熱くて頭がボウとしてゐた。
早川の沿つて下つて底倉の蔦屋へついて、夕食をし、温泉につかつ
たりしてから、湯の町をぶら〳〵して寝た。

本文だけで四ページ以上にわたっており、さし絵も四ページ分を上まわるという長さである。日記と比較しても詳述ぶりに舌を巻くが、力を入れすぎたか、翌日からはスタイルにひと工夫を見せる。

第三日　木曜日
朝食後宿を出て電車の駅から電車で箱根を下つて、小
田原についた。そこから汽車と電車で江の島へ行つた。
長い桟橋の下で写真を撮つた。江の島の
山を越えて太平洋を望むと、大きな浪
が。春の海ひねもすのたりのたりかな
をしてゐた。
停留所へ帰つて弁当《ママ》を喰つた。
コト〳〵電車で長谷へついて大佛を見た。これは思つてゐた
よりも大きくはなかつたが小さくもなかつた。
又電車へ鎌倉へ行つて神社・寺を多く参つたが、意識モウ

ロウとしてゐて、ここへ書く程はつきり覚えてゐない。

汽車で、――電機機《ママ》関車でピッピーと東京へ

東京はタイクツな町だ。
男も女も
笑はづ《ママ》に、
とぎ《ママ》つた神経で、
高いカガトで
自分の目的の外は何も考へず
歩いて行く、

東京は冷い町だ。
レンガもアスファルトも
笑はづに、
四角い顔で、
冷い表情で
ほこりまみれで、

よこたわつてゐる、
東京では、
漫画やオペラが
ゐるはずだと
うなづける、

駅から直ちに宮城に行き搖《ママ》拝をして記念撮影をした。省線で上野の宇仁館へ行き、夕食後自由行動になつた。ので銀座を歩いて見た。

日記ではわずか三行だった五月六日、こちらではかなりの長さになった。「はつきり覚へてゐない」は、「修学旅行日記」があとで書かれたことを示している。何よりも詩を挟んだ点が重要で、『恋人の眼やひょんと消ゆるや』に「現存する浩三の詩では、最も古いもの」とある通りだと思う。但し、ここでは表記を原本に忠実な形へ戻した。句読点はその典型だが、打消の「づ」なども元のまま。第一連・五行目は小林本では「カカト」となっているが、やはり「カガト」がいい。それにしても「高いカガトで」の行は表現として傑出している。第二連・四行目の「四角い顔で」、六行目の「ほこりまみれで」も、才能を感じさせる。そして第三連の面白さ。「ゐるはづだ」の「ゐる」は小林解の「要る」が適切。とにかく田舎から見た都会の批評となりえたのは何よりだと思う。東京人にはかえってつかめない事柄かもしれない。
次の五月七日分も、日記とは違う面を持つ。

第四日　金曜日
朝からバスで東京の主な所を廻つて泉岳時《ママ》でメシを喰つてまた廻つて上野の松阪《ママ》屋の前でカイサンした。のでさつそく松阪屋へ入つた、ら食料品部で面白いものを見、それは万引である。色シヤツを着た男がパラフィン紙包みの菓子をいろつてゐた手に視線が止つた。するとその手がその包みを持つたままスウと下に動いた。オヤと思つてその顔を見たが涼しい顔をしてゐるまた視線をその手にもどすともはや包はその手になく、キモノを着た男の手に移されてゐてその包はフト　キモノの間にかくれた、もう一度その男の顔を見たら視線か《ママ》パツと合つたのであはてて眼を女店員の顔へそらした。後で中井に云つたら中井も見たと云つてゐた。食堂でお茶を飲んだ。
夕食後ハイヤアで新宿へ行き、武　《ママ》野館でヹートーヹンの映画を見た。

日記にあったフランス女性が、こちらには登場しない。かわりに万引観察の記となった点が独特である。前日は詩、この日は観察スケッチ。それらが独り歩きを始めつつあるのではないか。文学への一歩、ここにあり、と見たい。

第五日　土曜日
上野の科学博物館を見てから汽車で日光へ向つた、
この汽車中が一番愉快らしかつたと見えて一番よくチヨケてやつた。
日光の長い門前町を歩いて赤い東照宮に参拝した
神々しいとはどうしても思へなかつたがキレイなことはキレイであつた、も一度ゆつくり見たいと思つた。
バスで馬返しまで行きそこからケエブルカアで登つたら急に寒くなってシヤツを重ねたが、景色は若干よかつた、
又バスでトンネルを二つもくぐつて中禅寺湖へついて華厳滝を見に下りた、
宿へ着いてメシを喰て自由行動

この日も日記との相違が興味深い。日記にあった夜の一件は、担任への提出物ゆえ当然のことながら登場しない。「メシを喰て自由行動」で切り上げているわけだ。

第六日　日曜日
寒い〳〵でとび起きて、
寒い〳〵で歯を磨き、
寒い〳〵で顔あらひ、
寒い〳〵でメシを喰ひ、
寒い〳〵で整列し、
寒い〳〵で山下り、
寒い〳〵の中禅寺、
寒い〳〵でサヨウナラ、
とよほど寒かつたと見える、
グニヤ〳〵した道をグニヤ〳〵下つて馬返しへつき、バスで日光
駅へ行つて汽車に乗つた。汽車の中はヨホドタイクツした
と見え皆、双葉山の笑顔の表紙のスモウの雑誌を見たり。
五つならべをしたり。タンカイを読んだり、モクギョをたたいたり。
サンデエ《ママ》毎日を出したり、後の箱の女学生にかまつたりした。

中には授《ママ》験旬報のペイジをめくるエゲツのある人もあつ
たりしてトニカク汽車はドン〳〵走つて、アプト式の歯車を廻してみたりして夜長野へ着いた。
長い門前町を通つて暗の善光寺に参拝じた帰りの自
由行動の時イワユル信濃ソバを喰つて見た、
又汽車に乗つたがまもな《ママ》　寝てしまつた

ここも「寒い〳〵」のリフレインが特徴的。試作のエスキスと見ることができよう。「エゲツのある人」は、ユーモラスな一例。日記ではこの日は短きに失したが、こちらで挽回したことになる。

第七日　月曜日
多治見だと云ふ声に目を開いて窓の外の線の物を見た、
本当に目が覚めた時には汽車は屋根の中を走つてゐてすぐ
に名古屋駅へ着いた、一寸下車して顔を洗つたり、弁《ママ》当をたべ
たりして、又乗つて熱田で下りて熱田神宮へ参拝した
が境内で何やら売つてゐた。
長い、暑いアスファルトを歩かされて博覧会へついて、スピイ
ドて《ママ》グウと廻つて見た。
会場から汽車で名古屋駅へ行き、又汽車で山田へ。

山田駅へ着いた出迎の人人が窓越に見えた。出迎の中の
知つた顔と合つたら笑つてやるべく用意しなから《ママ》プリツヂを
下りた。

「長い、暑いアスファルト」と「スピイドでグウと廻つて」の対比が面白い。詩的感覚があるわけで、「ブリッヂ」もその延長線上。山田駅（現在の伊勢市駅）の陸橋を知る人なら共感できる表現だろう。

第八日　火曜日
十時頃学校へ行くと小黒板に大きくこんな事が書いてあつた、
旅行気分を拾《ママ》てよ、

—をわり—

担任・井上先生のことばだろうか。一編の作品のしめくくりとして見事な引用だと思う。ところで本文の最後は十八ページ目だったが、十九ページには旅のスタンプが三つ並んでいる。上段の「宮之下駅」、下段の「江之島遊覧記念」はわかるが、中段のは不鮮明。ヨットが見えてはいるが。このような付録的なページはもう一か所あって、最後のページがそれ。華厳の滝のさし絵に添えて「誰でも一度／ぐらいは飛びこ／みたくなる」とある。

奥付もつく。「昭和十二年五月十二日書／昭和十二年五月十五日提出／非売品／著作者　竹内浩三／

発行者　四ノ三　竹内浩三／授納者《ママ》　井上先生／不許複製」とあって竹内印まで添えている。凝ったものと言えよう。
「修学旅行日記」は生徒全員が提出したに違いないが、これほどユニークな「作品」に仕上がった例は他にないのではないか。「當用日記」の修学旅行期間中の記述と比べ、文学への通路の見出せる点が意義深い。

ここで再び日記に戻らねばならぬはずだが、五月の修学旅行の部分でひと区切りとしたい。しかし一月から五月上旬までを見るだけでも、青春前期の躍動ぶりに驚かされる。のち軍隊生活の日々を「筑波日記」に記した竹内だが、それへの芽がここにある、と見ることも可能だろう。

［一九九七年］

3 「伊勢文学」と幻の8号

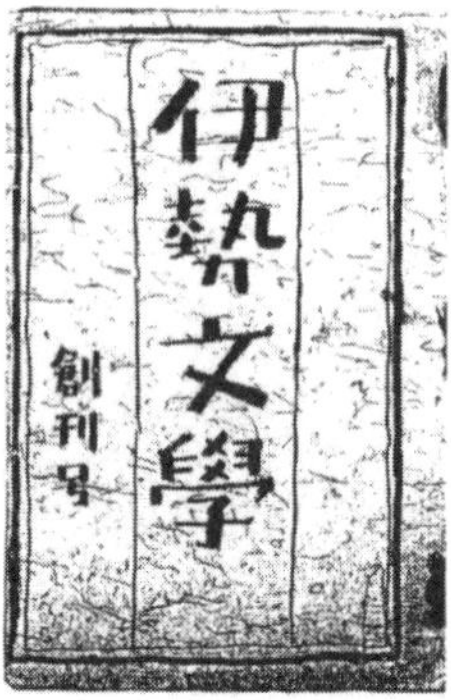

文学史を組み立てるには同人誌への配慮は欠かせない。戦中の「伊勢文学」に対する関心は竹内浩三の位置を追ってみたいこともあるが、同人たちの活動の内実に接したかった点も言うべきだろう。かなり詳しく「三重県史研究」23号と27号でとりあげた。戦中の発行は第7号までだが、次の号も準備されていたことがわかり、竹内浩三研究会のメンバーは「幻の8号」とそれを呼んできた。

資料群の劣化も言われ始め、現物には接しにくくなったが(注1)、少し前から伊勢市立図書館では複製版の提供に至っている。但し「幻の8号」がそこにあろうはずはない。ここでは各号ごとに詳述した拙稿すべての収録はページ数の関係もあって断念し、第7号までをまず圧縮の形で紹介。そのあと「幻の8号」の部分を置くことにした。

第7号まで

創刊号（一九四二年六月一日発行）はB5判に近い形のガリ版刷り三十ページ。現存するのは三冊。手書きの表紙はそれぞれ異なる（前ページ参照）。寄稿四人のうち、中井利亮は詩「烈海」「ネルの季節に」とジャムの訳詩二編。竹内浩三は詩「街角のめし屋にて」「麦」とコント「作品7番」。三村鷹彦（野村一雄）は詩「戦車」とエッセイ「三鷹雑話」。森ケイの詩「ゆのなか」もある。編集後記は竹内が担当、「入会金五円」のpRを含んでいる。

第2号（四二年七月一日発行）も同じ形で五十四ページ。現存は一冊。西山尚文も参加して寄稿は六人。中井の詩は「眸への頌歌」「ある曇り日に私の神経が見栄も外聞もなく歌ひ出した歌」「田園は祈つています」「ポートレ」「手への頌歌」「櫟《くぬぎ》林への誘ひ」「帰郷」の七編。竹内は詩「空をかける」「あきらめろと云ふが」「雨」といった小品以外に野心的な番号付きの「鈍走記」。散文「吹上町びつくり世古」もある。小説で土屋陽一「夢生記」西山「妻」が登場。三村は俳句十四句、森の詩「たたかつて来た男」も。

第3号（四二年八月一日発行）はA4判に近い五十二ページ。現存四冊、表紙はそれぞれ違う。女性五人が加わり、同人は十一名へ。寄稿七人（辻サチ子はカット担当）、編集は中井となる。竹内の詩は「トスカニニのエロイカのゆく」など音楽詩四つ、問題意識的な「帰還」、小説風でもある「勲章」が重みを持つ。中井は詩「奥さんが病気になつた」「銀座へのエピグラム」と小説の試作「Ｉ君の死について」。三村はエッセイ「秋葉日記」。小説で西山は「妻」第二回、土屋「家庭」が快調。新入りの見波八代は詩「錯覚」、竹内敏之助（浩三の身内）は漢詩「愛剣譜」。後記で中井は北園克衛の励ましに触れる。

第４号（四二年十月七日発行）も同じ形の四十ページ。現存四冊、寄稿は七人。浩三の入営直後だけに竹内特集の感が強い。入営のことばに続き、中井・三村・土屋の浩三論は圧巻。竹内の詩は「口業」「手紙」「泥葬」「色のない旗」、それに番号付きの「愚の旗」。中井の詩は題名なしの二編と「さやうなら世田谷の町」。新入り三人のうち紫野ゆきは俳句五句、塩野尉子は詩二つ、松野誠信は詩「酔の」。後記で中井は創作のない号と記す。

第５号（四二年十二月発行と推定）もＡ４に近い四十ページ。四人が寄稿。竹内の詩のうち「兵営の桜」「雲」は久居から中井へ届いた痛憤の作。「大正文化概論」は開戦前のもの。散文「伝説の伝説」は山田の牛鬼伝承に基づく。中井の詩は「鉄砲を擔がうとするともだちよ」「浅草」。大人用童話と称する「瘤」は不幸な男の一代記（網棚の骨箱は小津映画「父ありき」が影響）。三村は詩「塵焼く煙」とエッセイ「私の希望《のぞみ》」。西山は「妻Ⅲ」。各作品のタイトルの上に付くパリ風景の小さなカットの数々は反時代的な、中井の抵抗。後記とともに印象に残る。

第6号（四三年五月五日発行）は活字化されて六十二ページ。編集は同人となった岡保生。寄稿が六人。竹内の詩は「演習」「望郷」「射撃について」。シュールな面を含む散文「ソナタの形式による落語」も。中井の詩は「はれるや」「われのかほ」「道をゆき」「冬の季に」はどれも一連詩。長詩「落下傘部隊」が鮮烈。コント「財布」は天子になる少年の話。野村は詩「スマトラタナゴ」「裂！」、散文「啓子の歌」。エッセイ「曙光」では三重の県民性を指摘。新入り三人のうち仲上禎一は短歌十一首。風宮《かざのみや》泰生「牛鬼伝説」は竹内と同材ながら文語体の野趣が特徴。岡は評論「黙阿弥のモラル」。後記は岡による。

第7号（四三年五月発行と推定）は横長で小型化したガリ版刷りの四十ページ。後記で中井は前号の遅れに追いついた旨を示す。この号は戦後もかなり後で発見された。冒頭は岡「近世日本諷刺文学論」。竹内の詩「今夜は…」「南からの種子」「夜通し風が吹いてゐた」は前号と同じ久居での作。中井はメルヘン風の小説「ある雪の日」。野村は詩「道」と人生論の「随想」。風宮は「神宮参拝の歴史的考察」を寄せている。この年十月の大壮行会を含む学徒出陣の半年前の発行だった。

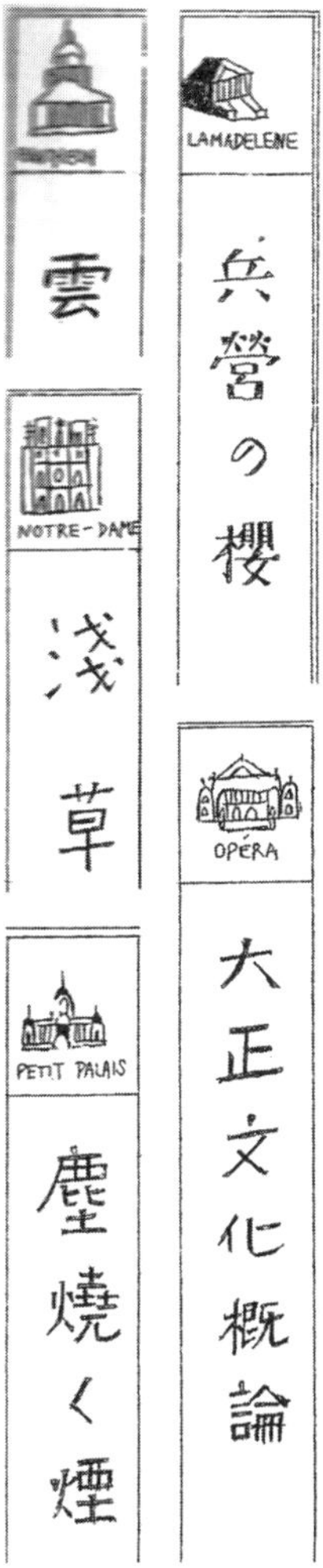

幻の8号

第8号といえば、一般には戦後になって竹内浩三追悼として発行された号を指す。ところが第7号に続き、戦中に構想されていた次の号の存在が確認された。中井利亮が保存してきた資料群の中に原稿類のあることを千枝大志氏は確かめ、竹内浩三研究会で報告したのだった。「目次」「編輯後記」を含んでおり、印刷へまわす前の状態と推定される。以下、その概略を紹介しておきたい。

第八号　七月号　目次

哲学ノート（上）　野村一雄
自椿　小菅隆之
わきあがる夕やみは……　土屋陽一
映画雑感　岡　保生
幼年　中井利亮
作品4番　竹内浩三
文学の在り方　中西正蔵
編輯後記

右のうち、野村一雄の原稿は現存しない。未着だったのか、あるいは編集担当の中井から戦後、本人に戻されたのか。

小菅隆之「白椿」は、短歌の連作九首。「祖母の死」とあったのを改題したことが見せ消ちでわかる。「伊勢文学」へは初登場の一高生。五首だけ引いておこう。

縁近く木瓜《ボケ》の花はも咲きゐたり夕暮寒く祖母逝き給ふ。
祖母《オオハハ》の逝き給ひにし薄曇り夕べ静かに白椿散る。
経を読む声聞き居ればうら悲し　僧の黒衣に見入りたりしか。
祖母の柩を静かに眺め居し　彼岸桜は風にさゆるゝ。
はつはつに花散りそめし庭すみの乙女椿の風にゆれつゝ。

斎藤茂吉の連作「死に給ふ母」にヒントを得たのだろうか。が、実相に迫るというよりも伝統的な形を示す。エリート学生とはいえ、入門期であり、一種の記録性は評価できよう。二首目の頭に◎、最後の作に○が付いているのは、中井の評価だろうか。

土屋陽一「涌きあがる夕やみは…」は目次にある表記とは違う。原稿用紙の欄外に「中井兄、こんな詩ができた…題はよろしくつけて下さい」とあり、題名は中井が書き込んでいる。

わきあがる夕やみは
ヒヤシンスの匂ひだつた
星のひかりは

ふりそゝぐ香水だつた
が樹のみどりはもう
なぐさめてはくれない

たゞ　むしやうに
麦の香りを恋した
魂は白つぽくぬれてゐたが
それはかなしみではなかつた
透明なぐにやぐにやの

青白いこゝろだつた
黄色いひかりのかげで
あゝ私のからだは蚕のやうに
このあたゝかさのなかに
すきとほつてゆくやうだ

本ページ上段四行目の「それは」はあとからの書き加えで、原稿の文字も小さい。土屋の詩は初めてであり、中原中也や立原道造が愛好された昭和十年代ならでは、と感じさせる詩風を示す。戦時色を見せない小品と言えよう。

岡保生「映画雑感」は文字通りのエッセイ、原稿用紙六枚分である。

最近、「映画がおもしろくない」とよくいはれてゐる。嘗ての自由主義時代の白痴的娯楽映画のみを対象として来た大衆にとつてはなるほど尤もな言分であらう。

このような発端に続いて、「丹下左膳」「愛染かつら」などの人気を挙げ、「しかるに今日の映画に対してのひとびとの不満」は「大衆に対し吸引力にかけた」作品が続いているからだと見る。「目下の大東亜戦下にありては、国民文化の正しき確立といふ点からも…」といった文言も散見でき、米国の反ナチ・反枢軸映画や、ドイツの反米英映画を例に、「大東亜共栄圏確立のための文化工作のひとつとして」の映画を待望している。

後半は、映画と諸芸術との「関聯」に触れ、劇映画と文学のつながりをとり出して文芸作品の映画化よりもオリジナル・シナリオこそ重要という焦点へと向かう。「一昨年」の「戸田家の兄妹」「馬」をその代表例とし、映画人によるシナリオだった点に拍手を送って次のように結んだ。

　年度に於ても「父ありき」は小津、池田、柳井の三者共同シナリオによるものでありまた立派な作であつた。私が望んでゐるオリジナルシナリオ時代も邇きにありと思はれるのである。（昭和一八・五・七）

前半の論調よりも後半に生彩があり、殊に共同シナリオへの注目は、例えば二十一世紀に入って若手監督の作家意識が進むほど自ら単独の脚本にこだわり、共同シナリオをおろそかにする傾向が強まっている昨今の弊を考えると、示唆的でもある（なお引用文中の「柳井」は原文のままだと誤記なので訂正を施した）。末尾の日付は前半では（昭一七・一二五）とあり、それを消した跡が明瞭で、前半、後半の執筆時点の違いを示している。

本文の余白にはエノケン、ロッパ、エンタツ・アチャコらの映画を否定するものではないが、河村・斎藤・小杉・佐分利の演技の中に「純正な喜劇的な味はひ」が感じられるとの七行もある。しかしそれら全体を斜線で消している。前半の延長線上の実例かもしれず、また後半とも関連がありそうで、論の中に生かしきれなかった類だろうか、惜しまれる。

中井利亮「幼年」は長詩である。

僕は
幼いじぶん子取りの話をきかされた
泣いてゐると　お巡りさんが来るよ
といはれては泣きやみ
軽技《ママ》師に売つてしまふと云晴れては
おとなしくした
今おもつてみると　さう云ふときの
母の眼ざしはとほとい
僕の子守は
海向ふにある桃取島からやつてきた
彼女があやまつておとした達磨から
僕の鼻はよわくなつてゐて
今朝も鼻ぢがでた
幼い僕は
越後獅子の絵が好きだつた
母は　旅空をゆくその二人の子供や

親方のことを話し　いつそうつよく
僕が嫌がるのをよろこむ《ママ》だ
父の腰には雉子や山鳥がぶらさがり
犬の尾がいつぱいにその辺りを
□きまはり
一家は幸福に満ちてゐた
その時分から
犬と僕との親交は□であり
僕は　ずうつと犬を信じてゐる
幾ひきかの犬は身まかり　牝犬は
鈴のやうな仔犬を生み　彼等は大き
くなり　かなしく何処かに貰はれる
僕は
そのなかに幼年時代の時間のながれをわけもな
く感じてゐた
それにしても

久しぶりで帰つてゆく　ふるさとは
（てゐる）
何とかはつたことだらう
よくあそむだ広場も
よく密《ママ》を吸ひに登つた椿の木も
もう今はない
幼い僕と共に　海に立つ虹とともに
もうありませぬ
日本もかはりましたね
幼年時代を想ふひとは　こんな感慨
が伝へる
青年の日本で　亜米利加を伐つ
日本人は　今
幼い日本で　鬼征伐した僕は
あの幼年時代に在つた　一家団欒の
日本のために　闘ひに生きてゐる。
はれ渡つた五月の空の下で
僕は　しかし
怠けものの青年になつてゐた
青葉をつけたため見ちがへるほど
大きくなつた桜にたゞずみ
桜の風のなかに
時のながれを聴いてゐた

中井詩にしばしば見られる北園克衛風の前衛詩系列とは異なっている。このような詩風もなかったわけではない。北園にしても戦中期には郷土詩への傾斜があって、その影響も考えられようし、作の終わり近くには戦時色が混在している。

竹内浩三「作品４番」は「やどかり」を主人公にしたメルヘン。四一年の作だが、この号における白眉と言うべき傑作である。後に触れる「編輯後記」で中井も重要視している。だが、私家版『愚の旗』

に入れず、『全集』の時点でも公にしなかったのはなぜか。ある時点から戦争への対峙という一点で竹内像がひろがっていったことに対し違和感を抱き、メルヘン系列が世間で認識の高まるまで待とう、との自己主張を隠し持っていたのではないか。例えば宮沢賢治などが浮上するその時を、である。実は二十世紀も終わりが近づいたころ、氏は私の手で世に紹介してほしいと言われたのだった。

言い添えたい例がある。「芸術についての手紙」あるいは「芸術について」とのちに題がついて随筆とされる一文は、実際には姉宛の手紙文だが、その中には「やどかり虫が昇天して虹になつたり…」という一節も見出せる。「作品4番」の末尾に「一九四一、六、二九」と明記した点も貴重と言えよう。

中西正蔵「文学の在り方」には「夏目漱石のイデーを巡つて」という副題が付いている。神戸製鋼所山田工場用のルーズリーフ六枚分。一枚に二十八行あり、一行三十字前後なので、かなり長い。東京商大に在籍、「伊勢文学」へは初登場だが、冒頭を引いておこう。

私たちは何故に生き何故に考えるのだらうか。私たちの生活が単に一瞬一瞬の快楽を味得せんが為のものならば何も考へ読書する必要はないであらう。抑も人間は己が未来に光明の世界を措定し、その Idee の世界を追求せんが為に生き考へそしてあがいて居るのである。而してその追求の仕方が文学となり哲学となつて現はれるのだと私は信ずる。

文学とは何ぞやから説き始めるわけで、漱石のイデーは則天去私だとする論へ移り、「草枕」「三四郎」などから「明暗」まで具体例を挙げて「私達に身近な問題が含まれている」とし、「文学の混沌たる今日に於て、諸君よ‼　夏目漱石に帰れ」と結び近くでは述べる。堂々たる大作だが、文学論としては哲学風に傾斜しており、いかにもエリート青年ぶりを発揚している。

　原稿の現存しているのは以上六人で、目次とも一致する。それら以外に「伊勢文学同人名簿」の一枚もあって十二、三名を住所付きで記す。順に挙げると、石田健一、岡保生、風宮泰生、小菅隆之、竹内浩三、土屋陽一、中井利亮、仲上禎一、中西正蔵、西村和巳、西山尚文、野村一雄、豊田佐三郎。うち竹内、西山には住所のかわりに☆が付く。応召中を意味していよう。風宮はこの時点では「淀橋区戸塚町…」。筑波で竹内が接する戦病死の報以前、まだ現役の学生だった。末尾の豊田は見せ消ちとなっている。これを除けば十二名の同人だったことがわかる。「編輯後記」の二枚余もあって末尾には（中井記）とあり、「またガリ版にもどります。この八号から、東京の印刷屋にたのむことにします」で始まり、新人の四名の紹介に移る。小菅・中西は既述したが、「石田君は大坂《ママ》外語」「西村君は第二高等学院」とある（この二人が目次にないのは同人に加わったが、寄稿はなかったということか。しかし「編輯後記」を記した時点では寄稿予定だったのかもしれない。「いつも創作が乏しいのですが」とその後に記したところを見ると石田・西村の予定も小説や詩ではなかったろう）。

　さらに、この号の各作品への中井なりのひと言に及んでいく。小菅君は「歌の豪のもの、だが少々、概念的なのが困る」。中西君は「膝を□して坐りすぎた」としながらも「纏まりを買ひませう」。岡君のには「一年ばかり以前のものですが」と記す。土屋君のは「まったくの処女的製作《ママ》」、詩は初めてだったわけだ。竹内君のは「兵隊に征つてから、もう品切れて来たのですが、この作品4番は、残つた作品のなかでの逸品です」と自信を持っていたことがわかる。野村については「飛躍がないから、重複しさうに思はれるが、一段一段の進度《ママ》が、自分には、ちゃんと判る、さうです」と本人の弁も使っている。最後の段落には「僕たちは力作によつてしか、具体的には進めない。さうして、僕たち、伊勢文学的なものを身に装しよう。分裂はいやだ。それには僕のアパートに遊びに来て下さい。」の文言も見出せる。戦中にもかかわらず意気軒高と言っていい。目次には「七月号」とあるが、印刷には至らないまま、学徒出陣が到来した。原稿類は中井の手で紙袋に封じ込められ、陽の目を見なかったのである。

一九四三年は二月にカダルカナル島撤退、四月に連合艦隊の山本五十六長官戦死、五月にアッツ島守備隊玉砕など戦局は悪化の一途をたどった。三月、「細雪」の連載は禁止され、九月、理工系以外の学生徴兵猶予は撤廃となって、十二月には学徒兵入隊へ。例えば二月、スターリングラードでドイツ軍は敗北し、七月、英米軍のシチリア島上陸に伴ってムッソリーニは失脚していたのである。

「伊勢文学」同人のうち、竹内浩三は四三年九月に筑波の聯隊へ移った。終始、同人誌を支えた中井利亮は早大文学部二年生ながら学徒出陣で海軍飛行予備学生として土浦へ入隊している。

「伊勢文学」は風雲急を告げていた大状況下の文化活動の一例ということになるが、それなりに青春の証しを示した点で、戦中の同人誌にあって見落とせない位置を占めるのではないか。

戦後、生き残ったメンバーにより再開され、第10号まで刊行されたが、(注2)それはまた違う位置づけとなっていくように思われる。

［二〇一二年］

（注1）浩三の姉、松島こうの居所は長く松阪だったことから遺品の殆どは本居宣長記念館蔵となっている。

（注2）戦後の「伊勢文学」第8号は竹内浩三特輯号だったが、9・10号は市民による地域同人誌へと変化している。

4 「作品4番」のことなど

八月は胸さわぎが…。一九九八年の夏、津で行われた竹内浩三をめぐる集いの際、姉・松島こうさんがつぶやかれた言葉である。

私にとっても、宮城への学童集団疎開、帰京後の大空襲、津への疎開、猛爆等々、胸おだやかでない反芻《はんすう》の季節なのだが、二十三歳の弟がフィリピンで戦死したこうさんの場合、そのひと言の内実は重い。

「骨のうたふ」で世に知られるようになった竹内浩三。書き残したものが戦後四十年近く経ていたとはいえ、『全集』に結実したのは何よりのことであった。

が、『全集』に未収のものがあり、ここではその一、二に当たっていくことにしたい。

一つは、一九三七年の日記。宇治山田中学の三年から四年にかけてのもので、例えば冒頭、吃音《きつおん》矯正のため正月を大阪で過ごす中、ご法度だった映画館へ通い続けるのだが、同じ中学の先輩・小津安二郎の中学時代の日記(注)と比べてもみたくなる。

五月に関東への修学旅行。日記とは別に「修学旅行記」も現存するが、どちらも面白い。漫画が得意で、やがて映画を志すような自由な感性。後年の諸作の源泉をここに見たいほどである。

もう一つは「作品4番」。

浩三の友人・中井利亮氏の自宅で見つかった。原稿用紙に二枚の小品。末尾に「一九四一、六、二九」、日大専門部映画科二年の時のものである。

それは海であつた。とほうもなく広い水があつた。水はしおつぱい水であつた。水の上には泡や波がいつもたつてゐた。

これが冒頭で、このあと、水中の魚、水底の貝やこんぶ、帆船の水夫へと語りは移っていく。「南十字星《サザンクロス》」のいれずみをし、「りお・で・じやねいろの女」を夢見る水夫が主人公かと思っていると「六つの肢」で、はいまわる「私」が登場。だが、「大きな熊手」にさらわれてしまう。

私は街に出た。私は三匹で十銭と云ふことになつた。私はSOLMONと西洋の文字でかかれた赤い小さいかんに入れられた。

全体の三分の二ほど進んだ辺りで主人公は「やどかり」だとわかる。少女にかわいがられ、タンゴを踊る辺りは、絶妙。

私は少女と一緒に、お湯に入つた。私は、お湯の温度で、赤く死んでしまつた。
私は下水を通つて海へながれて行つた。私はくさつてなくなつてしまつた。
海の上に、大きな虹が立つた。その虹と一緒に私は消えてしまつた。

結末は、美しくかなしい。〝SOLMON〟は、ソロモン王かもしれない。小さな生き物への眼差《まなざ》しも興味深いが、日米開戦も間近な閉塞状況下の青春が重ね合わさっている。映画的な散文詩風メルヘン、多義的に読めるのも魅力ではないか。

翌四二年六月、ガリ版刷りの「伊勢文学」創刊号に竹内は「作品7番」を発表した（『全集』に所収）。「6番」までは発表されず、原稿もなくなったとも考えられるだけに「4番」の出現は意義深い。「作品0番」といった題名は、彼がSPレコードで親しんだ交響曲、その番号の辺りがヒントかもしれない。

「骨のうたふ」（一九四二、八、三）は、死後の視点を持ちえたが、それ以前の諸作の集積の上に結晶したとも解したい。

もし戦死していなかったら映画か文学の道に？　それとも別の方向に…。が、一作一作を吟味すればするほど短い生の中で燃焼した希有な存在であり、昭和の文学史に特筆されていいのでは、と思う。

胸さわぎを増幅させる列島のみならず、地球昨今の状況。虹のかなたから天上の浩三はどう見ているのだろう。

［一九九九年］

5 「筑波日記」における映画

竹内浩三の「筑波日記」から映画関係の記述を拾ってみよう。久居から筑波へ転属、兵営で手帳に記していった日記である。

一冊目は一九四四年一月に始まり、片かな・漢字まじりで書かれている。

一月二十六日
伊丹万作氏カラ、ヒサシブリデ、ハガキガキタ。
山口県大島郡白木村西方服部方」

前年秋に伊丹監督は転地療養で京都から瀬戸内へ移っていた。伊丹への私淑が竹内を支えたのである。

二月九日は事務室当番に当たって外出ができない。

ヒルカラ居残リノモノハ、一一七へ映画ヲ見ニ行ツタ。『海軍』。見タクテタマラナカツタガ、シカタナイ。

「一一七」はあとにも出てくる格納庫。「海軍」は、田坂具隆の監督作。もし見ていたら、どう映ったことか。

三月十五日
夜、本部ノウラデ、慰問映画ガアッタ。〔中略〕『花子さん』ト云フクダラナイ映画デ、ハジマッタカト思ッタラ、スグニ切レテ中止ニナッタ。

中略部分に彼の中隊は軍装検査準備で見てはいけないのに「コッソリト見ニ行ッタ」とある。「コッソリト」に彼ならではの面目を見る。

三月二十日、『山崎軍神部隊』という本に関し、「ソノ文ノ、映画的ナノニオドロイタ」とあったり、四月十四日、戦争に関して「ソノ文学」は「ロマン」であり、「感動」する場合も、と綴った後、「アリノママ映スト云フニュース映画デモ、美シイ。トコロガ戦争ハウツクシクナイ。地獄デアル」と記す。どちらも見逃せない。

四月十七日
寒雷や天地のめぐり小やみなし

北吹けば紅の花に霙《みぞれ》降り
春三月は冬より寒し
菜の花や島を廻れば十七里
メズラシク伊丹万作氏カラハガキガ来テ、ソンナ句ガ書イテアッタ。居所ガマタカワッテヰル。
愛媛県松山市小坂町２３６　門田方

近作の四句を伊丹万作は浩三に送ってきわけで、それだけでも大変なことである。居所転々について「モノガナシイコトデアルヤウナ気ガシタ」と記している。

四月十九日
モノスゴイ雨ノ中ヲ、外出デアッタ。北条カラ、汽車デ筑波ヘマワッタ。
一一七ノ格納庫デ、夜、『桃太郎の荒鷲』ト『母子草』ヲ見セテモラッタ。
四月二十日
夜、本部ノウラデ、キノフノ映画ヲマタ見セテクレタ。『クモとチウリップ』ト云フヤツガアッタ。
コレハヨイ。」

いずれも戦中の有名作だが、殊にアニメーション「クモと…」への評は的を射ており、目は高い。

＊

「筑波日記」二冊目は、同年四月末以降で、こちらはひらがな・漢字まじりとなる。五月二十八日。前日から東京へ出て、この日は池袋で今井正の「怒りの海」、酷評している。六月八日に渡辺邦男の「命の港」。これも同様。七月十八日のポパイや「暖流」に評はないが、翌日の「将軍と参謀と兵」は「すぐれた映画」とし、「母なき家」は「つまらない」と途中退場する。二冊目は全く純粋というほかない。山田の姉から津村秀夫の国策迎合を含む新刊の『映画戦』が届くわけだが、戦後に悪名高くなったこの映画書など、どう読んだのだろうか。

日記の二冊目は七月二十七日まで記している。それから四か月、筑波での訓練は強化されたのだろうか。十二月一日、滑空歩兵第一聯隊は筑波を出発。竹内らの中隊は門司港から比島へ向かい、同月二十九日にルソン島に到着。翌年四月、バギオ方面で戦死したのである。二十三歳の若さだった。

［一九九八年］

第四章　回想いくつか

1　「伊賀百筆」の歩み

（1）

「伊賀百筆」が第三銀行（現・三十三銀行）の「ふるさと三重文化賞」を受賞した。賛辞を述べるとしたら数行で終わるのかもしれない。それよりはこれまでの号に目を通し、印象に残る点をメモしたりする方が、と考えてみた。さし当たって10号までをひと区切りとして順を追いたいが、付随していろんなことも思い起こされる。

創刊号（一九九五年三月）では田畑彦右衛門が登場。元ＮＨＫの人気キーマンを県総合文化センターへと迎えた時代状況が重なって見える。九ページ下段に注目。「論語を読む会」の紹介で、実は私も数回、参加した会である。津の青山泰樹さんはほとんど皆出席だったはず。彼の車のおかげで金谷治さんを間近に知ることができた。中国古典では私など学生時代、荀子に興をおぼえ、詩経とかかわる断章取義を調べたに過ぎないが。金谷さんの師・武内義雄博士は晩年、四日市だった。ある方からお目にかかれると誘われたのだが、行けずじまいになったのを思い起こす。

北泉優子さんのシナリオ「紅の海に願ひを」、以後にはこうしたものが登場しないだけに貴重である（イベリア猫のシリーズは5号からだが）。

2号（九五年十二月）は一一〇ページも増えて計二三二ページに。戦後五〇年特集は永六輔の講演に始まる。金谷さんの巻頭エッセイもスタートした。この号の「私は伊賀人か」は印象深かった。

3号（九六年三月）に中田重夫追悼を葛原郁子さんが記している。「教育文芸みえ」の編集委員会で私は中田さんを知った。葛原さんに頼まれて上野で短歌のメンバーに話をしたこともある。稲森宗太郎や竹内浩三がテーマだった。高畑勲の母方は伊賀と耳にしていたが、そのつながりなど葛原さんに聞いておくべきだったと今にして思う。

4号（九七年五月）は羽仁新五、好川貫一の特集。前者は久保文武から小森香子まで八人による回想。上野における戦後の自由な空気。文芸誌の刊行などもそれと関係していよう（二〇一五年十月、津で催された「三重の文学・戦後七〇年展」の中でも特筆に値した実例。もっとも津での「故郷」「近畿春秋」といった文化誌発刊も同時期だが）。小森陽一の活躍をたどっていくなら母・香子の上野時代というルーツも見逃せないことになろうか。なお、23号の「パルナッスの丘」特集で再び自由な時空と対面できるわけだ。好川追悼の方は七編。編集後記には奥瀬平七郎が亡くなったことも記されている。

5号（九七年十月）、6号（九八年五月）、7号（九九年三月）は、没後五十年、生誕百年の記念行事にちなむ横光利一の特集。「伊賀百筆」の独壇場である（再読しながら「百筆」よりもずっと以前、今鷹瓊太郎氏から氏なじみの旅館の一隅で親友だった思い出を耳にできた時が甦ってくる。メモなど取っておくべきであった）。5号の巻末に岸宏子の戦中作「醜女」が再録されているのに注目。藤堂明保追悼もある。

8号（九九年十一月）は濱邊萬吉追悼。一六三ページ下段に上野高校百周年記念式典についての新聞記事。こういう再録は後になると光を放つ。

9号（二〇〇〇年六月）で北泉さんのマーシャのシリーズは終わった。

10号（〇二年九月）は巻頭にこれまでを振り返る座談会。私も引っ張り出され、一言一句が忠実に再現されているので冷汗もの。活字化の際は枝葉のことばを削るのも一法。この号で企業メセナ（聞かなくなって久しいことば）としての発行は終わるわけで、編集も以後は同人誌的な面が強くなる。

以上だが、福田和幸さんの「文学風土記」連載、北出楯夫さんの未公開横光書簡の継続的紹介は殊に興味を覚える類。それに加え、例えば濱川勝彦さんの新著や、波紋を呼ぶ観世に関する表章《おもてあきら》と梅原猛の一件などを記録として載せるコラムはその時々にあってもよかったのでは、と思ったりする。

この十数年、年一回刊の「津市民文化」編集に関係し、文化誌の苦労を身にしみて感じている。行政と編集委員会の合作は問題点もないではない。一方で「伊賀百筆」のような自発的な発行には拍手をせずにはいられない。活字文化・地域文化の課題を考えるほどに、である。

［二〇一六年］

(2)

「伊賀百筆」が30号に達した時点で(1)の続きを記した。以下の多くはそれなのだが、加筆することにした。月一回、朝日連載の拙稿「展望・三重の文芸」は一九九三年に始まったが、「百筆」にはとりあげ甲斐をいつも感じていた。連載の終了は二〇〇九年。そのあとも三重郷土会が年に一回発行している「三重の古文化」誌上で紹介につとめたが、毎年必ずではなかった。

地域の総合文化誌は今、全国でどれくらい出ているのだろうか。縁あって私は宮城県加美町のメンバーによる「遮光器土偶」に二回、寄稿している。戦争末期、学童集団疎開で赴いた先。詩人の宗左近も縄文土器で惚れ込んだ地だが、地味ながら民間による総合文化誌の一例と言えよう。

三重県内を見渡した場合はどうか。昨今に限るなら、行政発行の二種、民間の一種だろうか。前者は四日市の「ラ・ソージュ」、津の「津市民文化」。ともに編集の実質は編集委員会が担ってきた。一時期、伊勢に「伊勢ぶんか」もあったが、市長らの交替で七号しか続かなかった。後者は民間のグループによる「伊賀百筆」。分厚さ一つとっても前者の二誌と異なっており、伊勢路とは違う地域性の突出した特徴を支えてきたと見ていい。

二〇一六年、「伊賀百筆」は「ふるさと三重文化賞」を受賞。26号は巻頭でその件を報告しているが、関連して寄稿を求められ、私は10号までの概観を試みた。20号では、それまでの歩みを振り返る座談会に加わっている。ここでは11号以降を文芸系に傾くかもしれないが、たどっていきたい（執筆者の姓名が複数回、登場する場合は概ね名を略していく）。

11号（〇三年三月）は、二九八ページ。引き続き「巻頭のことば」は金谷治で、題は「中庸について」。文芸関係では宮田正和「私の俳句履歴書」。中学時代の担任、沢井弘の影響や沢木欣一が主宰した「風」とのかかわりなどを回想し、「雪よりも風の百日伊賀盆地」「菓子種を仕込み日余す田植えどき」を含む自選三十句も挙げている。北出楯夫の横光全集未収・横光利一書簡紹介が貴重（この後も随時登場する）。福田和幸の「伊賀文学風土記」は十一回目で諸氏の作から美人論、根性論を探った。ほかに横山高治「津中事件と大津事件」、中原ひとみ「映画『蕨野行』撮影報告」、吉村英夫の「『忍ぶ糸』再見」など興味深い。この号から表紙絵は、細密風の松永伸からアニメーションの古川タクに代わった（20号まで）。

12号（〇三年十月）は一七〇ページ。中森皎月「虚子先生と伊賀」は一九四三年十一月、芭蕉二五〇年忌俳句大会へ迎えたことなど。その折の菊山九園宅にちなむ「掛稲の伊賀の盆地や一目の居」は、改めてなるほどと思わせる。「秋晴れや稜線低き伊賀盆地」「火の番の拍子木響き過疎の村」など自選三十句も。福田連載は観世関係の小説（次号も）。長家陽子は奥瀬平七郎の回想。溝口俊之は映画「忍ぶ糸」の経過。北出「果たして『伊賀市』でいいのか」は巻末の五六ページ分。平成大合併時の新市名問題である（次号にも）。

13号（〇四年三月）はなんと三二〇ページ。巻頭は井上裕雄追悼特集。主に京都府の文化行政を進め、七十一歳で没した。文芸関係で西田誠「俳句と私」は「年輪」の橋本鶏二、早崎明に師事した件など。李正子《イ チョンジャ》の「セヌリ」（新しい世界の意）は島ヶ原中学三年の短歌を紹介している。巻末の一五〇ページ分は埼玉在住の楠原祐介と北出が合併新市名について、名張の中相作は行政側の「伊賀の蔵びらき」に関して、異議を展開した。

14号（〇四年十月）は一九九ページ。最初は前々年に学士院会員となった金谷治特集で、インタビュー「私の歩んだ道」、講演録「芭蕉と荘子の心」。略年譜・著作目録も付く。長家の連載も金谷をとりあげた。その中に、論語の会のことが出てくる。一九九四年から二〇〇一年まで続いたとあり、私も数回ながら参加できたのを思い起こす。文芸方面では、李正子の「セヌリ」、今回は大牟田の中学二年のクラスの分。福田の連載は、芭蕉を描いた芥川から井上ひさし、岸宏子らまで。寿貞の浮上が共通項。巻末は久保文武追悼。十三編のうち、津の平松令三は久保を村治圓次郎の後継者と記す。略年譜などもある。ところどころに林屋辰三郎、鹿島守之助、杉本苑子らの久保あて書簡をコラム的に挟んだのは好ましい。そのあと北出の〈なお承前〉とタイトルに添えた問題提起が続く。

15号（〇五年十二月）は一五〇ページ。金谷の巻頭言は「地球を守ろう」、これが最後となった。特集は「伊賀上野のまちづくり」。〈上野〉にこだわった点に注目。文芸関係では伊賀出身、大阪で活躍した清水正一に関して高知の片岡千歳が寄せている。桑名の阪本幸男「奥瀬霞翠作品年表および解説」は出色。画家・英三の兄で、市長だった平七郎の父だが、明治末から大正にかけ、中央の投書雑誌に短詩型など投稿していたのである。福田の今号は赤目関連。名張の薪能で「赤目滝」が登場したことに始まり、花袋から車谷長吉の辺りまで。大阪から疎開してきた奥田継夫もある。編集後記では貝澤治範の個人誌にも大合併問題が登場したことを紹介、巻頭特集と呼応の形。

16号（〇六年十二月）は一四〇ページ。最初に二つの特集を置いた。伊藤たかみの芥川賞記念と金谷治追悼。前者は三編で、うちメールインタビューとは新しい趣向。後者の四編には東北大の中嶋隆蔵、関西大の藤田真一も。山本茂貴追悼のページもあるが、この号では二編。溝口による上野出身の呉美保の映画「酒井家のしあわせ」も見逃せない。

17号（〇七年七月）は二三二ページ。初めの特集は「がんばれ伊賀線」。この年の十月から伊賀鉄道へ移行するに当たっての企画で、計六編（うち機銃掃射を受けた丸山駅での惨事に関する葛原穣の一文は衝撃）。文芸関係は藤井充子「俳句と私」、福田の連載は横光作品中の伊賀方言、梅田卓は祖父と横光利一の父との出会いを中心にした第九回「〈雪解〉のつどい」におけるトーク内容（次号にはその折の訪問記も寄せている）。巻末は前号に続く山本茂貴追悼特集で、尾形仂「出会い」を含む三編。加えて故人の芭蕉を軸にした遺文、略年譜もあり、計一四ページ分。ほかに角舎利「藤堂藩の山崎戦争始末」、福沢義男「伊賀学のすすめ」など。編集後記で三十七年間も続いた「伊勢人」や、季刊だった名張の「どんぶらこ」の休刊に触れている。その辺は時を経て読むと記録的価値あり、の感。

18号（〇九年四月）は一六五ページ。巻頭は「がんばれ伊賀鉄道」四編。文芸関係では、北原白秋の最初の妻、名張の福嶋俊子について奥西勲と福田が記す。この年、地元の永福寺に歌碑も完成したわけだ。北出の横光書簡紹介、今回は北川冬彦と同居の時期もあった仲町貞子あて。発信日の推定に興を抱いた。編集後記に発行が遅れた事情や尾形仂が没したことなどに続き、朝日連載十五年八か月となった拙稿「展望・三重の文芸」の打ち切りも訃報、とある。

19号（〇九年十二月）は一六〇ページ。最初は郷土史特集で四編。西嶋八兵衛（稲垣正昭）、津坂東陽と伊賀（鈴鹿の津坂治男）、「武功夜話」と高虎（松阪の山田一生）など。柴田昭彦「伊賀の旗振り山」、宮田治三の観阿弥問題も読ませる。後者は梅原猛対表章の一件。「伊賀百筆」で大いにとりあげてほしかったテーマである。巻末は前年刊の『藤堂藩山崎戦争始末』の人名索引で、横組みの北出による労作。田村敏子のことばに関する連載の今号は、源氏物語の中の「伊賀たうめ」。福田は「続芭蕉を描いた作家たち」。小説では中村ちづ子「ふたたびの朝」が力作。医療に従事する女性を描いており、名古屋の同人誌「北斗」に発表した分に手を入れたとある。編集後記には年内刊行へこぎつけたこと、松阪の田畑美穂の訃報が記されている。

20号（一〇年十二月）は二九〇ページ。関西で活躍し、読売伊賀版に百四十回の連載を続けた華房良輔追悼が巻頭。藤本義一や地元の番條克治を含め、七人によった。続いて歌手の奥則夫追悼が二編。両追悼とも故人の作を併載。活躍を始めた映画監督の呉美保「伊賀に帰る」に注目。「斎藤拙堂と伊賀」は玄孫にあたる菰野在住、斎藤正和の寄稿。福田の今回は詩の現役、谷本州子。県史を担当してきた吉村利男は伊賀初の衆院議員、立入奇一について詳述（次号にも）。旧三中で教えた明治の国文学者、沼波瓊音に触れた小コラムも珍重したい。巻末の一〇〇ページにわたる旧市庁舎問題三編は伊勢路には見られない重厚な提起。

21号（一一年十月）は二八五ページ。東日本大震災の年だけに最初はその特集。ボランティア報告二編に続いて福田「震災を語り継ぐもの」では横光や吉村昭などのほか、『古地震』（一九八二年刊）の中の伊賀の例に触れている。榊莫山追悼は元永定正と谷本州子の二編。陶芸で知られた今岡晃人（一九三五～八二）追想の特集が八編で六〇ページ分。若いころ朝日三重版の文芸欄に投稿した短歌や詩の採録は貴重（選者は印田巨鳥、中野嘉一。詩で中野の評言を添えたのは何よりだった）。やがて「空間」を創刊、県歌人クラブ設立（一九六〇年に津の専修寺で）に関与した辺りも詳しい。のち鎌倉の中原中也旧居に住むに至ったという故人のエッセイがまた貴重。第二特集は伊賀先賢伝で、四編の中では北出明「ユダヤ難民救出と高久甚之助」。巻末五五ページ分は竹之矢虎雄の市庁舎問題。なお、この号から表紙絵は森中喬章になった。

22号（一二年十二月）は二七七ページ。巻頭は「さようならマンちゃん」、元永定正の一周忌にちなむ五二ページ分。木村重信や毛利伊知郎を含む十五編と略年譜から成る。横光関連の三編に注目（次男、横光佑典のエッセイ、福田の連載では〈ふるさと〉の問題。北出の全集未収録横光書簡の今回は一九四一年の箱根における〈みそぎ〉が登場）。巻末は引き続き庁舎問題の四編。地域文化の拠点にしたい、といった考え方はこの後に出てくるのだろうか。

23号（一三年十月）は二二〇ページ。特集は「パルナッスの丘とその周辺」。野村拓らの四編は敗戦直後の上野における文化的高揚を誇らかに語る。羽仁新五や小森陽一の母、香子などの名も登場。4号でとりあげた好企画の続編と言えよう。横光の研究者、井上謙追悼もある。年金暮らしとなり年会費のかさむ学会などへの出費を抑えるべく次々に退会したともらされたことなど私も思い出す。華房の遺稿「美人はなぜ美しいか」の連載（三回）はこの号で終わった。巻末には二〇一三年の台風被害と治水問題を扱ったレポートや、乱歩蔵びらき、旧細川邸など登場の中相作の問題提起的な戯文。

24号（一四年十一月）は二一七ページ。最初の五〇ページ分は芭蕉生誕三七〇年記念の六編（伊賀連句会による半歌仙も）。追悼は植物が専門の太田崇（市の南端、霧生の人）。各句会ごとの作品掲載がこの号以降、ページをひろげる形となった。中は「伊賀一筆」創刊の辞。巻末は横組みで、野村拓のそれぞれ一行に凝縮した年ごとの自分史。上野高校卒業生七名と福田による試案「伊賀ことば辞典」の二種類。ともに新鮮な企画には違いない。

25号（一五年十一月）は三〇四ページ。冒頭五〇ページにわたる岸宏子追悼。計十七編と十三歳時の掌編「夕」。略年譜・著作目録のほか放送作品一覧で八ページ分（私も「岸宏子・私見」を寄せた）。各句会の諸作以外に風人短歌会メンバーの自選十首や伊賀連句会の百韻、谷本の詩（このところ毎号）を併載している。戦後七〇年の特集は五編。充実しており、福田は「きけわだつみのこえ」から伊賀の二人、菊山裕生（俳人、菊山九園の三男）と菊山吉之助（歌人・陶芸家の菊山當年男の次男）をとりあげた。伊賀の画人、前田呉耕、岡本大更を扱う二編が登場。仲川忠道は伊賀四国八十八ヶ所について記す。永六輔とつながる「学校ごっこ」の閉校、ＷＥＢ「伊賀別筆」の辞のあとは巻末となり、細川ゆう子の川上ダム問題、「伊賀百筆」の「筆者別内容索引」。ともに横組みで、後者など他誌も学ぶべき類と言えよう。

26号（一六年十二月）は二八八ページ。「ふるさと三重文化賞」受賞で最初に五ページ分。10号までを振り返った拙稿はその中の一つ。続いて特集は地域おこし六編。詩歌系に六四ページ分。そのあと長谷川直哉の「段駄羅句はいかが」。近世江戸で流行した句作りの現代版、輪島市の例を紹介している。芭蕉関連四編、横光関係三編の中では福田による横光中学時代の創作ノート紹介が重要。未発表資料集『青春の横光利一』に未収のものである。忍術秘伝書「萬川集海」の読み方に関し、北出は問題提起。このあと創作が二編。巻末横組みは鎌田陽司の水源問題。編集後記には伊賀市長選や天神祭のダンジリ行事がユネスコに認められた件など。

27号（一七年十二月）は二五八ページ。巻頭特集は吉村芳之追悼。ＮＨＫでの主な演出作品などを示し、中心は七人の寄稿（中にアニメーションの古川タクの一文、吉村あてに描いた年賀状の七福神の絵あり、対して吉村からの一茶の絵が付く例も）。特集の最後は1号から25号まで「伊賀百筆」に寄せた「撮影日記」一覧でしめくくっている。地元の詩歌系諸作は今号も五七ページ分。福田の連載は横光の俳句。北出の書簡紹介、今回は主に近松秋江「黒髪」関連の六通で、画家・平福百穂と俳人・嶋田青峰連名の秋江あて葉書なども。志摩・的矢出身の青峰は「梧桐に二階狭きは貸間かな」を添えている。巻末特集は濱川勝彦追悼、十四人が寄せた。神戸生まれ、上野高校へ着任し、のち京都女子大や奈良女子大で教えた近代文学の研究者。若いころ、県高校国語科研究会の現代文部会で知り合い、同研究会の「会報」には拙著『三重・文学を歩く』への好意と批判、ありがたかった。定年後、何回か顔を合わせる機会もあって、忘れられない同年輩。編集後記で北出は上高の担任だった時の氏を生き生きと伝える。

28号（一九年一月）は三二〇ページ。最初は殖産家、田中善助生誕一六〇年にちなむ特集で三編。詩歌の並ぶページでは谷本の詩「月ヶ瀬梅渓」に注目。福田の連載は「伊賀近代文学館」。県文学館創設へと動いて挫折を味わった私などには胸が熱くなる。全国の文学館一覧も併載。県内の現状を他県と比べ、相対化する資料でもあった。北出は菊山當年男年譜。『はせを』（一九四〇年）刊行時の様子を日記紹介を兼ねて引き出す。前川友秀は貝野家文書から伊賀者の系譜。宝塚の北出至が「伊賀かるた」。小説で中村ちづ子「花咲きゆかん」、明治末に生まれた女主人公が東京大空襲など経て高齢で亡くなるまでを描く。11、18、19、21、27号掲載の同氏の作を改めて読み直さなければ、と思う。それにしても小説の類、誌面にとっても地域文化の充実を考えても、競い手が増えなくては。

29号（一九年十二月）は二七二ページ。巻頭は上田保隆追悼。ふくろうの画家とも言われ、十三人が執筆。ご本人の檄文「いまの伊賀市に文化はあり得るか」は重く、鋭い。略年譜も付く。詩歌系は六一ページ分。森下達也「晩年の今井順吉」は横光を教えた祖父に関して。旅順博物館長の時期もあり、横光は生涯の中ではほんの一端だったか。戦後の「二八災害」、小田町の三人への聞き取り調査に注目。今、聞いておかなくては、の類で県内各地の課題と言えよう（私の関係する「津市民文化」でも大合併後の2号で多少は手を付けた）。北出「伊賀郷土史会の軌跡」が圧巻。戦後、村治らによってスタートし、発展を遂げたが、一九九五年以降は休止状態という。歩みの記録も貴重。実は同会事務局長としての問題提起なのである。編集後記で市庁舎活用の濃霧状態、伊賀越資料館と古陶館の閉鎖を知った。

30号（二〇年十二月）は三〇四ページ。追悼特集は森中喬章、十七人による三九ページ分。上野に近い旧花垣村の出身で、鈴鹿の浅野弥衛に学んだこともあるという。県外やイギリスで個展、グループ展。一年前には地元で米寿展を開いた。「伊賀百筆」の表紙絵は29号まで担当した。次いで俳句に三一ページ分。その末尾にはホトトギス同人で「芭蕉伊賀」主宰の藤月充子逝去の報。短歌は一四ページ分。詩は谷本州子「忍ぶ」、地域の特徴にコロナやマスクを掛け合わせた一作である。連句入門へと続き、転換して「伊賀市再見」のエッセイ三編（岡森書店の女性店長の一文も）。柘植歴史資料館閉館にちなむ百三十回の企画展リスト、乱歩の三重関係の随筆を集成した『うつし世の三重』刊行とかかわる乱歩年譜はともに貴重。福田の連載は小説現代長編新人賞奨励賞を得た中真大《まさひろ》。以上のように文芸色の強い号だが、旧大山田村の水力発電への目も光る。歴史関係で、相楽家を追う灰原美智子、「感染症と伊賀」の北出が出色。節目の号ゆえ巻末には「伊賀百筆」11号以降を振り返る拙稿も。

31号（二〇二一年十二月）は二九一ページ。巻頭に移住・交流を扱った小特集。続いて前号と同じく各句会からの俳句が三二ページ分。谷本の詩「桜」を挟んで風人短歌会十三人の自選十首へと続く。十二巻の両吟歌仙で三〇ページを割いている。二番目の小特集は三十年前に没した地理学者・辻本芳郎回想、四人による。福田の連載は「コロナ禍から生まれた表現」。多方面にわたるが、伊賀文学振興会が公募した「マイ・ストーリー伊賀」にも触れている。田村敏子のことば関連の連載、今回はわらべうた「花いちもんめ」。中村ちづ子の創作「明日を向いて」は27・29・30各号の続き、とある。その後に「百筆」休刊の謹告があって、末尾に北出の伊賀市誕生に関する漫才形式の戯文を置く。編集後記では創刊から「二十六年九か月」を経ての事情も記されており、感慨を抱いた。

以上、休刊までをたどったわけだが、なお補足するなら、朝日での月評がなくなったため「三重の古文化」で「伊賀百筆」に触れた拙稿は、95（二〇一〇年三月）、96、97、98、101、105号であった。

バックナンバーを振り返って、「伊賀百筆」の足跡を後世はどう評価するのだろうか。「伊賀百筆」なかりせば、そんなことも思い浮かぶ。関係者の尽力には頭の下がる思いだが、最後に、いささか気にかかっていた点を挙げるとすれば、分厚さのスリム化や関連して年二回刊の是非、企画記事・自由投稿・その中間と仕分けした際に活字の大小、レイアウトとの関係など。一般論として若い層へのアプローチも考えると、それなりの熟議が必要になってくる。しかも編集は楽しい集いでなくては。地域の文化誌にかかわり、意義と苦さを実感してきたところからの妄言に過ぎないが。パンデミックの中でとにかく「ご苦労さま、編集長！」と言わずにはいられない。

［二〇二一年］

2　中井正義 vs 山中智恵子

中井正義、山中智恵子について記しておきたい。両者の年齢は一つ違い、考え方も作風も正反対。二人とは七つ八つ年下ながら、双方と交流できたことを思い起こす。

中井さんの名を知ったのは尾鷲勤めの一九六〇年ごろ、職場の仲間だった白駒《はっく》光義氏からだった。氏の父は一義。中井氏はその教え子。短歌の師でもあると。

六二年に私は四日市へ転勤した。初対面は清水信宅における月一回、土曜夜の談話会だったろう。その帰路をはじめ、八〇年代には中井氏の勤務先も四日市だったから電車で一緒になる折も多々。芸文協ができて顔を合わせ、「教育文芸みえ」の編集会議や、読書感想文コンクールの選考、また公民館の文学散歩のパスなどでともに動いた。世紀をまたいで十六年近く続いた朝日の「展望・三重の文芸」は、中井氏の同種の連載をひき継いだ面もある。

六つの歌集、梅崎春生や大岡昇平の作家論などの刊行。また同人誌「文宴」主宰。背後には陸軍士官学校にいる間に敗戦という件や、学校勤務の傍ら百姓仕事を貫く往時の男性の持つ一途さがあった。

歌集『白塚村』で忘れがたい例。

①土間の水に浮きゆきぬらし戸口にてビール壜らのうち合へる音
②先生を負ひて濁流渡りたる一年まへの七月七日
③伊勢の国上野の村の道ながしきみが柩の見えなくなりぬ

①は七四年の連作「洪水」から。②③は翌年の「白駒先生」から。中井家は白塚で、同じころ一身田のわが家へも濁流は床上五十センチまで押し寄せてきた。②は、いち早く師を見舞ったのだろう。が、次の年には③となったわけである。

＊

山中智恵子さんの場合は、そのつれ合い暢仁《のぶひと》氏と四日市で同じ職場だったことに始まる。論争したこともあるが、次第に励ましが多くなっていく。土曜の帰途、鈴鹿・鼓ヶ浦の自宅へも。驚いたのは夫妻の居所は庭を挟んで別棟だったこと。通い婚に等しく、自立的な対等関係。古代と同時にあるべき現代を感じたのである。

八三年四月、四日市市民病院に暢仁さんを見舞った。重篤だから五分程度にしてほしいと個室の外で夫人はいつになく気弱だった。ところが夫君は三十分近くも能弁、私の文筆への励ましがあり、もっと居れ、とも。

一週間して亡くなった。以後、智恵子さんは水沢《すいざわ》の病院へ入ること四度。ひとりになった山中邸を時に訪れたが、他人には読めない字による水沢での歌のノートを見せてもらったこともある。県内外の文学者への批判はすさまじく、群れをなさずに〈孤〉でいなくては。そんなことも耳にできた。しかし二〇〇〇年、県立図書館・文学コーナーにおける「女うた展」の企画には山中さんは積極的だった。県側の方針転換で流れたのだが。

　印象深い歌の例。専門家の選ばない歌も挙げてみたくなる。

①川口久雄谷川健一のほめことばきみはわれよりもよろこびたまふ
②聖暢仁蜜の唇《くち》にて訪《おとな》はむひとときありて鏡翳れる
③精神分析のごと宵々の夢を記す期しがたきわが命終のため
④青人草あまた殺してしづまりし天皇制の終を視なむ
⑤雨師として祀り棄てなむ葬り日のすめらみことに氷雨降りたり

①②は第七歌集『星醒記』から。①は自らの斎宮本への書評に関して。①②とも夫君を詠んでいる。
③以下は第十二歌集『夢之記』から。④⑤は昭和天皇への挽歌。複雑な思いをのぞかせる一連の歌群は、昭和文学史の終結にふさわしい注目すべき表現例と言えよう。

［二〇二一年］

3　清水　信、めぐる走馬灯

(1)接した最初は、鈴鹿・神戸《かんべ》駅からは南にあった清水宅での土曜の集いに前田暁さんと訪れた時。一九六〇年だろうか。映画好きと名のるや、奥へ個人紙「人間　映画」を取りに行かれた。当時、土曜は半日勤務。集う男たちは夕刻からだった。

(2)後に知った氏の映画関係では、亀井文夫が重要。明大文芸科の学外実習で東宝撮影所へ。劇映画は木村荘十二、文化映画は亀井に就いた。「戦ふ兵隊」などを経て「富士の地質」のころである。翌四一年、治安維持法による亀井検挙の衝撃。北京行きの一因にも思える（戦後における氏の反骨の側面は亀井文夫と切り離せない）。

(3)北京で主な仕事は、劇場の二階から中国民衆の監視。のちの批評における草の根重視や、低い目線のルーツと考えられる。

(4)敗戦。鈴鹿へ戻り、映画も年に二百本近く見ていた。没後に私の接した「人間　映画」で、五七年の氏のベストワンは「幕末太陽傳」。「米」一位の映画雑誌よりも先を行く感。そんな目が「近代文学」の作家論連載につながったのだろう。学校勤務の傍ら、文学と映画の二刀流時代あり、と見ていい。

(5)伏流水の形で晩年の『清水信文学選』97号に傑作が現れる。「小津さん　昭和十五年」。散文詩風ながら末尾で「戸田家の兄妹」を小津作品の転向、と断じた。胸もすく。
(6)氏の文芸活動を区分するなら、近代文学賞受賞以前、以後、三重芸文協、そのあと一強期、というのはどうだろうか。
(7)個人的に氏へ依頼した例は『三重・文学を歩く』（一九八八年刊）に挟む月報的な一文。複数で助力を願ったのは、芸文協の弱腰で県文学館が実現せず、県立図書館に文学コーナーはできたものの、なお県側へ資料保存など働きかけた際。清水コレクションを県は津の施設へ運ぶに至ったが、時を経て鈴鹿へ戻ることになったものの、知らぬ間に消えた。巡り巡った痛恨のミステリーである。
(8)私の朝日連載「展望・三重の文芸」は十六年近く続いたが、目線を低く、との助言は身にしみた。『ふるさと文学館　三重』（九五年刊）への評は、のちの『清水信文学選』99号や、二〇一五年、文学コーナーの「戦後七〇年展図録」におけるアンケート回答にある。後者では今後の文学を考える指針に、とのことばも。
(9)『文学選』には「北京詩集」など中国体験に基づく作が登場した。前田氏と駅の北にできた新居を訪れたりした時の要請に応えた面あり、と解しては我田引水になろうか。
(10)二〇一六年の文学コーナー展は、四日市・菰野の特集で、氏最後の講演もあった。翌秋の展示が清水信追悼展になろとは想像もできない面白さの連続で瀬田栄之助を中心にしての回想だった。

［二〇二〇年］

4　回想・文学九十年
――自伝的交友録

(1)　幼少、そして津へ

東京に生まれたけれど

東京の小石川で私は生まれた。巣鴨に近い丸山町。のち植物園に近い指ヶ谷町へ移っている。愛星幼稚園に入ったが、教会と隣接していて、その白山教会は八木重吉や北原白秋とかかわりがあったと、かなり後になって知る。園児の誕生日ごと祝う会があり、私の場合は母が故郷の津からとり寄せた平治煎餅をみんなに手渡したのを覚えている。

小学校は竹早町の府立女子師範（現・東京学芸大）の付属で、家から歩いて二十分ほど。植物園脇の急坂を下り、大きな共同印刷のある辺り、地形的に言えば谷間を経て、また坂をのぼった。共同印刷は徳永直の「太陽のない街」に登場する鉄筋コンクリートの高い建物。竹早はかつての武家屋敷の名残りをとどめるお屋敷町だが、坂の途中には穴ぐら生活を含む困窮の人たちの一角もあり、そこを経ての通学路だった。いわば二重構造の山の手を見ていたことになるが、永井荷風は早くその辺に着目していたと私が知るのは還暦のころ。共同印刷の周辺に下請けなど印刷関連の木造も多く、インクのにおいとともに思い起こされる。

逢坂剛の父、中一弥は新聞小説のさし絵画家だったが、晩年は津にいる長男のもとで暮らし、私は何度か戦前の東京の話を聞かせてもらった。氏も指ヶ谷町に住んだことがあると言われ、番地も近かったのには驚いた。同じにいた時期など、わずかながらあったのかもしれない。

市電で巣鴨や板橋・日比谷間を走った18番の停留所は、白山下とか指ヶ谷町と呼ばれていた。そこから植物園へ向かう坂をのぼった辺りが中宅で、その向かいが白山教会である。

父は学校勤めだった関係もあって、白山上の南天堂へはよく出かけた。お供したものだが、戦前に文士の集った書店として知られる。神保町の古書店街へも付いて行った。ある時の帰りには水道橋で市電を待っていると父が消え、途方に暮れたことがある。駅口の売店へ夕刊など求めに行ったと気づいたが、それまでの心細さは幼な心に深く刻まれた。

「キンダーブック」や「講談社の絵本」にはとても親しんだが、主に家でのこと。学校の中に図書室はあったのかどうか。日米開戦は三年生の時だが、子ども用の良書など世間は話題にできたのだろうか。「少年倶楽部」が愛読誌で、海野十三の名を思い出す。戦争読みもの的な類にまじって江戸川乱歩の作など友だち仲間と話し合ったりも。親戚の家にあるレベルの高い図鑑はまた格別だった。割に外で遊ぶことが多く、弟のいるN君宅では畳の上でよく相撲をとった。

小学校の先輩には木下順二や今村昌平もいたわけだが、そんな戦前はどうだったのか、と思ってもみる。母校が必ずしも軍国調一辺倒でなかったとはいえ、とにかく私たちは戦時色の中で育ったのである。

二年生の一九四〇年は皇紀二六〇〇年だった。クラスで文集が作られ、私は「花電車」を寄せている。東京市電の奉祝車輌を白山下へ見に行っての観覧記。戦後も時を経て同窓会が開かれた折、有志がコピー判を配ってくれた。今に残る自作第一号と言っていい。担任は妻倉昌太郎先生、後に日大で心理学を教え、副学長もつとめた。

東北への学童疎開

国民学校と改称された三年生から男女別学、担任は内堀晴次先生。四年生以降、森孝一先生となる。

六年生の四四年夏、学童疎開で四年生以上の多くは宮城県中新田町《なかにいだ》へ向かった。黄疸が出て、私は一行より数週遅れて加わることになるが、それまでの間は東京残留組として登校する日々。ＪＯＡＫの学校放送で作品朗読を、と残留担当の山下正夫先生から指命され、内幸町へ赴く。付添は上田京子先生。「あの時、朗読したのは朝鮮の少年が書いた作品だったのよ。家の中を探せばあの時の放送台本が残っているはず」と上田先生は集団疎開のメンバーによる同窓会で言われた。その集いは十年ほど前まで毎年、開かれていたが、先生宅を訪れたいと申し出る以前に施設入りされたとか。戦時下では珍しいシャープペンシルを頂戴して、これも当時では稀なタクシーに乗せてもらい、ＪＯＡＫから学校へ先生と戻ったのを思い出す。四年生の担任で、疎開先の禅寺では起居をともにし、たまたま竹早の本校への出張があった折に付き添ったのだという。集いで先生から聞いたもう一つは、兄が上田耕一郎、弟は不破哲三という件。兄の方が好きだったとも。女の先生の中では何かにつけ積極的だったイメージはその辺とも関係があったわけだ。ちなみに山下先生の方は、映画監督・今村昌平が何回もエッセイに記した六年間を通じての担任。国語や放送教育の大家だと後に知る。放送博物館なんかに四四年八月後半の放送時を示す資料など残っているのだろうか。小津安二郎生誕百十年ということで二〇一三年十二月のFM「日曜喫茶室」へ出演した際、ディレクターにたずねてみたが、今や難問には違いない。

加美郡の中新田は戦後、東北一と言われるバッハホールで知られてきた。親とは離れ、逆境にあった半年間ながら地元の人びとは親切で、雪の自然を含め、私の生涯の中ではかけがえのない地である。戦後も数回、私は訪れている。詩人の宗左近が近づいたのは縄文との関連もあってだが、「三重詩人」で活躍してきた松阪の加藤千香子は中新田文学賞を受賞して縁が近くなった。二〇二一年刊、津の小松優子の歌集『はじまりの季節』は高校教師としての作が中心をなす。そんな中、亀山へと移り住んだ義母から耳にした話を一首にしたためている。

薬萊《やくらい》山見せたしという母の目にみちのくの山遠く映るや

歌の中の薬萊山。中新田を流れる鳴瀬川の堤防に立つ時、私たちも「加美富士」として眺めており、その背後に横たわる山形との県境、船形山と共になつかしい。

四五年の元旦、町はずれの鹿島神社へみんなで向かった時、初めての句が浮かんだ。

雪道をころびころんで初詣

卒業も迫り、三月六日の夜行で東京へ戻った。九日から十日にかけての深夜は東京大空襲。防空壕に一夜いたのだが、B29の爆音が消えるたびに外へ出て近くの高台から後楽園スタジアム越しに下町の炎を見た。両親は津への疎開を決めており、送り出す荷物を大八車に乗せ、父は大塚駅や貨物専用の飯田町駅へ運ぶわけだが、後ろから妹と押した。学童疎開の半年間、欠かさず記していた日記と食事記録のノート。大塚駅へ出した荷物はそこで米機の猛爆に遭い、二冊とも津へ届かずじまいとなった。戦後もかなり経て疎開派が話題になった時期がある。中公新書の疎開日記も評価されていたが、私など貨車もろとも燃え尽きて無と化したノートのことを思い出さずにはいられなかった。

のちに母校を訪れた際、先生方が中新田で記していた校務日誌を見る機会に恵まれた。上京のたびに寄ってメモをとったりし、原文を極力、生かした形のノンフィクションに仕上げて、中新田の民間有志で年一回発行している文化同人誌「遮光器土器」へ寄稿した。失われた二冊への供養かもしれない。

中新田以前には、今村昌平も特筆したように、学校が石神井に設けていた分教農場での実習や、小平や東村山方面への遠足で武蔵野のローカルな自然には接していた。わが家でも毎年、数日ずつ父や母の故郷における地方体験を積んでいる。父の場合は浜名湖がすぐ目の前の農村。浜松からバスで赴く時もあったが、鷲津から三ケ日経由で舘山寺前に着く巡航船が印象深い。東海道線の昼間は普通列車で行くダイヤしかない時代だった。父の弟はインパール作戦で戦死するが、内地を離れる少し前に三島聯隊の面会日ということで訪れたのが最後となった。

母方の津へは概ね鳥羽行の夜行。一度だけ午前九時発の特急つばめで向かったこともある。

それらに比べ、四三年秋以降のイモの買い出しは大変だった。立川で五日市線の小さなSL列車に乗りかえ、終点手前の増戸駅下車。物々交換で入手し、リュックサックに詰め込んだ。帰途、小石川植物園前の交番で検問にひっかかってすべてを奪い取られた夜の一件を除けば、奥多摩の自然との接触でもあった。総じてローカルなものとの親和は友だち仲間よりまさっていたように思える。加えての東北。一種の異文化体験でもあり、私の場合は一九七〇年代以降、風土と文学とのつながりに関心を強めた原点と位置づけたいほど、戦争の被害・加害といった二項対立の図式では割り切れないのである。

津空襲・敗戦

小石川区役所で切符購入の許可をとり、3・10大空襲のほぼ一週後、鳥羽行の夜行を待つ列に並んだのが十九時前。二十三時前の改札まで四時間も立ち続けた。乗車はできても超満員、デッキで夜通し揺られた。明け方、名古屋へ近づくと空襲直後の惨状を目にした。関西線に入ってやっと座れた。津駅で電車を待つ長い時間、被害の見られない情景を眺めては不平等さに憤りがこみあげる。津新町駅から赤門寺に近い祖母の住む家へ。

中学の受験日はとうに終わって、疎開者枠の試験を校長室で受けたのである。病弱だった祖母はその月末に亡くなった。

四月、旧制津中学の一年生が始まり、担任は英語の澤田照徹先生。学校全体がかなり軍国調の一学期だった。東京で官立の学校勤めだった父は六月にやっと津中への転勤許可が下りた。県立への格下げ人事は前例がないと文部当局がしぶり、その間の五月には山の手空襲を経験している。

七月二十四日正午前の爆撃で津の自宅は、ほぼ全壊した。その日は家にいて、庭の防空壕へ駆けつける間もないまま轟音とともに押し入れへ飛び込んで母子四人は助かったのである。壕に入っていたら、生き埋めで即死していたろう。学校へ出ていた父はその日、敵機の去ったあと、自宅へ戻ろうとしたが、すでに炎に包まれて…と。隣組で道路脇につくった大きな壕へ私たちは移っていたが、その間に延焼の火の手が及んだわけである。

七月二十八日夜の空襲では中学の校舎も全焼。わが家はそれ以降、一九五一年まで津周辺の各地を転々とし、一軒家に住むことはなかった。住宅難に加え、食糧難の時期。学校が終わると、親切な人に貸してもらえた畠や田での農事に赴くこともしばしばだった。

敗戦前後を含め、四四年から四五年末まで本や雑誌と縁はない。辛うじてタブロイド判と化した朝日・毎日と合同の形をとる伊勢新聞には接していた。戦後すぐ文化との接点は私の場合、映画館だった。どうやって親からお金をせしめたか、畠仕事のお駄賃だったのか。津の新世界や久居・永楽座の二円九十九銭はありがたかった。三円からは入場税が加算されたのである。

本屋は？　津の中心、京口の書店はバラック四畳半程度のスペースで、早々に開店した。見たい雑誌など手にとれない位置に並べられており、無理に手を伸ばすと番頭氏のちり叩きが始まる。一ページとて立ち読みは不可。そんな中で「映画評論」や「キネマ旬報」のうすい四六年度ベストテン号を買う。中学二年の一月、二月だった。

朝日連載の石坂洋次郎「青い山脈」を愛読した。切り抜いたくらいである。父が時折、買ってくる総合雑誌や文芸誌には目を通すようになる。しかし新刊の単行本などは、ほど遠かった。

兵舎で学んだ四年間

中学二年からは旧陸軍の久居兵舎が学び舎となったが、図書室などあろうはずもない。学校側がアメリカ映画「感激の町」の感想文を募集し、応募して鉛筆一本もらえたのを覚えている。私の第一回映画評には違いない。おそらく発案者は映画演劇部の顧問、米本宏先生だったはず。友人のI君が入部したので、職員室のある兵舎の二階の部屋、というより仕切ってあるだけの一角に貼られたアメリカ映画のポスターにひかれ、私も入部したのだった。中三、四七年の夏休みには鳥羽・松阪・亀山の芝居小屋で巡回公演に至ったが、前泊の鳥羽の宿へは各自が米を持参している。

演劇が中心で、映画は練習の合い間に雑談程度。それでも二年先輩の笹山栄一さんは「うちのおやじ、オズヤスと松阪第二小学校で同級やってな」と教えてくれたりした。氏は旧制で卒業し、日大の演劇科を経て新劇俳優の道へ。顧問の米本先生のあだ名はジャジ。東大国文科時代は歌舞伎座や築地小劇場へ通い、映画も田中絹代のことをたずねれば、ご機嫌。文学的影響もいつしか受けていたことになろう。

中二の担任はすぐに思い出せない。中三は歴史の丹羽友三郎先生、のち三重短大の学長。通信簿を渡された際、成績はこの分なら太鼓判とのひと言。旧制中学で一番から順位をつける流儀がまだ残っていたのである。

四八年四月から男女共学の津高となった。演劇部のメンバーは女性優位の形。夏休み中の練習の合い間にはアイスキャンデーを食べに街へ行こう、としばしばおごってくれる不思議な女子部員もいた。

クラス担任は数学の若い深江百合子先生。伊良子清白の孫とうすうす耳にしたが、そのころ清白の話をしてほしいとは考えなかった。今世紀に入って岩波版全集が出たあと「現代詩手帖」清白特集号のあるページに清白を含む一家の写真、若かった先生に接し、感慨を抱いた。

ＧＨＱ時代で高二へ進む直前、小学区制が県内ではきびしく実施された。例えば津高だと、住居が津市街地の場合、ほぼ国道23号線を境に、西校舎・東校舎に振り分けられた。校名は一年しかなかった久居高校も登場。久居町の東部に住む私は、その東校舎行きとなった。主体は同じ兵舎内の東半分を使っていた津工業高、そこに普通科が付いた形で、学年二クラス。男生徒は津高からが中心、女生徒は松阪高（旧飯南高女）からが多かった。これはこれで自由解放的な日々となる。担任は津高から移った物理の前橋譲一先生、新婚ほやほやだった。普通科を軽視するな、と職員会議のさなか、数名でなだれ込もうとしてピンタを張られたり、室長をしてクラス雑誌を編集する中で各人の寸評を記したりした。

国語担当は若き日の鈴木茂先生、最初の授業は、佐藤春夫「望郷五月歌」をそらで板書することから始まった。次の時間は人麿の長歌。教科書などそっちのけの連続で、詩歌への開眼を促される。後年の左派的な氏とは違い、折口信夫や大正ロマンの風を私たちに吹き込んだ。新聞部の顧問だったことで先生から映画「シベリヤ物語」評をぜひと頼まれたが、きびしく批判した一文となる。進歩派が口をそろえて絶賛したソ連作品。戦前公開のヨーロッパ名画の再映などを四日市や宇治山田へも出かけ、見てきた目には凡作としか映らなかったのである。公に記した映画評第二号と言えよう。

放課後、お隣の津高西校舎の演劇部へ向かう折もあった。現にオニールの「あゝ荒野」の脇役に出演までしている。映画館通いは続き、小津安二郎「晩春」との出会いは殊に決定的だった。「印象」と題する映画ノートをつけるようになっており、とりわけ「晩春」は長文の形。高三までに七冊。Ｑこと津村秀夫流の文体で、その源はＩ君が貸してくれた「映画春秋」に載った津村による内外秀作への長い作品論。「シベリヤ物語」への酷評もその調子だった。津工高同窓会などに久居高東校舎時代の新聞は保存されているのだろうか。文学へ話題を移すなら、そのころの春休みにルソー「懺悔録」を読み通した。こんなに自由な生き方があるのか、と深い感銘と刺激をおぼえた。

文学者などの講演には関心を抱いた。さかのぼれば敗戦直後の文化の日だったかに学生時代の師ということで父と一緒に、福原麟太郎の講演を聞いた。旧制中学三年だろうか。当時は東京から津へ、夜行列車でしか来てもらえない大変な時期である。桑原武夫は新制高校のころ。いずれも会場は新町小学校や養正小学校の講堂だった。

津駅から十分ぐらいの医師会館風の二階で中村光夫の座ったまま語る講演会もあった。質疑に移り、なまいきな疑問をぶつけたのを思い出す。なぜ中村さんの評論は丁寧体なのか、第二芸術論をどう評価するか、などと。だとすれば、氏の文学論や桑原武夫を読んでいたことになろう。後年、東京の伯父の葬儀に参列している氏を見かけた。伯父の教え子だったからで、もし身内の席へ座る制約がなかったら、斎場を出た辺りで挨拶ぐらいはできたろうに、と思ったものである。

ちなみに津高文芸部に触れるなら、活発になったのは西校舎に分かれて以降。岡正基だと高三の年、私が隣の学校へ移ってからだろう。病弱だった川口常孝先生の現場復帰と関係がある。

四九年の晩秋、久居から津の御殿場海岸の一角へ転居した（まだ一軒家ではない）。ルールに従い、津高東校舎への転校となる。柳山にある旧県立高女の戦災を免れた校舎。生徒会の集会も校舎と同じくオーソドックスな感じ、選択科目の日本史など上級生と一緒の授業。アナーキーな久居高が恋しくも思われたが、いずれはこうなると考え直す。担任は英語の木葉信行先生、気楽だった。

高三へ進み、担任は家庭の市川彰子先生。のち俳誌「運河」で活躍する大久保和子さんは同じクラスだった。I君も東校舎。こちらには演劇部はないも同然で、映画の話をよくし合った。そこへはI君の彼女Yさんも時に加わった。高二の折、フランス映画「大いなる幻影」を四日市へ見に行った際、たまたま二人も来ていて、その時が転校してきた才女との初対面だったろう。ジャン・ルノワールの傑作に感動のあまり、私の目は涙を含んでいたはずである。

そんな調子で映画館通いは高三に入っても続いた。津の書店は数が増え、「キネマ旬報」の立ち読みもかなり可能になった（津でたった一つの県立図書館は旧態依然で、映画誌など置く気配はかなりあとまでなかったが）。春休みを挟んで杉山平一の小津安二郎論が載った号の辺りで戦後第一次の「旬報」は休刊に至った。時を同じくするように一九五〇年の前半、邦・洋とも公開作はレベル低下の感。映画ノート「印象」の記述も影響を受けている。

のちの高校生ほど受験勉強に必死という雰囲気ではなかった。そろそろ準備を、と思ったのは一学期末。生物部の友人に誘われ、そちらは夏のテント合宿を終えて以後、と割り切って十人ほどで志摩の波《な》切《きり》近くへ向かう。西校舎からも参加があり、K君とは一年半ぶりに再会。中一で同じクラスだったが、理系の天才肌で語学に通じ、フランス音楽のよさも吹き込んでくれた。数学を専攻したいと、名大へ進んだものの気に入らず、三重大へ編入という変わり種。そこで仲よくなったフィアンセを伴って立教の大学院へ。電気通信大を定年退職後、少し経て亡くなったという（在京中の彼に一度だけでも会いたかった）。

合宿は二泊だったが、二日目には有志で波切の銭湯へくり出したのを思い出す。

帰宅した翌日から発熱が続いた。大学病院で肺浸潤と診断され、高茶屋分院での入院生活も二か月半続いたろうか（この分院では、のちに詩の浜口長生が亡くなっている。私のいたころは院内文芸誌が盛んになる以前だった）。特効薬の開発は遅く、自然治癒を気長に待ったのである。

(2)　はたち前後の胸中

堀辰雄につながる日々

長期欠席の後、休学へ。それでも卒業式が近づくころにはクラスへ出かけたりした。そのあと仲間は飛び立っていったわけで、夏休みに帰省中の一人など「オレ、下宿でもうやったぞ」と。その春、同じ御殿場でも一戸建ちの方へ移ることができ、彼はそちらへやって来た。浮世とこの海岸は異なる、「われは山口誓子に同じく、伊勢湾岸松風の下にあり」と応ずるほかなかった。

入院中に藤村全集を読もうと思い立つ。各巻ごと父は週に一度は運んでくれた。桑原武夫の山のエッセイも意外に面白く、福原麟太郎の数々は殊に愛読した。

退院後にはラジオ第二放送の朝七時半、大作曲家の時間では三十分枠のSPレコードによるブラームス全曲放送。曲名と演奏家名を日記の日付の下に記したものである。十時からは音楽史の入門。月曜は増澤健美の交響曲…木曜は野村光一のピアノ曲…といった具合なのだが、週に一日は停電日もあり、聴けない回は地団駄を踏んだ。置きざりにされた青春を埋め合わせようとしたのか、文学やクラシック音楽と向き合っていく。映画はしばらく遠のいた形だったが、やがて鎖国を解いた。

五二年の早春、病院へ同じく気胸で来ていた一つ年上の女性Aさんと帰りがけ、津駅近くまで一緒に歩いた。別れて青山書店へ寄るとガイリンガー『ブラームス』の山根銀二邦訳本に出会う。入手したかったが、当時の身には高嶺の花。あきらめるほかなく、ずっと後に別の出版社からの再刊本で読んだ。東京の文化放送では山根のベートーヴェン全曲の連続解説、三重だと入りにくい電波ながら勢いのある声調に耳傾けた。

Aさんから水原秋櫻子の句を添えた手紙が舞い込む。死と隣り合わせだった堀辰雄への関心も共通項で、親交が始まった。が、電話など自宅にはまだない時代。年に数回、お宅を訪ねて話し合える機があったに過ぎない。日常は海岸の松林に囲まれ、どん底に突き落とされたまま沈思の時間に耐えていたのである。

ブルックナー、小津への傾倒

高三へ復帰した。休学以前の一学期間の出席日数は認めるとのことで、必要な日数だけ散発的に登校。かつての伊勢電鉄、つまり近鉄伊勢線で米津《よねず》から江戸橋で乗り換え、津新町まで遠回りして行くほかなく、GHQ期も終わって小学区制が解かれ、元の地に再建された粗末な木造校舎だった。親友がいるわけでもない状況だったが、川口先生の選択古典は記憶に残る。「雨月物語」の「夢応の鯉魚」、フィクションの力を知ったのである。先生は五二年度で辞し、文学ひとすじの上京となった。

二年遅れての高校卒業式。感銘もない。切れ切れに出席したホームルーム。国語担当で温厚な担任、森勇先生は静かに見守ってくださったのかもしれない。進学の意志も示さぬままに推移し、家にいれば昼間の横臥や、ラジオで勝手気ままな音楽三昧。両親を悩ませていたに違いない。模試のつもりで受けては、と言われて三重大受験へ向かう。そういえば小・中以来、またこのあとの採用試験ほかを含め、受験勉強とはほぼ無縁な形で私はずっときたわけである。

合格したが、喜びはない。未来への意志も持ち合わせず、引きこもり同然の中で一般とは異なる内的時間の充実に没頭した。大学では一般教養の科目など単位修得に必要な最低時間しか出ず、人との交流も極力避けた。体力が回復に近づく後半期では変化も起きるが、さすらいは続いていたのである。

まず私的な時間における例。県外の美術館へ赴くようになった。三重県内はむろんのこと、名古屋にもないころで、京都だとついでに京大へ進んでいたN君に会い、入手できたというマーラー「第九」の楽譜を見せてもらったりした。

孤立していた中、ブルックナーを聴いて至福の境を知った。FEN放送で聴いたセル指揮、ニューヨーク・フィルの「第八」、家にこもっていればこその時間帯、十四時からだった。第二放送午後のクラシック番組にブルックナーなど昭和二十年代は年に一曲だけ流れる程度だった。イタリア映画「夏の嵐」の日本公開は一九五五年。翌年の上京時、名画座で接し、「第七」がたっぷり使われているのに接した。音楽誌「プレイバック」へ投稿し、「ブルックナー好きの少数派よ、名乗りをあげて」と呼びかけたところ、反応があり、代表例は東京の三森氏。築地市場まぐろ問屋の若主人、おかげでその後の長年月、つき合いが続いた。大阪・堺の、学生だった白木原氏との交流も忘れがたい。一番の思い出はお宅に前泊させてもらい、翌朝早く出発して神戸・三の宮の音楽喫茶店へともに向かった時。八十分以上を要する「第五」をリクエストするには開店前に並ぶ必要があった。フリューガー指揮、ライプチヒ放送響の東独盤で、放送されたこともなく、堪能させられた。

地元の津で中・高の一年先輩だったUさん。京都の高校教師として赴いたが、ドイツ音楽通でブルックナーについてもよく語り合ったものである。

内向的、小市民的なブラームスから宇宙的、田舎びと的なブルックナーへ関心は移ったわけだ。当時、好ましく思えた山根銀二の音楽批評の中でマーラーへの評価は早かったが、ブルックナーを氏はつかみ損ねていた（社会へ出た五八年、私は地元のある雑誌にブルックナーを例にして発展の考え方よりも循環の方を、といったエッセイを寄せている）。

映画は地元の劇場も増え、地方でも大方の秀作・佳作は見られる時期に入っていた。小津安二郎の「早春」は一九五六年だが、佐藤忠男・佐藤重臣が「キネマ旬報」の新人論壇欄へ批判的な論を投稿、ほかのアマチュア論者も「映画評論」では全面否定的だった。「映画芸術」が年度のベストワンを募った際、私は「早春」が一位だと胸を張った。進歩派の影響もあって図式主義が横行していた状況への反発も背後にはあったはず。とにかく小津・成瀬への批判の強圧に弱い体力で耐え、それが時を経て小津研究の先駆、杉山平一さんとの親交につながっていったのである。

文学。藤村のあと小林秀雄をいくつも読んだ。大正・昭和のいろんな作家のものなど、系統的でなく濫読気味だった。戦後派では大岡昇平、第三の新人では安岡章太郎にひかれた。その当時の新人は大江・開高・石原。江藤淳も最初期の文体論は新鮮だった。共感できたのは例えば伊藤整の生の実感説。もっと上の世代だと福原麟太郎の愚者をよしとする説。桑原武夫の「漢文などと」といった発言は腹立たしかったが、進歩派でも木下順二や中野好夫の考え方には文学者らしい低音部があって納得がいった。

なぜ関心がこのように諸ジャンルへ及んだのか。詮ずるところ小林秀雄の中で戦前期はともかく、以後しだいに文学外のジャンルに注目していったことと関連がありそう。作の琴線に触れてこそ、といった極点の重視。自分なりの小林受容だったのでは、と思う。

ところで堀辰雄への傾斜はその後、どうなったか。ずっと読んでいくうち、どこか行きどまりの感を抱くようになる。病者の文学でも梶井基次郎の方へ。関連した著作で言うなら、堀に心酔型の谷田昌平よりも、梶井・堀の二人を視野に入れた佐々木基一。遠藤周作の新書判も出た。

大学での思い出はどうだろう。語学には積極的だった。ドイツ語購読の「緑のハインリヒ」、ヘッセ・カロッサ・リルケなど。英語では「マクベス」の精読や、V・ウルフの文体の新鮮さに接した（フランス語はラジオで前田陽一のを学んだが）。

専門科目の国文学はどの先生も伝統的流儀。父が購読していた「文学」や「国語と国文学」を時折、読んで新しい動向に触れたりし、むしろ独学をよしとしていた。注力した提出レポートの例は「あゆひ抄」、荀子の詩経からの断章取義、近松戯曲と内田吐夢の映画化との比較など。

早く全学対象で南原繁の講演を聞いたが、年ごとに学科が招いた遠藤嘉基・西尾実・時枝誠記・服部四郎・永積安明などのトークは刺激的で、論争含みの場合もあった。県高校国語科研究会の有志も参加し、そちらの会長をつとめていた堀田要治氏（亀山高）とは学生の間に相識となった。

のち活躍していく渡辺正也・北村けんじの辺りはとうに卒業しており、内海康子・西出新三郎・堀坂伊勢子らが周りにはいた。研究畑へ進んだ岡本勝は少しあと、中川𦁿梵や広岡義隆は学舎が江戸橋へ移転して以降だろう。

五七年の秋、教員採用試験を受けた。高校は就職難と言われ、合格通知は来ても正規採用はまずないというのが常識だった。その一、二年前から高校で一年下だった美杉出身のS君とは彼の帰省のたび、文学談義をかわしていた。早大の大学院で近代詩をテーマにしていたが、しきりに来るように勧められ、柳田泉や岩瀬孝を早く紹介したいとも。当時の国文学界では近代専攻は少数派、殊に東海地区が突出していただけに誘いはありがたかった。が、東京へ戻れる機会とはいえ、体力の自信、家の経済事情から即応はしにくい。すぐに就職よりは学び直しを。そんな思いを募らせたことは確かで、そのころ永積さんの徒然草論を聞いたことになる。講演後、控室で神戸大の様子をたずねたところ、文学部は新制だから大学院はまだ先だが、お茶の水女子大や奈良女子大と同時に専攻科が来春から可能になるかもしれないとのこと。打開の一助、と受けとめた。

卒論にとり組んでいた時期である。「堀辰雄における日本古典」。十年後、「国語と国文学」へ早大の杉野要吉氏が寄せた論に接し、似ていると感じた。

提出した直後、Aさんは結婚したという報を耳にする。その日が来たわけで、祝福しなくては、と思った。現実への旅立ち、もしくは復帰と言えよう。非現実を生きてきたような自分への照射とも感じ、十八歳から七年近い彷徨は極小の球体と化していく。今回、七十年ぶりに、封印を解こうとしたものの、これ以上はフィクションの出番なのかもしれない。

神戸の夢、出発の松阪

(3) 遅ればせの青春

一九五八年の一月から四月までは人生の岐路と言っていい時期だった。二月十日が誕生日なので二十五歳に入る前後に当たる。卒論も終え、いろんな本に接していたはずで、秋山虔の源氏・桐壺の巻だけを扱った一冊本の新鮮さは、戦後ならではの研究のありようだと思われた。今井源衛の新書判は病との闘いの中からの源氏研究と感じ、しかも四日市出身である。かつて父が入手していた風巻景次郎のラジオ新書の古典論も予想以上に感銘深かった。

一月に永積さんを神戸大の御影学舎にたずね、専攻科の件を確かめた。開設の認可が遅れるかもしれないので、それまでの間、学士入学で待機しては、とのこと。事務方がとても親切で、受験案内や授業内容一覧のシラバスなどもすぐに届いた。五七年度の場合、永積教授は玉かづら、猪野謙二助教授は西鶴など、意外な購読があるのに驚く。新制の学部ゆえ専任が少なく、古代や近世は非常勤、といった時期である（さすが翌年から両氏の異例はなくなるが）。

例によって準備もせず二月の試験日に臨んだ。午前は英語とドイツ語、午後は専門科目の面接。午前の終わりに面接は教授の体調もあって、芦屋の私宅へ赴くように、と指示された。国文志望は二人で、ともに阪急で向かう。公務員アパートの永積宅。入ってすぐの六畳より狭い感じの部屋でこたつに暖まりながら雑談風の一時間近くは、編入後の研究方向など話し合う面接だった。胸の手術を経験してのことか、先生の声は体をかばうようにも聞こえ、論考での文体の鋭さとは違った点が印象に残る。その一日、一緒だった清水望さんとは以後、長い付き合いとなっていく。

二月中には神戸から合格通知が届いた。下宿探しなど考えていた三月下旬、県教委から亀山高校へ週二日、非常勤で出てほしいので同校へ出向いて曜日を相談するように、と連絡が来た。亀高では教頭の小亀定一さん、教務の中根道幸さんと面談。中根さんは初対面ながら神戸行きの件を支援したいとも言われた。のち日本文学協会（日文協）の三重の会員第一号だったのかもしれないと知り、納得できた。

ところが、四月早々、また県から松阪高校へ正式任用となる、さっそく同校へ出頭するするように、と。前年秋にもらっていた採用試験の合格通知がそんな形で生きたのである。通常より遅れた人事異動のあおりだった。就職難のころだけに両親は喜んだが、本人は両立させて歩もうとする出端をくじかれた感。しぶしぶ時の流れに従ったことになる。心身とも回復しきれておらず、万事に受動的で、大事な分岐点と主体的に対峙する余裕はなかった。

新採用は遠隔地の学校へ、というのが当時の原則。松阪は異例ゆえ一年限り、と桑原校長にまず言われた。半ば無私に近い一年間だったかもしれない。まだ通信制に制度化される以前で、通信教育部の部屋へ。レポート添削、スクーリングや出張授業で日曜は出勤。全日制授業も多く、加えて演劇部顧問。思い出はいくつもあって、例えば若い先生仲間のこと。ポーランド映画「地下水道」を三人で見に行ったり、十人ほどで篠島へ一泊の旅も。宿直の夜にフルトヴェングラーのブルックナーのLPを持参され、一緒に聴いたK先生。関連して地区の組合青年部発行の雑誌に一文を寄せたことなど。

日曜の出張授業は時に鳥羽高へ。当時の校舎は城跡にあり、海の眺めは格別。陸の孤島と言われた石鏡《いじか》から皆出席だったO君など今も健在だろうか。一度だけ木本《こ》高へも。紀勢東線のSLで尾鷲へ向かい、省営バスに乗り換えて矢の川峠越え。雲海を行く車窓からはまるで水墨画の世界と感じた。前泊して翌日の授業には数人。戦後十三年を経てなお、梅干しとたくわんの弁当を持参した、働きながら学ぶ女生徒の現実に接したことなど、のちの仕事の原点かもしれない。

一方で全日制は。演劇部員の熱心さに驚かされた。少し前には日活で活躍の沢本忠雄も在籍していたというが、部員との初対面時、脚本は長谷川行勇「広島の女」とすでに決まっており、練習も始まっていたのである。秋のコンクールめざし、夏休みもとれないほどだった。帰途、近鉄の伊勢線に乗り換えるべく松ヶ崎駅で長く待たされた折の満月も甦る。脚本を少々いじりたいと、千葉県成田の作者の家へ了解を求めに赴いたりもした。秋、県代表に選ばれ、全員が前泊を伴う名古屋での中部大会に臨んだのである。津高で演劇部顧問だったジャジこと米本先生はコンクール嫌いだったのに、教え子の私がコンクールに巻き込まれようとは。しかも先生の高二の娘さんも出演していたのである。高三なので出演はしなかったものの、竹内浩三の姉、松島こうさんの次女も部員だった。

自宅が米《よね》の庄のジャジ先生とは時折、松ヶ崎乗り換えの際、一緒になった。国語科どうしだったので電話をあらかじめ掛けて授業での疑問点など相談したことも。「現代国語」の登場五年前である（考えてみれば戦後も十八年を経て高校の国語教科書は戦後的になったわけだ）。当時、使った教科書はあまりに通りいっぺんで、殊に現代文はひどかった。そこにも原因はあってのこと（次に赴任した尾鷲高では三年目に筑摩版「国語一」を採択し、やっと落ち着けたというのが実感。戦前の岩波版中等国語の延長線的な西尾実編だが）。

いつしか横臥とつながった別世界は遠くへ去り、神戸への夢も封印に近い形で松阪の一年間は終わった。

尾鷲の六〇年安保

東紀州の歴史に刻印される紀勢本線の全通は一九五九年七月。それ以前は参宮線相可口で乗り換え、紀勢東線の各停が一日に数本、尾鷲までの貨客混合が長く続いた。西へ延伸され、松阪からの直通も実現するようになっていくが、三月末日の夕刻に到着した。

駅へは用務員のHさんがリヤカーで迎えにきてくれていた。学校側は毎春、あらかじめ下宿を用意しておくのが恒例。尾鷲高は駅から十数分の坂の上だが、その裏手に当たる小さな川に近い農家Tさん宅の離れへ向かった。共働きの農家ながら主人は営林署とも関係し、週の何日かは朝四時起きで愛犬を伴い、矢の川峠近くの山仕事に従事していた。毎夜の大酒、時に誘い込まれたが、日中戦争従軍時の思い出話も。現地の床屋へ赴いた上官が代金を払わずに店を出たので店主は追ったところ、軍刀を振りかざしたというエピソードなど強烈だった。明日は休日ながら山に向かうから、と誘われたこともあるが、行けずじまい。あとで思えば戦場談や山行きにもっと積極的であるべきだった。奥さんもいい人で、下宿代を受けとろうとはしない。申しわけなく、翌春には町なかのお年寄り宅の二階へ移った。

月に一度は帰津したが、着任早々の五月だったたか、前任校の催しで角川源義の講演があり、帰るついでに赴いた。講演後、氏との歓談の中で、上京の折には社へ寄るように、と。

夏休みに信濃追分行きを企て、東京経由を選んだ。角川の社屋を訪れる。それなら堀辰雄夫人への紹介状を書きましょうと、源義氏さっそく机に向かわれた。アプト式の重々しい機関車で列車は軽井沢へとあえぎ登り、やがて高原の小駅だった。

あるじ没後五、六年の堀宅。記念館化はるか以前だから素朴な感じで、多恵子さんも若かった。資料の整理は進んでいるが、音楽関係など助けてくださる方はないものか、と言われた。新幹線以前、中央西線の特急もないころで返答できずじまい、いい機会を逸したことになる。帰途、東京の古書店で全集本を購入。送ってもらうが、尾鷲の下宿へは全巻水びたしの到着。途中で伊勢湾台風に遭ったのである。尾鷲高は三年いたことになるが、ずっと普通科の担任だった。授業では上の学年や家庭科、商業科、水産科の一部も担当。普通科は学年四クラス。生徒は毎年、クラス替えとなるが、国語の授業はその間、全クラスだった。小学区制は廃され、進学中心の伊勢高も新設されたが、そちらへはまだ赴かない時期。例えば東芝社長となる西田厚聰も、クラス担任はしなかったものの、教え子の一人には違いない。

前述のように国語教科書は旧方式のころ。三省堂版はまだましだったとか、ユニークな高木市之助編の古典で一茶を扱った際、生徒主体のグループ授業を進めたことなど記憶している。三年目に以前から使ってみたいと期待していた西尾国語に接し、日文協を含む民間研究諸団体の唱えていた文学教育の実践にも近づけたのである。

五九年の紀勢線全通や伊勢湾台風に続き、六〇年安保も忘れがたい。全国的な動きで頂点を迎えた六月の当日、生徒会は一日中クラスごとに集会を開き、教師側は静観して見守った。生徒の一部は夜、市民の提灯デモへも参加した。その辺を見通して、私もその一人だった職場委員と三善協中校長との、明日は良識をもって対処してほしいとの交渉は夜九時近くに及んだ。三善氏は京大英文科卒の好紳士。作曲家・三善晃を含む一族とも耳にしていたが、まことに気の毒な一夜となったのかもしれない。しかし職場と校長とは深刻な対立には至らなかった。戦後民主主義のいい面が校内では貫かれており、もともと社会意識の薄かった私には新鮮な驚きで、当時のはやりことばを使うなら、自分に一種の〈変革〉をもたらし、他校では体験できない日々とも言えた。

学校側が用意した講演会を思い起こす。

下重暁子。まだ駆け出しのＪＯＣＫアナウンサーのころで、もの書き志望など、早くからあったのだろうか。

佐古純一郎。休日に帰津していた私は十六時すぎ松阪始発の各駅停車に同乗する形で出迎えた。当時、文芸評論家としての顔もあったが、翌日の講演は漱石。とりわけ二松学舎と関係する部分は興味深かった。

山下肇。戦中のドイツにおける学徒の青春に関してだったか。担当だったので尾鷲駅へ見送る。夫人も同伴のタクシー車中での話が面白く、このあとは紀伊勝浦へ、とのこと。新宮行の各停に乗ってしまい、熊野市駅まで車窓からの案内を兼ねる同行となった。

坂田昌一。物理学者らしい内容。午前に終え、十四時発の準急で名古屋へ帰られたが、駅までの十数分は徒歩だった。のち筑摩版「現代国語」に教材として画期的な「科学の現代的性格」が登場した。

電源開発が進みつつあった時期で、六一年には火力発電所の建設問題も表面化し、関連して市内の瀬木山をなくする案が地元発行の夕刊二紙に報じられた。高度経済成長の波は紀伊半島の一角にも及んでいたと言っていい。

そんな時期ながら私にとって、小六の東北に加えての異文化体験には違いなかった。クルマ社会はまだ先だったが、可能な範囲で未知の自然に触れることもできたし、方言を先頭に紀州人の独自なありように魅せられ、例えば伊勢国を相対化して見るようになったのである。

ほかの思い出も記しておきたい。山林で高名な土井家の一人、土井治氏は私の赴任とは入れ替わりに共立女子短大の英文科勤務となって上京、休暇時を除いては不在だった。失恋した立原道造を伴って尾鷲の自宅へ泊め、そのあと船で和歌山県側へ同行し、立原の詩「のちのおもひに」が生まれたエピソードなど直接に聞けたのは、ずっと後に訪れた時である。

森敦が電源開発の尾鷲事務所で働いていたのは私と同時期だが、それを知るのも時を経てのこと。一部の文壇人以外には無名の人にすぎなかったが、路上ですれ違ったり、飲み屋の向こうの席にいたのかもしれない。

「コスモス」の歌人、仲宗角は当時、地元を離れていたはずで、のちに接した。私の教えたひとりの女生徒は卒業後、宮柊二の家で働き、学んだのだが、六六年二月の旅に基づく柊二の尾鷲連作八十二首ともども、仲の尽力は大きい。

臼井吉見は引本で講演をした。土井家とは別の山林の主、速水家へ一泊してのこと。小さな相賀駅の改札口を通って、各停で松阪へ向かう氏のずんぐりした姿が思い浮かぶ。全通したとはいえ、紀勢線に特急はまだない時代である。

紀伊長島の小倉肇と親しくなった。ずっと後、「教育文芸みえ」の編集委員会を一緒に進めたりもしたが、当時の彼はそろそろ児童文学に着手していた時期と言えよう。

木本の岡本實画伯を訪ねたことがある。紀北とは違う地域性や、氏の絵のレベルの高さを知った。

下宿生活の三年間、新聞は東京新聞の夕刊を郵送で購読した。二、三日遅れながら例えば文芸欄の「大波小波」、山根銀二の音楽会評、尾崎宏次の劇評などは大手の他紙にない類。六〇年安保前後の文化的動向のアンテナだった（あとから考えると、もっと海や山、祭りや習俗など東紀州の深層に関心を向けるべきだったとも思う。のち谷川健一と接した辺りで気づかされた）。

土井治の存在も手伝ってか、尾鷲にはそれなりの文化的空気が漂っていた。氏のいとこに当たる郵便局長だったO氏は大のレコードファン、中央公民館でLPコンサートなど開いていた。ある時、ブルックナー「第八」の一夜を、と持ちかけられ、カラヤンとベルリン・フィルのLP新盤を津から持参し、解説も担当した。初体験の九十分近い大曲、二十人ほどの皆さんの感想はどうだったのだろう。

のち私はカラヤン嫌いになるが、ウイーン・フィルとの来日時、日比谷公会堂でただ一回の「第八」があった。東京の三森氏から高価極まる切符でよければ手配すると連絡が入った。伊勢湾台風の直後で桑名・名古屋間は不通。近鉄の養老線経由で大垣へ向かい、始発の準急・東海に乗れて上京。開演ぎりぎりに入場したが、演奏には不満も残った。

とはいえ、関心の中心は国語教育や文学関連だったろう。県高校国語科研究会の活動には積極的に参加した。牟婁支部の講演に高木市之助さんを招くべく、名古屋の自宅へ依頼に赴いた。

高木さんの話はそれまでにも万葉関係など何度か耳にしてきたが、氏の書物や雑誌掲載の文章にさほど登場しない平賀源内や、紫式部・清少納言が演題だった時も思い出される。後者は名古屋で催された平安文学会の公開講演。「野分立ちて」と題し、清少・紫を対比的にとらえて、例の憶良対家持の論と通ずる流儀、魅せられた。

その日の前座は若き日の秋山虔。近江の君についてだった。高木講演のあとに総会が始まり、ロビーへ出て長椅子に座ると、そこへ秋山さんも。ほかには誰もいないロビーで雑談できたことがのちの長いお付き合いの発端となった。桐壺の巻を解き明かした一冊本に新鮮な感銘を受けたと伝えたことも一つだろうか。「日本文学」誌上の高木論文「憶良と中国」や秋山源氏に接し、日本文学協会へ近づいた。

文学研究と平行して国語教育も柱にしている学会。神戸との関係がさらに促したのである。

ある上京時、秋山さんと荻窪駅で落ち合う約束をして、三好行雄宅へ向かった。三好さんが東大へ移る以前、立教大のころで、昭和十年代の〈芸術的抵抗〉を論じた三好説に興を抱いた、としゃべったところから連れてくださったわけだが、二時間近くの多くは着物姿のご両人の論争となる。作品の受けとり方、研究的な対し方をめぐってだったろうか。何とも希有な機会で、その直後に中身をメモしておくとよかった。

尾鷲へ赴任した年の秋、三重大が会場の中部文学会で私は「堀辰雄と日本古典」の題で研究発表をしている。高木氏が会長、新村猛氏が副会長。研究のタコつぼ化とは逆をいく会で、短命に終わる組織だったが。三好宅訪問はその時の発表とも関係があった。

尾鷲と別れる最後の日、三月一日に卒業した十人前後の男女メンバーと地元の便石《びんし》山へ登った。下山し、松阪行の最終、十七時の列車に乗ったが、車窓からは線路わきで見送ってくれた彼らの姿。今も甦ってくる。

尾鷲の文化人グループが編集していた「熊野文化」に三年間回顧のエッセイ「尾鷲よいとこ」を寄せたのは帰津してから。まだ二十代後半であり、公に発表した文章などは少なかった時期である（伊勢新聞に寄せた映画関連はあるが）。

日文協・御影学舎

東京・大塚の日文協の事務所へは上京時に時々、寄ったことがある。荒木繁、向井芳樹、阪下圭八といった諸氏を知ったし、夜の小さな研究会に顔を出したことも。年ごとの大会は例えば五九、六〇年など昼食時は広島大の磯貝英夫さんと一緒で、直後には昭和作家研究の一冊を送ってくださった。秋山虔さんと一緒に食べた六一年は法政大が会場。午後の総会にも出ておこうか、それとも東京文化会館のバーンスタインとニューヨーク・フィルの方へ、ともらしたところ、それは上野ですよ、と。当日売りもあって「春の祭典」やアイヴズの第二交響曲だった（ちなみにそれは米側主導の音楽祭の一つ。反対した山根銀二が東京新聞の演奏会評を辞することにつながった。安保への抗議で竹内好や中野好夫が大学を去ったのと一連と言えよう。そんな時代なのである）。

日文協の書記長に就く前の祖父江昭二氏とは演劇の雑談を何回かした。フランスのジャン・ルイ・バロー劇団によるクローデルの「クリストファ・コロン」を大阪国際フェスティバルで見たと持ちかけ、伊勢新聞へ寄せた劇評も送ったりしたが、あとで思えば劇団・民芸のリアリズム路線を推進していた氏に、青二才の一文など赤面ものに等しい。

猪野謙二氏による〈伝統と創造〉をどう考えるべきか、についての長い問題提起があった。卒論で扱ったこととも関連があり、挑まれるような、刺激に満ちたもの。国民文学論の是非を越えて、苦い良薬となっていく。

神戸とのその後はどうか。

松阪高では月曜が代休だったし、全日制の試験期間中に年休をとるなどして出向いた。尾鷲時代にも何回か。永積さんの講義は中世和歌、演習は世阿弥で、軍記系などとは異なっていた。清水望さんの所で泊めてもらい、例えば「試行」や吉本隆明への早い関心を知った（新制の一期生で、英文科を経て姫路の中学で教え、国文科へ再入学したわけで、卒業後は近畿大や奈良大の図書館に勤めたのである）。

国文科助手の森井典男さん（私より四つ年下）とも親しくなる。猪野さんの文学史講義があったその日は、日文協における伝統論の学生向け版。終わって猪野さんや、取り巻きの学生数人と一緒に阪神の駅近くのそば屋へ、と森井氏に誘われて同行。日常風の猪野さんと話せた最初である。

森井さんと親しい仲間との飲み会へも。そこで芸術学科の卒論には映画を考えているという米長寿さんと対面。小林太市郎の蕪村講義が面白いと言われて翌日、研究室で五人ほどの受講生に画集を見せながら語っていく泰然自若ぶりに接した。対照的だったのは谷信一の近代日本美術史。こちらは教室だったが、本来のテーマそっちのけで教授会批判を連発。東京芸大との兼務教授、夜行の疲れもそうさせたのか。実は芸濃町の出身で、駒田信二の兄に当たる。六〇年安保前後ならでは、進歩派嫌いの例だろう。

森井さんの下宿でも厄介になった。清水さんとは別の意味で、刺激を受けたと言っていい。益田勝実の集中講義を絶賛、柳田國男や民俗学への目を開かされたとのこと。東京の神代高校定時制教師だったころの益田氏である。森井さんの専門は保元や平治。岩波の古典大系本の永積氏による保元・平治の巻を手伝ったり、自らも論文を研究誌に発表済みだった。

当時、国文科の助手は二年交替（芸術学科などは成瀬不二雄氏のように長期だったが）。期限を終え、一九六一年春から大阪市のある図書館へ移り、研究が続けられなくなったと嘆いていた。六二年の二月、彼の下宿で泊まった時には以前と違い、ひどく感情の揺れが激しいのに気づいた。しかし三月下旬には伊勢へ旅したい、姫路発の草津線経由・鳥羽行の快速に乗るからとも。津で途中下車したら、昼を一緒に食べて私も同行しようと話は弾んだ。少し経て葉書に日時など知らせてきたが、彼は降りてこなかった。

内なる病が進んでいたのかもしれない。

その四月から私は四日市高校へ転勤。六月半ばの休日、清水望さんから電話が入って森井が自死したと。その当時、わが家に電話はなく、少し離れた隣家の奥さんが呼び出してくださり、阪神野田駅のプラットホームから、とのこと。衝撃が走った。一週間後、野田駅へ向かい、枕木に残る血痕を目にして祈るほかなかった(彼の実家は但馬の八鹿《ようか》駅からさらに奥の山間と聞いていた)。

時を経て森井氏の後任の助手から遺文集を作るので手紙などあれば、と連絡してきた。そのすべてを送ったが、あとはなしのつぶて。あるいは次の代に学舎の六甲移転もあって処分されたか、八鹿の実家へ渡ったか。顔写真を含め、彼をしのべる類がないのは残念である。猪野謙二『日本文学の遠近』には森井典男君追悼と題する一編も収められており、これが唯一のよすがと言っていい(同書では小林太市郎賛も印象深い)。

六二年は森井さんの件以外にも日文協や神戸関連で話題が生じた。五月の連休時、日文協大会が本郷の東大で催された。〈思想と文体〉がテーマで、当時、委員長だった永積氏の発表や、状況認識の作文で登場する大河原忠蔵氏の問題提起があった。「日本文学」に感想を、と休憩時に阪下さんから頼まれ、大会特集の同誌九月号に掲載されたが、すぐに永積さんから反論の葉書が届いた。

氏の発表はその号の冒頭に収録されている。「古代から中世へ『文体における中世の成立』再論」と題した巨視的かつ氏なりの実証的展開だが、発表後には野村精一、阪下圭八、広末保などから疑問点も出て、議論となった。「すべてはあまりに予定調和的ではないか」とか、「大河原報告のことばを借りるならコブシ型の発想にたてこもりすぎ」などと拙稿にはあり、批判者の尻馬に乗った青くさい感想と映ったか。が、その辺は反論にはなく、「安保以後の停滞」と記した箇所が問題、と指摘されたのである。停滞などと静観的にとらえるのではなく、行動とともに若者はあれ、ということだろう。帰途の夜行で〈日文協と地方〉も一つの課題と考えた旨を記して一文を終え、末尾に「一九六二・六・一七、協会の会員である友人森井典男君の訃音に接す」と添えた点も悲劇を呼びさましたか。さりげなく礼状をしたためたが、恩を忘れた若気の至りには違いない。

その秋、三重高国研の総会が四日市高で開かれることになり、秋山さんと益田さんを講演に招いた。王朝女流日記と、半年後には始まる「現代国語」に関して。富田の四日市屋で前泊され、翌日の午前、お二人は私の授業を見たいとも。高一の古典で土佐日記の中ほど、生徒には自由に発言させる形をとったが、これまた何とも恥ずかしい五十分間としか言いようもない。秋山さんは翌日、神宮文庫へ向かわれた。

翌六三年が御影学舎を訪れた最後となる。研究室は三人の専任が同居という時代で、その日は珍しく三人揃って、のんびりした雰囲気。猪野さんに若いころ立原道造らとの信濃追分行きをたずねると、ひとくさり話され、永積さんが行ったころは、とバトンタッチ。少しは語られたものの、それ以上は微笑まれるにとどまった。離れた席の島田勇雄助教授（国語学）も傾聴気味だったが。その年度で学舎は六甲移転となっただけに忘れがたいひと時として記憶に残る。

後日談。少し経て三重の高国研が記念の年を迎え、「会報」掲載用のインタビューを戦後すぐの会長だった堀田要治氏に願い出て、埼玉県志木のお宅を私は訪れた（丹羽文雄の弟子、小泉譲さんや中谷孝雄夫妻も志木だが、訪れたのはどれが先で、どれがあとか、今や判然としない）。

堀田氏から追って封書がきた。訪問時にさほど雑談の時間もなかったためか、永積君とは東大で同期、軽井沢など信州通いもしばしばの文学青年だったとの内容。助手として東大に残った中世文学の若手、戦後は歴史社会学派らしい執筆や発言のイメージが固定化しており、御影での微笑は堀田書簡の意外な中身と直結するように思えたのである。吉田精一も同期とのことだった（吉田氏は小学館の古典全集本のさる月報で永積氏を斜に構え、上から目線で記しているが）。

猪野さんには三重の県教研・国語分科会へ来てもらったことがある。会場は鈴鹿の神戸《かんべ》小学校。駅を降り、十分もしない道のりながら期待といささかの不安を抱きながらここへ臨んだのだが、児童や生徒が文学に接するのもまさにそれに似ていると、発表や討議を経た末尾でしめくくられた。常連の助言者だった小倉肇も、あの言には共感できたと喜んでいたのを思い起こす。

高国研での講演も依頼した。会場は伊勢市で、漱石・鷗外がその内容。終わって有志による夕食会では、尼崎に転居するまで、東京から関西線経由の大和号の寝台車を利用し、天王寺で降りて阪神の御影へ、といった話も。明け方は富田や四日市だったわけで、信濃追分のエピソードと並んで私には忘れられない。

その後の両氏について若干添えておこう。

六四年、永積教授は多忙をきわめた。米軍政下の沖縄へのビザ発給拒否問題。琉球大から四週間の講義を依頼されたものの渡航できず、琉大学生をはじめとする五か月に及ぶ諸支援を経て実現に至った。拒否理由など不明なままの背景は、氏が日本学術会議会員ということもあり、今日の同会議をめぐる問題と根は同じなのかもしれない。以後、「文学」などへ、数回の調査に基づく琉球関連の学術的論考が続き、それらをまとめた『沖絶離島』（七〇年刊）を私は珍重している。

六八年、神大文学部にようやく大学院が設置された。しかし学園闘争の渦中でもあった。七〇年度で定年。逗子に転居され、清泉女子大へ。九五年の元日に亡くなるが、そのあとに阪神大震災は起きたのである。

一方の猪野教授の在任は七四年度まで。以後は東京に戻り、学習院大へ。当時、「文学」に長く連載された柳田泉、勝本清一郎らとの明治・大正文学史の座談会、その名進行役を思い出す。九七年に他界された。

(4)　北勢へ、中勢へ

公害イメージの四日市

一九六二年から十四年間は、四日市高勤務だった。近鉄伊勢線がなくなり、代替のバスで毎朝、津駅まで三十分、それに電車で富田駅まで四十分ほど、立ったままで向かう。その間に職場の同僚と一緒になったりもしたが、そのうちの一人は数学の山中暢仁さん。歌人・山中智恵子のつれ合いであり、個性的だった。のち日本史の筑紫申眞さんもだが、奥の深い氏の話はむしろ帰途の方、四日市駅で降りる人は多く、そのあと必ず座れたからである。通信制の職員室で一緒でもあった。

教職員組合の委員長が長かった森孝太郎さんは当時、職場復帰していて、桑名の額田廃寺跡の発掘現場へ行くから、と誘われた。小玉道明さんの仕事を知ったわけで、斎王宮発掘の原点となる古里遺跡を含め、ある時期まで発掘現場へ駆けつけるようになっていく。

漱石の娘婿、松岡譲氏が桑名に滞在している。会いに行くか、と言われた。山林で知られる諸戸《もろと》家に頼まれての調査と執筆。中部経済新聞への連載で、小さな和風旅館の玄関脇の四畳半ほどの小部屋にもう一か月以上も、とのこと。ある夕刻、その宿をともに訪れたが、紹介役を終えると森さんはすぐに去った。正座で一対一。一時間余り、何を語られたのか、今では思い出せないが、明治生まれの文人との希有な機会だった。新潟の長岡へ帰られてから、なんと自著の文庫本を送ってくださった。半藤一利の義父に当たる。

〈詩がるた〉という漢詩のかるた会を新春に催すグループがあり、そちらへも、と言われた。藩士の流れを汲んだ集いで、藩と漢詩文との関係を認識させられたし、山林の名家が松岡翁になぜ依頼したのかという件も桑名と長岡は戊辰戦争で結ばれていたのだと氷解していく。

『桑名市史』には早く文学関係だけの別巻が付いていた。全国的にも珍しい例だが、担当の平岡潤氏と話せたのは、もう少しあとのこと。戦中に氏は中原中也賞を受賞している。

四日市では澤井余志郎さんと六二年のうちに知り合えた。四日市労演がスタートし、初回は「長い夜の記録」。澤井さんを含む紡績工場のサークルが題材の「明日を紡ぐ娘たち」の続編で、やはり劇団三期会の公演だった。当時の氏は地区労の事務局員。そんなことから労演や労音の関係者とのつながりも生じた。公害問題が本格化する以前だったし、澤井さんの第一印象は、何より遠州の人ということ。浜名湖畔に生まれ育った私の父とは、ことばの調子も、ものの考え方も実によく似ていたのである。

六〇年代後半に入ると高校の中へも波が及んできた。新聞のかぎつけた別の出来事もあるが、高校生の全共闘も少人数ながら生まれ、ビラ配りが始まる。極点は旧制二中の初代・田村校長の銅像にペンキが一夜の間に塗られた件。田村泰次郎の父親であり、校庭の一角に普段は忘れられているような胸像。のち校史に記述されたのか、どうか。木造校舎から鉄筋のそれへ変わって数年後に当たる。

当時、「現代国語」の教科書では筑摩版が質的に群を抜いていた。通信制は全国一律の採択で、同社版を使用。働きながら学ぶ生徒にはこの版がいちばんだった。〈聞き書き〉も含まれ、宮本常一の「梶田富五郎翁」など、益田勝実が編集委員会の場へ押し出した例に違いない。全日制でも私の担当した学年では採択となった。柳田國男「清光館哀史」の授業で国語教師への道を選んだという例など、のちに教え子から耳にしている。〈聞き書き〉を班編成で夏休みの宿題に課し、テーマは自由ながら戦争体験者や公害の被害者に取材したそれなりの「作品」も登場したのである。

七〇年だったか、北勢地区の組合執行委員に送り出された。教育・文化担当で、教研活動のほか、四日市の大谷遺跡を守る運動など、小・中の組合で担当だった森田治さんと一緒に動いた。三島由紀夫と自死した森田必勝が氏の弟だと知ったのは時を経てから。公害をめぐる集会にも参加し、愛知県知事候補という肩書で新村猛氏が壇上へ、という時代である（新村さんとはそれ以前、名古屋のフランス音楽同好会などで旧知だったが）。

澤井さんはそんな時でも裏方役。デモの折か、公害判決当日か、私も写っている写真があるとのちに言われたが、今は市博物館に入った氏の公害関連コレクションの中で眠ったままかもしれない。

日曜は通信制のスクーリングで、全日制生徒とは違う人たちとの出会いも何よりだった。放課後は文芸部の集いで、読書会や部誌の編集など。働く皆さんから教えられることは実に多かった。例えば新潟で定時制に学んだ佐藤忠男などもそんな中からの個性的な一人だったのでは、と思う。

月曜が代休。公民館での文学講座や読書会を依頼された。桑名の場合、古典は久徳高文さんの担当。近代の私はまず泉鏡花「歌行燈」を月一回、一年かけて精読。次には北勢関連の諸作家をとりあげた。参加メンバーはその後、自主グループとして会員宅での読書会につなげた。休止期間もあったが、最近に及んでおり、漱石の全長編を順に読み、「明暗」など一年以上を要したほど。そのあとコロナ直前までは荷風、谷崎だったが。

四日市でもいくつかの公民館に出向く。中部公民館の場合、大原富枝講演会とも連動し、その前後の読書会は参加申し込みが多く、中井正義さん担当の増設に至った。このあと記す市立図書館が催した講座も読書会へと移行したが、参加者の入れ替わりはあるものの今や五十年目を過ぎた。『濹東綺譚』にこのところ挑んだが。楠町の公民館でつどったメンバーとの縁は今も続いている。

通信制生徒との場合を含め、ヒントになったのは神戸と関係のあった若き日、西宮だったか、フランス文学の小島輝正主宰の読書会に参加したことがあり、十人ほどで、女性が主ながら作品を語り、人生や生活も話し合う雰囲気など実に好ましく感じたのである。

市立図書館が諏訪公園にあったころ、職員の藤波敏雄さんから丹羽文雄関連で相談を持ちかけられた。新しい館へ移転して文学講座も組まれ、どの年だったかは平岡敏夫を招いた。露伴の話だったが、そのあと二人で桑名へ向かい、文学散歩かたがた、鏡花に由来するうどんを食したのを思い起こす。

館内に丹羽文雄記念室ができ、小泉譲などの助力もあって関連資料は豊富に揃った。丹羽さんの講演も地元で何回かあったが、どの回だったたか、先に記念室を訪れるからと藤波氏は知らせてくれた。赴くと丹羽さんは幼時の自分の写真を見て「チンチン出して」。大人になってのそれには「長谷川一夫によう似とる」。四日市高校での講演時は健在そのものだったが、市文化会館における最後の場合は同じ話題のくり返しもあって、いったん引っ込み、しばらくして再開ということに至った。本田桂子の『父・丹羽文雄　介護の日々』（九七年刊）によると、八七年三月の早大卒業式の挨拶で認知症風、五月の鵜森公園の句碑除幕式の際は事もなく、とあるが、その前後だろう。

新聞連載のそもそも

六〇年代後半、土曜夕方から清水信宅での会に皆出席という風ではなかったが、ある時に早く訪れたところ、四日市の宅和義光が話を終え、帰ろうとする矢先に遭遇した。集いの中で清水さんは宅和に触れたが、氏にとっても不思議極まる存在だったろう。

津から岡正基は皆出席、前田暁は時折、という具合だったが、その二人で始まった「二角獣」への参加を勧められ、4号（七〇年三月）以降、三人誌となった。

芸文協が誕生し、「芸術三重」も創刊された（六九年十二月）。2号（七〇年十二月）の展望欄で清水氏は「二角獣」4号の「ドイツ表現派映画」や、毎日新聞東海面の連載「ふるさとの文学」の拙稿に触れている。北勢との関係が強かったそれまでとは違う局面にさしかかった、と言えるのかもしれない。

毎日新聞の連載に触れるなら、東海三県の関連諸作品を三人が担当することで始まった。中部本社の文化担当だった日比野記者からの電話で、愛知は名大の深萱和男、岐阜は岐阜大の永平和雄とのこと。志を同じくする先輩方との協業はありがたかったが、ふたをあけると岐阜は順調、愛知・三重は遅れ気味となり、社側はやがて執筆者の複数化に踏み切った（三重は福山順一翁で、当時の住居は度会郡。氏からは戦前の文化状況など聞いておくべきだった）。結局、三年間の拙稿は二十一編にすぎない。

以前からそれなりの関心を三重の近現代文学について抱いていたが、この連載はその辺に火をつけたと言える。文献を調べたり、関連する現地へも赴いた。ノートにきちんとメモしたり、作品研究につながる小論の執筆も進めるとよかったが、「業余」にゆとりはなく、むしろ「業」そのものに意義の見出せる時代だった。その辺は編集にもたずさわった四日市高通信制の「四高通信」（月一回発行）、県高校国語科研究会「会報」（年一回刊）、日本文学の会という有志によるサークルの「高校国語教育資料」（随時刊）など、半世紀後にページを繰ってもなお、その実感は甦ってくる。

谷川健一と金達寿

ところで七〇年代前半に出会った二人を挙げるなら、谷川健一と金達寿。両者は同時期、三重でのフィールドワークに入っており、中日新聞の座談会では顔を合わせていた。出会えたのは谷川さんが先で、島根半島の美保神社だった。偶然、二度もだが、最初の折に関しては私のことを含め、小雑誌のエッセイに記された。二度目は諸手船神事。戸井十月の父に当たる戸井昌三画伯も同行していた。

南信州の花祭は豊橋駅で落ち合う約束をし、柳田國男研究の後藤総一郎の実家にも寄って徹夜の寒の行事へ。読書新聞のコラムにその辺を含む旅のことを書かれたことがあり、文中に私の名を見つけたと職場で山中暢仁氏に言われた。実際の第一発見者は智恵子さんだったのでは。谷川健一と山中智恵子の交流が始まるのはもっとあとのはず。

志摩へは二度、同行した。青峰山は〈青〉の研究とつながるのだろうし、別の折の石鏡では元日の早朝、海女の水垢離を遠望できたのである。

いやその前に筑紫さんが元気なころ、伊雑宮のお田植祭でも偶然に出会っている。筑紫氏の話を聞き、一緒だった「中央公論」の粕谷一希氏も含め、昼食にうなぎを食べたのを思い起こす。

民俗学をやってみては、と言われたこともあるが、やがて谷川民俗学は本格化していった。私の教え子が富山県にいて氏主宰の「青の会」に入り、世紀の変わるころ、谷川さんは高齢でも元気だから上京の折に会っておいたら、と何回か便りをしてきたが、実現しないうちに氏は亡くなった。伝統的な地名を重視し、地方の自立を主張した谷川説の影響は私にとって小さくなかったと言っていい。

金さんは四日市市主催の古代文化に関する上田正昭との講演のあとで知り合った。例の朝鮮文化を探る踏査、あすは津方面だから助力を、と市の文化担当だった水谷さんに言われ、安濃の村主《すぐり》や一身田の大古曽《おうごそ》は朝鮮語と関係深いから、と水谷氏の車で現地へ赴いた。

「思想の科学」への連載締切も迫っているとのことで、時をあまり経ずに鳥羽の離島そのほかの取材へも同行。その間に一身田の拙宅、御殿場海岸の親の家でも泊まってもらった（幼かったわが子と一緒の氏の写真あり）。『日本の中の朝鮮文化　和歌山・三重』の巻にその辺が登場するのは、ざっくばらんな金さんの一面のように思われる。

半島へは氏が渡れない時代で、ＮＨＫの担当者は対馬にいくら泊まってもらってもいいから、日韓関連の番組に協力してほしいと頼まれたが、視聴者の払った金を湯水のように平気で使うセンスには怒りを覚えて断った、というエピソードなど、もらされたこともある。

金達寿・上田正昭・鈴木武樹らを含む九州の装飾古墳をめぐる旅にも参加したが、東アジアの文化交流が歴史研究の世界で話題のころだった。大阪・堺の辛基秀さんは近世の朝鮮通信使についていち早くとりあげ、三重にも来られて鈴鹿や津のまつりとの関係に至りついた。早くに没したが、親しくできたのは神戸大との縁という点もあったろう。

谷川健一、金達寿、また筑紫申眞などに学んだフィールドワーク。それ以前にも、東京に事務局を置いたある文学散歩の会や奈良県桜井の史談会による歴史散歩や文学散歩の催しに参加したが、趣味的に傾きがちなそれらとは一線を画し、三氏の場合は新たな発見をめざしていた。もっとも後者のおかげで保田與重郎の桜井における講演も聞けたわけだが、当日の参加者はごくわずか。三島由紀夫には騒いでも、その源は忘れられた存在。そんな時代でもあった。

「二角獣」12号（七五年十月）に「代用教員・小津安二郎」を寄せた。飯高の教え子たちからの〈聞き書き〉で、私の小津研究を前へ進めたことになるが、実はいつしか身についた自分なりのフィールドワークだったのでは、とも思う。

「代用教員・小津安二郎」

「二角獣」12号は映画関係では数人に送っただけだった。すぐに反応があったのは、杉山平一氏。小津映画で目につく子どもたちの活躍の謎が氷解したとか、三重の風土に人と作風のルーツがあったのか、などと礼状が届いた。佐藤忠男氏は二年後の朝日夕刊・学芸欄のコラムでとりあげ、氏主宰の「映画史研究」14号への転載につながった。一九八三年、松竹は小津に関する評伝ドキュメンタリー「生きてはみたけれど」をつくるのでロケハンに同行してほしいとプロデューサーの山内静夫氏（父は里見弴）から突然、電話があった。同作を担当する井上和男監督にはそれ以前、氏も関係する私家版の大冊『小津安二郎・人と仕事』を入手したい旨、申し出たところ、上京するなら直接に手渡そうとのことで、その際に「二角獣」を持参した。井上監督から山内氏の手へも、ということだったのかもしれない。

杉山平一氏には一九七一年、四日市の日永公民館の講演に宝塚から来てもらっていた。『杉山平一全詩集』の自筆年譜に「九月三十日」とある。そのあと津の県文化会館で衣笠貞之助のサイレント作品上映の折にもだが、これは年譜になく、九二年十二月十三日「松阪にて」の方はある（当時、再映の機がまれな「宗方姉妹」を国民文化祭のプレ・イベントとして上映した時、講演に招いた）。縁が重なり、氏の最晩年までお付き合いは続いた。

映画監督では、今井正・若杉光夫・木村荘十二など四日市の小さな集いへ招いたが、どの場合もボランティア同然、バブル以降のタレント諸氏とは違っていた。

当時、主に「文春」の主催によるが、文士の講演を聞く機会はいくつもあった。名古屋では小林秀雄の本居宣長。終わって名古屋の友人と楽屋へ向かう。ガードもいないに等しく、彼は持参した本に丁寧な署名をもらった。

津では早い時期に中山義秀。津中学へ赴任したころの思い出、同僚だった美術の林義明の名も出てきた。

津における水上勉は強烈。「三重の地へは本当は足を踏み入れる資格がない。松阪の女性とのことがあったから」と開口一番。のち鈴鹿で開いた時は手慣れた形になっていたが、やはり迫力十分だった。

山本健吉、吉田精一、大江健三郎なども思い出すが、もっとのち三重大学ホールでの司馬遼太郎の場合は、結城神社の取材を兼ねてだったか。少しあとの「文春」で神戸の湊川神社に対する手きびしい評価と並べて記していたことの方が、当日の講演内容よりも印象に残っている。

それらに比べると、芸文協が招いた中谷孝雄・駒田信二・伊藤桂一の方は旧石水会館などの小ぢんまりした空間に見合った語り口であり、中身だったと言えよう。

梶井基次郎への関心から「青空」の復刻版を購入していた。中谷の来津もきっかけの一つで、「二角獣」に中谷と梶井の関係を作品の側から探る連載をしたり、埼玉の中谷夫妻の家を訪れなどした。左右共存の質素な生活ぶりにも共感をおぼえる。「二角獣」には葉山嘉樹論も書いたが、大正末から昭和の初期辺りへの新たな発見を心がけていたころで、葉山の中に新感覚派との〈表現〉における共通性もその一つ。中津川に近い落合ダム付近に建立された葉山の文学碑除幕の際には駆けつけ、地元で刊行の記念文集へ「『セメント樽の中の手紙』の五十年」を寄せた。この短編をめぐる諸家の評価を時系列的にとりあげたのである。

落合や中津川で思い起こすのは、その地元でこつこつと研究を進めていた関村亮一氏。深萱さんに教えられ、自宅を訪れた。そう言えば当時、毎日の連載「ふるさとの文学」も現地踏査と直結していたし、奥野健男の『文学における原風景』(七二年刊)には刺激を少なからず受けた。

深萱さん、中西達治さんが中心となって「東海国語」も創刊されたが、そこへ私は「東北紀行」を寄せている。夏休みの中、盛岡での国語教育関係の大会へ参加した時、往路には学童疎開した宮城の中新田へ寄り、大会の後は柳田国男「清光館哀史」の現地、三陸海岸の小子内《おこない》へ旅したことにちなむ作品論と紀行文を合わせたエッセイである。

その種の大会は弘前や札幌の回にも参加。後者（一九七五年夏）では準備中の北海道文学館のメンバーに会えた件などを鳥山敬夫の関係していた「新風土」に「北海道紀行」として寄せた。

そこへは札幌の夜の集いまでを記したが、翌日に向かった釧路では図書館長の鳥井氏を突然たずね、道東の文芸風土について耳にすることができた。帰途は駅まで海風を受けながらの長い道のりを見送ってくださった。

文学館では東京・駒場の二館は何度も訪れていたが、鳥取・松山・金沢・富山などへは別の出張もあって、そんな折には文学館ないし、それに近い施設を訪れ、郷土本を重視している新刊書店や古書店へ足をのばすことが常となった。

一九七〇年代後半に始まる三重県にも文学館を、といった動きにかかわる前段階だった。

四日市から白子へ

一九七五年で思い出すもう一つ。有精堂刊のある講座本に大岡昇平「野火」論を寄せた。その巻は二十人の執筆で、拙稿の次は大河原忠蔵氏の原民喜「夏の花」論だった。抜き刷りを大岡さんに送ったわけだが、鉛筆書きの礼状が届いた。のち日文協大会で江藤淳への反論を含む漱石に関する講演のあった時、お目にかかれたが。

学校の方へ話を戻すと、四日市高勤めの最後の二年間、すなわち一九七五、六年だが、筋ジストロフィーで鈴鹿・加佐登の国立病院へ入院し、障害児校の中等部を終えた人たちが通信制を志望してきた。

週一回は出張授業に赴く。寿命は二十歳まで、と当時言われていたが、休憩時にはギターに興じたりなど明るい面にも接したのは何よりだった。限界状況を生きる十代との出会いは自分の教育観や死生観に変化をもたらしたと言っていい。

白子高への転勤となったころ、当時の毎日新聞投書欄に併設されていた全国版コラムで「高等部を」と訴えもしたのである（数年後、加佐登分校高等部は実現に至った）。

限界を知ったこと、ほかに二つ。七四年の一身田水害。七月二十五日の豪雨で近くの志登茂川の堤防が切れ、朝のうちに押し寄せる濁流は床上へ及んだ。写真アルバムはもちろん、外来演奏家によるコンサートの後、楽屋でサインしてもらったプログラム、美術展の図録など夏の陽光に干したところで紙くず同然と化した。八月末、松阪で梶井文学碑の除幕式。北川冬彦に会いたくて駆けつけた。その辺からようやく日常に戻れた。

七九年の四月某日。御殿場海岸の親元が炎上中との電話を受けたと、事務室の一人が授業中に知らせてくれた。同僚は車で運んでくれたが、鎮火に近かったものの全焼。両親の命は助かった。物置に入れてあった本や雑誌、ノート、手紙、日記の類は殆ど灰に。幼少期の写真は戦災時に失っていたが、若いころの分もこの時。焼け跡の片づけには時間を要し、事態を知った前任校の卒業生も手伝いに来てくれた（一段落して名古屋で聴いたケンプやギレリスのピアノは殊のほか心にしみた）。

水難・火難を乗り越えたかったのか、中日夕刊の三重版に「文学と三重」を翌八〇年から三五五回にわたって連載した。稲森宗太郎で十回とか、竹内浩三をいち早くとりあげるなど、朝の四時起きで間に合わせたことも。結婚以降、一身田住まいとなって通勤の苦労が減ったことも、それを可能にした。

白子高では図書館を含む増築問題が起きた。三階の新図書館の構想について司書のIさんと話を進め、彫型画を寺家《じけ》の大杉華水氏に依頼したりも。本の購入先は数店からだったが、白子の書店主はアララギ派歌人の金剛胎蔵さん。山中智恵子の発注する本を一手に引き受けており、山中夫妻の近況なども伝わってきた。柴生田稔はこの近くの出身だとか、岡井隆の相手の女性は別の方角などと耳にできたのである。

白子の国語科はずっと筑摩「現代国語」を採択していたし、県高等学校国語科研究会の会長に選ばれて二年間の支援などもありがたかった。三省堂「現国」は石牟礼道子の『苦海浄土』を教材化したが、その教授資料を依頼されたものの、他の教材を先に担当していたため、同僚のKさんに助けてもらったりした（俳句好きの別の同僚は、鷹羽狩行の結社に入り、のち句集をまとめた）。

夏休みにはそんな依頼をこなすのが定例化したのである。冷房もない中、今ほどは温暖化していなかった。三省堂版でいちばん勉強になったのは魯迅「鑄剣」の場合。編集委員会では広末保氏が推した教材だという。よくぞ検定をパスしたわけで、しかも教授資料の担当などもご指名だったとか（「三省堂国語教育」誌に載せる座談会では相識だったし、高国研の相可での講演に招いたこともある）。「鑄剣」への竹内好の見解は一面的で、駒田信二の方が「故事新編」に関しては納得できた。いろんな魯迅研究者による「鑄剣」関連文献を集めて検討しながらまとめたが、関連して「日文協国語教育」に作品論と教材論合体の一編を寄せた。広末氏に完了の旨、電話したところ氏は病のさなか。余命いくばくも、のように言われ、衝撃が走る。しばらくして訃報に接した。

筑摩「国語通信」にも何度か記した。地方への目を、地域から生まれた作品の教材化も、との主張を含んでいる。自主教材が話題になるころだった。「現国」の演習や副読本的な一冊は東海地区で、と依頼され、三県の六人で編集したこともあった。監修は賢治研究の小澤俊郎氏（京都教育大）、名古屋で何回か議論を重ねたが、私は竹内浩三や浜川弥の詩を提案した（のち筑摩教科書に浩三は登場となる）。社側の担当は若手の大久保氏、学生運動の闘士だったとのちに知ったが。

国語教科書の編集部では個性的な面々を思い起こす。筑摩では原田奈翁雄・横田三良、三省堂だと平村次二・加納諄二らの諸氏。文学的刺激も受けた。

話を転じて、そのころ鈴鹿・神戸の読書会グループとかかわり、緑雨の代表作数編を三年にわたり精読した。四日市との縁は続いて市の文学館に関する準備委員を頼まれ、間瀬昇さんらと金沢の近代文学館などへも見学に赴く。諏訪公園の旧市立図書館を使うか、建設予定の市立博物館のある階にするか、という手前まで行ったが、頓挫したのである（以後、そうした件での四日市と関係はなくなった）。

四日市市民大学の、三重とかかわる文学講座の企画を依頼された。古典から近現代まで二年間だったか。桑名の久徳高文氏に平安関係、津の中根道幸氏には宣長、東京の尾形仂氏に的矢の漢詩人、北條霞亭など。近現代では詩の実作者として松阪の錦米次郎氏、東京から鶴見和子氏に四日市の生活記録や公害関連（ともに澤井余志郎と直結する件）など記憶に甦る。久徳さん、錦さんとは終わって駅前で一献となったが。

白子の六年間では、山口誓子の校歌碑、句碑の建立もあった。除幕に氏は東京での「朝日俳壇」の選を終えて西宮への帰路に参加された。白子高の前身、旧制河芸高女を卒業した山中智恵子の顕彰に至らなかったのは、まだ現役だったことによろうか。

担任したクラスのＯＢはオリンピックの年ごと、集いを開いている。希有なことで、中の一人は鈴鹿が拠点だった小栗康平「埋もれ木」の撮影現場へ運んでくれたりした。

津勤務で定年

一九八二年に津西高へ転勤となったが、そのころで思い起こすことは少なくない。

津高創立百年記念の大冊『あゝ母校』への寄稿を求められ、「大正の新風」を寄せた。稲森宗太郎に端を発し、稲森や中谷孝雄と津中学で同級だった早大の岩津資雄宅へうかがう。池袋に近い文化財級の長屋。往時の資料を次々と出してこられ、ノートへのメモは大変だった。林義明や中山義秀の着任などを含め、母校にも大正デモクラシーの風は吹いていたと実感。その辺は長谷川素逝や駒田信二の辺りになると、どうだったのか、と考えたくなったのである。

素逝は、この百年記念であれこれ登場した。母校の国語科教師として赴任。ボート部顧問であったところから部員ＯＢが句碑や記念冊子を企画した。それ以前に関係者の手で私家版風の『全句集』も刊行されていたが、除幕式当日用の小さな『いま、長谷川素逝』へも一文を記した（素逝生誕百年の二〇〇七年、芦屋の虚子記念館では素逝展を催した。しかし三重でその類は皆無に近く、気になった）。

翌八三年の春、山中暢仁氏逝去。勤務は四日市高から津高へ移っており、職場は違ったが、話し合える機会も時にはあった。以後、智恵子さんの心身に影響が及んでいく。

秋、田村泰次郎の訃報。八〇年に私は田村宅を訪ねている。日本近代文学館へ戦前の田村作品を調べに赴いた折、聞きたいことも抱いていたので電話したところ奥さんが出られ、午後にどうぞ、と。ご本人は普段着で出てこられたが、体調もあって口数は少ないものの、質問などへの応答など実にやさしかった。のち県立図書館・文学コーナーのために田村家蔵資料が寄せられるきっかけにつながった。

『竹内浩三全集』上下の刊行された年。津西高で図書館を担当した数年間、文化講演会と称する館内での集いを企画した。浩三の姉、こうさんを松阪から招き、その翌々年には同級だった野村一雄氏も。聞きたいと、こうさんも参加され、共演になったのである。

「教育文芸みえ」の発刊も八三年だった。その前年、紀伊長島の小倉さんが津へ来た際に相談を持ちかけられ、各ジャンルの選者についてはは条件として、学校現場にいて文学的活動歴もあって、という辺りまで話し合ったと思う。結果的には、小説は中井正義、童話は北村けんじ、詩は石倉綾子、短歌は中田重夫、俳句は橋本輝久、川柳は山岸しん児、評論・ノンフィクションは藤田、随筆・紀行文は小倉と決まる。最初の会合で初代編集委員長に中井さんを選出し、作品募集を始めたのである。創刊号は二百ページ。14号以降は三百ページを超えた。中田重顕・藤原伸久・達知和子・橋倉久美子らの活躍を促したのではないか。

八三年は小津安二郎生誕八十年、没後二十年の年でもあり、中部読売に十四回の連載をしている。連載と言えば朝日・三重版の「文学を歩く」もそのころである。県立図書館や教育文化会館が主催した文学講座に朝日の津支局長だった森氏が来ておられ、氏のヒントで始まった。聞けば森三千代のいとこ。連載開始時に退職されて次の支局長の代になったが。

主に各紙へ連載したものから選び、雑誌に発表した若干を加えて『三重・文学を歩く』を刊行したのは八八年。のち再版・増補版と続いた。同書に掲載した写真のうち、二つとない例は田村泰次郎をたずねた折の一枚。金子光晴・森三千代夫妻の分は七七年に東京・吉祥寺の森宅訪問に由来していたか。緑雨の生家は壊される以前に撮ったもの。緑雨最初期の新聞小説「善悪押絵羽子板」（一八八三年）のさし絵付き紙面は東大明治文庫での調査と連動する。

当時、津西高は「紀要」を毎年、発行していた。山崎朋子論や、小津安二郎の戦争関連も寄せたが、力を要したのは、明治期前半における三重県内の文学状況についての論考。科研費の申請が通って県史編纂室や前述の明治文庫などへも足を運んだのである。

九三年三月、定年となるが、その少し前を振り返ると、授業では三年選択の「国語表現」が楽しかった。少人数だったし、毎回の初め三分の一は各人のスピーチと、それをめぐる質疑や感想。そう言えば十一年間いた間に、二年のクラス担任だった時の週刊「はなれ小島タイムズ」。ベビーブーム期で学年は十一組まであり、私の担任したクラスだけ理科棟へ追いやられたのだが、逆に生徒はのびのびと班の順に新聞を発行したのである。パソコン以前で、イラストも面白い自筆のA3判。よくある教師主導の学級通信とは違っていた。クラブ顧問の方はずっと映画研究部、三校目だった。

三重大の濱森太郎氏は「日本文学」に時折、論を寄せていたが、八〇年代には日文協三重支部という形で小さな研究会を推進した。名古屋の東海近代文学会へも参加したが、もともと近代文学の研究者は東海地域には少なく、大学人以外のメンバーも加わった形で、俳句研究の瓜生敏一氏や新聞人の渡辺綱雄氏などとも親しくなった。二回ほど発表し、「会報」には前川知賢追悼や、日本近代文学会東海支部へ移行する前の終刊号に会の回想記を寄せた。

深萱和男さんが広島大から三重大人文学部に転任、住まいは一身田となる。以後十年、一身田の西には中根道幸宅、中ほどは歴史家の平松令三宅、東に深萱宅という構図が続いた。一件が生じる。文学館運動が暗礁に乗りあげた時期でもあり、氏や前田暁さん、衣斐弘行さんと打開策を協議した中で、運動の中心にいたはずの芸文協側の二人とも話し合う約束に至った。が、ご両人ついに現れずじまいだった。その数年後にオープンした県総合文化センターは美術・音楽・演劇と関係する諸団体による熱い運動の成果だったが、文学館の不成功に関してはまず運動からして弱かったと見るほかない。熟議を積み重ねたとは言いがたく、文学が中心部をなしていた芸文協だが、その後半期は問題点を内包していたのである。

「二角獣」が渡辺正也さんの参加もあったのに八四年の26号で終わり、長くは続かなかったことへの前田暁さんの批判はきびしい。その矢は芸文協に対しても、といった辺りを思い出す。しかし「二角獣」「芸術三重」どちらも拙稿発表の場には違いなく、一方ではなつかしさも甦ってくる。

九二年の二月、父が亡くなる。八十七歳だった。

その年の夏前に秋山虔氏から電話をもらった。東京女子大国文科の研修旅行、この秋の三日間は三重にしたい、その現地講師を頼めないか、と。東大定年後の氏は東女大へ移っていた。一日目は斎宮と松阪。二日目は志摩と伊勢。三日目は伊賀上野。京極純一学長印の付く講師依頼の文書も届いたが、秋山さんと連日、同行できたのは最初にして最後。学生や専任の方々とも一期一会だった。九州への修学旅行は計何回だったかを数えたくなるが、定年前のこの旅も県内とはいえ、忘れがたい。

(5) 丘の上の短期大学

「ふるさと文学館」の二冊

九三年春、退職してひと息つく間もないまま、高田短大へ出勤する日々となった。土曜が休日になる以前で、木曜は研修日となったものの三重大や松阪短大への出講もあってフル回転に等しい。高田短大では五コマを担当、うち「仏教と日本文学」という特講めいた選択科目が新入りには魅力的で、準備にはそれなりの時間をかけた。同名の岩波講座も刊行され始め、熱が入った矢先、時代に即すべくカリキュラムの改変が生じ、二年間で店じまいに至った。「表現」が二講座。ゼミは内容の自由度が高いため、一、二年とも主に三重の文学をとりあげたが、映画史も次第に加味していけたのは、ビデオソフトの普及が背景にあった（DVDの全盛は世紀が変わって以降だろう）。

十年余の期間中、新図書館棟の完成が思い出深い。全国に先駆けていた滋賀県各地の公共図書館や、県外の短大図書館へチームで見学に赴いたりする中で構想は進んだ。

いろんな仕事が押し寄せてきた。県総合文化センターの一角へ県立図書館は移り、二階には文学コーナーが設置された。珍しく東京から招いた図書館長の雨宮氏は〈ミニ文学館〉と呼び、担当の館員だった三谷氏がさっそく企画委員会づくりに着手した。古典・近現代合わせて六名の委員、後者では渡辺正也、前田暁、福田和幸と私が参加。近世の岡本勝が代表となってスタートした。当初は年間予算も八百万円ほどだったとか。とにかく前世紀のうちは予算もまずまずで、企画展の年二回は順調だったたし、資料購入もそれなりに進んだ。もっとも委員への支給は会議の際の交通費だけ、津市内在住の私などには何もなかったが。

そんな九三年には夏、朝日・三重版への月一回連載の話が起きた。その少し前、津駅のプラットホームで中井正義さんと出くわした時に打診されたが、自分の連載ではジャンルの幅に限界があって、とも言われたのである。氏は三重版での文芸月評を担当していたが、短歌や「文宴」主宰に集中したかったのかもしれない。中井氏、支局長の竹内氏とともに津駅に近いうなぎ屋の二階で語り合った夕刻を思い起こす。

タイトルは「展望・三重の文芸」と固まっていき、文芸の全ジャンルにとどまらず、文化的催しなどへも言及、という形をとった。以後十六年近くの定点観測、草の根に分け入ったわけで、文学・芸術への価値観の転換が自らに訪れたことになる。身近な例も添えると、送られてくる本や雑誌が家の各部屋を占領し始め、家族には逃げ場の件も生じて不器用な身は板挟みに…。

東京のぎょうせいが各県別『ふるさと文学館』の全55巻シリーズを『京都Ⅰ』から進めつつあったころで、第28巻目の『三重』を依頼され、その仕事途中で第36巻『和歌山』が追加となった。諸作をまるごと載せ、巻末にはかなりの長さの解説や出典一覧・作家紹介などを置く上下二段の計七百ページ近い大冊。ケータイなどまだない時期、編集者からの電話もしばしばだった。

作品掲載は小説などの散文と詩。そんな枠が設けられていた。『三重』の巻で例えば「歌行燈」「城のある町にて」などは編集側として収めたいと。それならこちらからは岡正基「深い霧」田尻宗昭「四日市の記憶」井上武彦「銀色の構図」も、というわけで、ノンフィクション系の筑紫申眞、金達寿を押し込み、詩では竹内浩三・浜口長生・浜川弥・黛元男の辺りも、となる。巻末の担当は八十ページ余り。「自然と風土」の項は「人国記」の引用から始め、「文学者群像」では近現代の三重文学史の略述へつなげてみた。のちシリーズ全体の推進役だった大河内昭爾氏が四日市で講演した際、この巻をほめてくださったとか。会場に編著者は居られるか、とも言われたそうだが、私は参加していない。清水信さんも何度かとりあげている。但し南牟婁出身の清水太郎の詩への言及がないとの指摘も。中田重顕さんの直言もあった。それにしても、私に対する依頼までの経過はどんな具合だったのか。前著『三重・文学を歩く』は「サライ」がいち早く紹介してくれたが、そちらへ送ってもいないのに、目利きなどいたのだろうか。ぎょうせいの場合は国会図書館へでも出かけ、いちいち類書のカード検索から始まったのか。ＩＴの本格化以前で、画面上にデータ一覧が並んだりはしなかったころである。

『和歌山』のほうが大変だった。同県出身の半田美永さんの助力はありがたかった。取材の途中で和歌山県立図書館の地域資料担当のベテランと話した際、県外の方のほうがまとめやすいと思える旨のことばを耳にした。地域の独立性がそれぞれにあって、専門筋でも全県への目配りはかえってしにくいだろうと。自らは大阪から通勤している立場とも言われ、変に納得させられた。新聞に県紙はない。しかし各地域には強烈な個性があって、例えば大石ドクトルや熊楠を先達とする巨人を生んだ土地柄である。車窓から眺め、また現地を訪れて川の存在が和歌山では重要だと思った。伊勢の国だとその南北を分かつのは雲出川だろうが、和歌山は川ごとにそれぞれ区分があり、地域の半独立性も深まったように思えたのである。

『三重』の巻で久しぶりに思い出した一件。尾崎秀樹のエッセイ「間の山ぶし考」。ゲラ刷りの段階で原文の一部に関して編集側から電話が入った。三重では当時、人権とかかわってポプラ社問題も起き、各地の図書館まで巻き込まれる例が生じていただけに微妙だった。近く東京で尾崎さんの講演があると知り、上京。講演のあと控室では難色を示されたが、氏と旧知のある方がそこに居合わせて助けられた。

三人いっしょにタクシーで駅の方へ、という場面も甦ってくる。

　両巻にまたがる中上健次と宇江敏勝。「教育文芸みえ」の編集委員は現職であることが条件で、九二年度で私は任を終えたが、その少し前の会議は紀南で開かれた。一泊して翌日、新宮へ足を伸ばし、新宮高校の辻本雄一さんにまず会った。そのあと尾鷲時代に教え、長らく新宮で開業医をしてきたH君が車で勝浦の先端にある神社へ案内してくれた。熊野大学の枝分かれと言える句会の当日で、選者は大阪から宇多喜代子。それに続いて中上の講話。俳句を含みながらの三十分近い自在な文学談義で、入院先から駆けつけたのか、体つきや顔色はよくないものの熱弁だった。終了後、新鹿《あたしか》にいた時期のことをたずねたかったが、わずかの時間にとどめた。それから半年も経ないうち、訃報に接したのである（のち津高図書館で中上紀を招く催しに松嶋節さんがかかわり、私は前座を依頼されたが、脳裡に去来したのは勝浦でのことだった）。

　宇江敏勝の場合は前著の増補版の際、「わが出生の地〈尾鷲〉」を加えるべく手紙や電話ということはあったが、直接に会えたのは二十年後の二〇一九年秋。午前中に新宮の佐藤春夫記念館で始まったばかりの佐藤・谷崎をめぐる企画展へ寄り、館長の辻本氏にも再会できたのち、本宮経由で中辺路の自宅へ向かったのである。

　三重、和歌山両巻の刊行は九五年二月と九月だったが。

芸文協の解散

九四年六月に深萱和男さんが亡くなった。高校を退職した翌年、紀伊長島での県高国研の講演を頼まれ、赴いた。終了後に古里海岸の民宿で懇親会も予定され、一泊するので、と宿の電話番号をメモして朝、家を出た。宴のさなか、家からの電話。津への最終列車はすでに出たあと。翌朝、参加していたI氏が車で向かってくれ、黒衣に着替えて江戸橋の葬儀場には間に合ったのである。

翌年に発行された「教育文芸みえ」13号へ追悼「萱草の記」を寄せたが、その末尾には私が事故に遭ったことも添えている。妹の三回忌で岐阜からの帰途、高田本山駅から自宅までの間、夜の雨のなかを追突された。足のくるぶしの骨折で、三週間の入院。四日市の読書会の方々が見舞に来られたことや、復帰して学生が研究室と教室との往復に車椅子を押してくれたことが甦る。県立美術館の展示を松葉杖付きで見たこともあったが、別の折には美術好きだった深萱さんが病のなか、帰省中の娘さんに車椅子を押してもらいながら見入っていたのを思い起こす（娘の松永美穂さんは現在、早大でドイツ文学を教え、訳書も多い）。

九四年は大江健三郎のノーベル賞が話題となった。国民文化祭が三重で催された年でもある。映像部門とかかわり、秋の本番まで委員会は波乱含みで進んでいったが、文芸部門はどんな風だったのか。「芸術三重」50号（九四年十月）の特集は「三重の文学」で、通史が二編、地域別概観が「桑名周遊」を初めとして十編、それに文学年表といった構成。私は「通史」のうち「近世・近現代」の十二ページ分、それに「牟婁」三ページ分を執筆した。表紙の下の方には「第9回国民文化祭・みえ94」とあり、次の51・52合併号（九六年三月）の編集後記で村田治男氏が「全国からの…参加者へこれを贈呈し…」と記したところからすると大増刷だったはず。イベントと直結していたとは当時、私など意識の外だった。

ところで合併号の後記、もう一人の担当は清水信氏。一ページ分の前半は新刊の拙著に関して。後半に「芸文協の解散と新組織への移行で小休止していた『芸術三重』が…続刊をみたことは、何よりもうれしいが…」云々とある。

芸文協の解散はいつだったのか。裏づける資料にはなかなか出会えず、気になっていたが、清水証言から九五年と見ていいだろう。先に示した「芸術三重」50号の奥付によると、発行は県教委、編集が芸文協、と従来通りだが、巻末に後記がない。これはどういうことか。

48号（九三年九月）まで巻末には芸文協事務局長だった鳥山敬夫の「尾灯」が編集後記として載っており、同号の場合、「今夏…血を吐いて倒れた」の一節は気になるところ。49号（九四年三月）・50号に「尾灯」はなく、一年の空白があって51・52合併号の発行は県教委だが、編集は「芸術三重編集委員会」。続く53号（九六年十月）・54号（九七年十月）も同様だが、55号（九八年十月）へ来て発行は「三重県文化団体連合会」と変わり、56号（九九年十月）・57号（二〇〇〇年十一月）もそれに同じと、確認できる。

57号の編集後記で清水氏は「多分、この号を以て終刊になるだろうという怖れ…」云々と記した。芸文協解散のあとを略称「文団連」が受けていたわけだが、県からの補助は年々、減少中とも当時、耳にしたものである。

九五年と言えば阪神大震災とサリン事件。三重の北川県政が始まった年でもあるが、四月以降なので、それと芸文協解散は結びつけにくい。田川県政も終わりに近づいて、行政側は補助金の件を含め、国民文化祭を過ぎれば、と見切りをつけていたか。事務局長や局員の人件費を含んでおり、錦米次郎などかねてから文化・芸術の活動が行政のひもつきであっては…、と批判を続けていた。津坂治男はとりもとうとし、「三重詩人」に居れなくなったくらいである（それがきっかけで「みえ現代詩」の活動へと進んだが）。

補助の問題とは別に運営上の問題も重なって芸文協は自壊した面がありはしないか。知恵を結集せず、熟議を略した文学館運動の不成功はその一例。解散当日の集いはあまりにもささやかで、主だった面々は不参加。事情説明の村田氏を助ける向きもなかったのである。欠席の鳥山氏は病の渦中だったか。しかし二年後の九七年、新学社版の第二次『中谷孝雄全集』には関係し、年譜を例にとれば「芸術三重」15号の拙稿を利用して増補、健在を示したのだった（三重文壇史で氏の功を挙げるなら、むしろ若手に活躍の場を与え、女性の書き手を育てた方面だろう。後者は津の「あしたば」などにつながった）。

解散となったが、「芸術三重」のバックナンバーに接すると感慨を抱かずにはいられない。ある種の充実感があって刊行は四半世紀の期間ながら、背後には戦後半世紀の地方的歩みが投影されていたことになろう。但し文学史を組み立てるには、それとは別の諸誌・諸活動への目配りも欠かせない。

二〇〇〇年にもう一つ、激震が走った。ことの次第はのちに触れるが、九〇年代は巨視的に見れば文学の存立基盤が揺らいだ時期だったのかもしれない。

毎週木曜、愛知教育大へ出講という年があった。午前に二コマの担当。依頼は谷口巖氏からだったが、木曜の氏は愛知県立大へ向かう日。従って午後は吉田正信氏や岡本勝氏の研究室で談笑したりだった。教職志望でない、いわゆるゼロ免課程の文学史、表現、書誌論など担当したが、出講の最初、教務担当の教授からのひと言には驚いた。以前と違い、国文系の卒論へと向かう学生はまれになっています。社会学や民俗学は多いのですが、と（それでも熱心に質問してくる女子学生はいた）。非常勤講師室には気鋭の日本語教育の方々が何人も現れたりして世の様変わりを実感した。国立大学などで国語国文学科の名を変えていく傾向も当時あり、その辺も昭和末から平成へかけての関連する動きだったと言えよう。

中根さんと『宣長さん』

自分史的に九〇年代を振り返ると、小津安二郎について書く機会が増え、のち全国小津ネットワークに結びつく県外の方々との交流も始まったことが挙げられる。

九七年十二月、中根道幸さんが亡くなった。最初の出会いは松阪高へ赴任の前、亀山高に週二日という非常勤の話があって、同校へ出かけた際に相手をしたのが小亀教頭と教務担当の氏。神戸大へ週に四日は出たいから土曜と月曜に授業を組んでほしいと申し出たところ、往還には草津線経由の姫路快速が最適、と一致したのである。そんな妙案も松阪への変更で夢と化したが、次は尾鷲高のころ組合教研が木本で催された時で、氏の印象は硬派の感。六〇年代、高校国語科研究会で顔を合わす機会が増え、単なる左派とは違ってどこか定時制時代の益田勝実に通じ、感性や思考を文学で培った柔軟さもある点、魯迅的だと思うに至った。高国研だけでは不十分、教師仲間のサークルがあれば、と「日本文学の会」が生まれ、事務局は私の担当、各人が寄せる実践例のガリ版プリントなどは若い吉村英夫氏が編集・発送した。七〇年前後だったか。会の称は日文協の月刊「日本文学」を多分に意識している。

「十一月三日午後の事」「夕づる」「海の沈黙」「便所掃除」など氏の実践報告は傑出していた。亀山時代の氏には高校生の生活を軸にした共著や単著もあったのに対し、津商高へ移って以降は国語教育に徹した形。しかし、せっかくの実践を一書にまとめるという風でなく、定年退職を機に知友の手で刊行委員会が作られ、『ある国語科教師』（八四年刊）を自ら編んだのである。自分史の章には最初に赴任した島根の大社中学での教え子、池橋氏の回想文が引用されている。戦中にあって軍国調でない授業や、召集が来て駅での師弟別れの様子など、時代の証言としても感銘深い。

津商での面影は生徒だった橋倉久美子のエッセイ（「津市民文化」15号）が見事に伝えてくれる。そこにはない例だが、実は教頭ながら校史の仕事に黙々と立ち向かった時期もある。創立以来の七十五年をまとめた『励商・津商』（七四年刊）がそれで、県内の諸例の中では抜群の一冊。氏による「あとがき」も滋味と風格を秘めた名エッセイには違いない。

中根道幸さんの定年退職後は書斎にこもって本居宣長研究にあけくれた。民俗学などにも接近し、殊に古代金属文化への関心を深めていく。それらの一端は県教育文化会館発行の「会館だより」に連載の形で示されはしたものの、執筆即単行本化へ走るといった後の世代の傾向とは違っていた。酒好きで、たばこ党。後者が命取りとなる。「一日何本×年月数」と医師が予言した通り、七十五歳で亡くなった。

宣長に関するノートや千五百枚にわたる草稿などが、遺族や知友には気にかかる件となった。またも刊行委員会を立ちあげる方向へ進んだのである。和泉書院に依頼すべく大阪へ向かうメンバーもあれば、遠く離れた尾鷲の川端守氏などは蟬ばかりを詠み続けた中根氏の句作ノートから抽出し、いち早く高研の「会報」48号へ掲載を果たした。

二〇〇二年、五年を経て『宣長さん』計五七三ページは公刊された。松浦武四郎研究に集中していた佐藤貞夫氏が完成稿へと運んだことになる。各章が仕上がるや高田短大の図書館へ来てくれ、問題点など合議したのだった。教文会館の「会館だより」の連載に注目していた本居記念館の吉田悦之さんによる図版の好意的な提供もありがたかった。挟み込み的な回想集を私は編集し、刊行協力の方々に配布したが、津中学で中根さんと同期の、かつて「群像」編集長だった大久保房男氏の寄稿もその中には含まれている。詳述の私信も頂いたのである。

朝日新聞の読書欄だったか、コラムで水原紫苑氏の評価を知る。「日本文学」誌上では近世専攻の風間誠之氏がとりあげ、事に当たったメンバーに対することばも添えられていた。「鈴屋学会報」20号には森瑞枝氏の懇篤な書評が掲載された。

のち本居記念館では書き入れをテーマにした展示があり、宣長の例を主にしていたのは当然ながら昭和の筑摩版宣長全集に中根さんが書き入れた例まで並んでいたのには驚いた。一身田の中根宅解体の直前、遺族から連絡を受けた吉田館長がその全巻を引き取ったことで、昭和しかも地元の民間的研究の一例が示されたことになる。

宣長研究の先達では出丸恒雄氏を思い起こす。また地元の近世から明治にかけての漢詩文に光を当てた杉野茂氏の著作なども後世への橋渡しとして貴重。杉野氏の場合、シベリア抑留体験を持ちながら、長らく語ることもなかったが、その最晩年には聴衆へ語る機もおとずれた。一冊に仕上げてほしかったと思う。二松学舎で益田勝実と同期。その前の中学時代には横浜で毎朝、女学校勤めの中島敦と道ですれ違っていた話などは何度も聞かされたものだが。出丸さんは松阪高で、杉野さんは四日市高で畏敬すべき国語科の同僚だった。

文学館・文学コーナーの問題

ここで文学館は実らずの件、その後に触れておこう。県の妥協案として県立図書館二階の文学コーナーが開設され、二十世紀のうちは例えば田村泰次郎展、斎藤緑雨展、橋本鶏二展、今井貞吉・浅井栄泉・瀬田栄之助展、戦争と文学展（詩歌編と散文編）、戦後最初期の現代詩展など、近現代も前近代の諸展示と同じくまずは順調に展開された。田村の場合、遺族の好意で同家蔵の資料の殆どを受け、館で担当した三谷氏は分厚い目録をまとめた。展示の際には奥野健男のトークも催された。終わって歓談の機には三島由紀夫に関する秘話も耳にできたくらい。戦争と文学展の場合は竹内浩三シンポジウムも催された。たかとう匡子・小林察・大林日出雄らが登壇。司会の私は二種の「骨のうたふ」是非について聴衆の反応を尋ねたのを思い出す。日大で浩三と親しかった年上の大林氏、終了後には秘中の秘話をまたいつかと言われたが、会える機会はあったものの、いずれと思っている間に氏は亡くなった。

二〇〇〇年三月、年度しめくくりの文学コーナーの企画委員会が開かれた。次年度には山中智恵子も乗り気だった女うた展など提案できるのでは、と臨んだところ、文学コーナー用予算のゼロ化や委員会解散という議題。県政の方針として各部門とも二項目の廃止事項を提出せよと命ぜられ、県立図書館は全国読書推進協議会三重支部の事務局をやめたり、文学コーナー関係に決まったとのこと。委員側に事前の相談もなく、事後報告の形には委員一同、あきれるばかり。あとで耳に入ったのは、図書館員にも知らされず、館長と本庁の関連課長の二人だけで決めたらしい。行政の上下関係はそんな具合なのか、学校勤めしか知らない輩には納得のいかない事態であった。片や定年退職前、片や文部省へのご帰還前だったとも。文学館運動と県の折り合いによって誕生した原点を蹴散らし、移転当初の新しい雨森館長のミニ文学館イメージを反故にしたわけだ。

さっそく四月の朝日「展望・三重の文芸」でとりあげた。北川知事はことの次第を知って違和感を抱いたとか。のち知事と話し合う機を得た際、むしろ私どもの側への共感の方が伝わってきた。が、元へ戻らないのが行政の常。中間管理職という存在を認識させられたことになる。言い添えるなら略称・読進協と縁を切った結果、県内の読書会グループの交流は以後、途絶えた。また全国組織が毎年、会報で発表する統計などに三重は唯一、載らない県になっている。県内図書館史が編まれるとしたら、二〇〇〇年三月の二件は、以前の同和図書への対応に続く負の例として明記の要があろう。

文学コーナーのその後は館蔵資料による常設展ばかりとなっていくが、時には工夫をこらして企画展を催した。趣を変えた田村泰次郎展、まだ本居記念館蔵資料の館外貸出が可能だったことによる竹内浩三展など。予算ゼロにもかかわらず、館側担当者とボランティアの協力によって成り立つ類。久しぶりのピークとも言える近例は二〇一五年以降、もう少し先で触れたいが、もう一つ、館蔵田村泰次郎資料のデジタル的発信を進めた件も記憶されていい。

県生活文化部の方はどうか。千葉県鴨川の近藤啓太郎宅訪問には一人分だけ旅費を支給ということが二回あった。前田暁氏分とし、私は自費。二人で赴いた。最初はサリン事件の当日。すぐに文学館とは行かなくても資料保存を県側は図りつつあると伝えたところ、志賀直哉からの葉書など提供され、県側も喜んだが、担当者や部そのものの改変もあった間に曲折も生じ、時を経て現在は文学コーナー資料として収まっている。二度目に訪れた際は体も弱っておられたが、部屋の一隅には塩浜近くでの幼少期を記しつつある原稿。発表後なら渡せるところだが、とのこと。少し経て氏は没した。

個人的に一人で訪れた例を挟んでおこう。やはり千葉なのだが、津で医師をしていた自由律俳人の小川都影を調べつつあった時期で、遺族は健在と耳にし、小川孝徳氏宅を訪れた。山頭火の津で画いた絵がかかっていた。阿漕海岸の松林。県でも市でも文学館を建てるなら寄贈しますよ、とも。孝徳氏自ら津を訪れ、現在の養正小学校の地に医院があったので校内の一角に、山頭火も泊まったことを示す碑など負担は自費で、と校長や市役所に掛け合いかけたが、難色気味で、とも。二度お目にかかったが、富士山などの地質調査の民間側の常連という話なども甦ってくる。数年後に亡くなった。

県との交渉では清水信宅にある資料群の保存には最初、県は積極的だった。塔世川（安濃川）に面した旧大学病院、すなわち旧看護短大の建物の一室を充てることが決まり、鈴鹿からの移送には県の車で、となった。積み込みと搬入は自分たちが行うことで合意し、津側で私などは待ち受け、エレベーターを間に挟んで力仕事に精を出したものである。何回かのあと、県側が車は出せなくなった、あなた方で何とか、と言ってきた。了解し、やがて県側は目録化にアルバイトを雇ったりもしたのである。失対関連予算がらみだったが、狭い空間の中で整理や分類に衣斐・前田両氏と当たったのを思い出す。

安心していた矢先、耐震の件を理由に預かった資料すべて撤去するよう求められた。担当者もかわり、搬入の趣旨も引き継がれなくなっていたか。やむなく衣斐氏は鈴鹿の図書館に掛け合い、大コレクションは再び元の地へ。

落ちついたかと思っていると、関係者の知らぬ間にそれらはすべて消失して…。京都のさる図書館における桑原武夫蔵コレクションの悲運とも並ぶミステリーに見舞われたと言えよう。

鈴鹿土曜会、津文研、四日市ＸＹＺにとどまらず、中部ペンでも清水一強時代がそれなりに続き、中日新聞の月評なども衰えを見せなかったわけだが、周囲では奇妙な状況が進行していたのである。

三重における文学館は将来の世代にとっての課題だろう。それまでの間、文学コーナー的なものへの関心や、文学資料保存の問題も次世代は忘れずに、と願いたい。

短大定年の前後

世紀の変わる前後、小津サミットの話が飯高で起き、やはり同地での全国小津安二郎ネットワーク結成へとつながった。二〇〇三年は小津生誕百年。三重映画フェスティバルを推進するグループが生まれ、津では約十日間にわたる催しが展開された。短大の斜陽化は現実のものとなり、勤務先では会議なども急増、多忙を極めたし、朝日の月評への対応もあり、自宅は寄せられる刊行物などで埋まっていた。

その当時で忘れがたい一件が甦ってくる。

一九九九年の八月十四日付の朝日（名古屋本社版）文化欄で竹内浩三の未公開稿「作品4番」を紹介した。その三か月前、当時は宇治山田駅に近い一知誉坊の共同墓地にあった浩三の墓へ松嶋こうさん・中井利亮さんと訪れた際、帰途にこれはおたくの手で紹介してほしい、と中井氏から言われ、実現したのだった。少し経て中井さんが秘蔵したきた「伊勢文学」の7号に続く号に掲載予定の同人諸作の一つとわかったが、宮沢賢治に通ずるようなメルヘンないし散文詩風の作品。ジャンル枠をこえ、リアリズム系ではない作風にも光が当たる時期の到来を中井さんは待っていたのかもしれない。格別の傑作には違いなく。小林察編の三種の全集本では最後の『定本竹内浩三全集』（二〇一二年刊）にやっと収められた。

竹内浩三研究会は二〇〇七年にスタートしたが、それ以前にも浩三関連では県内でいろんな動きがあったことなど再確認が必要だろう。

二〇〇三年二月に母が他界した。九十二歳、父の命日と同じ日だった。その三月で高田短大を退いたが、二年生のゼミは引き続き、担当した。計十一年間を回想すると、終わりに近い三分の一は短大の斜陽化の只中にあったと言っていい。学生のインターンシップで外へ出る必要が加わったり、学科長を仰せつかったため会議の類も倍増した。

その間、「紀要」への寄稿は毎年続けた。最初は長谷川素逝と「京大俳句」だったが、以後は小津安二郎日記。短大へ移る前の津西高にも「紀要」はあって、科研費の関門をパスできた明治初期の三重の文芸状況をめぐる論を寄せたし、軍曹・小津安二郎の日中戦争における化学戦を扱った一編も思い出す。後者はのち高名となる田中眞澄のそれに先立っていた。

日本文学協会の研究発表大会は毎年、東京以外で催されてきたが、短大時代に二回、名大が会場校だったことから、聞き書きをテーマに発表した。どんな反応だったか、記憶もうすれているが、二回目の場合、東京方の面々には田中実などによる第三項理論への関心集中の空気も感じられ、部会の偏りはすでに始まっていた。近年の内部批判が表面化するまで、それは長続きしたことになろう。

発表しっ放しで、論文を残さなかったのはまずかった。会員歴が長いためか、神戸大で開かれた二回目の後に、当時の「日本文学」で随時掲載だった「日文協と私」欄への寄稿を事務局から求められたのに即応していない（思い起こせば、神戸大の会場へは逗子から永積安明氏も参加され、わずかの間ながら話ができた。若き日、世話になった師と会えた最後だった）。結局、日文協に論を寄せたのは「日本文学」ではなく、その中の国語教育部会誌への魯迅「鋳剣」に関する一編。無能無才、怠け者というほかない。

高校勤務三十四年間の後半は図書館の仕事と切り離せなかったが、高田短大でもそれは続き、殊に図書館棟の新設は大仕事だった。事前の県外視察が栄養源となる。愛知・岐阜の短大図書館もさることながら滋賀の公共図書館の先進性には女性の中川館長や職員ともども驚きの連続だった。市町村立におけるサービスのきめ細かさ、県立で例えばヌード写真集の類も刊行されたものはすべて購入という大原則。

そんな考え方と予算枠には目を見張った（のちコロナ下で本庁の指令一本で休館に応じてしまうところとは違い、最悪の場合でも新聞閲覧は守り抜くと耳にしたことがある。近畿の場合、コロナ下にあっても滋賀・和歌山は知事からして図書館を休館にしない方針だったとも）。

旅に出てその県のローカル紙や地元出版の質と量にかねてから関心を抱いてきたが、図書館のあり方も文化度の評価基準に加えるべきだろう。

短大時代の別のエピソードを一つ。旧制津中学で短い期間だが、野間定之先生に英語を学んだ。二度ほど突然だったが、高齢を押して高田短大への坂を登って来られた。私の研究室は三階。退職の直前には新館が接続の形で完成し、エレベーターも付いたのだが、当時はないため図書館の一室での歓談となる。よもやま話の中に太田蘭三は教え子、本を出したら今も必ず送ってくると。毎月の朝日の拙稿で刊行ごとに紹介してほしいとも。例えば岡正基の場合、やはり津中学の先輩に当たる森田功への関心は格別だったが、それと並んで先生は蘭三。帰途は坂を下り、近くの今井の山寺の桜花など見てもらいながらバス停までお伴した。それからまもなく先生も太田蘭三も亡くなった。

教え子に会っておきたい気持は齢を重ねる中で、自分にも起きている。もの書きになった例では尾鷲で教えた杉本幸。週刊誌記者から自ら起業した小出版社の編集者になった。上京時には厄介をかけ続けたが、すでに亡い、「オール讀物」新人賞を得た城島明彦は私が四日市へ移った年に一年生だった。その学年には文学好きの女生徒も複数いた。少し経て通信制の文芸部での読書会の面々もだが、その中には前進座のベテラン男優と結ばれた例もある。

退職一年前の三月、希望の学生を対象にしたヨーロッパへの旅に付添い役で同行した。機上から見たシベリアの広大さからして初体験。アムステルダム空港で乗り換えたが、空港の色調を青で統一しているセンスに驚く。ロンドンでは自由時間にウォタルー橋を経て演劇と映画のナショナル・シアターの前へ。ローマやスイス各地を経て最後のパリで昼食のために入ったオペラ座近くの小さなレストラン、壁には関心を抱いてきたジャン・グレミヨン映画のスチールの数々など。それらを含む「ヨーロッパ行」を「泗楽」9号（二〇〇二年）へ寄せた（そう記せば「泗楽」主宰の判治泰さんを思い出す。四日市の図書館で読書会がある時には、こちらが終わるのをいつも部屋の近くで待っておられた）。

当時、学長は久保田郁夫氏。学科長と図書館長兼務の多忙に対する賜りものだったのかもしれない。最後の二年間、接触はほぼ連日ながら、会話は校務に限られていた。が、教授会メンバーの忘年会の折、教員になる前は文春に入社していて、と話しかけて来られ、いろんな作家の自宅へ原稿をもらいに行ったもので、殊に佐々木基一宅では長く待たされたと。「文春」よりは「文学界」だったように思えたが、そんな雑談は以前から交わしておくべきで、私と同時に退職され、意外に早く訃報がもたらされたのである。

学苑長の田中和磨氏からは京都で学生だったころ、溝口健二の南座ロケの際、エキストラ出演していた話。氏とは高国研の集いや演劇部顧問どうしで若いころから相識だった。長生きされたが、亡くなったのを知るのは後だった。

(6) 卒寿までの二十年

小津生誕百年記念

解き放たれたと思っていたら、二〇〇三年の津における映画の催しへの助力が待っていた。一番の思い出は高畑勲監督。事前の交渉は上京時、氏の都合で滞在を一日延ばし、自宅に近い西武線大泉学園駅の構内喫茶店。三重映画フェスティバル実行委員会が事前出版を企てた『巨匠たちの風景』への出身地・三重の思い出エッセイをまずお願いし、次に講演の一件も。だが、催しも近づき、高畑デーのチラシ、ポスターは津市の担当だったが、事前にご本人へ案を示さなかったことに対する不満が電話で爆発、なだめ役にまわった。が、当日は催しの前に幼時から小学一年にかけての旧居の辺りや、安濃川にかかる御山荘橋をめぐってご機嫌は回復。帰途にはまだ公にはしないで、との前提で次作は源平関連のアニメーションと、もらされた（実際には「かぐや姫の物語」が先行し、ほどなく旅立たれた）。

その後も何回かお目にかかれた中で印象深い一例は、六〇年前後のヌーベルバーグを高く評価する立場を自分はとらない。それ以前のM・カルネの戦中抵抗の秀作を忘れたくないとのこと。カルネを支えたのはJ・プレヴェール。その代表的詩集の邦訳も氏はなし遂げている。仏文科出身の矜持を感じさせたが、実際には渡辺一夫に可愛がられた大江健三郎とは違い、あまり教室へは出なかったとも。プレヴェールはアニメーション映画の傑作「やぶにらみの暴君」に関係していた。それと後年の「王の鳥」とを比較・検討した岩波版の一冊もあるわけだが、グレミヨンの「高原の情熱」（一九四四年）でも脚本を担当しており、その辺への見解など、聞いておくとよかった。

日本の絵巻ものや、今村太平についての論述も見事だったし、最後の刊行となったエッセイ集も示唆に富んでおり、アニメーション以外の仕事においても文化度の高さは映画人の中で伊丹万作以来だったと言えよう。

小津百年イヤーの勢いも終わり近い辺りから伊勢新聞へ小津映画の全作品を追う連載を始めた。サイレント期でフイルムが失われている作も、脚本や同時代の評を引きながらとりあげた。蓮實重彦など表層批評の立場だと「また逢ふ日まで」（三二年）などは映像が残っていないため扱わないわけだが、公開時の北川冬彦の注目を梃子に熱をこめて記した。岡田嘉子主演の諸作が示す社会意識、戦争への対峙など特筆したのは、戦後の小津調ばかりを賛美する風潮に対する自分なりの抵抗でもあった。トーキーに入り、日中戦争従軍期、小津の原案を内田吐夢が監督した「限りなき前進」（三七年）への関心もその辺と関連する。淀川長治は小津よりも溝口絶対の立場ながら日本映画史上のトップにそれを推したのはわが意を得たりだった。意外なのは岩崎昶で、「また逢ふ日まで」などへの評価が低いのは、プロレタリア系傾向映画の狭い枠を越えられない面を持っていた証左だろうか。

「秋刀魚の味」（六二年）で終わらず、小津没後の関連作品、渋谷実の「大根と人参」、中村登の「暖春」、井上和男の「生きてはみたけれど」、田中康義の「小津と語る」など。外国の例だとホウ・シャオシェン、キアロスタミ、ヴェンダースなどにも筆は及んだ。

小津についての週一回の連載は二〇〇三年十二月から二〇〇六年四月まで。ひき続き月二回の「シネマ近見」がスタートし、近年は月一回となったが、伊勢新聞への寄稿はこれで二十年余りになる。

「展望・三重の文芸」終わる

月に一回の朝日「展望・三重の文芸」は二〇〇九年三月まで十六年近く続いた。その間、追悼の類は忘れないようにつとめたが、例えば鳥山敬夫の場合、批判めいたことばを避けたためか、遺族からはどなたも弔ってくださらないのに謝したいという電話が入った。彼のまずかった例は浪曼の会と称して芸文協行事のあと懇親会を温泉宿で毎回催したのはともかく、その会自体を「芸術三重」の特集テーマに押しだした公私混同。そちらへ傾けたエネルギーを文学館運動の結実に振りかえていたなら、と思わせる。ずっと後に清水信氏はその会の集いへは一度も参加しなかったとさりげなく記している。だが、彼は旧制中学で同学年。松阪をめぐる梶井基次郎の文学散歩を企て、学生仲間に呼びかけてほしいと誘ってきたり、一九六〇年前後の伊勢新聞で私の年間映画回顧に紙面を大きく割いてくれたことなども思い出される。上京して調べあげた中谷孝雄年譜の無断転用は講談社文芸文庫にもあったのでは、と近時の鈴鹿土曜会で衣斐さんはこちらが忘れかけていることも語られたが、懐旧は帳消しへと導いてきたのかもしれない。

山中智恵子の追悼では代表例として昭和天皇挽歌を引いた。結社には属さず、全国版の朝日歌壇欄の常連だった小出幸三の場合は、作例を振り返るだけで一回分となった。近藤芳美の〈無名者の歌〉への共感がそうさせたとも言えよう。

それへの異議が津坂治男からの留守電で示された。せっかくまとめた梅川文男についての自著をなぜいち早くとりあげないのか、という内容が趣旨。その二〇〇六年は梅川生誕百年に当たり、松阪では梅川文男展も開かれた。展示の中にフィルムの現存しない小津最初期の「会社員生活」が伊丹万作の時代劇大作の添えものとして松阪で上映された時の新聞挟み込みらしいチラシがあり、私など狂喜させられたが、評伝本も二種、ほぼ同時に刊行された。新書判風の津坂本に対し、三重大人文学部へ着任した若い尾西康充の方は研究書。尾西氏からも電話が入り、二人の間では刊行以前に悶着が始まっていた様子。私は両書を同時に扱おうと思っていた矢先、小出氏が亡くなったため、ひと月遅れで一緒にとりあげたのだった。

あの欄ではできるだけ誉めるように、それが書き手の励みになると連載当初から間瀬昇・井上武彦両氏は語られた。清水信氏は、届いた刊行物にはどれも平等扱いしたいから礼状を出さない主義だと。中井正義氏は、献本がたまるばかりでも、人さまの苦労して作ったものをおいそれと処分はしたくないと。あれこれ先輩諸氏が気づかってくれたことも思い起こされる。

全ジャンルを対象にし、文学以外の文化的トピックスも含めたわけだが、それへの清水さんの主食・副食を比喩的に持ち出した反応は絶妙。「文宴」に掲載の藤田明論は一本取られ、くすぐったかった。

トピックスではあっても記さなかった出来事もある。三重版の短歌欄の選は当時、村田治男氏だった。昭和天皇の歌がそこへ紛れ込んだのである。週刊誌がスキャンダラスに報じ、朝日津総局の前へは街宣車も。後で聞けば、亡き夫のノートにあった数首から妻が投稿。夫の歌ではないのを選者は見抜けず、気の毒な一件となった。驚くのは地方版の紙面をのみ取りまなこで探し抜く目と、それが週刊誌への通報につながるシステム。村田さんは任を辞し、新聞社側も責任をとった。伊勢市立図書館の地域資料室の一角に村田さんの寄贈本コーナーがあり、それを眺めるごと南洋の島に育ち、のち芸文協で活躍、幕も引いたのを思い出す（短歌選の後任は橋本俊明氏となった）。

二〇〇九年二月分を出稿した後だったか、時の朝日・津総局長から地方版の紙面縮小で、文芸関係は短詩型の欄も含め、全廃したい旨の通告を受けた。県立図書館・文学コーナーへの冷遇化に続く衝撃で、三月の最終回は気落ちの中で記した。平日は二ページ近くあった地方版の一ページ化。この例以外でも各メディアの本社側にとって地方は重視せず、文化など切り捨ての新世紀ということだろうか。

熊野の巨樹展

朝日の連載が終わった直後だったか、海の博物館の石原義剛さんが会いたいと言ってきた。熊野古道センターの仕事を兼務しており、指定管理も最後の年になるので実現させたい企画展示に協力願えないか、と。秋に催す「熊野の巨樹展」、写真と文学のコラボレーションが頭にあるとも。話し合いの末、詩歌の新作はどうか、となって人選だけでなく、催しのコーディネイターまで仰せつかった。

石原氏とは世紀の変わるころ、三重大人文学部を軸にした尾鷲・須賀利の総合調査チームのメンバーとして私も参加し、現地で意気投合した。遠洋漁師の妻（実は尾鷲高での教え子）への聞き書きが私の担当だった。参加を促したのは人文学部で近世史が専門の塚本明さん。それより以前、同学部と県による伊勢湾文化研究グループの一員へ請われた辺りに端を発している。かつては船便でしか行けなかった須賀利も今は車で可能。津から朝、塚本氏の車に同乗。文化的よもやま話が続いた。

当時、石原さんは津住まい。偕楽公園の奥にあった大学村の故・原重一教授（三重大で近世文学担当）の旧宅、奥さんの実家ではなかったか。

「巨樹展」の新作は人見邦子（短歌）、稲垣逸夫（俳句）、阪本きりり（川柳）、吉川伸幸（詩）といった県内の実力派に決定。二回に分け、泊を伴って紀北・紀南の現地を訪れた。写真は新宮のカメラマンに依頼ずみという。五月の一回目、津から氏の車に乗ったが、やはり辛口の文化談義で、石原さんも塚本氏同様、私の連載の愛読者だったと知る。氏が病を得たため二回目は一同、ＪＲの特急で向かった。長島神社の大楠から新宮・速玉大社のナギまで紀伊路の巨木の感銘は圧倒的で、それを口にした途端、紀行風エッセイも展示に加えたいからと、書かされる破目に至った。

展示の本番では原寸大の大楠の写真に驚く。文学側も写真群と競う力作揃い。作り手全員参加のシンポジウムも催され、文学展示として見てもユニークな催しとなった（古道センターに品々が保管されているのであれば、いつかアンコールや巡回展を求めたいところ）。

以前に機上から見たシベリアの大自然は強烈だったが、計四日間のフィールドワークもただごとではなかった。千数百年という樹齢。古代から人界の歴史を眺め続けてきたわけで、それに対してヒトの発する共生ということばなど、どう受けとめているのだろう。はるかに短い命が生み出す文化ゆえに文芸も映像も存立している、とシンポの中で私は発言したように記憶する。

小津本の刊行

小津安二郎についての一冊を考え始めたのは、振り返ると二〇〇三年の生誕百年行事よりも前であったか。津での百年の催しは六月だったが、東京や飯高は生誕月の十二月。東京でのシンポジウムを聞いて翌朝は飯高へ向かった。その催しで井上和男監督は私の「代用教員・小津安二郎」を話の枕にされた。小津研究の田中眞澄氏は昼の部が終わり、ホテルへ向かう車中で「反蓮實のメンバーが三重へ集結しましたね」と。東京では朝日新聞社の支援もあって蓮實重彦や吉田喜重を中心にした催しとなったが、それへの対抗意識だったろう。宮前よりずっと西のホテルでは川本三郎氏と同じ部屋だった。午前三時ごろまで語り合い、小津や映画一般のほか、戦中の信時潔の大曲などへも及んだ。小津本をまとめては、懇意の出版社を紹介するから、と言われたが、その時すでに他社との話は進みつつあった。

当時、内モンゴルへ二回、旅した。津の筒井忠勝さんが市民にカンパを募って完成に至った辺地の小学校分校の見学が第一回。ジンギス・ハーン関連の史跡など一般的な観光も兼ねて大勢のツアーだったが。〇八年夏の二回目は氏との二人旅で、北京にオープンしたばかりの世界一と称する大きな映画博物館を見てから内蒙入りし、州都フフホトの二つの大学訪問が主目的。帰途には大同で下車し、雲岡《うんこう》石窟へも寄った。二回とも筒井さんとは旧知の朱宝泉教授の世話になっている。

最初の回には内蒙古大学へ寄って日本文学担当の胡樹教授とも話すことができた。すると帰国後しばらくして招きたいから通年で講師をしてもらえないか、との手紙が届いた。ワイズ出版の岡田博さんとの話が進んで小津本に集中したい時期だったので悩ましかったが、今は無理だと返信した。再訪の折、申し訳なかったとまず胡先生の研究室へ向かったところ、常駐は学部長室にかかわっていた。学内にある博物館へ案内され、展示ケースを前にして父親は契丹文字や、北方の伝承文学が専門だったと語られた。北京大学出身の若手の女性を紹介されたが、芥川文学が専門で、冬は零下二十五度でも暖房があるから教えに来てくださいとも。

朱先生の方は内蒙古工業大。自宅の夕食にも招かれたが、モンゴル人としての矜持が私には何より印象深かった。三重大での研修に来日され、それがもとで筒井さんと出会ったのだという。

話を戻せば二〇一〇年刊の『平野の思想・小津安二郎私論』へ至るプロセスには、そんなエピソードも付随していたのである。上下二段組みで五百ページ。跋を杉山平一さんにお願いできたのは何よりだった。氏最後の原稿だったのかもしれない。一二年五月に亡くなった。

一周忌にちなみ、大阪では氏をしのぶ会が盛大に催された。ほとんど詩関係の人たちで、映画関連で語る例は皆無に近かった。宝塚の自宅を訪れた時、自作の絵が掛かっていたのを思い起こし、時を経て娘さんにお願いしたら、旧居への再訪が可能となった。杉山さんの詩と通ずるモダンな抒情をそこに感じた（そんな絵の一部は三回忌に氏の勤務先だった帝塚山大学で回顧展が催された際、再見できた）。拙著でも重視したが、杉山さんは今村太平と親しかった。今村評伝の一冊もあるわけだが、いわばモダンな半面が共振したのだろう。その今村の記した映画批評家論の中では、北川冬彦に続く文学的感性の系譜に杉山を位置づけている。詩人という共通項がそうさせたとも言え、かなり同感なのだが、抒情一般について北川は否定論者であり、杉山さんの口からも北川氏はこわい人だったと耳にしたことがある。世代や、時代とのかかわり方の相違もあろうが。とにかくこの二人の存在は、大方の映画批評家とは文体からして異なっており、魅せられたのである（高畑勲の場合、畏敬は今村と北川だが）。

小津本でうれしかった一つは、神保町の東京堂の映画本のコーナーでいろんな小津関連本を特集展示した際、拙著を扇の要に配置してくれたこと。何より旧一志郡白山町の自宅から大阪へ通勤していた倉田剛さんの力添えで刊行につながったわけだし、写真提供など小津ハマさん、またほかのいろんな方々にも改めて謝したくなる。紹介ないし書評の類では、北海道の中澤千磨夫氏や、日本映画大学の高橋世織氏の場合が印象深かった。どちらも全国小津安二郎ネットワークと関係があって、前者は隔月発行

（当時）のニュースレターで、後者は会の総会時のトークにおいてだが、よく考えれば二人とも文学研究に映画研究という二足のわらじ派。ある時期、北大では同僚だった。中澤さんは荷風、高橋さんは朔太郎が専門であり、以前から文学研究の世界では知られていたのである。

小津ネットで当時の私は二代目の会長。初代の長谷川武雄氏よりも長かった。そして三代目は中澤氏。二〇一二年三月には氏を含む三人で中国・江南における小津軍曹の日中戦争時の戦跡をめぐった。九泊十日の旅だったが、一番の目的は江西省の修氷河。化学兵器を伴う夜の渡河戦に小津軍曹も分隊長として参加した。小津日記には連日の経過を克明に記しており、いつの日か、現地を確認したいと考えてきたのである。踏査できた日本人は私たちだけではないか。木曾三川の下流を思わせる静かな流れで、堤には菜の花。往時の作戦も同じ三月下旬であった。

小津らのコースに従って修水河や南昌へ向かうには長江に面した九江から。九江で私たちも数泊したが、白楽天の「琵琶行」の現地であり、南東には廬山の峰々がそびえ、「枕草子」に登場する香炉峯や遺愛寺も。麓は陶淵明の故地でもある。上海から帰途につく前日には魯迅関係の市内各所へも赴けた。文学の旅でもあったと言えよう。もう一人の同行は上海外語大などで教えた経験のある津の稲森信昭さん。氏のおかげで大学院生のガイドが付いたり、上海の二つの名門大学を訪ねることもできたのだった。

同人誌・地域文化誌

二〇〇五年二月の中井正義さんに続いて一二年七月、岡正基さんが亡くなった。長い付き合いで、清水信宅や芸文協、同人誌「二角獣」、津文研などでの活躍を思い起こすが、晩年は病に悩まされていた。

津・敬和公民館の文章教室の講師を引き継いでくれないか、と入院先へ見舞った時に頼まれた。そもそもは演劇活動や、県文化会館で突出していた堀川憲二さんが定年退職後の一九八六年に始めた教室で、年輪を重ねている。亡き堀川氏も浮かんで、受け入れた。病が回復して岡さんはまた海外旅行へ。これが不帰の結果につながった。

思い出は何よりも「二角獣」。岡・前田の二人誌から私が加わって三人誌へ。岡さんは武田泰淳などの作家論を連載していた。やはり戦後派への共感からだったろう。単行本にしてほしかった。定年退職後は海外への旅が多く、その体験記を何冊も刊行している。「群像」の新人賞候補になった「深い霧」を『ふるさと文学館・三重』に私はまるごと採ったが、若かりし岡さんの力作には違いない。渡辺正也さんも加わり、四人誌になった矢先、23号（八四年）で「二角獣」は休刊に至った。前田さんは岡さんの文化課や校長職での多忙化を嘆いたが、本当はその時点で同人の話し合いが必要だったと思う。やがて前田さんは「文宴」に加わった。

前田さんと編集した「三重・文学ニュース」は、文学館運動とも連動して内海康子・菅野照代ら女性陣も熱心だった。上京時に中野嘉一宅を訪れた時の一文を私は寄せている。

岡さんが偉かった例は「楡」の読書会。早くから毎月、開いており、年度末には必ず会員のエッセイなどによる同名の会誌を長く続けた。集いの各回ごと話題になった概要も読みたかったが、それはない。しかしどんな本をとりあげたかの記録は必ず載せている。私も読書会といくつも関係してきたが、「楡」のほどではなくても後へ残る冊子など、鈴鹿の例を除いては生み出さずじまいだった。参加したおたがいの人生にとってどうであったのか、を振り返りづらいのである（そうは言うものの、四日市では毎度の芥川賞作、桑名は漱石の殆どの長編、鈴鹿での緑雨など長く続いたのは忘れがたい。県立図書館におけるFの会なども、はるか彼方となった。コロナで桑名は休止中、四日市も回数が減っている）。敬和は堀川さん担当の時期から「淼《びょう》」を年度末に発行してきたが、近年はメンバーの入れ替わりもあって中断、コロナも盛期をすぎた二〇二三年秋、久しぶりに発行された。

総合文化誌「津市民文化」は岡さんの属していた津市文化課が一九七四年に発行を始めた。平成の大合併以前から編集委員だったが、合併後は委員会の代表を仰せつかり、18号に至っている。以前は郷土史へ傾いていたが、大合併で委員に旧津以外のメンバーも入って議論を重ねる中で、文字通り〈総合〉的誌面を展開中と言おうか。行政側の意向との緊張関係が時に生じたりして、余分のエネルギーが要る時も。15号（二一年）は「津と絵画」やパンデミックを特集して大変な苦労だったものの、やりがいもあったと委員の側は感じたわけだが、新聞各紙の三重版はとりあげてくれなかった。

朝日の月評的連載がなくなって後、文芸を中心にした年間回顧を三重郷土会の「三重の古文化」に数回、試みた。それには図書館へ出かけて調べる必要があり、十二月から一月にかけては「津市民文化」の方も忙しい。津と関係のある著作についてはずっと同誌に記してきたが、締切も重なって県全体の刊行例までは及びにくい。伊賀の北出楯夫さんからはしばしば求められた。

北出氏の編集する「伊賀百筆」は私の愛読誌の一つで、請われて創刊号（一九九五年）以来の各号を振り返る文章を二度ほど、また岸宏子追悼を寄せた。戦後すぐの上野における〈パルナッスの丘〉と称された文化的高揚の動きなどは同誌ならではの特集。伊勢路でその辺はどうだったのか、近年になって出た『三重県史』では往時に関する調査や資料集めなど、時すでに遅かったのかもしれない。しかし、どこかで記憶しておかなくては、とも思う。福田和幸さんの連載を含め、とにかく〈総合〉的な「伊賀百筆」に文学関連のページが多かったのは、何よりだった。

福田さんが毎年三月に催している「〈雪解《ゆきげ》〉のつどい」の第一回で森敦と尾鷲について話した。その折のメインは養女の森富子氏の講演。森にとっての師、横光利一がとり持つ縁でもあった。福田氏の師、濱川勝彦氏とは若いころ高国研で出会ったが、のち別の研究会で顔を合わす機会が訪れたのに先立たれた。

小倉肇が注力していた、みえ熊野学研究会の分厚いシリーズへ森敦の「尾鷲にて」を中心に連載したことも思い出される。

竹内浩三関係にも力を入れた。中学時代の日記、戦中の同人誌「伊勢文学」をとりあげ、『愚の旗』復刻版の解説なども担当。竹内浩三研究会は活動を続けて「会報」は7号に至ったが、コロナで中断したままになっている。創刊は松島こうさんの没後だったが。

二〇一三年は小津生誕百十年で、やはり忙しい年となった。松阪の実行委員会に呼ばれ、ほぼ月一回の会議はいつも議論百出。年間の最後には図録的な一冊の編集に当たった（非売品だが）。全作品を上映した大阪のシネ・ヌーヴォでは倉田剛氏とトークも。その縁で「小早川家の秋」で撮影助手だった田邊皓一氏や、内田樹氏を知った。東京・江東区の古石場文化センターの講座、ＮＨＫ・ＦＭの「日曜喫茶室」にも出演。少し経て全国小津ネットのニュースレターはカラー化され、連載の形で飯島正など批評家五人の小津観について検証した（コロナのため県外の図書館などへ行けず、六回で中断した形だが）。

京都の「文学史を読みかえる」研究会へ参加するようになった。東海近代文学会が日本近代文学会の支部となって以降は名古屋との文学研究的つながりが薄くなってきただけに、池田浩士氏や若手による出席者十人前後というあり方は徹底的な討議を含んで魅力的だった。私も小津をテーマに発表したが、こちらはコロナで会の解散に至った。

二〇一五年は三重県立図書館の文学コーナーで「三重の文学・戦後70年展」が催された。森敦「尾鷲にて」のなま原稿コピーを森富子さんにお願いしたのを思い起こす。準備に加え、松阪の小津110年の場合と同じく事後に図録的な冊子を担当。その中の県内外の文学関係者へのアンケートは後に読んでも興趣尽きない。例えば勝又浩氏の場合、関心のある作家は緑雨、駒田信二。詩人の倉橋健一氏は車谷長吉「赤目四十八滝心中未遂」。文学館建設が困難なら郷土資料館などでの常設のコーナーが大切とも。清水信氏は今後の文学活動は『ふるさと文学館・三重』を参考に、と。もはや文芸は単独では力を発揮できない、他の芸術と手を組んで、とも提言している。

小倉肇さんからは回答がなかった。後から思えば入院中だったのかもしれず、翌年には亡くなった。葬儀の当日、吉村英夫氏と南紀特急で紀伊長島へ向かった。

清水信氏、最後の講演

県立図書館・文学コーナーの企画展、次の二〇一六年は「四日市と菰野の文学」だった。北勢全体では広すぎ、詩歌はいずれ後に、ということで対象は小説・評論の類。しかも丹羽文雄など既成のプロ作家よりは戦後に活躍した同人誌系へ焦点を据え、「海」の間瀬昇、一見幸次、「棧」の鵜崎博ら、加えて瀬田栄之助が中心となった。いずれも故人であり、準備段階にはそれぞれの遺族を訪れる場合も伴った（間瀬さん宅へは現在の「海」の代表、遠藤昭己さんも員弁から駆けつけてこられた）。

間瀬さんを私が訪ねた最初は診療しておられた時期で、当時の診察室の部分など今はない。住まいの方は以前と変わらず、娘さんが今回は来てくださった。書棚は以前のままだし、新聞の切り抜きのファイルなど、カルテの保存を連想させる。それ一つとっても、地方文学史の至宝と言いたくなった。氏で思い起こすのは、朝日の三重版の月評では可能な限り書き手をほめるように言われた件。鈴鹿の井上武彦さんも同じで、同人誌の各人の進展にそれはつながるというわけだが、その辺りは中井正義さんと違うのではないか。山中智恵子を含む前衛短歌が台頭した際、激しく反発する文章を歌誌で見かけたものである。比べて間瀬さんの著作は穏やかな人柄と直結しており、文体は町医者が患者に接してカルテに向かう姿勢だったと言えよう。

やはり「海」を支えた一見幸次は生涯、独身を貫いた。従って遺品などの類は鈴鹿の北部、妹さんの所だった。私小説と俳句。デザイナーとしての仕事。女性対象の文章教室、そこからの同人誌「紫陽花」が氏の逝去とともに消えたのは惜しい。芸文協の鳥山事務局を助けてもいた。展示ではそうした多様な日常の一端をのぞかせる手記が印象深かった。

鵜崎氏宅は町長経験にふさわしい伝統的家屋。当代の夫人に会えたが、遺品の中で目立ったのは日中戦争後半期に召集され、戦後の日中交流とも結びつく自作絵画やそれと連動した文章。「棧」誌上にも登場していたが、それは一部だったことがわかる。県庁職員としてエリートであり、津城の内堀を埋めたてた地に建てられていた県文化会館の館長時代、私は氏を補佐していた堀川さんとは親しかったが、館長には近づきにくい感を抱いていた。堀川さんからは芸文協批判も時に聞かされたが、文化会館の建物の一角に事務局があった芸文協を鵜崎さんはどう見ていたのだろう。

県の仕事を離れ、氏は菰野町長へ、「棧」に対する私の関心は町長を終えて以降かもしれない。同人に県外勢が多い点で「海」と似ており、県内の執筆陣も鵜川義之助、加藤千香子らインテリ勢で、誌面からは硬派ぶりがにおった。鵜川さんは私の大学生のころ、ドイツ語の恩師だが、卒業後に東独のヴォルフの訳本を送ってこられた。のち東京の音楽仲間と東独の音楽文化について共通の興味を抱く期間も長く続いただけに、東独の文化事情やその訳業の由来など、阪大へ移られたとはいえ、松阪の宣長ゆかりのお宅を訪れた際、聞いておくべきだった。戦中体験を含め、「棧」などにはもっと書いてほしかったと思う。

鵜崎さんの高橋新吉への執着も重要。今井貞吉から自分と新吉とのつき合いは長いと聞いていたが、鵜崎さんはまた別ルートでの交流だったたことになろう。

企画展では以上の三人に先立つ瀬田栄之助の存在がきわ立っていた。戦後すぐの活動という点で岸宏子と並ぶ位置。文学コーナーでは以前に瀬田を含む三人展を経ており、館蔵資料も有効に働いた。特筆できたのは深沢七郎との交流。それを示す写真は貴重に思える。

しめくくりに清水信さんのトーク。快諾とはすぐに行かず、アシがあるなら、との条件。やっと漕ぎつけ、衣斐弘行さんの車で来られ、まさしく北勢談義だったが、中心は瀬田の若いころ。鈴鹿の清水氏旧宅を訪れた際、8ミリカメラだろうか、それを持参しての面白おかしいエピソードなど録音の要があったくらい面白かった。氏の長い講演の最後だった。

順調に進んできた企画展、次は中勢か、伊賀か、などと妄想も働いたが、南方熊楠や中上健次の行事と連動した回を除けば、企画展は催されないままに推移している（年間の図書購入費がある年、全国最下位の一つ手前と新聞は報じた。また正規職員の減なども背後には控える。二〇二三年の忍者展は三重大との共催による関連展だったが)。

亡き人びとのこと

翌春に清水さんは亡くなった。家族葬が常態化しつつある中では、岡正基さんの場合に続いて告別式は盛大な印象だった。帰途、岡氏の弟さんの車に乗せてもらい、よもやまを語り合った。鼓ヶ浦を通り過ぎたころ、寺家《じけ》の亡き二人が思い浮かんだ。

長谷川照男さん。土曜会と言われるようになる以前の清水宅での集いで顔を合わせたのがそもそもで、ともに四日市勤めだったこともあって、ばったり出くわしたりした。文学コーナーの企画展で戦後スタート時点での現代詩をとりあげた折には資料提供や座談会で厄介をかけた。山中智恵子が宗像ちゑの名で活躍し始めた時期の若いグループの推進役。氏の所にしかない資料群など没後はどうなったのだろうか。次第に文学から離れ、晩年には自宅へレコードを聴きにくるよう何度も言われたものだが。

その山中智恵子さん。ひとり身になられて以降、訪れた中で強烈だったのは前衛派の中から歌会始めの選者が登場した辺り。かなり興奮気味で、それに比べれば谷川健一の来訪を語る際は心穏かだった。入院時の歌のノートを見せてもらったが、一回の数の多さに驚く。選者にはならない、文学をめざす者は孤高でなくては、といった言は重かった。昭和天皇への挽歌群が印象深い。斎王研究などで鍛えられた王権的なものに対する目であり、それなりに昭和史の帰結を表現した。一方で、大辻隆弘が鋭く分析した山中夫妻が抱えた内奥の深淵なども、ただ事ではない。

寺家という小さな地域のこの二人。結ばれかけたとも言われる。ともに清水信さんとは微妙に距離が保たれていた。鈴鹿市の最初や戦後の動きの時点で、白子や寺家は神戸とは必ずしも一枚岩ではなかったわけだが、そんなことまで思い起こし、岡光洋さんの車中でそれらが極小の球体として脳裏を駆けめぐったのである。

ここで出会った人たちの生前をなお綴っておきたい。

広末保さん。三省堂高校国語教育のＰＲ誌の座談会で一緒だったことに始まり、教師用書で魯迅「鋳剣」を担当するに至ったが、その完成報告を含めて電話したところ、病は篤くと言われたのには驚いた。まもなく訃報だった。そう言えば生はあとわずか、という他の二例も思い出される。若かった私は伊良子清白のことで、弟子の一人だった鳥羽の楠井不二氏と相識になったが、最後は病床の氏との電話。かなり覚悟されている様子が伝わってきた。音楽評論の山根銀二氏は晩年、松阪短大の音楽科へ月に一、二回、東京から出講となったが、上京時にヴィコンティ展を見たあとで電話したところ、今は病床とのこと。珍しく気弱な声に接したのが最後だった。

秋山虔さん。東京女子大国文科生の三重への旅については既述したが、その翌年の研修旅行は京都。招かれて三日目だけ日帰り参加した。陽明文庫と寂庵訪問。寂聴さんを囲んだ記念写真には私も入っているはずだが。東京新聞を購読しておられ、小津安二郎日記をめぐって寄稿した二回分を読んだと年賀状に記された年もある。賀状と言えば母の死に伴う欠礼の葉書を送った際、丁寧な書状でお悔やみをいただいたことも忘れがたい。結婚時に角川源義さんからの長い祝いのそれも同様だが、そちらは親の家の火災で失われたように思う。晩年の秋山さんは東上線の駅近くに一室を借りているから、上京の前にはあらかじめ知らせるように、と何回も耳にしたが、実現せずじまいとなった。

　永平和雄さん。一九七〇年に毎日朝刊の連載「ふるさとの文学」で、岐阜の担当だった。同人誌の「幻野」をいつも送ってくださった。錦米次郎の小説が読めたのはそのおかげである。のちに日中戦争時の従軍手帖に接し、戦地にあっても岡本かの子を含む現代作家への錦青年の関心には並々ならぬものを感じたが、佐藤一英への師事を経て詩人としてはむしろ戦後の出発、と再確認できたのである。

　国語学の尾崎知光さん。若き日に松岡譲と会う機会を仲介してくださった森孝太郎氏の娘さんの連れ合いとは知っていたが、氏と話せたのはずっと後、本居記念館の帰途が最初かもしれない。実は永平氏も尾崎氏も戦中の東大で秋山氏と一緒。二人の口からは湯の山での同期の集いに秋山も参加、やって来たと。

　桑名の久徳高文さん。四日市の市民大学へ招き、終わったあとの飲み屋が楽しかった。西郷信綱、丸山静と東大国文科で同級だけに次にはその話も、と期待していたが、やがて長良川河口堰反対運動の先頭にがんを押して立たれた勇姿に接する。

　深萱、久徳、永平の各氏それぞれのエッセイ集や歌集の編集に意を注いだ中西達治さんもそこに重なってくる（自宅は岐阜県の海津、専門は太平記）。

　桑名ついでに挙げるなら、平岡敏夫さんを文学散歩的に案内した時。四日市での講演を済ませ、翌日は近江の土山へ赴き、鷗外関係を訪ねる予定で来たと。さすが、と思ったものである。

　長谷川龍生からは二度、反小津的な秘話を聞いた。吉田喜重ら若手にたきつけたったんや、と。『錦米次郎全詩集』の出版記念会や、文学コーナーの「錦米次郎展」にちなむ講演の後である。

杉山平一や佐藤忠男は、映画や小津がらみのつき合いだった。宝塚の杉山宅には自作の絵がかかっていた。没後、遺族にお願いして再見できたが、詩以上にモダニズムだと実感した。

地元に戻ると、能面作家でもあった詩人の丹羽征夫が思い浮かぶ。近くは黛元男が亡くなった。勤労動員に駆り出された中学時、工場で起きた争乱の件。氏から耳にできた、いろんな話の中で最も生彩があり、長詩に結実させた点も忘れられない。

筑紫申眞さんの二著が文庫本化されたのは近時の快挙。氏とは勤務先が一緒だったこともあり、没後すぐに長い回想二種を記している。

ほとんど先輩方のことになったが、同世代の例として神戸大学の縁で知った清水さん、米長さんとのその後も記しておきたい。

清水望さんが来津し、わが家に泊まった時、明日の午後は白子へ寺参りに赴きたい、先祖伝来の墓がある、と言うのには驚いた。しばらく会う機のない時期もあり、大阪のシンフォニーホールでのガーディナー指揮、モンテヴェルディ合唱団によるヘンデルのオラトリオを聴きに行った際、場内で偶然に出会った。その夜は氏の奈良郊外のアパートで夜通し語り合ったわけだが、のちに体をこわしたと知って、お姉さんの家に近い高槻の病院を見舞ったことも。独身を通したが、今は白子の墓に眠っている。

米長寿さんは神戸労音や大阪労音の専従となった。おかげでハンス・ホッターの独唱会を神戸へ聴きに行けたこともある。芦屋のアパートでショスタコーヴィチのいち早いLPコレクションに接した。神戸・朝霧の新婚宅にうかがったことも。長く連絡は途絶えていたが、私の小津本を見たと二〇一一年早々に電話が入った。奈良のお宅からで、以後は神戸映画サークルの近況や関係者の紹介を含め、文通や電話による交流再開へ。だが、数年前に奥さんから亡くなった旨の葉書が届いた。映画と音楽と、この二途で越前出身者らしい芯の強い生き方を貫いたわけである。

世代的共感がこの二人とはあったことになろう。

この回想もひと区切りへ近づいてきた。清水信逝去は東海という地域、また三重の範囲で一つの時代が終わったことを意味するのかもしれない。例えば自分ごときが三重文学協会の役を清水さんの後継として受けざるを得ないところに追い込まれた。ほかの例では全国小津ネット会長の方はよき後継に恵まれたが、「津市民文化」編集委員会や竹内浩三研究会の役は今も続いている。どれも次世代へのバトンタッチが求められるはずなのに、である。近時の執筆では歌誌「やどりぎ」で主に戦争関連の作をとりあげてきたが、中では川口常孝の例が強烈だった。そのあと「P.」の連載へとつながったわけだが、戦争がらみの件は生涯の課題だろう。とはいえ、かつて「一角獣」で果たせなかった同人誌「青空」の全号を読み直す初心に戻りたいところでもある。

かつて杉山平一さんと会った時の問いが甦ってくる。藤田さんは野坂昭如の世代ですか、大江健三郎の世代ですか。その中間には違いないとして、そんな世代の一人なのだと改めて思う。

［二〇二〇〜二一年］

あとがき

登山好きと言えるほどではないが、友人らに誘われ、喜んで応じることは時々あった。うしろから付いて行く場合も多く、その方が途中で思わぬ発見につながったりした。書きものにも似た傾向はあるように思う。代表作に正面から挑むことはしかるべき先達に任せ、落穂の中にも真実が潜んでいるのでは、といった姿勢かもしれない。

しかし時には先頭に立ったりも。そんな両極の併存によるのか、予想をこえる本書のページ数に至った。半ば恥じ入るほかない。〈三重の文学〉を意識して半世紀余り、紹介と批評の間を右往左往してきたことになろうか。新聞連載や文学館運動にもかかわって単に作品と向き合うだけでなく、地方や地域のありようにも気づかされた。全国区のプロと地方区のアマとの関係。流行と不易の問題。地方（地域）の文学史をどう考えていったらいいのか、という難問。それらについて議論できる場は以前に比べ、少なくなっている。平成・令和と県内の文学的諸活動は規模も小さくなってはいないだろうか。とはいえ、小説・評論系を例に取れば「文宴」「海」「XYZ」「P.」などの諸誌は健在であり、詩歌系を含め、昭和・三重の文学遺産に関し、記し伝えておかなくては、との思いは消えない。その辺り、前面には押し出せなかった点もあるわけだが、さまざま点から本書へのきびしいご意見など知りたいところである。

コロナによる壁に直面しましたが、刊行に至るまでいろんな方々のご好意をいただけたことは忘れられません。殊に志田行弘・喜多さかえ・島津陽子・衣斐弘行・松嶋節・麦畑羊一・中川弘文・中川清裕・福田和幸の諸氏には謝したく思っております。三重県立図書館、津図書館にはお世話になりました。労をおかけした人間社の大幡正義氏、また本書出版に助成してくださった岡田文化財団にも深謝申しあげずにはいられません。

そして読者の皆さま、私の文学的回顧にお付き合いいただきありがとうございます。

二〇二四年五月

著者

初出一覧

第一章

昭和戦時の文学表現　「P.」40号〔二〇二二年七月〕～44号〔二〇二三年三月〕
伊藤桂一と中国大陸　「やどりぎ」781号〔二〇一八年八月〕～784号〔同年十一月〕
川口常孝の戦場体験　「やどりぎ」808号〔二〇二〇年十一月〕～810号〔二〇二一年一月〕及び「五十鈴」創刊号〔二〇二一年七月〕
小出幸三、無名者の歌　朝日新聞三重版「展望・三重の文芸」〔二〇〇六年三月一日〕

第二章

梶井基次郎と三重　「芸術三重」4号〔一九七一年十二月〕
横光利一と丹羽文雄　植村文夫・若松正一編『三重の文学』〔一九七七年十二月、桜楓社〕及び共著『ふるさとのしおり　三重の文学と風土』〔一九八〇年二月、光書房〕
中谷孝雄の最初期など　「芸術三重」15号〔一九七七年三月〕
田村泰次郎ノート　「泗楽」10号〔二〇〇三年八月〕
駒田信二・私見　『ふるさとのしおり』〔前掲〕及び「芸術三重」19号〔一九七九年三月〕
中山義秀と津時代　「芸術三重」8号〔一九七四年三月〕

梅川文男の文学的側面　同33号〔一九八六年三月〕
岸　宏子のテレビドラマ　「伊賀百筆」25号〔二〇一五年十二月〕
森　敦の未完作「尾鷲にて」　みえ熊野の歴史と文化シリーズ⑦「熊野の歴史を生きた人々」
〔二〇〇七年三月、みえ熊野学研究会〕

第三章
竹内浩三と中井利亮　『愚の旗・竹内浩三作品集』復刻版〔二〇一八年十二月、伊勢文化舎〕
竹内浩三・一九三七年日記　「三重県史研究」13号〔一九九七年三月〕
「伊勢文学」と幻の8号　書きおろし、及び「三重県史研究」27号〔二〇一二年三月〕
「作品4番」のことなど　朝日新聞・名古屋本社版文化欄〔一九九九年八月十四日〕
『筑波日記』と映画　「津シネマ・フレンズ」6号〔一九九八年八月〕

第四章
「伊賀百筆」の歩み　「伊賀百筆」26号〔二〇一六年十二月〕及び同30号〔二〇二〇年十二月〕
中井正義VS山中智恵子　「やどりぎ」812号（終刊号）〔二〇二一年三月〕
清水　信、めぐる走馬灯　「鈴鹿文学祭、清水信生誕一〇〇年記念誌」〔二〇二〇年十月〕
回想・文学九十年〔「P.」29号〔二〇二〇年八月〕～39号〔二〇二二年五月〕

藤田　明（ふじた・あきら）

一九三三年、東京生まれ。戦争末期に三重へ疎開し、以降は主に津市在住。県内各地の高校で国語を担当した後、高田短期大学教授。三重大、愛知教育大、松阪女子短大の非常勤講師をつとめた。全国小津安二郎ネットワーク会長を経て現在は顧問。三重文学協会会長。新聞・雑誌に映画・文学関係のエッセイを多数寄稿。著書『三重・文学を歩く』（三重県良書出版会）『平野の思想・小津安二郎私論』（ワイズ出版）、編著『ふるさと文学館28・三重』『同36・和歌山』（ぎょうせい）。

わたしの「みえ昭和《しょうわ》文学誌《ぶんがくし》」

公益財団法人 岡田文化財団出版助成

二〇二四年七月一五日　第一刷発行

著　者　藤田　明

発行者　大幡正義
発行所　株式会社人間社
〒四六四-〇八五〇
名古屋市千種区今池一-六-一三　今池スタービル二階
電話　〇五二（七三一）二一二一
FAX　〇五二（七三一）二一二二
郵便振替〇〇八二〇-四-一五五四五

制　作　有限会社樹林舎
印刷所　モリモト印刷株式会社

ISBN978-4-911052-08-2 C0095
＊定価はカバーに表示してあります。
＊乱丁本・落丁本はお取り替えいたします。